아빠가 된 아이돌

아빠가 된 아이돌 1

초판 1쇄 발행 2019년 8월 27일

지은이 초연
펴낸이 배선아
펴낸곳 (주)고즈넉이엔티

출판등록 2017년 3월 13일 제2018-000115호
주소 서울시 중구 퇴계로26길 52 1층
대표전화 02-6269-8166 **팩스** 02-6166-9199
이메일 gozknock@naver.com

ⓒ 초연, 2019
ISBN 979-11-6316-053-3   04810
     979-11-6316-052-6   (세트)

표지이미지 Designed by Freepik

이 도서의 국립중앙도서관 출판예정도서목록(CIP)은 서지정보유통지원시스템
홈페이지(http://seoji.nl.go.kr)와 국가자료공동목록시스템(http://www.nl.go.kr/kolisnet)에서
이용하실 수 있습니다. (CIP제어번호: CIP2019028656)

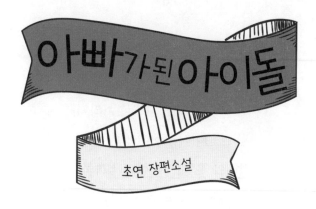

아빠가된아이돌

초연 장편소설

The Idol Who Became a Dad

VOL. 1

고즈넉이엔티 GOZKNOCK ENT

차례

1. 비뇨기과에 간 아이돌

2019년 2월, 고척 스카이 돔. 꽃샘추위가 아직 가시지 않은 늦겨울.
돔 구장 안에 설치된 공연장에는 바깥의 한기가 무색할 만큼 열
띤 무대가 펼쳐지고 있었다. 천장에서 떨어지는 하이라이트 조명은
점차 강렬해지면서 사방을 출렁이게 했다. 형형색색의 빛이 화살처
럼 작렬하는 무대에서는, 당당한 존재감을 자랑하는 네 명의 남자
가 음악에 맞춰 격렬하게 춤을 추고 있었다.

"일루전! 일루전! 일루전!"

그들의 손짓 하나, 눈빛 하나에 3만 석이 넘는 공연장을 가득 메
운 팬들은 열광했다. 당장이라도 뛰어넘을 것처럼 펜스에 매달려
있는 팬이 있는가 하면, '실물 영접'을 한 감격에 못 이겨 펑펑 울면
서 소리친 나머지 목이 완전히 쉰 팬도 있었다. 마침내 한 차례 태
풍이 몰고 간 것처럼 모두를 열광시킨 곡이 끝났다.

제목은 'Fantasy'. 4인조 댄스그룹 'Illusion'을 단번에 밀리언셀러

아이돌로 등극시킨 초대형 히트곡이었다.

"자, 그러면 잠시 막간 인터뷰 시간을 갖도록 할까요?"

일루전 멤버들은 가쁜 숨을 채 고르기도 전에, 막간 인터뷰를 위해 마련된 의자에 자리를 잡고 앉아야 했다. 능청맞고 수다스러운 MC는 간간이 우스갯소리를 섞어 가면서, 팬클럽 회원들이 사전에 보내온 질문들을 하나씩 선정해 읽었다.

'발 냄새가 가장 심한 멤버는?', '첫 인상이 가장 더러웠던 멤버는?', '여동생이 있다면 절대 소개해주지 않을 멤버는?' 같은 짓궂은 질문이 이어지다가, 제법 진지한 질문이 툭 던져졌다.

"아이돌이 되는 것 말고, 인생에서 다른 꿈이 있다면 무엇인가요?"

네 명의 멤버들이 각각 답변할 수 있도록, 순서대로 마이크가 돌아갔다.

"역시 남자라면 지구 정복이죠!"

팀의 분위기 메이커이자 만담 자판기인, 서브 래퍼 래원은 까불거리며 과장되게 외쳤다.

"가능하다면 병장이 되고 싶습니다. 그 아래 단계는 다 건너뛰고요."

이건 올해로 스물네 살이 된 메인 래퍼 혁의, 나름대로의 절실함이 담긴 대답이었다.

"그런 거 생각해본 적 없는데요."

웬만한 여자 아이돌은 울고 갈 정도로 예쁘장하게 생긴, 서브 보컬 노아의 무심한 대답까지. 이제 MC와 팬들의 시선은 마지막으로 남은 한 사람에게로 쏠렸다. 노아와 함께 팀의 비주얼 담당이자 리더, 메인 보컬인 강이현은, 누구도 대놓고 말하지는 않았지만 누가 뭐래도 최고의 인기 멤버이자 팀의 중심이었다.

"이현 씨는요? 인생에서 꼭 이루고 싶은 꿈이 있다면?"

이현이 조용하게 얼굴을 들자, 서늘하게 그늘진 차분한 눈매가 드러났다. 그의 정면에는 카메라와 함께 수만 명의 대중이 파도를 이루며 서 있었다. 이현은 그들을 향해 고백하듯이 사뭇 진중한 목소리로 대답했다.

"저는 좋은 아버지가 되고 싶습니다."

시장통처럼 시끌시끌하던 무대에 한순간 고요한 정적이 내려앉았다. 어색한 걸 천성적으로 못 견뎌 하는 래원이 마이크를 빼앗아 들더니 한바탕 너스레를 떨었다.

"우우, 내 손발 오그라들었어. 오징어가 됐어."

"죄송합니다, 여러분. 이현이가 원래 예능을 다큐로 받는 습관이 있어요."

멤버 중에서는 유일하게 이현과 동갑인 혁도, 덩달아 농담을 던지면서 사태를 수습했다. 물론 모든 팬들이 다 재미없다는 반응을 보인 것은 결코 아니었다. 그의 자상하고 인간적인 면모에 가슴을 붙잡고 쓰러질 것처럼 비틀대는 팬들도 분명히 있었으니까. 그러나 이현의 소신 발언이 남긴 여운은, 그 다음에 이어진 엽기적인 질문, '속옷을 가장 오랫동안 갈아입지 않고 버티는 멤버는 누구인가요?'의 여파에 묻혀 금세 잊히고 말았다.

콘서트가 끝난 다음 날, 일루젼 멤버들은 모처럼 휴일을 갖게 되었다. 멤버 간 우애와 결속력이 좋기로 소문난 그룹답게, 오늘도 어김없이 몰려다니는 중이었다. 네 명이 똘똘 뭉쳐서 향한 장소는 놀이공원도, 맛집도, 영화관도, 노래방도 아니었다. 바로 프라이버시

보장이 철저하기로 소문난 청담동 '잘키움 비뇨기과'였다.

"아, 진짜……. 따라오지 말라고. 쪽팔려서 뒤질 거 같다니까."

후드를 코까지 뒤집어쓰고 두 손을 주머니에 꽂은 채 입안으로만 중얼거리는 사람은, 일루전 최고의 미소년 노아였다. 상아처럼 고운 이마가 험악하게 구겨졌다. 나머지 형들은 노아의 어깨에 손을 올리거나 팔로 감싼 채 에워싸고 있었다. 잘 모르는 사람이 보았다면 십중팔구 삥을 뜯는 것으로 오해할 법한 자세였다.

"원래 이런 건 다 같이 가서 하는 거야. 형들도 다 그렇게 했어."

"우리 막내가 고래를 잡는 것으로 19년 무포경 인생에 종지부를 찍겠다는데! 그 역사적인 순간을 형님들이 함께 해야지! 암, 그렇고 말고!"

래원과 혁은 미리 약속이라도 한 것처럼 외치며 노아의 곁으로 더 바싹 다가왔다. 노아가 도움을 청하는 간절한 눈빛으로 이현을 쳐다보았다. 그러나 이현은 그의 전매특허인, '자애롭지만 빈틈없는' 표정을 지으며 격려하듯 어깨를 툭툭 두드릴 뿐이었다.

"막내야, 너 수술 끝나면 아파서 제대로 걷지도 못해. 보호자가 있어야지."

결국 그들은 줄줄이 소시지처럼 어깨동무를 한 채 비뇨기과 안으로 들어섰다. 혼자 가겠다고 센 척을 할 때는 언제고, 병원 안 풍경을 둘러본 노아의 안색이 창백하게 질렸다. 진료실에서 들려오는 스테인리스 기구들의 달각이는 소리와 코를 찌르는 소독약 냄새, 사타구니를 부여잡고 뒤뚱뒤뚱 걸어 다니는 환자들 모습까지. 그렇지 않아도 울렁거리는 속이 다시 한번 뒤집어지려고 했다.

"막내야, 위풍당당한 남자가 되어 돌아와라!"

"닥쳐, 제발 닥쳐."

래원은 도살장에 끌려가는 송아지 같은 노아의 뒷모습을 보며 마냥 즐거워했다. 제모와 마취, 시술과 회복 과정으로 이어지는 수술 시간은 예상보다 길었고, 대기실에 앉아 있던 멤버들은 슬슬 지루해졌다. 기획사 방침에 따라, 그들은 연습생 때부터 인터넷 접속이 안 되는 2G 휴대폰을 사용하고 있었다. 그래서 자투리 시간에 웹 서핑을 할 수도, 메신저를 할 수도 없는 처지였다. 철 지난 잡지를 뒤적이던 래원이 좀이 쑤시는지 어린애처럼 보채기 시작했다.

"이현이 형, 혁이 형. 나 심심해 죽겠어. 우리 게임이나 한 판 하자."

"됐어, 사람들 다 보는데 게임은 무슨."

"하자, 하자아! 지는 사람은 뭐든지 시키는 대로 다 하기!"

그들은 이동 시간이나 대기 시간마다 게임을 자주 했다. 장난기 많은 래원은 당하는 사람에게는 극한의 수치심을, 보는 사람에게는 극한의 즐거움을 안겨주는 전설적인 벌칙들을 고안해냈다.

"무슨 게임 할 건데?"

천성적으로 승부욕이 강하고 게임할 때마다 승률도 높은 혁이 제일 먼저 미끼를 물었다.

"음, 제로나 쇼크처럼 너무 시끄러운 건 안 될 것 같고……. 초성 게임 어때?"

래원의 휴대폰에는 구닥다리 초성 게임 애플리케이션이 깔려 있었다. 단어의 초성을 랜덤으로 뜨게 한 다음, 그에 해당하는 단어를 먼저 생각해 빠르게 외치는 방식이었다. 래원이 휴대폰의 애플리케이션을 실행하자, 셋은 긴장된 얼굴로 화면을 응시했다. 0.05초 후, 화면에 'ㅅ'과 'ㅁ'이 연달아 떴다.

"스밍!"

"소문!"

"사명!"

단어를 외친 것은 래원, 혁 그리고 이현 순이었다.

"이현이 형! 딱 걸렸어!"

"아니지, 스밍은 표준어가 아니잖아."

이현은 바로 반박했다. 그는 래원이 걸렸다고 생각하고 있던 참이었다. 그러나 래원은 뻔뻔스럽게 되받아쳤다.

"표준어로 하라는 규칙은 없는데?"

"그건 너무 당연하니까……."

"스밍이 얼마나 중요한 단어인데! 열스밍! 숨스밍![1] 아이돌이 그것도 몰라? 우리 일루셔니스트들은 지금 이 시각에도 현생을 갈아가며 스밍하고 있어! 우리를 위해서!"

래원은 삿대질을 하고 목에 핏대까지 세우면서 우겨댔다.

"……그래, 네 맘대로 해라."

"앗싸!"

끝내 이현의 항복을 받아내고야 만 래원은 세상 모든 걸 다 가진 마냥 행복한 얼굴로 벌칙을 고심하기 시작했다. 참신한 영감의 근원지를 찾아 두리번거리던 래원의 시선이, 복도에 늘어선 스탠딩 배너들에 가닿았다. 그는 신의 계시를 받은 것처럼 부르르 떨면서 손가락으로 그중 하나를 가리켰다.

---

1 '스밍'은 '스트리밍'의 줄임말이다. 음원 사이트에서 제공하는 가수의 음원을 유료로 실시간 재생함으로써, 음원의 인기 순위를 올려주려는 팬들의 노력과 열성이 집약된 용어다. '열스밍'은 열심히 스밍하는 것, '숨스밍'은 숨쉬듯 스밍하는 것. 이와 반대로 '입스밍'이란 용어도 있는데, 입으로만 스밍하고 실제로는 하지 않는다는 뜻으로 쓰이는 말이다.

"오, 저거다! 저거!"

자연스럽게 그쪽을 쳐다본 이현이 눈썹을 찡그리며 물었다.

"뭐, 원스톱 웨딩검진?"

"아니, 그거 말고 그 옆에. 디지털 정자 검사! 형, 가서 저거 하고 와!"

청천벽력 같은 말을 듣자 이현의 동공이 초점을 잃고 방황했다. 옆에서는 이미 웃음 장벽이 무너진 혁이 새어나오는 폭소를 참느라 입을 가리고 끅끅대고 있었다.

"저게 싫으면, 여기 복도에서 큰 소리로 자기소개하고 엉덩이로 이름 쓰기!"

"미쳤어?"

"그치? 그것보다는 DVD 속 서양 언니들이랑 함께하는 편이 낫겠지? 형이 골라."

이현은 명랑하게 빛나는 래원의 두 눈을 손가락으로 찔러버리고 싶은 심정이었다. 난데없이 정자 검사를 하고 오라니! 사실 이현은 1년 전에도 비슷한 경험을 한 적이 있었다. 그래서 검사실에 들어가 동영상을 시청한 후, 그 결과물을 컵에 담아 간호사에게 건네줄 때의 수치심에 대해 알고 있었다.

"음, 자기소개를 스스로 하는 게 민망하면 내가 대신해 줄 수도 있어."

그러나 래원은 거미처럼 끈질기고 집요한 놈이었다. 여태까지 그 벌칙의 수렁을 벗어난 사람은 단 한 명도 없었다. 만약 지금 도망간다 해도, 나중에 피의 보복이 돌아올 게 뻔했다.

'까짓 거, 건강 검진 한 번 받는다고 생각하자.'

이현은 이를 악물고, 낄낄대는 멤버들을 뒤로 한 채 안내데스크로 접수를 하러 갔다.

"저기, 저 검사…… 당일 접수도 괜찮은 건가요?"

"그럼요, 지금 당장 해드릴게요. 이쪽으로 오세요."

이현의 은근한 기대를 처참히 부숴버린 간호사는 사근사근한 태도로 그를 검사실로 안내했다. 그리고 20분 후, 이현은 태연한 척 애쓰며 검사실에서 나왔다.

"헐, 하란다고 진짜 하고 나오냐, 너는."

혁의 타박을 무시한 채, 이현은 수술을 끝내고 나온 노아 옆에 가서 앉았다. 노아는 양 무릎의 바지 자락을 꾹 움켜쥐고 사타구니의 통증을 참으려고 애쓰는 중이었다.

"어때? 생각보다 그렇게 나쁘진 않았지? 무슨 동영상 봤어? 화끈했어?"

헤실거리는 래원과 눈이 마주친 순간, 이현은 그만 인내심의 끈이 뚝 하고 끊어졌다.

"그래, 아주 화끈하더라! 고마워 죽겠다, 이 자식아!"

이현은 참지 못하고 래원의 머리에 팔을 감아 조이면서 사정없이 꿀밤을 때리기 시작했다.

"윽! 윽! 언행일치가 안 되잖아! 고맙다면서 왜 때려!"

엄살을 부리면서 몸부림치는 래원의 비명소리가 복도에 울려 퍼졌다. 그날의 비뇨기과 나들이는 그렇게 마무리되는 듯했다. 그로부터 사흘 후, 이현이 불길한 문자메시지를 받기 전까지는.

— 강이현 환우님, 정자 검사 결과 이상이 발견되었으니, 속한 시일 내에 내원해주세요. 잘키움 비뇨기과.

2. 이게 무슨 소리요, 내가 고자라니!

"저, 강이현이라고 하는데요……."

비뇨기과 카운터에 선 이현은 쭈뼛거리며 말했다.

"아, 네. 강이현 씨. 이쪽으로 오세요."

이현이 진료실로 가는 동안, 간호사는 자꾸만 힐끔거리며 쳐다보았다. 여자들의 뜨거운 눈길을 받는데 익숙한 이현이었지만, 그 눈빛에 연민이 섞인 게 마음에 걸렸다.

"안으로 들어가시면 돼요."

진료실로 들어간 이현은 중년의 남자 의사와 마주 앉았다. 이현은 의사의 낯빛에서 이 상황에 대한 힌트를 찾으려 애썼지만, 상대는 직업적인 무표정을 고수할 뿐이었다.

"많이 바쁜 분이라고 알고 있습니다. 그러니 단도직입적으로 말씀드리겠습니다."

의사는 잠시 말을 멈추었다가 착 가라앉은 목소리로 말했다.

"검사 결과, 강이현 씨는 후천성 무정자증입니다."

이현은 쇠뭉치로 뒤통수를 얻어맞은 듯한 충격에 헉 소리를 내며 숨을 삼켰다.

"그럴 리 없어요. 저는 1년 전에 정자 기증도 했는데요. 그때 정자 상태가 양호하다고 했어요!"

"흔치는 않지만 단기간 내 무정자증이 발병하는 것도 충분히 가능합니다. 제 환자들 중에는 첫째 아이를 출산한 이후 무정자증이 생겨 둘째 아이를 못 가진 케이스도 있었어요."

"하지만 저는 이제 고작 스물네 살인데요!"

이현은 너무도 충격적이고 믿기지 않는 얘기에 토하듯이 내뱉었다.

— 아니, 의사 양반. 이게 무슨 소리요, 내가 고자라니!

인터넷에서 봤던 짤방이 눈앞을 스쳐가며 웃지도 울지도 못하게 만들었다.

'혹시 이거 몰래 카메라인가? 멤버들하고 의사 선생님하고 다 짜고서, 내 반응을 찍고 있나?'

진료실 안을 둘러보았지만, 어디에도 카메라의 둥근 렌즈는 보이지 않았고, 의사의 표정은 더없이 진지하기만 했다.

"물론 나이가 들수록 정자의 기능도 퇴화되는 것이 자연스러운 현상입니다만, 그렇다고 해서 무정자증의 발병 연령이 따로 정해져 있는 건 아닙니다."

"그렇다 해도 이건 너무 갑작스럽잖아요! 제가 무슨 방사능 맞은 스파이더맨도 아니고!"

"발병 원인은 여러 가지가 있을 수 있습니다. 잘못된 생활습관이나 식생활처럼 사소한 것에서부터 스트레스, 유해물질이나 환경호르몬에 대한 노출까지."

"저 오랫동안 고시원 비슷한 곳에서 매일 컵라면만 먹고, 하루 네 시간밖에 못 자면서 살았는데요! 설마 그래서 이렇게 된 건가요!"

이현은 주먹을 불끈 쥐며 언성을 높였다. 현재의 일루전은 명실상부한 K-POP 대표 그룹이지만, 주목을 받기 시작한 건 겨우 1년 전부터였다. 그 전까지는 연습생으로 그리고 무명 가수로 서럽고 긴 세월을 보내야 했다. 엄동설한에 보일러도 들어오지 않는 단칸방에서 혁과 단둘이 벌벌 떨면서, 끓인 물도 없어서 컵라면을 부숴 먹던 그 고생의 나날들이 아직도 생생했다.

'그런데 그 개고생의 대가가 무정자증이라면, 신이시여, 이거 정말 너무한 거 아닙니까!'

망연자실한 낯빛이 된 이현을 향해 의사가 달래듯 말했다.

"꼭 그렇게 단정할 수 있는 건 아닙니다. 갑자기 발병한 것처럼 갑자기 회복되기 시작할 가능성도 없다고 할 수 없고요."

계속해서 의사는 식이요법과 약물요법, 수술치료에 대해 말했다. 그러나 이현의 경우에는 큰 효과를 기대할 수는 없는 조치들이라고 했다. 만일 그 방법들이 전부 통하지 않을 경우, 정자 공여가 가능하다고도 했다. 그러나 이미 먹통이 된 이현의 귀에는 그 모든 것이 뭉개지는 소리로 들릴 뿐이었다.

'나는 이제 아이를 가질 수 없다. 아빠가 될 수도 없다.'

"나를 치킨으로 채워줘요, 치킨의 배터리가 다 됐나 봐요."

유명한 트로트 곡을 개사한 CM송이 스튜디오를 쿵짝쿵짝 들썩였다. 오늘 일루전 멤버들은 치킨 광고를 촬영하는 중이었다. 카메라

감독은 멤버들의 '소년답게 발랄한' 모습을 포착하고 싶다면서, 음악을 틀어놓은 채 자유분방하게 돌아다니며 놀아보라고 했다.

"치킨 없인 못 살아, 정말 나는 못 살아!"

댄서 본능이 발동한 혁과 래원은 엉덩이를 흔들고 막춤을 추면서 신이 났다. 반면 이현과 노아는 약 먹은 병아리처럼 기력을 잃은 채 비척비척 걸어 다녔다.

"순살이 아니라도 좋아요, 반반이 아니라도 좋아요!"

보다 못한 래원이 둘의 손을 잡고 뱅뱅 바람개비 돌리는 시늉을 하면서 그림을 뽑아냈다. 가까스로 영상 촬영을 마친 후, 전단지에 들어갈 광고 사진을 찍을 차례가 되었다.

"노아 군, 거기 래원 군 앞에 쪼그려 앉아볼까?"

어정쩡한 자세로 혁과 이현 사이에 끼어 있는 노아를 보고, 포토그래퍼는 눈살을 살짝 찡그리면서 주문했다.

"쪼, 쪼그려 앉아요?"

그렇지 않아도 큰 눈을 휘둥그레 뜬 노아는 주저주저 눈치를 보다가, 결국 울상을 지으면서 엉거주춤 무릎을 숙였다. 파들파들 떨리는 허벅지를 본 포토그래퍼가 흠칫 놀라며 물었다.

"왜 그래, 노아 군? 어디 아파?"

"사실은 우리 막둥이가 꼬추 수술을……."

이때다 싶었는지 나불거리려고 하는 래원의 정강이를, 노아가 밑에서부터 호되게 걷어찼다.

"아얏!"

엄살을 떨며 정강이를 붙잡는 래원을 보고 노아는 소리 없이 입을 뻥긋거렸다.

'죽여버린다.'

도끼눈을 뜨면서 손날로 목을 사악 긋는 시늉을 하는 노아를 보고, 래원은 뜨끔해서 입을 다물었다. 그러나 그것도 잠시뿐이었다.

"형들, 아까 우리가 사진 찍으면서 먹은 치킨이 무슨 치킨인 줄 알아? '고추 아작아작' 치킨이래. 아하하하! 웃기지? 그치?"

래원의 얄미운 깐죽거림은 촬영 중간의 쉬는 시간에도 계속되었다. 그는 촬영용 치킨을 박스째로 안고 오더니, 청양고추가 뿌려진 닭다리를 집어 바삭 소리 나도록 맛있게 씹어 먹었다.

"형, 그 망할 놈의 고……. 그 중요 부분에 대한 언급 좀 그만할 수 없어?"

목덜미까지 벌겋게 달아오른 노아가 애원하듯 말했다. 혁이 노아의 입에 치킨을 한 조각 넣어주면서 걱정스럽게 물었다.

"야, 막내야. 그런데 이상하다. 일주일이나 지났는데도 그렇게 많이 아파?"

"응, 아파 죽을 거 같아. 그리고 래원이 형 면상을 볼 때마다 막 더 아파. 좀 꺼지라고 해줘."

혁과 노아의 대화를 잠자코 듣는가 싶던 래원이 또 부리나케 끼어들더니 주절거렸다.

"그러면 수술이 잘못됐을 수도 있어. 내가 위키백과에서 찾아봤는데, 어떤 대만 사람은 포경수술을 받다가 꼬추 끝이 잘려나갔대. 아프리카에서는 피가 안 멈춰서 죽은 사람도 있고."

"……."

"우리나라에서도 봉합 부분이 썩어가지고 의사한테 소송을 건 사람이 있는데, 법원에서 노동력 상실로 인정해 줬대. 노동력 상실! 무슨 노동일까아? 밤에 하는 일? 웃으면 안 되지만 웃기지? 아하하하!"

위키백과는 믿을 만한 게 못 된다는 걸 알면서도, 막상 '잘려나갔다'느니, '썩었다'느니 같은 말을 듣자 어린 노아의 가슴이 덜컥 내려앉았다. 그렇게 열광하는 치킨도 더 먹지 못하고 손톱만 자근자근 씹어대는 노아를 보고, 그때까지 가만히 있던 이현이 버럭 고함을 질렀다.

"그만해! 그만하라고! 이 악마 같은 사이코패스 새끼야!"

그 고함 소리가 얼마나 비통하고 격렬했는지, 가만히 있던 혁이 도리어 놀라서 용수철처럼 튀어 올랐다. 저 편에 옹기종기 모여 있던 스태프들도 무슨 일인가 하고 쳐다볼 정도였다.

아무도 눈치 채지 못했다. 아까부터 래원이 '꼬추, 꼬추' 떠들어댈 때마다, 사실은 노아보다 이현이 더 불쾌한 표정을 지으며 움찔거렸다는 것을. 이현은 그것으로도 분이 풀리지 않은 듯, 손바닥으로 래원의 뒤통수를 강타하면서 화를 냈다.

"너는 임마! 사람이 아프다는데 위로해줄 생각은 안하고, 너만 재밌으면 다야?"

"아, 형이 왜 난리야. 내가 형한테 그런 것도 아니잖아. 노아한테 그랬지."

래원은 볼멘소리로 우물거리면서도, 큰 형이자 리더인 이현에게는 대들 엄두를 내지 못했다. 옆에서 턱을 괸 채 그 모습을 구경하고 있던 혁이 래원에게 꼴좋다는 투로 말했다.

"하여간, 홍래원 너는 꼭 너 닮은 망나니 아들 낳아서 고생을 좀 해봐야 정신을 차린다."

"나처럼 잘생긴 아들이면 나야 환영이지. 어디 미니미 같은 애 하나 없냐.”

“너의 화려한 여성 편력을 생각하면, 지금쯤 어디서 하나 자라고 있어도 이상하진 않겠다만.”

물론 혁이 한 말은 농담이었다. 그러나 그 말이 묘하게 이현의 귀에 와서 꽂혔다. 옅은 색깔의 동공에 보일 듯 말듯 한 작은 섬광이 스쳐갔다.

‘어디서 하나 자라고 있어도 이상하지 않다……. 미니미가?’

이현은 한참 동안 그 문장을 곱씹으면서 붙들고 있었다.

3. 미니미는 어디에?

"증인은 피고인의 아들이 다니는 어린이집의 원장이죠?"

옅은 아이보리색 블라우스, 하나로 단정하게 묶은 긴 머리, 배지를 꽂은 검은 재킷에 검은 스커트와 굽이 낮은 구두. 전형적인 여자 변호사의 모습을 한 유채가 변호인석에서 일어섰다.

"지금 피고인은 어린이집에 있던 아들을 양육권자인 전남편의 동의 없이 데려갔다는 이유로, 미성년자 약취유인이라는 중죄로 재판을 받고 있는데 이러한 사정을 알고 있습니까?"

유채는 피고인석에 앉아 있는 유순한 인상의 젊은 여성을 손가락으로 가리키면서 물었다. 증인은 피고인의 얼굴을 한번 쳐다보고 나서 고개를 주억거렸다.

"네, 알고 있습니다. 아이 부친의 부탁으로 진술서를 써주기도 했고요."

"증인이 제출한 진술서의 내용은 사건 당일 오후 2시경 피고인이

멋대로 어린이집 마당에 들어와 아무 문제없이 놀고 있던 아이의 손을 억지로 잡아끌고 가는 것을 보았다는 것이죠?"

"네, 똑똑히 봤어요. 제가."

"증인, 방금 이 자리에서 오로지 진실만을 말하고, 거짓이 있을 경우 위증의 벌을 받겠다고 선서한 바 있으시죠?"

유채는 매서운 눈길로 증인을 쏘아보며 두툼한 서류철을 법대 위에 보란 듯이 올려놓았다.

"증거 1호, 어린이집 업무일지입니다. 사건 당일 오후 2시부터 4시까지 원장 교사, 즉 증인은 원장실에서 운영위원회 회의를 했죠. 쉬는 시간 없어요. 마당에는 도대체 언제 나간 거죠?"

"그건⋯⋯."

유채는 증인이 변명할 틈조차 주지 않은 채 공세를 펼쳤다.

"증거 2호, 피고인이 어린이집으로 아들을 데리러 가기 전 통화한 내용의 녹음 파일입니다."

유채는 피고인으로부터 받아온 휴대폰을 변호인석에 놓인 마이크에 가까이 가져다댔다.

"엄마아, 나 배고파아⋯⋯. 돈가스 사주러 오면 안 돼?"

아이의 칭얼대는 음성이 온 법정에 메아리처럼 울려 퍼졌다. 그리고 곧바로 이어지는 젊은 여자의 걱정스러운 음성.

"왜 배가 고파? 어린이집에서 점심 안 줬어?"

"목욕 시간에 목욕 안 하고 장난쳤다고 점심 먹지 말래. 간식도 뺏어갔어, 선생님이."

음성 파일의 재생을 멈춘 유채는 증인을 피고인 다루듯 하면서 가차 없이 신문했다.

"이 녹취 파일에 따르면, 피고인이 일방적으로 아이를 끌고 간 게 아니군요. 간식을 빼앗기고 굶은 아들이 도움을 요청하자 어머니로서 마음이 아파 구하러 온 것이 아닌가요?"

"저희는 아이들을 굶기지 않······."

"변호인 측 증거 3호를 제시하겠습니다. 증인의 계좌 거래내역입니다. 증인이 진술서를 제출하기 이틀 전, 피고인 전남편의 계좌에서 100만원을 송금 받았던데 이것은 무슨 돈입니까?"

"······."

"어린이집이 비위생적이라는 글을 피고인이 맘카페에 올린 적이 있다고 들었는데요. 그때부터 앙심을 품고 있던 증인에게, 피고인의 전남편이 돈을 주고 편들어달라고 한 것 아닌가요?"

증인은 창백하게 질린 얼굴로 고개를 푹 수그렸다. 몇 초 동안 증인에게 질책하는 듯 따끔한 시선을 보내던 유채는 신문을 마치고 제자리로 돌아왔다. 통쾌한 한판승이었다.

"금일 재판을 종결하고, 즉시 선고하겠습니다. 피고인에 대한 선고를 유예한다."

판사가 법봉을 두드리는 순간, 유채는 입가에 번지는 승리의 미소를 감추지 못했다. 친권자의 권리를 침해했기 때문에 법리적으로 약취유인죄가 성립하는 상황에서, 판사가 최대한의 선처를 베풀어 준 것이다. 증인을 매수한 전남편은 위증교사죄로, 증인은 위증죄로 수사를 받게 될 것은 덤이었다. 기쁨에 찬 의뢰인이 유채를 향해 연거푸 허리를 숙이며 인사했다.

"감사합니다, 변호사님. 제가 약소하지만 식사 대접이라도 하고 싶어요."

"괜찮아요, 제가 지금 바빠서요. 그보다 드릴 말씀이 있는데요."

"네, 뭐든지 말씀하세요."

"전남편이 증인한테 뇌물까지 준 걸 보면 앙심을 단단히 품은 것 같은데 조심하세요. 언제 폭력적으로 돌변할지 몰라요. 아이 양육권 싸움도 포기하지 말고 계속하시고요."

의뢰인에게 진심어린 충고를 남긴 채 법정을 나온 유채는 주차 장으로 달려갔다. 몇 번이나 신호위반을 할 위기를 넘겨가면서 다 급하게 도착한 곳은 바로 난임병원이었다. 야간 진료가 끝나버릴까 봐 달려왔는데, 언제나 사람이 많은 난임병원은 이 시간에도 대기 환자들로 붐비고 있었다.

"서유채인데요, 오늘 1차 초음파 보러 오라고 하셔서요."

"모니터에 이름 뜰 때까지 기다리세요."

간호사의 말을 들은 유채는 군말 없이 진료실 앞에 놓인 소파에 가서 앉았다. 때 이른 걱정이라는 걸 알면서도, 엘리베이터를 타지 않고 계단을 뛰어올라온 게 못내 마음에 걸렸다.

'이럴 줄 알았으면 뛰지 말걸 그랬어.'

유채는 날씬하고 평평한 아랫배를 괜히 한 번 쓰다듬어 보았다.

기대는 실망을 가져온다지만, 때로는 길을 잃어버린 행운이 실수 처럼 그녀에게 깃들 수 있지 않을까. 이 안에서 아기의 심장이 퐁퐁 샘물 소리를 내며 뛰고 있는 거라면.

유채는 한참을 그런 생각에 골몰하다가, 너무 집착하는 게 아닌 가 싶어 복도에 설치된 텔레비전으로 시선을 돌렸다.

"Fantasy, 오늘 밤은 내가 준비한 선물, 너만을 위해 노래할게—"

화면 속에서는 도저히 3D라고는 믿기 어렵게 잘생긴 남자 네 명이 조명에 휩싸여 일사불란하게 춤추고 있었다.

'뭐지, 아이돌 가수인가.'

대중가요에 관심 없는 유채는 심드렁한 반응을 보였다. 그러나 대기실 안에 앉아 있는 열 명 남짓의 다른 여자들은 달랐다.

"어머, 어떡해."

"미쳤다. 얼굴 미쳤어."

카메라가 무대 위 남자들을 하나하나 비출 때마다, 소파며 의자에 흩어져 앉아 있던 여자들이 마치 약속이라도 한 것처럼 똑같이 자지러지는 반응을 보였다.

"3집 앨범도 좋지만, 역시 2집 타이틀곡인 'Fantasy'가 레전드인 거 같아요."

한 명이 덕심을 드러내기 시작하자, 나머지 여자들도 슬금슬금 덕밍아웃[2]을 하면서 자기들끼리만 통하는 대화를 나누는 것이 아닌가.

"저도, 저도요! 혹시 최애[3]가 누구세요? 저는 이현이요."

"저는 차애가 이현이에요. 최애는 노아요. 왠지 모성본능을 자극하지 않나요? 볼 때마다 막 어이구, 눈에 넣어도 안 아픈 내 새끼 하면서 부둥부둥하고 싶어지는 게."

'누가 보면 진짜 자식 자랑하는 줄 알겠네. 최애는 뭐고 차애는 또 뭐야. 대선이라도 치르나?'

유채는 아이돌의 화려한 무대 앞에서 잠시 난임의 고통을 잊고

---

2) '덕밍아웃'. '커밍아웃'에서 파생된 용어로, 자신이 아이돌 덕후, 즉 열렬한 팬임을 다른 사람 앞에서 드러내는 것이다. 반대 개념으로 '일코', 즉 '일반인 코스프레'가 있는데, 아이돌에 관심 없는 머글인 척하는 것을 말한다. 여기서 '머글'은 아이돌 문화에 익숙하지 않은 일반인을 일컫는 아이돌 팬들의 용어다.
3) '최애'는 가장 좋아하는 멤버를 말한다. '차애'는 그 다음. '차차애', '차차차애', '차차차차애' 등으로 응용해서 사용할 수 있다.

까르르 웃는 여자들을 보며 속으로만 중얼거렸다. 그리고 잠시 후, 마침내 유채의 이름이 모니터에 떴다.

"서유채 님, 들어오세요."

진료실에 들어가자, '부원장 진주미'라고 쓰인 명패 너머로 젊은 여자 의사가 보였다. 소탈하게 자른 단발에, 테가 얇은 안경, 웃을 때마다 보조개가 잡히는 서글서글한 인상이었다.

"난 예약 없이 들어오게 해주면 안 돼? 십 년 지기 친구끼리."

유채는 부원장에게 격식을 갖춰 인사하는 대신, 장난기 어린 불평을 했다.

"어우, 그랬다가는 큰일 나지. 대신 인공수정 시술은 내가 직접 해줬잖아. 원래 나한테 시술 받으려면 석 달 넘게 기다려야 된다고. 내 별명이 뭔지 알아? 초음파의 신이야, 초음파의 신."

"네네, 감사합니다. 혹시 법정에 오시게 되면 그때 보답할게요."

유채와 주미는 마주 보면서 웃음을 터뜨렸다. 대학생 때부터 지금까지 두터운 우정을 유지해 온 두 사람은, 서로에게 뭐든지 믿고 맡길 수 있는 끈끈한 관계였다.

"자, 그럼 초음파를 볼까? 저번에는 혈액 검사 수치가 너무 낮아서, 정상적인 임신 상태라고 말하기가 어려웠거든, 오늘 초음파를 보면 확실하게 알 수 있을 거야."

유채가 가운으로 갈아입고 나서, 두 사람은 진료용 의자가 설치된 안쪽으로 자리를 옮겼다. 소식자가 몸 안으로 들어오는 동안, 유채는 느리게 숨을 들이마셨다 뱉으면서 심호흡을 했다.

"어머!"

자궁 안에서 소식자를 이리저리 움직여 보던 주미가, 별안간 손을 멈추더니 외마디 탄성을 질렀다. 유채의 심장이 빠르게 뛰기 시작했다.

"어머라니? 어머 잘됐어야, 어머 어떡하니야? 말을 똑바로 해!"

"저기 보여? 콩알만 한 타원형 두 개."

"두 개? 지금 두 개라고 했어?"

유채는 초음파 화면을 생전 처음 접하는 사람처럼 들여다보았다. 주미가 손가락으로 짚은 곳에 과연 두 개의 작고 하얀 원이 그려져 있는 것을 보고, 그대로 숨이 멎는 것만 같았다.

"축하해, 둥이 엄마."

주미가 활짝 웃으면서 선언하듯 말하는 순간, 유채는 정신이 아득해지는 기분이었다. '둥이'라는 단어를 들은 순간부터, 그녀의 지구가 이전과는 다른 방향으로 자전하기 시작했다.

그로부터 일주일 후. 유채는 금방이라도 무너질 것처럼 낡은 연립주택 계단을 오르고 있었다. 3층에 도착한 그녀는, 초인종을 누르는 대신 열쇠로 문을 열면서 안에 있는 사람을 불렀다.

"엄마, 나 왔어."

유채는 부엌에 서서 부지런히 요리하는 중년 여자의 뒷모습을 마주했다. 법적으로도 생물학적으로도 아무 관계가 없음에도 불구하고 10년 넘게 '엄마'로 불러온 여자, 김인영이었다.

"환기도 잘 안 되는 집에서 무슨 생선을 구워?"

비좁은 부엌을 가득 메운 고소한 밥 냄새와 노릇하게 생선 굽는 냄새를 맡은 유채가 물었다.

"자라나는 청소년한테는 생선의 영양소가 꼭 필요하거든."

인영은 생선을 뒤집는 손을 멈추지 않으면서, 작은 방이 있는 쪽을 턱으로 슬쩍 가리켜 보였다. 반쯤 열린 방문 틈으로, 담요를 쓰고 누워 있는 교복 차림의 여학생 하나가 보였다.

"가출 청소년이야?"

"보육원에서 가출해서 남자친구랑 살았는데, 그 남자친구가 폭력을 휘둘러서 또 가출했대. 가엾기도 하지."

"그래서 또 엄마 집에서 재우는 거야? 하루가 이틀 되고, 이틀이 사흘 되고, 그러다가 그냥 눌러 앉으면 어떻게 하려고?"

내가 그랬던 것처럼. 유채는 목구멍까지 튀어나왔던 말을 도로 삼켰다. 방에 틀어박혀 있던 여학생은 두 사람이 자신에 대한 얘기를 하고 있다는 걸 눈치 챘는지, 슬그머니 일어나더니 방문을 닫았다. 세상에 흥미로운 일이 아무것도 없는 듯 삭막한 표정이 꼭 11년 전의 자신을 닮아서, 유채는 가슴 한 자락이 얇게 베이는 것 같았다.

"가엾긴 한데, 엄마 생활비도 부족하잖아. 국선 변호사로 몇 푼 벌지도 못하는데 그나마도 여성의 집에 퍼다 주고. 남들처럼 노후 준비 같은 건 안 해?"

"에이, 그런 게 왜 필요해? 돈 잘 벌고 유능한 딸내미가 있는데."

'내가 좋은 집에서 같이 살자고 그렇게 말해도 안 들으면서, 무슨.'

유채는 인영의 뒷모습을 먹먹하게 바라보면서 말을 삼켰다. 몇 년을 입었는지 기억도 안 나는 낡은 원피스, 질끈 묶은 머리 꽁지 아래로 비어져 나온 잔머리에는 새치가 성성했다.

"엄마, 나 할 말이 있어서 왔는데……. 놀라지 말고 들어."

"뭔데? 혹시 남자 친구 생겼니? 결혼할 사람 생겼어?"

인영은 별 일 아닐 거라고 생각한 듯, 부엌칼로 부산하게 도마를 두드리면서 물었다. 유채는 식탁 위에 초음파 사진을 꺼내 놓았다. 그리고 차분한 목소리로 폭탄을 던지듯이 선언했다.

"나 아이 가졌어. 쌍둥이야."

도마 소리가 우뚝 멎었다. 산전수전 공중전 다 겪어서 이제는 놀랄 일도 없다는 인영이지만, 하나뿐인 딸의 임신 소식은 다를 것이다. 유채는 인영의 눈치를 살피면서 말을 이었다.

"엄마가 걱정할 거 아니까 낳을 때까지 얘기 안하려고 했어. 그런데 예상치 못하게 쌍둥이가 생겨서 앞으로 도움 받을 일이 많을 거 같더라고. 쌍둥이는 임신 중에도 두 배로 힘들다잖아."

거기까지 듣고 있던 인영은 돌연 안방으로 쑥 들어가 버렸다. 유채는 가슴이 덜컥 내려앉았다.

'엄마가 실망한 걸까? 피도 안 섞인 아이를 딸처럼 돌봐줬더니, 기껏 한 일이 미혼모가 되어서 온 거라서? 엄마가 매일 보는 가출 청소년들처럼?'

그러나 안방에서 나온 인영의 손에는 두툼하게 솜을 넣어 누빈 방석이 들려 있었다.

"맨 의자에 앉지 말고 이 위에 앉아. 임산부가 한데 앉는 거 아니야."

묵묵히 방석 위에 올라가 앉는 유채의 가슴 밑바닥에서 뭔가 뜨거운 것이 울컥 치밀었다. 그녀와 마주보고 앉은 인영은 한결 침착해진 어조로 말했다.

"그래, 쌍둥이를 가졌단 말이지. 선우 이후로는 누구도 만날 생각을 안 하기에 걱정했더니……. 애들 아빠와는 결혼할 거니? 혹시 엄마가 아는 사람이야?"

"애들 아빠는 나중에 소개할게. 사정이 있어서 결혼은 하지 않기로 했어. 애들 인생에 관여하지도 않을 거고. 철저히 나 혼자 키울 거야."

유채는 정자 기증에 대한 얘기는 숨기기로 마음먹었다. 미혼모가 되겠다는 것만으로도 엄마에게는 큰 충격일 텐데, 주인이 누군지 모르는 정자를 받아 임신한 사실까지 밝힐 수는 없었다.

"유채야, 엄마는 너의 사생활을 존중하고, 너의 선택을 믿어. 하지만 나는 누구보다 잘 알아. 우리 사회에서 미혼모와 그 아이들이 어떤 취급을 받는지. 그런데 왜 굳이 그 길을 가겠다는 건지 모르겠다. 혹시 아이들 아빠가 결혼을 할 수 없는 상황이라든가……."

"내가 안한다고 한 거야. 엄마도 알잖아, 나 평생 결혼 안 하기로 마음먹은 거. 결혼이라는 말만 들어도 아주 진절머리가 나는 거. 왜 인지는 내가 굳이 설명 안 해도 알지?"

결혼을 하지 않는 이유, 그걸 장황하게 토로하자면 열흘 밤을 지새워도 부족했다. 11년이 지났지만, 생각하는 것만으로도 유채는 심장이 불에 덴 것처럼 아팠다.

"유채야, 세상 모든 남자들이 다 너희 아버지 같은 건 아니야."

달래듯이 말했던 인영은, '아버지'라는 단어를 들은 유채가 두 주먹을 꾹 움켜쥐고 온몸으로 거부 반응을 보이는 것을 보고 얼른 말을 돌렸다.

"정 결혼이 싫다면, 아이를 낳지 않는다는 선택지도 너한테는 있어."

"아니야, 나도 나 닮은 예쁜 아이 품에 안아보고 싶고, 가족이 주는 온기도 느껴보고 싶고, 나중에 늙고 약해졌을 때 의지도 하고 싶어. 그래서 이 아이들은 꼭 낳기로 결심했어."

"아무리 그래도 회사에서도 탐탁지 않아 할 텐데. 거기에다가 하나도 아니고 둘씩이나……."

"그 정도 이유로 회사 잘릴 만큼 나 무능력하지는 않아. 다행히 사치하지 않고 살면 애 둘 먹여 살릴 정도의 돈은 모아 두었으니까. 육아휴직 끝나면 그때부터는 사람도 쓸 거고."

"……."

"엄마도 받아들일 시간이 필요하다는 거 알아. 천천히 생각해봐. 나중에 또 올게."

유채는 식탁 위에 꺼내 놓았던 초음파 사진을 다시 핸드백 안에 넣으려고 했다. 그때, 인영이 그녀의 손을 붙잡았다. 그리고 체념 섞인 한숨을 쉬었다.

"이제 와서 뭘 또 생각하라고 그러니? 나는 11년 전에 너를 받아들일 때, 그때 이미 모든 걸 다 받아들였어. 이런 상황까지 포함해서."

"엄마."

"사진은 놓고 가. 국선 사무실에 있는 영감님들한테 나도 손주 생겼다고 자랑 좀 하게."

유채는 치밀어 오르는 감정을 주체하지 못하고 인영을 와락 끌어안았다. 인영은 그런 딸을 한없는 애정으로 자상하게 보듬어주었다.

4. 갈비와 꽃등심, 목살의 결과물

"누구세요? 저희 집 앞에서 뭐하시는 거예요?"

혼자 사는 단독주택 앞에 차를 대고 내린 유채는, 대문 앞에 서 있는 남자를 발견하고 의심스럽게 물었다. 그녀의 목소리를 들은 남자가 천천히 몸을 돌린 순간, 그녀는 흠칫 놀랐다.

'무슨 영화배우 같이 생겼네…….'

그 훤칠한 기럭지 때문에, 그 다음은 완벽하게 잘생긴 얼굴 때문에, 순간적으로 경계심조차 잊어버릴 지경이었다. 남자의 희고 깨끗한 이마에 연갈색 머리카락이 살짝 흘러내렸고, 그 아래 반듯하게 꺾인 눈썹이, 호수처럼 투명하고 깊은 눈이 시선을 사로잡았다. 널찍한 어깨에는 어른스러운 베이지색 코트를 걸쳤는데, 끝도 없이 긴 다리는 찢어놓은 검은색 진바지로 감싼 게 인상적이었다.

"서유채 변호사님?"

생긴 것뿐만 아니라 목소리도 비현실적인 남자였다. 실크처럼 윤기가 흐르면서 성량이 풍부한 중저음. 말하는 것만 들어도 노래 부르는 게 궁금해지는 그런 목소리였다.

"네, 제가 서유채인데요. 누구세요?"

"아, 저 모르세요?"

'뭐지, 이 인간은? 내가 자기를 아는 게 당연하다는 것처럼 굴고 있네. 먹고 사느라 바빠서 대통령 얼굴도 길에서 마주치면 알아볼까 말까 한다고.'

유채가 그런 의도를 담아서 일부러 남자를 빤히 쳐다보자, 그는 무안해진 듯 얼굴을 한쪽 손바닥으로 슬며시 쓸어내렸다.

"음, 뭐라고 설명해야 하지…… 제 이름은 강이현이라고 합니다."

이현은 유채가 자신의 이름을 알아듣길 기대하는 눈길로 쳐다봤지만, 이번에도 그녀는 눈썹 하나 까닥하지 않았다. 그러자 이현은 짤막하게 한숨을 쉬면서, 오른쪽 손가락 끝으로 유채의 아랫배가 있는 쪽을 가리켰다. 그리고 여태껏 그녀가 살면서 들어본 것 중 가장 재미없는 농담을 던졌다.

"아무래도 제가 그 아이의 아빠 되는 사람인 것 같습니다."

유채는 아주 단단히 미쳐버린 놈을 마주친 거라고 생각했다. 대뜸 자기를 모르냐고 물어볼 때부터 낌새가 이상하긴 했다.

"번지수 잘못 찾으신 거 같은데요. 돌아가시지 않으면 경찰에 신고할 거예요."

"뭔가 오해하신 거 같은데 저는 이상한 사람이 아닙니다."

이현은 긴 다리로 성큼성큼 다가오면서, 뭔가 해명하려는 것처럼 두 손을 들어올렸다. 큼직하고 단단해 보이는 그 손이 유채의 시야에 들어오는 순간, 갑자기 생각이 정지해버렸다.

"저리 가, 이 싸이코야! 날 가만히 내버려 둬! 가까이 오지 마!"

발작 같은 공포에 사로잡힌 유채는 핸드백을 높이 들어 올려 허공에 대고 휘둘렀다. 그러다가 제풀에 벌러덩 넘어지면서 엉덩방아를 찧고 말았다. 콘크리트 바닥에 부딪친 골반이 욱신거렸다.

"괜찮아요? 뭘 그렇게 무서워해요? 아무 짓도 안했는데."

이현은 유채에게 다가가던 발걸음을 멈추고 의아해했다. 아직도 눈을 질끈 감은 채 부들부들 떠는 유채는 이현이 아닌 뭔가 다른 것을 보고 무서워하는 사람 같았다.

"저기요? 저 싸이코 아니라고요."

눈을 감고 있어도 한참 동안 아무 일도 일어나지 않자, 유채는 두 손을 뒤로 뻗어 바닥을 짚은 채 천천히 눈꺼풀을 들어올렸다. 이현은 허리를 살짝 숙인 자세로 그녀를 내려다보고 있었다. 담백하게 속 쌍꺼풀이 진 눈과 오뚝한 콧날에 파르스름한 조명이 비추었다. 유채의 시선은 자연스럽게 그 빛의 근원지를 찾아 움직였다.

— Illusion의 세 번째 정규앨범, Heaven!

저 멀리 고층건물 꼭대기의 초대형 전광판에서 대문짝만한 글씨가 떠다녔다. 그 배경에는, 지금 유채를 내려다보고 있는 것과 똑같은 얼굴이 진한 화장을 한 채 반짝이고 있었다.

"여기 있는 사람이……. 저기에도 있네?"

유채는 얼떨떨해져서 이쪽의 이현과 저쪽의 이현을 재차 번갈아 보았다.

"이제 알겠죠? 이상한 사람 아닌 거."

이현은 바닥에 넘어져 있는 유채를 향해 조심스럽게 손을 내밀었다. 그러나 유채는 그 손을 모르는 척하면서 혼자 엉덩이를 털고 일어났다.

"드릴 말씀이 있는데, 괜찮으시다면 집으로 들어가도 될까요? 바깥에서는 아무래도 사람들 눈에 띄어서요."

"우리 집에 들어가겠다고요?"

"안 될까요?"

유채는 정신이 번쩍 들었다. 아이돌이건 외계인이건 XY염색체를 지닌 존재는 달갑지 않았다.

"당연히 안 되죠. 연예인이라고 해서 당연히 멀쩡한 사람이라는 법은 없잖아요."

"네?"

평소의 모습으로 돌아온 유채는 도도하게 팔짱을 끼고, 예쁘장하게 생긴 눈으로 이현을 쏘아보면서 청산유수로 말을 쏟아냈다.

"요새 연예인들은 약을 하거나, 술 먹고 사람을 패기도 하잖아요. 그보다 더한 짓도 하고요. 그쪽이 집에 들어가자마자 살인마로 돌변해서 손도끼를 휘두르지 않을 거라고 어떻게 믿어요?"

"살인마…… 손도끼……."

이현은 어안이 벙벙해져서 중얼거렸다. 지금까지 그의 정체를 알게 된 후로 이렇게 반응한 사람은 단 한 명도 없었다. 이 여자, 서유채가 처음이었다.

결국 둘은 유채의 차 안에서 대화하는 것으로 타협했다. 이현이 몰고 온 차도 있었지만, 유채는 그 안에 들어가는 것을 단호하게 거부했다. 납치나 감금이라도 당하면 어떡하냐는 것이었다.

"불 켤게요. 어차피 선팅해서 밖에서는 안 보여요."

운전석에 앉은 유채가 실내등을 켜자, 이현은 비로소 그녀의 얼굴을 제대로 볼 수 있었다. 단정하게 묶은 머리카락에는 광택이 흘렀고, 피부는 맑고 깨끗했다. 눈 꼬리가 고양이처럼 올라간 아몬드 모양의 눈동자와, 그 위를 촘촘하게 메운 풍성한 속눈썹이 고왔다. 도톰한 입술 사이로 엿보이는 치열은 진주처럼 가지런했다. 맨손으로 귀신도 때려잡을 만큼 기가 세지만, 상당한 미인이었다. 시동을 걸고 히터를 작동시킨 유채가 이현에게 질문을 던졌다.

"아까 그건 무슨 얘기예요? 아이 아빠라니? 내가 임신한 건 어떻게 알았어요?"

"삼신 클리닉에서 인공수정 받으셨죠? 지금 4주째고요?"

임신 주수까지 알고 있다니, 유채는 소름이 끼치는 걸 느끼면서 고개를 끄덕였다. 이현은 듣기 좋은 차분한 목소리로 말을 이었다.

"설명하자면 긴데, 1년 전 얘기부터 할게요. 그때 저희 그룹은 아직 뜨기 전이었어요. 흔히 말하는 생계형 아이돌[4]이었죠. 백화점에서 인형 탈 쓰고 전대물 쇼도 하고, 구청에서 식목일 행사도 뛰고, 방송국 대기실에 있는 컵라면을 몰래 가져다가 숙소에 쟁여놓고 그랬어요."

눈물 나게 서글픈 고생담이긴 한데, 그래서 어쨌다는 건지. 유채의 반응은 냉담했다. 어깨에 짊어지고 가야 할 짐이 없는 사람은 없다. 그 무게는 조금씩 다를지 몰라도.

"그런데 하루는 갈비하고 꽃등심이 먹고 싶어진 거예요. 정말 미치도록 먹고 싶어서 눈앞에서 고깃덩어리가 둥둥 떠다니는 것 같았

---

4) '생계형 아이돌'. 인지도가 낮아 지방의 소규모 행사나 공연을 돌면서 힘들게 수입을 올리는 아이돌을 지칭하는 말이다. 비슷한 예로 '소년가장', '소녀가장'이 있는데, 같은 그룹이나 기획사 안에 수입을 올리는 연예인이 없어 혼자 그룹 전체, 기획사 전체를 먹여 살리는 경우를 말한다.

어요. 때마침 스케줄이 없는 날이었죠. 그래서 알바만세 사이트를 뒤져봤는데…….”

유채는 ‘알바만세’가 등장한 시점부터 이 대화가 가는 방향이 마음에 들지 않았다. 꺼림칙한 유채의 마음을 아는지 모르는지, 이현의 얘기는 계속되었다.

“정자 기증 아르바이트가 있더라고요. 고등학교 졸업 이상의 학력을 가진, 유전 병력 없고 술 담배 안하는 건강한 남성. 그것만 충족하면 일당 30만 원을 준다는 거예요. 굉장하다 싶었죠. 그 돈이면 한우를 1kg도 넘게 살 수 있는데.”

세상 만물의 가치를 고기로 환산하는 게 20대 남자애다웠다. 이미 이 이야기의 결말을 예상해 버린 유채는 단도직입적으로 이현에게 물었다.

“그래서, 했어요?”

“네. 고기도 먹었어요. 목살이랑 콜라까지 배부르게. 멤버들이랑 같이.”

이현은 그때 먹은 고기의 쫄깃한 질감이 아직도 입 안에서 생생한 듯 흐뭇한 표정을 지었다. 얼핏 자랑스러워 보이기까지 했다. 유채는 기가 막혔다.

‘지금 그게 중요한 게 아니잖아! 이 철딱서니 없는 고기 마니아야!’

맛있었다니 다행이긴 했다. 문자 그대로 고혈을 방울방울 짜내서 얻은 고기인데 맛없으면 큰일 나지 않겠는가.

“그러니까 지금 내 뱃속에 있는 아기가…….”

“그 아기가 갈비랑 꽃등심이랑 목살의 결과물인 거죠.”

객관적인 사실을 나열한 것에 불과한데도 왠지 끔찍하게 들렸다.

바비큐를 즐기는 식인종의 모습을 연상시키기도 하고. 하다못해 초콜릿이나 캔디처럼 달콤하고 사랑스러운 먹을거리였으면 듣기에 조금 나았을지도.

유채는 갈비와 꽃등심, 목살과 맞바꾼 아기들이 잠들어 있는 아랫배에 넌지시 손을 얹었다. 그녀는 어떤 상황에서도 이성을 잃지 않는 유능한 변호사이고, 지금은 고기에 눈이 먼 이 남자애의 황당무계한 주장에 반격을 해주어야 할 때였다.

"삼신 클리닉에서 보관하는 정자가 모두 몇 세트인 줄 알아요? 1500세트가 넘어요. 제 친구가 부원장이라서 잘 알죠. 그 1500세트 중에 한 개가, 강이현 씨 것일 확률은 아주 미미해요."

"아니요, 제 거 맞아요. 클리닉에서 확인해 줬거든요."

이현의 태도는 확신에 가득 차 있었지만, 유채는 여전히 반신반의할 수밖에 없었다.

"강이현 씨, 정자 기증하면서 기밀유지각서 작성하지 않았어요? 만일 정자 공여자가 맞다고 해도, 지금 하는 행동은 계약 위반이에요. 당연히 클리닉에서도 정보를 알려줬을 리가 없고요."

"그야 당연히 순순히 알려주지 않았죠. 사흘 내내 전화를 걸었는데, 나중에는 수신 차단까지 당했어요. 그래서 직접 찾아갔죠. 원장님한테 싹싹 빌다시피 해서 겨우 알아냈어요."

"아무리 빌어도 알려주지 않았을 텐데요? 왜 그렇게까지 하는 거죠? 도대체 뭘 위해서?"

유채의 질문에, 이현은 즉각 대답하지 못하고 머뭇거렸다. 그 세 가지 질문에 대답하려면 견딜 수 없을 만큼 수치스러운 비밀을 말해야만 했다. 친형제 같은 멤버들에게도 말하지 못했던, 난임병원

원장에게만 쥐어짜내듯 힘겹게 털어놓았던 바로 그 비밀. 그러나 이 여자에게는, 돌이킬 수 없는 재앙에서 그를 구원해줄 그녀에게는 지금 당장 솔직히 말할 수밖에 없었다.

"실은 얼마 전에 무정자증 진단을 받았어요."

그 순간은 유채도 표정 관리를 하지 못했다. 딱딱하게 굳어지는 그녀의 얼굴을 보면서, 이현은 침착하게 설명했다.

"의사 말로는 이것저것 치료를 시도해 볼 수는 있겠지만, 회복된다고 장담할 수 없대요. 다른 병원도 몇 군데나 다녀봤지만 똑같은 말만 들었어요. 아마 힘들 거라고."

이현의 목소리가 점점 낮아졌고, 그만큼 고개도 아래로 꺾여 들어갔다.

"사실 정자 기증 아르바이트를 했던 건, 저에게는 가장 감추고 싶은 흑역사였어요. 남들이 알면 얼마나 비웃겠어요. 오죽했으면 팔게 없어서 정자를 팔겠냐고……."

유채는 점차 이현에 대한 연민이 생겼다. 꽃다운 이십대에 고자가 되다니, 당연히 불쌍했다. 아니, 적어도 이현이 하는 다음 말을 듣기까지는 그랬다.

"그런데 제 정자로 생겨난 생명이 있다는 걸 알고, 얼마나 다행인지 모른다는 생각이 들었어요. 어쨌든 아빠가 될 수 있는 기회가 아직 남아 있는 거니까……."

문제의 단어가 불청객처럼 툭 튀어나온 순간, 유채는 예쁘장한 눈을 부릅뜨며 이현의 말을 잘랐다.

"잠깐만요, 뭐가 된다고요?"

"아빠요."

"누가 누구의 아빠가 되는데요?"

"제가 서 변호사님 아기의 아빠가 될게요."

이현은 너무도 당연한 걸 묻는다는 듯 대답했고 유채는 차갑게 코웃음 쳤다.

"누구 맘대로요?"

"네?"

"나는 처음부터 아이를 혼자 낳아서 키울 생각으로 인공수정 시술을 받은 거예요. 그게 아니라면 결혼을 해서 남편을 얻었겠죠. 안 그래요? 나한테 남자의 간섭은 귀찮을 뿐이라고요."

"귀찮게 하지는 않을게요. 그냥 아이에게 내가 아빠라는 걸 알게 해 주고, 가끔 만나서 시간을 보내게 해 주고, 내가 도와줄 수 있는 일들을 도와주게만 해 주면…….."

"그게 귀찮게 하는 거라고요! 그리고 자꾸 아빠, 아빠 하지 말아요. 기분 나쁘니까. 몇 살이나 먹었다고 아빠 노릇을 하겠다는 거예요? 내가 보기엔 아빠가 필요한 건 그쪽 같아 보이는데. 이마에 피도 안 말라가지고는."

"스물 네 살입니다. 조선시대로 간다면 애들 서넛 정도는 거뜬히 낳아서 키웠을 나이죠. 보시다시피 이마도 매끈하고요."

"지금은 조선시대가 아니잖아요!"

그녀는 신경질적으로 빽 소리쳤다. 매섭게 쏘아보는 눈초리에, 이현은 저도 모르게 몸을 움츠리면서 풀이 죽었다.

'무, 무서운 여자다……!'

여자들로부터 열렬한 찬사와 애정고백을 듣는 데 익숙한 이현은, 히스테리를 부리며 윽박지르는 이 여자의 태도가 영 익숙지 않았다. 그는 주인에게 혼이 난 애완견처럼 풀이 죽었다.

"시간을 갖고 신중히 생각해주시면 안 될까요? 제가 어리긴 하지만 모아둔 돈도 꽤 있고, 직업도 탄탄하고, 누구보다 건강하고 튼튼하거든요. 정말 좋은 아빠가 될 자신이 있어요."

"아이돌이면 연예인이잖아요. 혹독하게 다이어트하고 춤추느라 관절이 남아나지 않을 텐데? 게다가 7년의 저주? 그런 것도 있다면서요. 아무리 잘 나가도 7년을 못 넘긴다고. 아기는 그보다 훨씬 오래 살아요. 평균 수명이 82세거든요. 그 정도는 알죠?"

"……."

"할 말 다 했으면, 저는 이만 가 볼게요. 이현 씨가 우리 애랑 무슨 관계가 있기나 한 건지 명확하지도 않은 상태에서, 이런 대화를 하는 것 자체가 시간 낭비인 것 같네요."

이현은 더 말하고 싶은 기색이 역력했지만, 유채는 무시하고 쌩하니 차에서 내려 버렸다. 주인 없는 차에 덩그러니 앉아 있을 수는 없어서, 이현도 그 뒤를 따라 내릴 수밖에 없었다.

"안녕히 가세요. 강이현 씨. 이제 다신 만날 일이 없으면 좋겠네요."

새초롬하게 쏘아붙인 유채는 쪼르르 대문까지 달려간 후, 문을 열고 그 안으로 쏙 들어가 버렸다. 이현은 닭 쫓던 개처럼 얼빠진 표정으로 그 뒤를 쳐다볼 뿐이었다. 쾅 소리나게 문을 닫고 집 안으로 들어온 유채는 가빠진 숨을 가까스로 골랐다. 일단 사실을 확인하는 게 중요했다. 그러기 위해 최대한 빨리 만나야 할 사람이 있었다.

5. 일루젼의 차트 역주행 신화

"사실이니? 그것만 대답해줘."

그 다음 날, 유채는 카페 테이블 맞은편에 앉아 있는 주미를 향해 조급하게 묻고 있었다.

"사실이야."

"안 돼!!"

유채는 현실에서 도피하고 싶은 나머지 두 눈을 손바닥으로 덮어 버렸다.

"도대체 왜! 하필이면 아이돌이야! 연륜 있고 점잖은 대학 교수라든가, 슈바이처 정신으로 무장한 의사라든가, 고상한 작가라든가, 선택의 여지는 얼마든지 있잖아!"

"이제 와서 왜 이러실까? 언제는 눈코입이랑 고환만 달려 있으면 노숙자도 상관없다더니."

"그거야 궁하니까 그냥 해본 소리지! 조카가 될 아이의 아빠를 고르는데 네가 어련히 알아서 잘해주겠거니 생각했지! 설마 그런 데서 사심을 섞을 줄은……."

"사심 아니거든? 수십 개의 샘플들을 놓고 비교해서 뽑은 거라고!"

"비교 기준이 뭔데? 뭘 기준으로 삼았기에 스물 넷, 아니 그 당시엔 스물 셋밖에 안 먹은 아이돌 가수가 뽑혀!"

"덴마크 정자은행에서 제공하는 양식을 참고해서 골랐다니까! 네가 몰라서 그러는데, 어디 그만한 정자 기증자가 또 있는 줄 아니? 키 크지, 잘생겼지, 재능 있지, 성격 좋지, 집안에 유전병이나 대머리도 없지."

"……."

"남자들의 생태계는 말이야. 기묘한 법칙이 있어. 키 크면 능력이 없고, 능력 있으면 싸가지가 없고, 싸가지 있으면 얼굴이 별로고. 어쩌다 기적적으로 키 크고 능력 있고 잘생기고 성격 좋은 남자를 만나잖아? 걔는 더 큰 문제가 있어. 다단계에 심취해 옥매트 팔러 다니기도 하고, 빚이 몇억씩 있기도 하지!"

주미는 척박한 골드미스 선 시장에서 고군분투하는 열사답게, 두 주먹을 불끈 쥐며 열변을 토했다.

"그러니까 내 말은, 강이현은 이론적으로 이 세계에 존재할 수 없는 완벽한 남자라는 거야."

"완벽한 남자?"

유채는 의미심장한 낯빛으로 주미를 쳐다보았다. 이현이 무정자증에 걸렸다고 호소해서 정자 수증자의 정보를 알아냈다고 했으니, 주미도 당연히 그걸 알고 있을 터였다.

"물론 약간의 문제가 있기는 하지. 그치만 셋째를 갖고 싶은 게 아닌 이상 문제될 거 없잖아. 게다가 단점을 상쇄하는 장점이 좀 많아? 내가 부탁하겠는데, 인터넷에서 '강이현 복근' 한 번만 검색해보고 우리 다시 얘기하면 안 될까? 죽어가던 인류에도 되살리는 사진이야."

주미는 머릿속으로 이미 강이현의 복근을 검색해본 듯, 얼굴에 홍조를 띄우면서 말을 이었다.

"정자 기증한 남자랑 그 정자를 받아 자식을 낳은 여자가 사랑에 빠져서 결혼하는 할리우드 영화도 있어. 자기를 쏙 빼닮은 딸의 사진을 인터넷에서 발견한 남자가 무작정 핏줄을 찾아가는데, 그 엄마를 마주치자마자 첫눈에 반하는 거야."

소녀처럼 쾌활하게 들뜬 주미를 향해, 유채가 입술을 비틀며 냉소적으로 말했다.

"진주미, 너 영화가 왜 영화인 줄 알아? 반사할 영, 그림 화. 그림 속의 떡이 반사된 거, 그게 영화야. 현실이라고 착각하지 말자."

유채는 이현을 처음 마주쳤을 때 순간적으로 넋을 잃었던 것까지 부인할 수는 없었다.

"그렇지만 딱 거기까지야. 인공수정 과정에서 생긴 잠깐의 트러블이라고. 우리와는 전혀 다른 세계에서 사는 애잖아. 내 인생에 들여놓는 일은 절대 없을 거야."

스타카토를 주듯 한 어절씩 끊어서 하는 말은, 아이돌이라면 맥을 못 추는 이 사회에 대한 근엄한 선전포고와도 같았다.

"내가 철부지 아이돌 가수와 사랑에 빠지는 일 따위는 죽었다 깨어나도 생기지 않을 거라고!"

주미와 헤어지고 사무실로 돌아온 유채는 인터넷에 접속했다. 포털 사이트 검색창에 '일루전'을 쳐 넣자, 관련 기사만 15만 건이 넘게 떴다. '빙의글'[5]이라는 제목을 붙인 게시물들이 홍수처럼 넘쳐났다.

"이게 다 뭐야? '남학교 일진 혁과 여학교 왕따의 연애', '내 빵을 뺏어먹은 여자는 네가 처음이야, 너랑 나랑 오늘부터 1일!', '의붓오빠가 된 홍래원'. 유치해서 눈 뜨고 못 봐주겠네."

위키백과에 따르면, 일루전은 감성적인 멜로디가 돋보이는 미디엄 템포의 발라드풍 댄스곡 'Alone'을 1집 타이틀곡으로 내세우며 야심차게 데뷔했다. 그 문구를 읽고, 유채는 고개를 갸웃거렸다.

"발라드풍 댄스곡이라는 게 대체 뭐야? 중국집에서 파는 짬짜면, 탕볶밥 같은 개념인가?"

일루전의 1집 앨범은 2천 장도 팔리지 않았고, 데뷔 기념 팬 사인회에는 달랑 쉰 명이 참석했다. 설상가상으로, 그중 서른 명이 역할 대행 아르바이트생들인 것으로 밝혀져 망신을 당했다. 그 사건이 외부로 알려지면서 붙여진 별명이 '바람잡이돌', '허세돌'이었다.

기획사인 '초대박 엔터테인먼트'는 국내가 안 된다면 해외 시장을 개척해 보자며 일본 진출을 시도했다. 멤버들은 돈을 아끼기 위해 자기들끼리 부산항에서부터 배를 타고 가다가 배표를 잃어버리는 바람에 오사카항에 구금당했는데, 그 때 붙여진 별명이 '밀항돌', '망명돌'이었다.

2집 앨범 타이틀곡인 'Fantasy'는 이현이 직접 작사 작곡한 딥하우스 장르의 일렉트로닉 댄스곡이라고 했다. 이 설명도 유채에게는

---

5) '빙의글'. 자신이 여주인공이 되었다고 상상하고 남자 아이돌과의 로맨스를 묘사한 글이다. 짧은 분량에 문단마다 남자 아이돌의 사진을 넣으며, 쉬운 몰입을 위해 여자주인공의 이름을 전부 '김여주'로 통일한다는 특징이 있다. 언제 어디서 어떻게 시작되었는지 아무도 정확히는 모른다.

'해삼 아스파라거스를 얹은 죽생 제비집 수프'처럼 겉멋 부린 문구로밖에는 보이지 않았다.

"댄스곡이면 그냥 댄스곡이지 뭐 복잡하게……."

음원 시장에서 주목받지 못하던 'Fantasy'는 기상천외한 소동으로 입소문을 타게 되었다. 그때쯤에는 뛰어보지 않은 행사가 없던 일루전이, 과천 경마장의 '건전한 패밀리 피크닉'에 초청받아 공연하러 간 것이 계기였다. 가설무대가 설치된 잔디밭에는 팔뚝만한 말똥 덩어리들이 굴러다녔고, 멤버들이 춤을 추느라 땀을 흘릴 때마다 파리 떼가 왕왕대며 습격을 해 왔다.

노래가 하이라이트에 이르렀을 때였다. 저 멀리에서부터 육중하게 지축이 뒤흔들리면서 땅이 갈라지는 것 같은 소음이 났다. 관중들은 지진이 일어난 줄 알고 공포에 질려 웅성거렸다.

그런데 땅의 진동이 점점 심해지더니 고삐 풀린 말 한 마리가 난폭하게 질주하면서 잔디밭에 난입했다. 말은 콧구멍에서 기차 화통 같은 숨을 훅훅 뿜어내면서 무대를 향해 달려왔다.

"Fantasy, 오늘 밤은……. 헉, 뭐야! 뭐야!"

화음을 맞추면서 후렴을 노래하던 이현과 노아는, 장애물 넘기 하듯 훌쩍 무대 위로 뛰어오른 말과 정면으로 맞닥뜨렸다. 주최 측의 깜짝 이벤트라고 생각했던 것일까. 그들은 필사적으로 도망 다니면서도 손에서 마이크를 놓지 않았고, 더듬거리면서 끝까지 노래를 불렀다.

"나를 믿어 줘, 나만 믿어 줘. 내 손을 놓지 말고……. 옴마야! 나 살려!"

말은 래원의 랩이 마음에 들지 않은 모양이었다. 앞다리를 위협적으로 치켜들고 뒷다리로만 서면서 히잉힝 하고 포효하는 말을 보자, 래원은 마이크를 떨어뜨리고 제자리에 주저앉았다.

"야, 덤벼! 덤벼!"

말과 숨바꼭질하면서 기어이 완곡한 이현과 노아도 정상은 아니었지만, 누가 뭐래도 가장 비상식적인 리액션을 보인 멤버는 혁이었다. 그는 비보잉으로 다져진 다부진 어깨와 다리로 떡하니 무대 중앙에 버티고 서더니, 돌진하는 말을 향해 두 주먹을 불끈 쥐어 보였다.

"이 몸으로 말할 것 같으면 영동고 핵주먹 권혁이다! 이 말 새끼야! 덤비라고!"

전신에 힘을 준 채 당장이라도 말을 향해 덤벼들 깃 같은 태세를 갖추고 있는 혁. 그리고 그를 그대로 짓밟아버릴 것처럼 갈기를 흔들면서 발굽을 휘두르는 말.

"상대를 봐 가면서 덤벼! 이 미친놈아!"

말과 충돌하기 직전에 이현이 뒤에서 목덜미를 잡아채지 않았다면, 혁은 말발굽에 깔려서 작살났을 수도 있었다. 적어도 갈비뼈 몇 대는 확실하게 부러졌을 것이다.

이현과 혁이 함께 바닥에 나동그라지자마자, 때마침 출동한 구조대원들과 사육사들이 장비를 들고 말을 포위했다. 사태는 무사히 수습되었지만, 다음 날 '말과 격투하는 아이돌'이라는 제목의 동영상이 인터넷 동영상 사이트인 '아이튜브'에 올라오면서 인터넷이 발칵 뒤집혔다.

'경마장돌', '말돌', '격투돌', '글래디에이터돌' 등의 별명과 함께 '일루젼'이라는 그룹명도 마침내 대중에게 알려지기 시작했다.

— 그런데 이 노래 제목이 뭐예요? 계속해서 듣게 돼요.

— 얘네 춤도 잘 춘다. 손가락 끝까지 딱딱 맞는 군무 클래스.

— 비주얼에 구멍이 없어. 잘생긴 애 옆에 잘생긴 애 옆에 잘생긴 애.

웃겨 죽는다는 소문을 듣고 동영상을 클릭했던 사람들은, 일루전의 노래와 춤, 네 명의 개성과 매력에 매료되기 시작했다. 음원 차트에 진입한 'Fantasy'는 무서운 속도로 차트 역주행의 신화를 쓰면서 인기 초절정의 아이돌 그룹으로 급부상했다. 최근 발매한 3집 앨범도 나날이 폭발적인 반응을 얻고 있었다.

"고생하면서 떴다더니 진짜 고생하긴 했네……."

더 볼 게 없나 살피던 유채는 '본격 입덕 영상, 월간 아이돌에 출연한 일루전!' 메뉴를 발견하고 클릭했다.

— 어느 날, 지구에 살던 아이들이 갑자기 사라졌다. 그로부터 20년이 지나고…….

장엄한 내레이션과 함께 암전된 스튜디오에 형형색색의 핀 포인트 조명이 떨어지더니, 빨강, 초록, 파랑, 노란색 전신 쫄쫄이 타이즈를 입은 일루전 멤버들이 튀어나왔다. 그들은 일사불란하게 대열을 맞춰, 독수리처럼 날갯짓을 하면서 스튜디오 안을 빙글빙글 돌기 시작했다.

"지구를 지키러 돌아왔다네. 평화의 수호자—. 뉴레쉬맨!"

구호에 맞춰 착착 인간 피라미드를 쌓는 그들의 모습을, 유채는 다소 착잡한 심경으로 지켜보았다. 백화점 행사에서 전대물 쇼를 했다더니 한두 번 해본 솜씨가 아니었다. 모니터를 오래 들여다봐서인지 지끈지끈 편두통이 몰려왔다.

"너무 어려……. 저래서는 그냥 어린애일 뿐이잖아."

6. 강이현, 회사에 나타나다

"변호사님, 전화 왔는데요."

책상 위에 놓인 전화기에 빨간 불이 들어오면서, 스피커에서 유채의 비서 하경의 목소리가 튀어나왔다.

"연결해 주세요."

습관적으로 대답한 다음에야, 유채는 누군지 물어보지 않았다는 데 생각이 미쳤다. 어차피 이 번호로 전화를 걸어 그녀를 찾을 사람은 의뢰인들과 상대방 변호사들뿐이었지만.

"네, 바로 연결할게요. 그런데 이 분 누구실까요? 목소리가 너무 멋져서 제가 그만 정신줄을 놓고 횡설수설했네요. 이상한 비서라고 생각 안하셨으면 좋겠는데……."

하경이 수줍어하는 게 수화기를 통해 느껴진 순간, 유채는 불길한 예감이 들었다. 대기업 회장이든 국회의원이든 누구에게나 똑같이 당돌하게 대하는 저 왈가닥 비서가, '정신줄을 놓을 뻔'했다면서 수줍어하다니. 유채가 뭐라 말하기도 전에 짧은 신호음이 두 번 울리고, '정신줄을 놓게 할 만큼 멋진' 남자의 중저음이 들렸다.

"강이현입니다."

그윽한 목소리와, 바보스러운 차력 쇼를 하던 사람의 이미지가 겹쳐지지 않아 유채는 혼란스러웠다. 그러나 아이들의 장래를 위해서라도 정신을 바짝 차려야 한다고 마음을 다잡았다.

"서유채예요."

"하룻밤에 지나지 않은 건 알지만 혹시 생각을 바꾸신 게 있는지 해서요.

"강이현 씨가 정자 기증자라는 사실은 확인했어요. 그걸 알고 싶으신 건가요?"

"아, 확인하셨군요. 그러면 이제……."

이현의 말투는 한 꺼풀 부담을 덜었다는 듯 밝아졌지만, 유채는 그렇게 호락호락한 여자가 아니었다.

"그렇다고 해서 달라지는 건 아무것도 없어요. 이현 씨는 이현 씨의 인생을 살고, 나와 아이는 별개의 인생을 살면 되는 거죠. 다시 한번 말하지만, 저와 제 가족 외에 그 누구도 아이 인생에 끼어들기를 원하지 않아요."

"아무리 그래도 어떻게 그래요. 제 핏줄인데……."

"핏줄일 뿐인 거죠. 별거 아니에요. 우리나라에서는 혈연의 의미가 과대평가되고 있어요. 생명을 열 달 동안 품고 다니고, 죽도록 배 아파서 낳고, 반평생 뒷바라지해서 키워내야 하는 건 다른 사람이 아닌 나에요."

"……."

"그 모든 노력과 과정에 핏줄이 하는 일이 하나라도 있나요? 핏줄이 젖을 먹여주나요? 핏줄이 똥 기저귀를 갈아줘요? 아니잖아요."

이현은 순간적으로 말문이 막혀 버렸다. 여태껏 살면서 이렇게 말을 잘하는 여자는 처음 만났다. 어떤 의미로든 자신을 이렇게 꼼짝 못 하게 만드는 여자도 마찬가지로 처음이었다. 연예인이라면 누구나 그렇듯, 그도 지독한 악플에 시달리며 살았다. 악플러들과의 싸움에서 그가 살아남은 비결은 한 가지였다. 악플에서 한 가지라도 긍정적인 요소를 찾아내는 것.

생방송 무대 후 형편없다는 악플이 달리면, 적어도 그 악플러가 무대를 봐 주었다는 것에 감사하면 된다. 성형한 것 같다고 음해하면, 그만큼 잘생겼다고 봐주는 것으로 받아들이면 된다. 군대나 가라는 악플이 튀어나오면? 사람들이 최소한 그의 나이를 기억할 만큼은 그에게 관심이 있다는 뜻이었다. 그래서 이현은 유채의 독설을 들으면서도 잠자코 이렇게 생각하고 있었다.

'아, 우리 애는 말을 참 잘하겠구나. 다행이다.'

그런 속내를 모르는 유채는 기관총처럼 계속 쏘아붙였다.

"그러니 강이현 씨도 여성의 선택을, 저의 선택을 존중해주길 바라요. 무정자증 진단을 받은 건 안타깝게 생각하지만, 괜한 헛수고하지 말고 차라리 그 시간에 치료에 전념하세요. 내 생각은 절대로 바뀌지 않을 테니까."

이현은 여전히 침묵을 지키고 있었다. 유채는 이것으로 언쟁이 끝난 것으로 여겼다. 그녀가 자신의 승리를 확신하고 있을 때, 이현이 불쑥 이렇게 물었다.

"그러면 아이의 선택은요?"

"아이의 선택이라니요?"

"어째서 서 변호사님의 선택만 중요하죠? 아이는 아빠를 원할 수도 있잖아요. 아니, 보통의 아이라면 아빠가 있는 가족을 갖고 싶어 할 거라고 보는 게 당연하겠죠."

이현은 자신이 지극히 상식적인 얘기를 하고 있다고 생각했다. 자신의 피를 물려받을 아이에게는 당연히 뭐든지 최선의 것을 해주고 싶었다.

"엄마는 아이를 배로 낳지만, 아빠는 가슴으로 낳는다는 말도 있잖아요. 아빠는 아이가 엄마 품에서 안전하게 잠들 수 있게 든든한 울타리를 치는 사람이죠. 아이에게는 두 사람이 모두 있는 게 가장 자연스러운 풍경이에요."

유채는 그의 말에 예상치도 못한 카운터펀치를 얻어맞은 기분이었다.

'아이에게 선택권을 주어야 한다고?'

여태까지 그런 식으로는 생각해 본 적이 없었다. 아직 1cm도 되지 않는 미세한 존재들이었다. 그녀가 외롭지 않으려고, 그녀가 필요로 해서 가진 존재들이었다. 그래서 개별적 권리를 가진 생명체라는 실감은 나지 않았던 것이다. 이현은 그런 그녀의 머릿속을 마치 직접 들여다보기라도 한 것처럼 정곡을 찔렀다.

"아이의 행복보다 자신의 선택을 앞세우는 건, 이기적이라고 말하는 겁니다. 저는."

이현이 그녀의 앞에 있는 것이 아니어서, 확 뜨거워진 얼굴을 감출 수 있는 게 다행이었다. 유채는 부끄러움을 숨기기 위해 한껏 퉁명스러운 말투로 그에게 면박을 주었다.

"그저 고기가 먹고 싶어서 충동적으로 정자 기증을 한 남자에게 듣고 싶은 얘기는 아니네요."

뜨끔한 이현은 잠시 입을 다물었다. 유채는 그 틈을 타서 반격을 가했다.

"착각하지 말아요, 강이현 씨. 아빠가 없는 모든 아이들이 불행하지는 않듯이, 아빠가 있는 아이라고 해서 반드시 행복해지는 건 결코 아니에요."

"⋯⋯."

"세상에는 차라리 아빠가 되지 않는 게 나은 인간들도 얼마든지 있다고요."

한 음절 한 음절 씹어 뱉듯이 '아빠'를 말하는 유채의 목소리가 이현에게는 굉장히 불행하게 들렸다. 이 여자의 아버지는 어떤 사람이기에 자기 딸로 하여금 저런 말을 하게 만드는 걸까.

"다시는 연락하지 말아주세요. 마음이 불편하네요."

"유채 씨, 잠깐만요!"

이현이 다급하게 불렀지만, 유채는 이미 일방적으로 전화를 끊어 버린 후였다. 물론 그렇다고 해서 그녀의 마음도 딱히 편해진 것은 아니었다. 오후 내내 일이 손에 잡히지 않을 정도로, 이현이 했던 말들이 뇌리를 맴돌았다.

"서변, 오늘 전체 회식 있는데 서변도 올 거지?"

퇴근하기 30분 전, 사무실 문이 빼꼼 열리더니 유채 또래의 남자가 고개를 내밀고 물었다. 유채의 건너편 사무실을 쓰는 '변변' 변기호 변호사였다.

"아, 난 오늘 쉬고 싶은데."

유채는 점심도 거른 상태였다. 멀미하는 것처럼 메스껍고 속이 쓰려서 식욕이 없었다. 스트레스를 받아서 그런 건지, 자꾸 한기가 올라오고 아랫배가 쿡쿡 쑤셨다.

"오늘 대표님 생신이시래. 불참자가 있으면 삐지실걸."

이 로펌의 지분 절반을 갖고 있는 조 대표는 겉으로 민주적인 사내 문화를 추구하는 척하지만 사실은 떠받들리는 걸 좋아해서, 누군가 심기를 거스르면 쪼잔하게 삐지는 것으로 대응했다.

"알았어, 그러면 얼굴만 비추고 갈게."

유채는 묵직하게 뻐근한 허리를 손바닥으로 문지르면서 검토하던 서류들을 대충 정리했다. 옷걸이에 걸어둔 코트를 챙겨 입고, 엘리베이터를 타고 로비로 내려가는 건 금방이었다.

"늦게 나와서 죄송……. 다들 뭐하세요?"

엘리베이터를 타고 로비로 내려온 유채는, 한 떼의 좀비들처럼 뭉쳐서 구석진 곳에 다닥다닥 붙어 있는 변호사들을 보고 의아해했다. 그들 중 몇몇은 유채가 말을 거는 것도 의식하지 못한 듯, 호기심 가득한 표정으로 로비 중앙을 주시하고 있었다. 자연스레 유채의 시선도 그쪽으로 향했다. 로비 한가운데에 놓인 접대용 소파에 선글라스와 마스크로 얼굴을 가린 이현이 태연하게 앉아 있었다. 맞잡은 두 손 위에 턱을 괴고 있는 그는 누군가를 기다리고 있는 사람처럼 보였다.

"해도 다 졌는데 웬 선글라스에 마스크? 저게 더 눈에 띄겠다."

"연예인이겠죠? 와, 잘생긴 애들은 얼굴을 가려놔도 잘생겼구나. 신기하다."

유채에게 제일 먼저 떠오른 생각은 도망가야겠다는 것이었다. 다른 변호사들이 있는 앞에서 둘의 관계가 밝혀지게 되면 끝장이었다.

— 이게 대체 무슨 소린가, 서 변호사? 우리나라에서 미혼 여성이 정자 제공자의 동의도 없이, 임신을 목적으로 정자를 기증받는 건 불법이야. 애를 갖고 싶으면 결혼하거나 입양을 해야지!

— 우리 로펌으로서는 어쩔 수 없네, 변호사협회 징계위원회에 알리는 수밖에. 인공수정 시술을 한 의사에 대해서도 조치를 취해야겠군. 의협에 알려서 면허를 박탈하게 해야겠어.

유채는 이 사태가 알려졌을 때 듣게 될 말들을 실제 듣는 것처럼 생생하게 떠올릴 수 있었다. 배가 불러서 더 이상 숨길 수 없을 때까지 숨기다가, 평범한 연애를 통해 임신한 것처럼 둘러대려던 계획은 강이현의 등장으로 인해 엉망이 되어 버렸다.

'날 보지 마! 보면 안 돼!'

하지만 그 순간, 물 흐르듯 유연한 동작으로 이현이 고개를 이쪽으로 돌렸다. 실버톤의 미러 선글라스에 가려진 그의 눈과, 조바심을 내며 주춤거리던 유채의 눈이 마주쳤다.

'보지 말라니까! 일어나지 마!'

그러나 이현은 지체 없이 몸을 일으켜 그녀를 향해 성큼성큼 다가왔다. 까만 터틀넥 스웨터 위에 걸친 연갈색 트렌치코트 옷자락이 발걸음을 옮길 때마다 세련되게 무릎에 휘감겼다.

'서, 설마 여기서 얼굴을 드러내려는 건 아니겠지?'

설마 했지만 역시나 였다. 이현은 코와 입을 가리고 있던 마스크를 턱까지 끌어내렸다. 그리고 유채를 약 올리기라도 하듯 그보다 더 느린 속도로 선글라스의 한쪽 다리 위에 손을 올렸다. 이현이 선글라스를 벗고 선명한 눈동자를 드러내는 순간, 데스크에 모여 웅성거리던 여비서들이 돌고래 울음소리 같은 괴성을 내질렀다.

"미쳤어! 강이현이잖아!"

"어떡해! 나 실물 영접하는 거 처음이야! 여기 한 번만 봐 주면 안 돼요?"

비명 소리를 들은 이현은 그쪽을 향해 손 인사를 보내주었다. 몇 명은 뒤로 넘어갔고, 몇 명은 딸꾹질을 하거나 울음을 터뜨렸다. 허겁지겁 휴대폰을 꺼내들고 사진을 찍기도 했다. 여비서들 정도의 반응은 아니었지만, 신기해하는 것은 변호사들도 마찬가지였다. 특히 연령대가 어린 주니어 변호사들은 잔뜩 흥분해서 서로 팔을 붙잡거나 당기면서 술렁거리고 있었다.

"이쪽으로 오는데요?"

이현은 유채를 향해 일직선으로 걸어오면서 빠르게 그 간격을 좁히고 있었다. 유채의 등 언저리가 뻣뻣하게 굳어지면서 심장이 급격하게 요동치기 시작했다.

"서유채 변호사한테 오고 있는 것 같은데?"

"서, 설마요. 제가 연예인이랑 무슨 친분이 있겠어요…….”

어색하게 얼버무리는 유채의 목소리가 불안스럽게 흔들렸다. 이현이 엎어지면 닿을 만큼 가까운 거리에 들어오자, 아랫배가 배배 꼬이고 벌렁거리는 느낌마저 들었다. 그런 그녀의 속내를 꿰뚫어보기라도 한 것일까. 그는 얇은 입술 끝을 의미심장하게 치켜 올리며 손을 내밀었다.

"서유채 변호사님이시죠? 대표님께 말씀 많이 들었습니다. 아이돌 그룹 '일루전'의 리더 강이현이라고 합니다. 앞으로 저와 제 멤버들 잘 부탁드려요."

이현은 유채를 처음 만난 사람처럼 행동했다. 바닥으로 툭 떨어지려고 했던 그녀의 심장이 벼랑 끝에 대롱대롱 매달렸다.

"우와, 우리 회사에 일루전이 클라이언트로 들어온 거야? 서변이 담당 변호사고? 좋겠다! 완전 거물급 클라이언트를 얻었네?"

"그런데 이 많은 변호사 중에서 서유채 변호사가 누군지는 어떻게 알아봤어요?"

'변변'의 호기심 어린 질문에, 이현은 미리 준비한 듯 부드럽게 웃으며 능숙하게 대답했다.

"대표님께서 머리가 길고, 가장 예쁜 변호사님이라고 하시던데요. 그래서 단번에 알아봤죠."

우우우, 변호사들 사이에서 야유와 환호가 섞인 함성이 터져 나왔다. 이현은 쑥스러운 듯 뒷머리에 손을 갖다 대면서 말했다.

"사실 조금 더 이른 시간에 와서 인사드리려고 했는데, 스케줄이 있었어요. 변호사님들 다 같이 어딜 가시나 봐요?"

그래, 다 같이 갈 데가 있으니 넌 어서 사라져. 유채가 그런 메시지를 담은 눈빛을 쏘려고 하는데, 촉새 같은 변변이 눈치 없이 또 끼어들었다.

"저녁 회식이 잡혀서요. 혹시 아직 식사 전이면 이현 씨도 같이 갈래요?"

"제가요? 그래도 될까요?"

중요한 클라이언트가 변호사들의 회식 자리에 끼는 게 드문 일은 아니었다. 더구나 이번에는 그 상대가 아시아의 톱스타가 아닌가. 변호사들은 일제히 왁자지껄 떠들기 시작했다.

"아이고, 참석해 주시면 저희야 가문의 영광이죠!"

"잠깐만, 나 우리 집사람한테 전화 좀 하고. 일루전 멤버랑 밥 먹는다고 얘기해줘야지. 기절하는 거 아닌가 모르겠네."

"강이현 씨, 한우 좋아해요? 투쁠 한우 어때요?"

누가 뭐라고 말하는지도 알아들을 수 없는 와중에, 조가비처럼 입을 꾹 다문 사람은 유채가 유일했다. 그녀는 눈이 아프도록 맹렬하게 곁눈질하면서 그에게 텔레파시를 보냈다.

'싫다고 해. 바쁘다고 해. 아쉽지만 다음을 기약하자고 하란 말이야.'

그러나 이현으로서는 거절할 이유가 없었다. 유채와 한 번이라도 더 얼굴을 보고, 빨리 가까워지고 싶었으니까. 게다가 덤으로 투쁠 한우까지.

"아, 제가 고기에 약한 건 어떻게 아시고……. 그러면 사양하지 않고 참석하겠습니다."

변호사들 사이에서 우레와 같은 환호성이 터져 나왔다. 유채는 고개를 떨어뜨리면서 입술을 지그시 깨물었다. 텔레파시는 무슨. 메뉴가 한우로 선정된 것부터가 문제였다.

'또! 그놈의 고기야! 구제불능의 고기 마니아 같으니라고.'

7. 서유채, 그녀의 본모습

결국 이현은 변호사들의 회식 자리에 동행하게 되었다. 유채는 회식이 서먹한 분위기가 될 거라고 예상했지만, 쉴 틈 없이 떠들어대는 변변의 수다에 어색해할 틈이 생기지 않았다.

"교도소에 계신 회장님 접견을 갔는데 말이죠. 거기서 주는 빤스는 꺼끌거려서 마음에 안 드신다는 거예요. 네 놈 빤스라도 벗어달라고 하시는데……."

이현은 적당히 맞장구치고 웃어주면서, 계속 유채가 앉아있는 맞은편을 주시했다. 그녀는 무릎에 앞치마를 덮었는데 그게 제대로 가려지지 않는지, 불편한 자세로 고개를 숙이고 있었다.

'많이 불편해 보이는데……. 어디가 아픈가?'

연기는 마치 유채를 표적으로 정한 것처럼 그녀의 자리로만 흘러들어갔다. 그 매캐한 공기가 호흡을 방해하는지 괴로운 표정을 지었다. 보다 못한 이현이 자리에서 일어났다.

"자리 바꾸죠. 저쪽으로 앉으세요. 숨쉬기 어려우시잖아요."

이현은 어느새 유채의 옆에 나타났다. 그는 허락을 기다리지 않고, 그녀가 앉아 있던 방석과 그 옆에 놓인 핸드백, 코트를 자신이 앉았던 자리로 민첩하게 옮겨 놓았다.

'아뇨, 됐어요. 내 숨은 내가 알아서 할게요. 질식해서 죽든 말든 상관하지 마세요.'

유채는 사양한다고 쏘아 붙이고 싶었다. 하지만 현기증이 덮쳐오고 있어 누군가와 언쟁을 벌일 의욕도 전투력도 없는 상태였다. 그녀는 아무 말 없이 건너편 자리로 건너갔다. 기름 냄새가 비위에 거슬리는 건 여전했지만, 그래도 연기의 습격이 없으니 한결 살 것 같았다. 다시 앞치마로 무릎을 가리고 앉으려는데, 이현이 테이블 옆으로 자기 코트를 내밀었다.

"덮고 앉으세요. 불편해 보이는데."

유채는 떨떠름한 기분으로 코트를 받아들었다. 품이 넓은 코트를 담요처럼 펼쳐서 덮고 다리를 뻗고 앉으니 그제야 살 것 같았다. 이현은 그녀가 음식에 손대지 않은 게 마음에 걸렸다.

"왜 아무것도 안 드세요?"

"속이 안 좋아서요."

"그래도 좀 드세요, 몸을 생각해서라도."

유채는 순진한 얼굴로 말하는 이현이 얄미워서, 너라면 식욕이 있겠냐고 쏘아붙이고 싶었다. 이현이 정말 필요해서 변호사를 찾는 거라고 믿긴 어려웠다. 그는 오로지 유채에게 접근하기 위해, 아빠 노릇을 하게 해 달라는 압력을 가하기 위해 이 자리에 온 것이다.

'만일 대표가 다른 변호사를 추천했다면 무슨 핑계를 대서라도

날 찾았겠지.'

그러나 유채가 아무리 불쾌해해도, 이현은 빈 잔에 따뜻한 물을 채워주고, 반찬 그릇을 그녀의 앞으로 밀어주고, 찌개를 떠 주면서 살뜰하게 챙겨줄 뿐이었다.

"가만히 있으면 뭐 하나? 술이 저절로 말아지나? 변변아, 얼른 한 잔씩 말아서 돌려라."

"옛, 대표님!"

로펌 대표가 오늘을 위해 준비한 비장의 무기인 조니 워커 블루 라벨을 꺼내들면서 주문하자, 양주와 맥주를 10부 비율로 섞은 폭탄주가 테이블 전체에 물타기 하듯 돌기 시작했다. 유채는 첫 번째 폭탄주가 돌 때는 전화를 받는 척하면서 몰래 자리를 비웠다. 그러나 두 번째 폭탄주가 돌 때는, 호시탐탐 눈을 번득이며 감시하는 조 대표의 레이더망을 피할 수가 없었다.

"자, 서변. 한 잔 받아. 오늘 나 귀빠진 날이라니까! 같이 축하주 한 잔 해 줘야지?"

"대표님, 제가 오늘은 속이 안 좋아서요."

"아, 속이 안 좋아? 그러면 알코올로 소독을 싹 해줘야지. 자, 받아."

조 대표는 눈과 귀는 없고 술병을 든 손만 달린 거대한 벽 같았다. 그 잔을 차마 뿌리칠 수가 없어서 유채는 일단 잔을 받았다.

"서변이 컨디션이 안 좋다고 하니까 내가 딱 한 잔에서 끝내준다. 어때? 고맙지? 대신 이 한 잔은 원 샷! 오케이?"

"원 샷! 원 샷!"

다른 변호사들도 원 샷을 연호하는 대열에 동참하면서 박수를 쳐 댔다. 유채는 난처해진 나머지, 구조 요청을 바라는 눈빛으로 주위를 두리번거렸다.

"뭘 그렇게 뜸을 들여? 우리 서변, 나에 대한 애정이 그거밖에 안 돼? 응?"

조 대표는 손가락으로 테이블 위를 독촉하듯 두드리다가, 아예 유채의 손을 억지로 잡아당겼다. 그것마저 거절하면 정말 큰일이 날 기세였다. 유채가 마시는 시늉이라도 해야 하나, 고민하고 있는 찰나, 어디선가 큼직하고 마디가 굵은 손이 나타나 조 대표에게 잡혀 있던 유채의 손목을 다시 홱 잡아챘다. 유채와 조 대표 사이에서 방황하고 있던 술잔이 그 단단한 손으로 옮겨가는가 싶더니, 눈 깜짝 할 사이 바닥까지 비워졌다.

"……."

소음으로 에워싸여 있던 식당 안에 돌연 기묘한 정적이 감돌았다. 이현이 흑갈색 잉크를 풀어 놓은 것 같이 또렷한 눈으로, 조 대표를 두 뼘 정도 위에서 내려다보고 있었다. 그는 한 방울도 남아 있지 않은 유리잔을 머리 위에서 탈탈 털어 보이더니, 조 대표를 위시한 다른 사람들을 둘러보면서 사뭇 도전적으로 말했다.

"이제부터 이분한테 가야 할 술은 저한테 주시죠. 제가 다 마시겠습니다."

조 대표는 통방울 같은 눈을 굴리면서 이현과 유채를 연신 번갈아 보았다. 두꺼운 입술 사이에서 얼빠진 목소리가 새어 나왔다.

"엥? 뭐야? 담당 변호사라고 벌써부터 편들어 주는 거야? 아니면 둘이 뭐가 있나?"

"이렇게 멋있는 연하남이 흑기사도 해주고, 서변은 좋겠다. 복 터졌네."

변호사들은 신이 나서 입방아를 찧어댔다. 오해받기에 딱 알맞은 상황이었다. 난처해진 유채를 구원해준 건 촐싹대고 나서기 좋아하는 변변이었다.

"에이, 그럴 리가요. 서변의 지인들은 전부 법조계에 있거나 아니면 감옥에 있을걸요. 연예인과 썸을 타다니, 그렇게 흥미로운 인생이 아니에요. 강이현 씨는 그냥 술이 고팠던 거겠죠."

변변은 아무 생각 없이 던졌겠지만, '감옥'이라는 말을 들은 유채는 가슴 한편이 서늘해졌다. 다행히 그 말에 모두 수긍하는 듯했고, 위기를 모면한 유채는 안도의 한숨을 쉬었다. 술자리가 무르익자, 지금껏 점잔 빼고 있던 사람들이 하나 둘 체면을 버리기 시작했다.

"저, 강이현 씨, 사인 좀 해줄 수 있어요?"

조금 전까지는 아이돌 같은 건 모른다는 표정을 하고 있던 변호사들이 하나둘씩 쑥스러운 표정으로 몰려들었다.

"죄송하지만 전 블라우스에 사인 받고 싶은데, 괜찮을까요? 대대손손 가보로 남기려고요."

"같이 손가락 하트 하면서 사진 한 장만 찍어줄 수 있어요?"

이현은 귀찮아하는 기색 없이 그 부탁을 다 들어주느라, 고기에는 손도 대지 못했다. 열 명 넘게 악수를 해주느라 시큰거리는 손목을 주무르는 이현을 보며, 유채는 동정심이 들었다.

"사람들 그만 상대해도 되니까 좀 먹어요. 고기 좋아하잖아요."

이현은 대답 대신 유채가 자기 접시에 올려준 고기 조각을 빤히 쳐다보았다. 그러더니 이내 두 눈이 초승달 모양으로 휘어지도록 함박웃음을 지었다. 체격에는 어울리지 않는, 열두 살 소년 같은 천진난만한 미소였다. 그 순간 그가 있는 공간이 한꺼번에 환해지는 것 같았다.

'뭐지, 이건? 영업용 미소인가? 얘는 누구한테나 이런 식으로 웃어 주는 건가? 여자들이 자지러지는 것도 무리는 아니겠구나.'

유채는 자기도 모르게 흔들렸던 속마음을 감추면서, 겉으로는 새침하게 덧붙였다.

"감동받지 말아요, 착각하지도 말고요. 이건 인류애 차원에서 하는 행동이니까."

"네, 알겠습니다."

이현은 선선히 대답하고선 고기를 집어 먹었다. 비록 사소한 제스처였지만, 유채가 자신을 위해 뭔가 해주었다는 게 더없이 기뻤다.

"다같이 2차 가자고! 토끼도 아닌데 토끼기 없기! 으하하!"

겨우 1차가 끝났나 싶었는데, 조 대표는 기세 좋게 외치면서 왼팔은 유채의 어깨에, 오른팔은 이현의 어깨에 둘렀다. 이현은 그가 무안하지 않게 슬쩍 빠져나오면서 양해를 구했다.

"죄송합니다. 저는 내일 아침 일찍 촬영이 있어서요. 먼저 가 봐야 할 것 같습니다."

"그래요? 아쉽지만 어쩔 수 없지! 이현 씨는 손님이니까 예외 인정! 그럼 우리 서변은……."

"서 변호사님이 저를 차로 태워다 주셨으면 좋겠는데요. 안 될까요?"

이현은 유채를 바라보면서 허락을 구하듯 조심스럽게 물었다.

"제가요?"

"네, 술 안 드셨잖아요. 제가 택시를 타거나 대리를 부르면 얼굴이 팔려서요. 부탁드릴게요."

이현은 두 손을 모아 비는 시늉을 하면서 살짝 고개를 숙였다. 유채는 그런 그를 도무지 알 수 없다는 시선으로 바라볼 뿐이었다.

'이 녀석, 또 무슨 꿍꿍이야?'

"하긴, 누가 못된 의도로 사진이라도 찍으면 곤란하지. 이현 씨는 서변이 숙소까지 고이 잘 모셔다 드려."

조 대표의 말에 유채는 떨떠름하게 고개를 끄덕였다. 결국 이현 과 유채는 나란히 식당 앞에 서 있게 되었다. 유채는 팔에 걸치고 있던 코트를 곱게 접어 건네주면서 사과하듯 말했다.

"미안하지만 데려다주진 못하겠네요. 사무실에 차를 두고 와서. 여기서 우리 집 가깝거든요."

"알아요. 차 없으신 거. 여자 혼자 밤길 걷는 거 위험해요. 제가 집 앞까지 바래다 드릴게요."

"그러면 이현 씨는요?"

"기획사에서 전속으로 쓰는 택시 회사가 있어요. 유채 씨 바래다 주고 나서 연락하면 돼요."

그제야 유채는 이현이 자신을 술자리에서 빼내 주기 위해 거짓말 을 했다는 걸 깨달았다. 그는 처음부터 유채의 에스코트를 받을 생 각이 없었다.

"그럴 필요 없어요. 나는 여기서부터 혼자 갈 테니까 강이현 씨도 갈 길 가세요."

"그러지 말고 같이 가요."

"싫다고 했잖아요. 혹시 따라오고 그러면 이번에는 정말로 신고 할 거예요."

유채는 구둣발을 또각거리면서 미끄러지듯 앞장서 걸어 나갔다. 이현이 그 뒤를 서둘러 따라가는데, 유채가 갑자기 골목길 앞에서 우뚝 멈춰 섰다.

"너 내가 아무 데서나 꼬리치고 다니지 말라고 했어? 안 했어? 이걸 그냥 확!"

전봇대 아래 으슥한 곳에서, 20대 후반 정도로 보이는 남녀가 말다툼하고 있었다. 아니, 남자가 일방적으로 화를 내면서 여자를 윽박지르고 있었다.

"자기야, 내가 언제 꼬리를 쳤다고 그래. 나는 그냥 인사를 하려고……."

"인사는 무슨 얼어 죽을. 너처럼 헤픈 년들은 꼭 한 대 맞아봐야 정신을 차리지."

울먹이는 여자를 향해, 남자는 솥뚜껑처럼 두꺼운 손을 들어 올렸다. 뺨을 내리치려는 것처럼 보였다. 그 광경을 지켜보던 유채가 남녀 사이로 확 뛰어드는 바람에, 이현은 깜짝 놀랐다.

"안 돼! 때리지 마!"

"이건 또 뭐야? 왜 남의 일에 오지랖이야!"

건달 같은 인상을 한 남자는 유채를 향해 눈을 부라렸다. 그에게서는 코를 찌르는 듯 지독한 술 냄새가 났다. 악몽을 환기시키는 냄새에, 유채는 당장이라도 도망가고 싶을 만큼 두려웠다. 그러나 그랬다가는 그녀의 등 뒤에 숨은 여자가 샌드백처럼 두들겨 맞을 거라는 걸 잘 알고 있었다.

"비켜! 안 비켜? 왜, 너도 한 대 맞고 싶어?"

남자는 다시 한번 손바닥을 허공으로 번쩍 치켜들었다. 맞게 될 것임을 직감한 유채는 반사적으로 고개를 옆으로 틀었다. 그러나 그녀가 예상했던 타격은 날아오지 않았다.

"그쪽이야말로 한 대 맞고 싶지 않으면 비키시죠."

유채가 천천히 눈꺼풀을 들어 올렸을 때, 그녀와 남자 사이를 가로막고 있는 이현의 넓은 등이 시야에 차올랐다.

"넌 또 뭐하는……."

남자는 한참 높은 곳에서 자신을 내려다보는 이현을 발견하고 말꼬리를 흐렸다. 모자를 눈 밑까지 깊게 눌러 쓴 이현은, 훤칠한 체격과 낮은 목소리만으로도 위압적이었다.

"하여간 재수가 없으려니까 별 시답잖은 것들이 다 끼어들어. 야, 따라와. 집에 가자."

남자는 슬금슬금 이현의 눈치를 보면서 꼬리를 내렸다. 캄캄한 골목길로 줄행랑을 치는 남자의 뒤를, 눈자위가 붉어진 여자가 어두운 얼굴로 따라갔다.

"대체 저런 놈 어디가 좋다고 맞으면서까지 만나는 건지……."

도저히 이해할 수 없다는 듯 고개를 갸웃거리면서 돌아서던 이현의 말이 뚝 끊겼다.

"서 변호사님, 괜찮으세요? 왜 그러세요?"

유채는 전봇대를 두 손으로 짚고 금방이라도 허물어질 듯 위태롭게 서 있었다. 손을 들어 올리던 남자의 살기 띤 얼굴이, 기억 속에 새겨진 다른 영상과 겹쳐져 숨을 쉴 수 없게 했다.

"괜찮아요, 잠깐만 있으면 가라앉을 거예요……."

이현이 어깨를 붙잡아 주려고 했다. 그러나 그녀는 몸에 닿은 그의 손길이 무슨 벌레라도 되는 것처럼 기겁하면서 뿌리쳤다.

"유채 씨!"

유채의 두 다리가 휘청거리면서 푹 꺾이는가 싶더니, 무너지듯 콘크리트 바닥을 향해 곤두박질쳤다. 이현의 긴박한 목소리를 마지막으로 그녀의 시야는 암전되었다.

"유채 씨! 왜 그래요? 유채 씨!"

이현은 재빨리 달려가 바닥으로 고꾸라지는 유채를 붙잡았다. 그녀의 얼굴은 탈색된 것처럼 파리했고, 입술은 새파랗게 말라붙어 있었다. 가냘픈 어깨는 늘어져서 자꾸 바닥으로 처졌다. 이현은 왼팔로 유채를 부축한 채, 오른손으로 주머니에서 휴대폰을 꺼냈다. 119를 누르고, 대기 신호가 가는 동안 뼈마디가 하얗게 드러나도록 수화기를 세게 움켜쥐었다.

"거기 119죠? 임산부가 실신을 했어요! 얼른 와 주세요!"

물음표로 시작한 문장에 커다란 느낌표가 붙었다. 이현의 말은 점차 절박한 외침으로 변해갔다. 그에 비해 상대적으로 침착한 상황실 요원의 음성은 오히려 조바심을 부추겼다.

"번지수요? 그것까진 모르는데요. 인터넷 검색이요? 아니, 지금 사람이 쓰러졌는데 검색을 하고 있을 여유가 어디 있습니까! 거기서 찾아주면 되잖아요!"

번지수를 찾아서 불러달라는 상황실 요원의 말에 이현은 열이 올랐다. 스마트 폰을 갖고 다닌다면 인터넷 검색 정도야 금방 할 수 있었겠지만, 수중에 있는 것이라고는 2G폰뿐이었다.

"늦어진다고요? 얼마나요? 20분이요?"

상황실 요원은 같은 관할 지역에서 화재가 발생해 거의 모든 구급차가 그곳으로 가고 있다면서, 기다려야 한다는 말을 반복했다.

"신고자 분, 원래 임신 기간에는 혈류량과 호르몬의 변화로 빈혈, 저혈압, 미주신경성 실신증상이 나타날 수 있고요. 그것들은 일시적인 증상이니까 호흡만 정상적으로 하고 계시다면……."

그 순간 상황실 요원의 설명을 듣고 있던 이현의 눈에, 200m 정도 떨어진 곳에서 빛나고 있는 십자가 모양이 눈에 들어왔다. 종합병원 응급실 간판이었다. 이현은 유채를 직접 응급실로 데려가는 게, 언제 올지도 모르는 구급차를 기다리고 있는 것보다 빠를 것이라고 판단했다.

"그냥 병원으로 직접 갈게요!"

이현은 전화를 끊어버리고 유채를 등에 들쳐 업었다. 그녀의 핸드백을 목에다 걸고, 그녀와 뱃속에 있을 아이가 제발 무사하기만을 빌면서 응급실이 있는 방향으로 무작정 뛰기 시작했다. 죽을힘을 다한 달음박질이 횡단보도 앞에 이르러서야 멈추었다.

이현은 붉은 신호등을 무시하고 그냥 길을 건너려고 했다. 건너편 차선에서 질주해오던 트럭이 그를 칠 것 같은 기세로 아슬아슬하게 스쳐 지나갔고, 트럭 기사는 창문을 열고 험악하게 고함을 질렀다.

"에라, 이 개새끼야! 뒤지려면 혼자 뒤지든가!"

화들짝 놀란 이현은 뒷걸음질 쳐 보도블록에 올라섰다. 종아리가 욱신거리고, 폭주하는 아드레날린으로 인해 피가 요동치고 있었다. 두려웠다. 유채와 그 아이의 존재를 알게 된 지는 얼마 되지 않았지만, 그들이 그에게 갖는 의미는 깊었다. 자신과 연결된, 자신의 일부가 잘못될 수 있다는 생각만 해도 아찔했다. 신호가 바뀌는 것을 더 기다릴 수 없어 다시 차도로 뛰어들려고 하는데, 별안간 등 뒤에서 드르렁 소리가 들렸다.

"유채 씨?"

그것은 분명 유채에게서 난 소리였다. 처음에 이현은 잘못 들은 거라고 생각했다. 그런데 다시 한번 같은 소리가 났다. 드르렁, 노곤하게 코 고는 소리였다. 유채는 침대에 드러누운 사람처럼 몸을 한 번 뒤척이더니 중얼거렸다.

"음, 하경 씨……. 나 30분만 잘 테니까 클라이언트 들여보내지 마……."

유채가 이현의 너른 등에 고개를 폭 파묻는 동시에 그녀의 잠꼬대도 잦아들었다. 이제 그녀는 아기처럼 쌔근쌔근 숨을 쉬면서 달게 잠들어 있었다. 창백했던 얼굴에 혈색이 돌아와 있었다.

"유채 씨? 설마 자는 거예요? 그런 거예요?"

이현은 이 상황이 어처구니없고 허탈했지만, 파도처럼 밀려온 안도감에 그런 사소한 감정들은 지워졌다. 눈언저리에 고인 땀을 팔뚝으로 지워내는 그의 입가에 환한 웃음꽃이 피어났다.

"아, 정말 다행이다."

이현은 한층 편안해진 마음으로, 이제 방향을 돌려 그녀의 집을 향해 갔다. 아까는 정신이 없어 느끼지 못했는데, 등에 업힌 그녀의 무게가 무척 가벼웠다. 꼭 공기를 업은 것 같았다.

"재판 늦었는데……."

그녀가 간헐적으로 뱉는 잠꼬대는 전부 일에 관한 것이어서, 고단한 일상을 짐작하게 했다. 그녀가 입술을 뗄 때마다 이현의 귓가에 따뜻한 입김이 스치면서, 포근한 잔향이 연하게 번졌다. 그녀의 이름을 닮은, 노랗고 청초한 유채꽃 특유의 향기였다. 오래지 않아 이현은 유채가 사는 단독주택 앞에 도착했다. 전에 한 번 찾아왔다가 본전도 못 찾고 쫓겨났던 바로 그 집이었다.

"죄송합니다, 유채 씨. 열쇠 좀 빌릴게요."

이현은 유채가 업혀 있는 자신의 등 쪽으로 고개를 돌리고는, 공손하게 꾸벅 인사를 했다. 그리고 한쪽 손을 이용해서 목에 걸려 있는 그녀의 핸드백을 열었다. 이현이 핸드백에서 꺼낸 카드키를 패드 위에 미끄러뜨리자 전자음이 울리면서 문이 열렸다.

"실례합니다."

이현은 텅 빈 허공에 대고 공손하게 인사하면서 안으로 들어갔다. 유채를 업은 채 한 쪽 손으로 벽을 더듬어 조명 스위치를 찾아 눌렀다. 달칵, 소리와 함께 거실에 불이 들어왔다. 집 안 공기는 서늘했다. 널찍한 공간에는 가구가 몇 점 놓여 있지 않았다. 한 마디로 사람 사는 느낌이 나지 않았다.

이현이 멤버들과 사는 숙소는 이보다 훨씬 지저분하고 온갖 잡동사니로 가득했지만, 그 대신 푸근하고 따스한 느낌이 있었다. 이현은 주위를 둘러보다가, 거실과 연결된 가장 큰 방, 유채의 침실로 들어갔다.

"자, 이제 똑바로 누워서 자야죠."

그는 유채를 반듯하게 정리된 싱글 베드에 눕히고, 머리 아래 베개를 받쳐주었다. 조심스러운 손길로 코트와 구두도 벗겨서, 코트는 옷장에, 구두는 신발장에 가져다 두었다. 그 와중에 눈에 띈 것은, 거실과 부엌, 침실, 현관까지 곳곳에 놓인 디지털 알람시계들이었다.

"다섯 시 반?"

다양한 크기와 디자인의 알람시계들은 모두 같은 시각에 맞춰져 있었다. 새벽 다섯 시 반이었다. 침대 옆에 설치된 원목 책꽂이에는 깨알 같은 글씨의 법률 서적들이 빼곡히 꽂혀 있었다.

"목말라, 물마시고 싶어……."

그는 바람처럼 가느다란 목소리를 들었다. 혹시 유채가 깨어났나 싶어 얼른 들여다보니, 그녀는 선잠을 자는지 연신 몸을 뒤집고, 이불을 발로 걷어차면서 잠꼬대처럼 물을 찾고 있었다.

"잠깐만 기다려요, 가져다줄게요."

이현은 부엌으로 가서 냉장고를 열었다. 그리고 그 휑한 풍경에 놀라 잠시 냉장고 문을 잡은 채로 멈칫했다. 안에 들어 있는 거라고는 생수 몇 병과 비타민 음료, 캔 커피와 작은 초콜릿 상자가 전부였다. 이현은 애어른처럼 혀를 쯧쯧 차면서 생수병을 꺼냈다.

"유채 씨, 여기 물."

"음……."

유채는 눈꺼풀을 닫은 채 이현이 입에 대 주는 물만 한 모금 받아 마시고, 기절하듯 다시 잠이 들었다. 이현은 그녀가 잠결에 내동댕이쳐버린 이불을 가슴께까지 끌어올려 덮어주었다. 깨어 있을 때는 무섭고 드센 연상의 여자일 뿐이었다. 그런데 자고 있는 모습을 보니 무방비하고 연약해 보였다.

날카로운 구석 없이 작고 갸름한 얼굴, 도톰하고 부드러운 이마, 붓으로 그린 것처럼 꼭 닫힌 연한 입매, 이현의 한 손에 들어올 법한 여리 여리한 몸집도 그랬다.

'머리를 묶고 있으면 잘 때 불편할 텐데.'

이현은 유채의 머리 뒤로 손을 넣어 머리끈을 풀어 주었다. 그리고 가만히 손을 뻗어 흐트러진 머리카락을 쓸어 올려 주었다. 침대 윤곽을 따라가던 그의 시선이, 자연스러운 각도로 맞은 편 벽에 가서 꽂혔다. 그 곳에 '임신출산대백과', '건강한 아기를 위하여' 같은 임신, 육아 관련 책이 한가득 쌓여 있었다. 그리고 벽에 걸린 하트 모양의 액자에는, 흑백의 초음파 사진이 걸려 있었다.

이현은 놀랍고 신기한 마음에 가까이 다가가 사진을 들여다보았다. 그러나 남자 눈에는 웬 동굴 속에 거미줄 덩어리 같은 게 뭉쳐 있는 것처럼 보일 뿐 뭐가 뭔지는 알 수 없었다. 사진의 여백에 '2. 14.'이라는 날짜와 함께 동글동글한 글씨가 적혀 있었다.

'엄마에게 와 줘서 고마워'

한 사람이 살고 있는 집만큼 그 사람에 대해 말해줄 수 있는 것이 또 있을까. 그런데 유채의 집을 보고 알 수 있는 것은 몇 가지밖에 없었다. 이 집의 주인은 눈코 뜰 새 없이 바쁘다는 것, 철저히 혼자라는 것, 그리고 아이를 절실하게 갖고 싶어 한다는 것.

"왜 이렇게 외로운 집에서 아이를 키우려고 하는 거예요? 그러면 덜 외로워질 것 같아서요?"

이현은 평온한 얼굴로 꿈길을 걷고 있는 유채를 향해 혼잣말하듯이 물었다. 은은한 아이보리 색 스탠드 하나만 남겨둔 채 침실의 불을 끄자, 그 목소리가 어둠 속에서 쓸쓸하게 흩어졌다.

"하지만, 유채 씨 대신에 아이가 외로워지면, 아이가 슬퍼지면 어떡하죠……?"

8. 그녀만을 위한 우렁각시

유채는 감긴 눈 위를 노크하듯 두드리는 빛을 느끼면서 천천히 눈을 떴다. 몽롱한 의식 속에서는 아직도 악몽 속 장면들이 두서없이 끊기고 이어지고 있었다.

"왜 알람이 안 울렸지?"

유채는 시계가 오전 8시를 가리키는 것을 보고 의아해하면서 침대에서 몸을 일으켰다. 늦잠을 자긴 했지만 그만큼 몸이 가뿐하고 개운했다.

"어? 그런데 나 어제 집에 어떻게 왔지?"

그녀는 헝클어진 기억을 더듬으면서 방문을 열었다가, 코끝을 자극하는 고소한 냄새에 눈을 크게 떴다. 이사를 온 후 거의 사용한 적이 없었던 부엌에 훈훈한 온기가 감돌고 있었다. 가스레인지 위에서는 달걀죽이 담긴 냄비가 보글보글 노랫소리를 내면서 끓고 있었다.

"엄마가 왔나? 엄마도 출근할 시간인데……."

물을 마시기 위해 냉장고를 연 유채는 더욱 놀랐다. 신선한 과일, 우유와 주스, 유기농 시리얼에 견과류가 종류별로 갖춰져 있었다. 유통기한 지난 캔 커피와 에너지 음료들은 찾아볼 수 없었다.

"우렁각시가 다녀갔나?"

사태를 파악하지 못한 유채가 혼란스러워 하고 있는데, 냉장고 문 너머로 산뜻하고 부드러운 목소리가 들려왔다.

"일어났어요? 아침 먹을래요?"

유채는 당근 무늬 앞치마를 두르고, 손에는 국자를 든 젊은 남자의 언밸런스한 자태를 뚫어져라 쳐다보았다. 어깨가 워낙 넓어서 앞치마를 졸라맨 끈이 금방이라도 터져나갈 것 같았다.

'이건 도대체 어떤 상황이지? 내가 아직도 꿈을 꾸고 있나. 아니면 남의 집 부엌에서 CF 촬영이라도 하고 있는 건가. 그럴 리가 없는데.'

"죽에는 소금? 간장?"

천연덕스럽게 물어보면서 눈을 깜박이는 이현을 보는 순간, 흐릿했던 어젯밤이 흩어놓은 퍼즐처럼 조각조각 떠오르기 시작했다. 이현이 집에 데려다 주겠다고 고집을 부렸던 것, 그를 피해 앞서가려다 데이트 폭력 현장을 목격하고 끼어들었던 것까지. 그러나 그 후의 일들은 필름이 끊긴 듯 기억이 나질 않았다.

"어떻게 된 거예요? 이현 씨가 나 데리고 왔어요? 우리 집에는 어떻게 들어왔어요? 여기서 잤어요? 저 음식은 다 뭐고 냉장고는 또 뭐예요?"

"어……. 카드 키로 들어왔고요. 거실 소파에서 잤고요. 아, 안 되겠다. 질문은 한 번에 하나씩만 해주시면 좋겠어요, 제가 입이 하나밖에 없거든요."

"지금 농담할 때에요?"

"아니요, 지금은 아침밥을 먹을 때죠. 식으면 맛없어요. 일단 앉으세요."

유채는 얼떨떨한 얼굴로 이현이 미리 차려놓은 식탁에 앉았다. 정갈하게 담긴 두부 샐러드와 된장국에, 방금 끓여낸 따끈따끈한 계란죽이 메인 요리로 등장했다. 이현은 다짜고짜 한 수저를 듬뿍 떠서 그녀에게 들이밀었다. 그 당돌한 들이댐에 당황한 그녀가 본능적으로 몸을 뒤로 뺐다.

"제가 요리를 좀 하거든요? 속는 셈 치고 먹어봐요."

유채는 주인을 위해 고무공을 물어온 대형견처럼, 해맑은 얼굴로 자랑스러워하는 이현을 보았다. 숟가락에 담긴 죽에서는 모락모락 따뜻한 김이 피어올랐다.

'그래봤자 인스턴트겠지.'

가스레인지 켜는 법도 모르게 생긴 아이돌 가수가 만든 음식을 먹으니 그 편이 낫긴 했다. 그녀는 이현이 재촉하듯 흔드는 숟가락을 빼앗아 와서 스스로 입에 넣었다.

"……맛있네?"

그녀의 입술 사이에서 진심으로 놀란 목소리가 새어 나왔다. 인스턴트를 사다가 포장만 벗겨서 데운 성의 없는 음식이 아니었다. 쌀알을 갈고 야채 육수를 내서 몇 시간 동안 끓이면서 넘치지도 눋지도 않게 저어서 만든 정성스러운 한 끼였다. 입김을 불어 식혀가면서 입 안에 넣는 순간, 모든 재료가 혀 위에서 사르르 녹으면서 고소한 감칠맛을 자아냈다.

"이거 혹시 직접 만든 거예요?"

"네, 사실은 반찬도 다 만들고 싶었는데 식재료가 없어서요. 마트는 문도 안 열었고요."

이현은 턱을 괴고 반찬 그릇을 내려다보면서 아쉬워 죽겠다는 표정을 지었다. 아니, 왜 시키지도 않은 일에 공을 들이고 앉아 있어. 유채는 어이가 없었다.

"무슨 아이돌이 장까지 봐가면서 요리를 다 해요?"

"아이돌도 사람인데요? 아이돌도 밥 안 먹으면 죽어요. 당연히 장도 보고 요리도 해야죠. 일정 없는 날에는 숙소에서 제가 동생들한테 밥 해주고 그래요."

"권혁 씨인가? 그 사람은 동갑 아니에요? 동생들이라고 불러요?"

무쇠 같은 이마로 메론이며 수박을 무차별적으로 깨부수던 혁을 떠올리면서 유채가 물었다. 그러자 이현은 길게 생각하지도 않고 단호하게 잘라 말했다.

"아, 혁이는 나이는 많지만 정신 연령이 어려요. 막내인 노아보다 한참 떨어지고, 침팬지보다는 조금 나은 수준이죠."

"무슨 고아원 원장 같네요."

유채는 이현에게 들리지 않을 만큼 작은 소리로 중얼거렸다. 멤버들에 대한 그의 애정이 얼마나 깊은지는, 그들의 이름을 담을 때마다 한결 온화해지는 입매를 보면 저절로 알 수 있었다.

"유채 씨한테도, 다음에는 처음부터 직접 만든 반찬 가져다줄게요. 뭐 좋아해요?"

"또 온다고요? 우리 집에?"

'안 돼요?'

유채는 죽 그릇을 비우다 말고 제자리에 내려놓았다. 그리고 이마를 살짝 찡그리더니, 돌연 냉랭해진 말투로 따지듯이 물었다.

"강이현 씨, 이런 식으로 은근슬쩍 내 인생에 끼어들 수 있을 거라고 생각해요? 내가 일하는 곳에 드나들고, 이제는 우리 집까지? 싫다고 하면, 다 폭로하겠다고 협박이라도 할 건가요?"

뜬금없이 튀어나온 협박이라는 단어에 이현의 눈이 휘둥그레졌다.

"협박이라고요? 제가 유채 씨를요? 왜 그런 생각을 해요? 저는 유채 씨와 아기가 조금 더 편하게 살 수 있게 도와주고 싶은 거지, 둘을 힘들게 만들려는 게 아니에요!"

"……그 말, 믿어도 되겠어요?"

"유채 씨가 마음을 열어줄 때까지 계속 노력하고 기다릴 거지만, 강요할 생각은 없어요."

유채는 팔짱을 낀 채 이현의 얼굴을 유심히 관찰했다. 변호사로 밥을 먹고 산 게 한 두 해가 아니었다. 위기를 모면하기 위해 거짓말하는 사람은 표정만으로도 구별할 수 있었다. 이현은, 적어도 거짓말을 하고 있진 않았다.

"유채 씨가 일하는 로펌을 찾아간 건 정말 변호사가 필요하기도 했고, 어떻게든 유채 씨와 한 번이라도 더 만날 기회를 얻고 싶어서이기도 했어요. 하지만 유채 씨가 싫다면 그만둘게요."

"……."

"하지만 유채 씨가 못 견디게 싫은 게 아니라면, 한 번만 기회를 주면 안 될까요? 내가 어떤 사람인지 유채 씨한테 보여주고, 유채 씨 마음에 들 수 있게 노력할 기회를요."

이현의 진지하고 열성적인 표정에 유채는 잠시 말문이 막혔다. 그때 이현의 휴대폰이 울렸다. 그는 유채에게 눈짓으로 양해를 구하고 전화를 받았다. 수화기 속에서 까불까불 능청스러운 래원의 목소리가 튀어나왔다.

"안녕하십니까, 손님. 즐겁고 화끈한 외박 되셨습니까, 손님. 대단히 안타깝지만 이제 퇴실하실 시간입니다."

"매니저 형 왔어?"

이현은 래원의 농담이 유채에게 들리지 않도록 한쪽 손으로 수화기를 막으면서 물었다.

"30분 내로 온대. 형 군대 가는 친구랑 밤새 술 먹었다고 내가 실드는 쳐줬어. 오늘 음악방송 녹화 있고, 그 전에 1위 공약하는 거 촬영해야 한대. 형은 택시 타고 바로 숍으로 와."

"오케이, 바로 갈게."

"잠깐만, 형! 나한테만 얘기해 봐. 비밀은 지켜줄게. 진짜 외박한 거야? 혹시 실수한 건 아니겠지? 아직 꽃다운 나이인 나는 삼촌이 되기에는 마음의 준비가……."

이현은 대답할 가치도 없다는 듯 전화를 끊어버렸다. 소가 뒷발로 쥐를 잡는다더니, 생각 없이 지껄여대던 래원이 본의 아니게 정곡을 찌르는 바람에 심장이 내려앉을 만큼 놀랐다.

비밀을 지켜준다고? 래원은 심성이 착하고 정이 많은 녀석이었지만, 침묵과 절제는 그의 미덕이 아니었다. 그에게 비밀을 얘기하는 것은, 63빌딩 꼭대기에 올라가 3개 국어로 번역되어 적힌 대자보 수천 장을 뿌리는 것과 다를 바 없었다.

"죄송해요, 설거지까지 해 놓고 가려고 했는데, 먼저 가 봐야겠네요."

"됐어요, 설거지는 무슨."

"유채 씨 자는 동안 책을 좀 봤는데요. 임신 초기의 실신은 영양 부족과 수면부족 때문인 경우가 많대요. 바쁜 건 알지만 병원에도 한 번 꼭 들르고요. 밥 잘 챙겨 먹고, 회사에서는……."

"알겠어요, 스케줄 있다면서요. 얼른 가보세요."

'무슨 아이돌이 동네 반상회에 나온 아줌마마냥 미주알고주알 잔 소리를 늘어놓는담.'

유채는 속으로 혀를 내둘렀다. 이현이 숙소에서 동생들한테 어떻 게 할지 대강 눈에 선했다. 양말은 벗으면 빨래 통에 제대로 넣어 놔라, 머리를 감았으면 완전히 말려야 감기에 걸리지 않는다, 이 방 저 방 졸졸 따라다니면서 귀찮게 굴 것 같은 타입이었다.

"아, 그리고 마지막으로 한 가지."

코트를 챙겨 일어서던 이현이 문득 생각난 듯 말했다.

"침실에 있던 사진이요, 제가 휴대폰으로 찍었는데 이대로 가지 고 가도 괜찮을까요?"

"무슨 사진을 찍었는데요?"

이현은 화질이 조악한 2G폰의 갤러리에 저장된 태아 초음파 사 진을 유채에게 보여주었다.

"이건 왜 찍었어요?"

"두고두고 보고 싶어서요. 촬영할 때도, 녹음할 때도, 밥 먹을 때 도, 자기 전에도. 우리 아이 첫 사진이니까요."

이현은 마치 처음부터 그렇게 정해져 있었던 것처럼 무척 자연스 럽게 말했다. '우리 아이'라고. 그것은 지금까지 전혀 다른 인생을 살아온 두 사람을 하나로 묶는 마법의 주문이었다. 어제까지만 해도 누군가 '자신의' 아이를 '우리의' 아이로 규정하는 것에 극도의 반감을 느끼던 유채였다.

하지만 오늘 아침에는 달랐다. 이현에 대한 오해가 풀렸기 때문일까, 아니면 오랜 악몽까지 잊게 만들 정도로 따스했던 그의 음식 때문일까. 뱃속에 품은 생명을 그녀만큼이나 아끼고 사랑해줄 누군가가 있다는 것이, 어쩌면 그리 나쁘지 않을지도 모르겠다는 생각이 들었다.

"그러니까 여기 동그란 게 머리고, 기다란 게 몸이죠? 벌써 이렇게 보이다니 믿기지 않아요."

그야 아직 그렇게 보일 때가 아니니까 그렇지. 유채는 아기집과 난황을 태아로 착각하고, 혼자 가슴 벅차하는 이현을 보며 살며시 미소 지었다. 그리고 불현듯 궁금해졌다.

'우리 아이'가 아닌 '우리 아이들'이라는 사실을 알게 되면, 이 남자는 어떤 반응을 보일까.

9. XY염색체의 시어머니

이현이 다녀간 이후, 유채의 사무실에는 매일 아침, 점심, 저녁으로 퀵 서비스가 찾아왔다.

"퀵이요!"

"또요?"

저염 도시락과 수제 영양 간식, 매번 빠지지 않고 딸려오는 푸르딩딩한 색깔의 음료까지.

— 시금치하고 브로콜리하고 건조 미역 분말을 산양유에 넣어서 갈아 만든 거예요. 내가 직접 만들어주고 싶었는데, 숙소에는 미역을 널어 말릴 만한 공간이 없어서요.

'당연히 없겠지. 어촌돌도 아니고 아이돌 숙소에 그런 게 왜 있어.'

이현과 통화하던 유채는 그가 머리카락 끝까지 힘을 준 영화배우 같은 모습으로 광고를 찍던 도중, 조명판 위에 미역을 널어 말리는 장면을 상상해 버리고 말았다. 어쨌든 보내 준 사람의 성의를 생각해서 한 모금을 억지로 삼켜 보았다.

'윽, 걸레 빤 물 같은 색깔이라고 생각했는데, 맛은 그것보다 더 괴상해!'

뱃속에 있는 아기들이 아직 생기지도 않은 눈썹을 찌푸리고 두 팔을 흔들면서 도망갈 만한 맛이었다.

"이현 씨, 혹시 이거 직접 마셔 봤어요?"

"아니요. 왜요? 맛이 없어요? 그래도 꼭 마셔요. 유채 씨가 아니고 아기가 먹는 거니까."

"네, 네. 알았어요."

유채는 기계적으로 대답하면서, 딱 한 모금 마신 죽음의 음료수를 냉장고에 넣었다.

"아, 커피 마시고 싶다. 스타벅스 아메리카노에 샷 추가해서, 그란데 사이즈로."

매일 아침 출근길에 진한 커피를 한 잔 마시는 것은, 유채의 소박한 사치이자 즐거움이었다.

'악마처럼 검고, 지옥처럼 뜨거우며, 천사처럼 순수하고, 사랑처럼 달콤하다.'

프랑스 정치가인 탈레랑의 커피에 대한 예찬에 유채는 전적으로 공감했다.

'아, 딱 한 잔만 마실 수 있으면 소원이 없겠는데. 한 잔 정도는 괜찮지 않을까? 그래, 내가 스트레스 받는 것보다는 그 편이 훨씬 나을 거야.'

자기 합리화를 마친 유채는 소풍을 앞둔 어린애처럼 들뜬 기분으로 잽싸게 지갑을 챙겼다.

"하경 씨, 나 1층 카페에 다녀올게요. 전화 오면 메모 남겨줘요."

"네, 변호사님."

경쾌한 걸음으로 엘리베이터를 타고 내려가 회사 건물 1층에 있는 스타벅스로 들어섰다. 갓 볶아서 우린 커피의 감미로운 향기가 코와 위장을 한꺼번에 자극했다. 유채는 천국에 온 기분을 만끽하면서 카운터 앞에 섰다.

"카푸치노 톨 사이즈 한 잔이요. 우유는 두유로 바꿔 주시고, 바닐라 시럽 추가해주세요."

"따뜻하게 드실 건가요?"

"네, 아주 혀가 확 데일 정도로 뜨겁고 진하게 만들어주세요."

커피가 만들어지는 동안 유채는 보들보들한 쿠션이 놓인 의자에 앉아 기다림을 즐겼다.

"소이 카푸치노 톨 사이즈, 바닐라 시럽 엑스트라 주문하신 분 음료 나왔습니다."

카푸치노는 초록색 마크가 새겨진 머그잔 속에서 탐스러운 자태를 뽐내고 있었다. 미술 작품처럼 아름답게 뿌려진 바닐라 시럽을 보는 순간 죄책감은 저 멀리 안드로메다로 사라져 버리고 말았다.

'그래, 이왕 조그만 일탈을 하기로 한 거, 마음껏 즐기는 편이 나아.'

유채가 꿀꺽 침을 삼키면서, 홀린 사람처럼 스르르 머그잔을 향해 손을 뻗는 순간이었다.

무례하기 짝이 없는 손 하나가 불쑥 나타나 그녀가 지켜보는 가운데 머그잔을 가로채 갔다.

"이봐요, 이게 뭐하는 짓이에요!"

벌건 대낮에 노상강도를 당했다고 하더라도 이보다 더 황당하진 않을 것이다. 카푸치노 절도범은 거기서 멈추지 않고, 머그잔을 자신의 입가로 가져가 한 모금 마시기까지 했다.

'법치주의가 지배하는 대한민국에서 이 몰상식한 행동은 뭐죠? 당신 부모님이 그렇게 가르쳤나요?'

당차게 따지려던 유채의 눈에, 어딘가 무척이나 익숙한 실루엣이 보였다.

"강이……."

그녀는 이현의 이름을 부르려다가, 그렇지 않아도 주위의 시선이 그에게 쏠려 있다는 사실을 깨닫고 그만두었다. 선글라스를 쓰고 카페 카운터에 비스듬히 기대어 서 있기만 할 뿐인데도, 그에게서는 명품 정장을 차려 입은 남자 변호사들을 기죽게 하는 아우라가 흘러 나왔다. 이현은 깎은 듯한 이마에 가느다란 일자로 줄을 그리면서 투덜거렸다.

"갈증이 나면 나한테 얘기하지 그랬어요."

"그러면요? 브로콜리노 그란데 사이즈에다가 당근 드리즐을 뿌려서 미역 분말이라도 팍팍 얹어줄 건가요? 됐거든요!"

유채는 푸념하다 말고 불현듯 생각이 나서 물었다.

"그런데 내가 여기 있는 건 어떻게 알았어요? 혹시 나한테 뭐 도청장치라도 달았어요?"

"하핫, 그럴 리가요. 그건 사생[6]들이나 하는 짓이죠."

'그래, 아이돌인 네가 지금 하고 있잖아, 그 사생 짓을.'

---

6) '사생활을 침해하는 팬'의 줄임말이다. 연예인의 비공식 스케줄이며 해외 공연까지 모두 따라다니는 것은 물론, 집 앞에 진치고 있거나 심한 경우 집에 들어가서 물건을 훔치기도 하며, 휴대폰을 해킹하기도 하는 등 그 폐해가 극심하다.

유채는 이현이 반쯤 마셔 버린 카푸치노를 그냥 빼앗아 마셔버리고 싶었지만, 다행히 아직 잔을 나누어 마실 만큼 가까운 사이는 아니라는 이성적인 판단이 앞섰다.

"그거 다 마시고, 절도 합의금은 달라고 안 할 테니 그놈의 퀵 좀 그만 보내요. 이러다가 퀵 서비스 기사랑 정분나게 생겼으니까."

유채의 고상하지 못한 말에도 이현은 하해와 같은 마음으로 모든 걸 이해한다는 듯 고개를 끄덕끄덕했다.

"유채 씨가 신경질을 부리는 것은 당연해요. 호르몬이 변화하고, 분비물이 늘어나면서 화장실에도 자주 가고 싶어지는 시기니까요. 하지만 이게 다 유채 씨와 아기를 위해서……."

"그러니까 나는, 내 분비물에 대해서 강이현 씨와 토론하고 싶지 않다고요!"

마침내 쌓였던 분노가 폭발했다. 다른 사람들이 지켜보건 말건 상관하지 않고 히스테릭하게 소리치고 카페를 뛰어나온 유채는 씩씩거리면서 사무실로 올라왔다. 그리고 데스크에 앉아 손톱을 다듬는 데 여념이 없는 하경을 향해 성큼성큼 걸어갔다.

"대답해요, 하경 씨. 혹시 아이돌한테 매수당한 스파이에요?"

"네? 그게 무슨 말씀이신지 저는 도무지……."

화들짝 놀라면서 얼버무리는 하경을, 유채는 서릿발처럼 매섭게 추궁했다.

"내 일거수일투족을 강이현한테 보고하고 있잖아. 이번에는 대가로 또 뭘 주겠다고 했어요? 팬 사인회 티켓? 백 스테이지 출입권? 아니면 뭐 래원이가 입던 팬티라도 준대요?"

"어머, 줄 수 있대요? 저번에는 안 된다고 그러더니."

하경은 두 손을 입가로 모으면서 반색했고, 유채는 어처구니가 없어서 소리를 빽 질렀다.

"하경 씨!"

"변호사님, 저는 묵비권을 행사할래요. 덕후의 명예를 걸고, 아무리 물으셔도 대답하지 않을 거예요."

말문이 막힌 유채는 사무실로 들어와 무너지듯 의자에 주저앉았다. 벽 한구석에는 그녀를 더 약 올리기라도 하려는 듯 택배 물건들이 쌓여 있었다. 수면 양말과, 팥을 넣은 베개, 전자파 차단 담요, 변기처럼 생긴 대나무 좌욕기까지.

"아냐, 이건 아니야. 결혼도 안했는데 시어머니를 모시면서 살 수는 없어. 거기다가 스물네 살에 XY염색체의 시어머니라니."

유채는 좌절하면서 손바닥 위에 얼굴을 파묻었다. 이러다가 언젠가는 쥐도 새도 모르게 납치되어, 펑퍼짐한 임부복을 차려 입고 브로콜리에 등 푸른 생선만 먹으면서 피둥피둥하게 사육 당하게 될지도 모른다.

'애들아, 엄마는 절대로 그런 억압당하는 인생을 살지는 않을 거란다. 그런 시대는 끝났어.'

유채는 휴대폰을 꺼내 들었다. 화면에 떠 있는, 스타벅스 카드결제 문자메시지가 화를 북돋웠다. 이현이 하경을 매수했다는 확실한 증거를 잡아서, 도가 지나친 행동을 고쳐줄 필요가 있었다. 그녀는 단짝 친구인 주미에게 메시지를 보냈다.

─ 지금부터 내가 전화로 무슨 소리를 하든지 신경 쓰지 말고, 적당히 받아쳐.

─ 웅? 뭐야? 뭘 하려고?

— 나중에 설명할게. 나의 자유와 광명이 걸린 일이니 부디 협조해주라.

유채는 메시지를 보낸 후, 휴대폰이 아닌 사무실 전화기를 이용해 주미에게 전화를 걸었다. 휴대폰과 달리, 사무실 전화는 데스크에서 비서가 버튼 하나만 누르면 엿들을 수가 있었으므로, 하경이 이 전화도 훔쳐들을 거라고 확신했다. 주미가 전화를 받자마자, 유채는 한껏 쾌활한 목소리를 내면서 다른 말을 못하게 막았다.

"주미야, 단체문자 온 거 봤어. 당연히 나가야지. 몇 년 만의 대학 동아리 모임인데."

"어, 그렇지, 오랜만이지."

목소리에서 당혹스러움이 묻어나긴 했지만, 주미는 적당히 맞장구를 쳐 주었다.

유채의 1인 모노드라마 연기는 계속되었다.

"그래서 장소가 어디라고? 학교 앞 파전집? 그럼 동동주에 막걸리 한 잔 하는 거야?"

"어, 그거는 좀······."

"에이, 너답지 않게 빡빡하게 굴고 그래. 한 잔 정도는 괜찮아. 큰일 안 나. 뭐 그렇게 먹다 보면 한 잔이 두 잔 되고 두 잔이 세 잔 되고 그러는 거지, 하하하!"

"아니, 잠깐······."

"오늘은 차 가지고 가지 말아야겠다. 대리 불러야지. 꽐라가 되어 가지고 올 수도 있잖아."

유채는 아무렇게나 읊어대면서, 창문에 드리워진 블라인드를 손가락으로 살짝 벌렸다. 하경이 데스크 전화기를 귀와 어깨 사이에

끼고 두 손으로 열심히 메모하는 걸 보고, 유채의 입가에 회심의 미소가 번졌다.

'딱 걸렸어.'

"그러면 이따가 우리 회사 로비 앞에서 봐! 오늘은 내가 쏜다! 어디 한 번 내일이 없는 것처럼 달려보자고!"

유채의 추리대로라면 이현은 지금 이 모든 대화를 실시간으로 전달받고 있을 터였다. 주전자처럼 부글부글 끓고 있을 이현을 생각하니 통쾌했다.

'사생은 범죄라는 걸 이번 기회에 확실히 알려줘야지.'

그로부터 한 시간 후, 유채는 퇴근하고 회사 로비로 내려갔다. 물론 로비에 주미는 없었고, 그녀가 예상했던 인물이 기다리고 있었다. 유채는 선글라스도 끼지 않고 당당히 서 있는 이현을 보자마자 전투태세를 갖추었다.

"강이현 씨, 내 비서를 매수해서 나를 감시했어요?"

"서유채 씨, 술이라니 제정신입니까?"

이현은 잘못을 인정하고 수그러들기는커녕, 눈에 쌍심지를 켜고 되받아쳐왔다. 임산부가 섭취한 알코올은 태반을 통해 태아의 뇌로 직접 전달된다는데, 용납할 수 없었다.

"설마 진짜 마시러 가려고 그랬겠어요? 이현 씨의 그 잘난 스파이 네트워크를 확인해 보려고 거짓말한 거죠. 굉장히 허술하게 뚫리는 네트워크네요."

"아무리 그래도 그렇지 할 얘기가 있고 못 할 얘기가 있죠, 직캠[7] 찍다 말고 뛰어왔잖아요!"

"그럼 얼른 다시 가서 직캠인지 나발인지 그거나 찍어요!"

"내일이 없는 것처럼 달린다는 여자를 두고서 내가 가긴 어딜 갑니까!"

로비 한가운데서 유명 아이돌과 그의 변호사가 서로 고함을 질러 가면서 싸우고 있었다. 지나가던 사람들이 발걸음을 멈추고 구경하며 수군거렸지만, 유채는 개의치 않았다.

"착각하지 말아요, 강이현 씨. 난 아직 당신을 내 인생에 들이겠다고 말한 적이 없으니까."

유채는 단호한 말로 쐐기를 박고 돌아서려다가, 돌연 그 자리에 멈춰 섰다. 아직 할 말이 남아 있었다.

"그리고 말인데요, 잔소리쟁이 시어머니를 좋아하는 여자는 이 대한민국에 아무도 없다고요!"

"시어머니요?"

"네! 아이돌 시어머니요! 바로 강이현 씨요!"

화르르 분을 쏟아낸 유채는 구경꾼들 사이에 이현을 남겨놓고 총총걸음으로 사라졌다. '잔소리쟁이 시어머니'라는 말에 경악한 이현은 두 팔을 힘없이 늘어뜨린 채 중얼거렸다.

"호르몬, 호르몬 때문이야……."

한편, 주차장으로 내려간 유채는 자동차에 올라타 곧바로 시동을

---

7) '직접 찍은 캠 동영상'의 줄임말로, 원래는 팬이 가수의 공연을 관람하면서 캠코더로 직접 찍은 영상을 의미했다. 국내에는 직캠 영상이 인터넷에서 화제가 되어 차트 역주행을 하며 인기몰이를 한 몇몇 아이돌 그룹이 있었다. 최근에는 그 의미가 확대되어 가수를 편집 없이 원 테이크로 찍은 방송용 영상도 직캠이라고 부르게 되었다. 직캠을 멋지게 찍는 가수를 '직캠장인'이라고 부르기도 한다.

걸었다.

'오늘 야근은 관두자. 드라이브하면서 기분 전환이나 해야겠어.'

차가 도로변으로 진입하자마자, 기다렸다는 듯 파란색 시내버스가 정면을 가로막았다.

— 일루전 데뷔 500일 축하! 우리 애들 멋있는 거 못 본 사람 없게 해주세요!

버스 전면에는 일루셔니스트에서 실은 랩핑 광고가 떡하니 실려 있었다.

"봤다고! 멋있는 거 실컷 봤다니까? 그러니 제발 여기저기서 불쑥불쑥 나타나지 좀 마!"

그녀는 버스가 완전히 지나갈 때까지 사이드미러에 비추는 광고를 보고 있어야만 했다. 멤버 별로 큼직한 사진이 박혀 있고 그 아래 팬들이 선정한 문구가 있었다.

— 보컬 종결자 갓이현, 영원히 충성충성!

— 상남자의 귀여운 반전 매력, 권혁!

— 그 얼굴 그렇게 쓰는 거 아니다, 래원아.

— 아파트 뿌셔뿌셔, 노아찡!

'보컬 종결자는 무슨, 덕분에 내 자유로운 싱글 라이프가 강제 종결 당하게 생겼다고 지금.'

유채는 붉고 푸른 현란한 조명을 배경으로 찍은 이현의 사진을 지그시 쏘아보았다. 그리고 어디에도 있고 어디에도 없다는 일루셔니스트들을 향해 선전포고를 던졌다.

"미안한데, 얘들아. 멋있는 너희 오빠 내가 골탕 좀 먹여야겠다."

10. 요가하는 액션가면

"변호사님, 그거 요가 매트예요? 그건 요가 가방이고요? 언제부터 요가를 하셨어요?"

복수를 결심한 지 사흘째 되는 날, 큼지막한 스포츠 가방과 매트를 들고 출근하는 유채를 보고 하경이 의아한 듯 물었다.

"오늘부터요."

유채는 산뜻한 미소를 지으면서 대답하고 사무실로 들어갔다.

'강이현, 임신 호르몬의 지배를 받는 여자의 분노가 얼마나 무서운지 보여주지.'

아드레날린이 마구 분출하고 있었지만, 이성의 힘으로 꾹 눌러놓고 일단 업무에 매진했다. 바쁜 일과가 지나가고 마침내 퇴근 시간 30분 전이 되었을 때, 유채는 이현에게 문자메시지를 보냈다.

— 지난번에는 내가 말이 심했어요. 이현 씨는 다 아이를 생각해서 그런 건데. 미안해요.

먼저 사과 메시지를 보낸 것은 이현을 무시무시한 함정으로 끌어들이기 위한 밑 작업이었다. 약 10초 후, 휴대폰이 부르르 진동하면서 이현의 답장이 도착했다.

— 아니에요, 이해해줘서 고마워요. 유채 씨 화가 안 풀린 것 같아서 걱정하고 있었어요.

— 화나지 않았어요. 이현 씨가 알려준 생활수칙들을 하나씩 실천해 보기로 했어요. 오늘은 초기 임산부를 위한 요가 강의를 들으러 갈 거예요.

— 정말 좋은 생각이네요. 내내 앉아있었으니 운동을 해야죠. 내가 데려다줄까요?

— 좋아요, 운전대 잡는 횟수도 최대한 줄이려고 하고 있어요. 이따 회사 앞에서 만나요.

영악하게 웃으면서 휴대폰을 내려놓는 유채의 눈빛이 광채로 번뜩였다. 그녀는 전광석화와 같은 속도로 남은 업무를 처리하고서 시간 맞춰 로비로 내려갔다.

"유채 씨, 여기요!"

회사 앞길에는 일루전 멤버들이 타고 다니던 검은색 밴이 서 있었다. 운전석 창문이 스르르 내려가더니 이현이 안에서 손을 흔들었다.

"이거 다 같이 쓰는 거 아니에요? 이현 씨는 차가 없어요?"

유채가 조수석에 올라타면서 묻자, 오늘도 검은 선글라스에 마스크를 착용한 이현이 대답했다.

"아직 안 샀어요. 차가 있어도 몰고 다닐 시간도 없는걸요. 운전은 되도록 안 하는 게 나아요. 요즘 같은 세상에, 실수로 교통사고라도 냈다가 아이돌 수명 끝장나는 건 한순간이거든요."

"아니, 서울 시내에서 운전하면서 교통사고 한 번 안 내는 사람이 어디 있다고."

그녀는 순간적으로 이현이 가엾게 느껴졌다. 일반인이라면 흠집 조차 되지 않을 사소한 일이, 그에게는 인생을 망쳐 놓고도 남을 덫이 될 수도 있는 것이다.

'아니야, 여기서 마음이 약해지면 안 되지. 적에게 어설픈 자비를 베풀다간 등 뒤에서 칼이 꽂히는 법.'

유채는 운전에 열중하고 있는 이현의 얄밉도록 단정한 옆얼굴을 바라보면서 마음을 다잡았다. 20분 정도를 달린 후, 유채는 시야에 들어온 도착지를 손가락으로 가리켰다.

"여기예요, 이 백화점 문화센터요. 지하 주차장에 차 세우고 들어가요."

지하 주차장에 내린 두 사람은 엘리베이터를 타고 문화센터가 있는 층으로 올라갔다. 폐점 시간 세일이 진행 중인 백화점은 극성스러운 쇼핑객들로 붐볐고, 저녁에 선글라스를 쓰고 나온 이현도 그 속에서는 별로 눈에 띄지 않았다.

"예약하고 왔어요, 이름은 서유채고요. 여섯 시 반 타임 요가 수업이요."

유채는 데스크에 이름을 말한 후, 이현을 이끌고 요가 수업이 진행될 중앙 홀로 들어갔다. 선글라스와 마스크로 얼굴을 가린, 그러나 훤칠한 기럭지는 가리지 못한 이현이 유채와 함께 등장하자 다른 수강생들의 호기심 어린 눈길이 스캐너처럼 예리하게 그들을 훑고 지나갔다.

'유명인이야, 아니면 그냥 관심종자야?'

그 시선이 부담스러웠던 이현은 헛기침을 하며 이리저리 고개를 돌리다가, 한 가지 이상한 점을 발견했다.

"그런데요, 유채 씨. 수강생들이 전부 다 쌍쌍이네요?"

"당연하죠, 이건 커플 요가 수업이니까요."

유채는 몰랐냐는 듯이 천연덕스럽게 대답했다. 작전 개시였다.

"커플 요가요?"

"네, 임신 초기에 있는 부부를 위한 커플 요가 수업이에요. 정말 끝내주게 유익할 것 같지 않나요? 딱 강이현 씨 스타일이죠?"

이현은 노골적으로 자신을 뜯어보는 수많은 여자 수강생들을 의식하면서 고개를 푹 숙였다.

"저, 저는 그냥 뒤에서 보고 있으면 안 될까요? 사람들이 알아볼 것 같은데요."

"어머, 여기까지 와서 빼는 거예요, 지금?"

"선글라스에 마스크 쓰고 요가를 할 순 없잖아요. 구부리고 젖히고 하다 보면 다 벗겨질 텐데."

유채는 웃음이 쿡쿡 새어 나오는 것을 애써 참으면서 진지한 투로 말했다.

"그럼요, 선글라스에 마스크 쓰고 할 수는 없죠. 그래서 제가 준비한 게 있어요."

그녀는 요가 가방 속에서 뭔가를 주섬주섬 꺼냈다.

"그게 뭔데요?"

"선글라스를 낄 수도 없고, 그렇다고 맨 얼굴이 될 수도 없고. 이거라면 만사 오케이죠!"

유채가 뿌듯한 얼굴로 이현의 앞에 내민 것은, 애니메이션에 등장하는 액션가면 마스크였다. 선명한 파란색 바탕에, 눈을 뚫어놓은 두 개의 구멍, 두 개의 귀와 정수리에 붙은 닭벼슬 장식까지. 제작자의 장인 정신과 디테일이 살아 있는 소품이었다.

"어, 어떻게 그런 걸 쓰고 사람들 앞에 나서요?"

"왜요, 후레쉬맨은 되고 액션가면은 안 돼요? 지금 히어로로 차별하는 거예요?"

"아니, 그건 아닌데요. 히어로로는 물론 다 평등한데요."

갑작스러운 사태에 멘탈이 나가 버렸는지 헛소리를 하면서 눈을 내리깔던 이현은, 자기가 입은 옷을 보고 돌연 눈을 번쩍 빛냈다.

"아, 유채 씨! 저 지금 옷이 불편해서 요가를 못할 것 같아요. 아쉽네요. 유채 씨랑 같이 하고 싶었는데! 정말로요!"

말의 내용과 달리 신나서 외치는 얼굴에는 명백한 안도감이 나타나 있었다. 유채는 이현이 입은 옅은 회색의 목 니트와 진갈색 긴 후드 가디건, 감이 상당히 두꺼워 보이는 블랙 진을 물끄러미 바라보다가, 그를 납작하게 만들어 줄 대사를 내뱉었다.

"아쉬워할 거 없어요, 그래서 의상도 준비했으니까."

그녀는 이현에게 초록색과 파란색, 빨간색 배색이 섞여 있는 쫄쫄이 요가복 세트를 내밀었다. 유독 심하게 타이트한 그 옷은, 요가복이라기보다는 에어로빅 의상에 가까워 보였다.

"이건······."

충격과 공포에 빠져 허우적대는 이현을 향해 유채는 무척 상냥하게 설명했다.

"최대한 액션가면 마스크랑 세트로 맞추려고 노력했어요. 배송

날짜가 늦어진다고 해서 일부러 퀵을 보내서 받아왔다니까요. 이현 씨, 퀵 서비스 좋아하죠?"

"왜 그렇게까지……."

"에이, 미안해하지 말아요. 이현 씨가 나한테 그동안 해 준 게 얼만데."

이현은 그제야 뒤늦게 깨달았다. 이 모든 게 유채의 복수극이라는 사실을. 가면과 쫄쫄이를 받아들지도 못하고 뿌리치지도 못하고 머뭇대고 있는 이현을, 유채는 사채 빚 받으러 온 사람처럼 끈덕지게 독촉해 댔다.

"왜 가만히 있어요? 하기 싫어요?"

"하기 싫다기보다……."

이현은 대형견처럼 순박해 보이는 맑은 눈망울을 끔벅거리며 힘없이 중얼거렸다. 여심을 뒤흔들다 못해 뿌리를 뽑아버리고도 남을 그런 눈이었지만, 유채는 흔들리지 않았다.

'그래, 좀 봐 달라고 애원하고 싶겠지. 네가 내 피 같은 카푸치노를 눈앞에서 강탈해 갔을 때 내 심정도 그랬단다. 어디 한 번 느껴 보렴.'

유채는 일부러 실망한 목소리를 내면서 말했다.

"이현 씨가 하기 싫으면 나도 포기해야겠다. 다 같이 커플 요가 하는 곳에서 혼자 창피해서 어떻게 수업을 들어요? 아이고, 안 되겠다. 오늘은 그냥 집에 가야겠네요."

"……."

"가서 보일러 끄고, 시원한 윗목에 누워서 엑스트라 트리플 라지 사이즈의 페퍼로니 피자를 시켜 먹으면서 DVD나 한 판 때려야겠어요. 공포영화 좋아하거든요. 사람 전기톱으로 드르르 썰어서 토막 내거나, 부엌칼로 회 송송 떠서 인천 앞바다에 띄우고 그런 거 있잖아요……."

"갈아입고 올게요! 갈아입고 온다고요!"

이현은 절망적으로 외치면서, 마스크와 쫄쫄이를 유채의 손에서 받아들고는, 어깨를 축 늘어뜨린 채 탈의실로 사라졌다. 유채는 도살장에 끌려가는 송아지 같은 그 뒷모습을 한껏 만끽한 후, 여자 탈의실로 들어가 지극히 정상적이고 편안한 연회색 트레이닝복으로 갈아입고 나왔다. 그녀는 일부러 남자 탈의실에서 가장 가까운 곳에 요가 매트를 깔아놓고, 이현이 나오기만을 손꼽아 기다렸다.

'기대하시라, 개봉박두!'

이현은 한참이 지나서야 밖으로 나왔다.

얼굴 위쪽은 형광색 가면이 가리고 있고, 잔근육이 붙은 몸은 금방이라도 쫄쫄이 속에서 터져나갈 것 같았다. 민망할 정도로 꽉 끼는 반바지 아래로 길고 탄탄한 다리가 보였다.

"어머나, 잘 어울린다. 갓이현의 잘생김이 액션가면을 뚫고 나오려고 그러네요?"

유채는 뻥뻥 뚫린 눈구멍 속에서 죽을상을 짓는 이현을 보면서 배를 잡고 박장대소했다.

"……아무 말도 하지 않으면 안 될까요, 우리."

이현이 땅이 꺼질 듯 깊은 한숨을 쉬면서 웅얼거리는데, 아까부터 그들을 주목하고 있던 다른 수강생들 사이에서 폭소가 터져 나왔다.

"진짜 뭐야, 저 사람!"

"으하하하, 너무 웃긴다. 개그맨인가 봐. 크크크!"

가뜩이나 울림 효과가 좋은 홀 안을, 낄낄거리는 웃음소리가 가득 메웠다. 유채는 자신의 승리를 축하해주는 듯한 그 소리를 마음껏 즐기면서 이현을 약 올렸다.

"우리 사진도 한 장 찍을까요? 치즈나 김치는 진부하니까 다른 구호를 외쳐 봐요. 이건 어때요? 액션 빔―!"

유채는 이현이 말릴 틈도 없이 휴대폰을 꺼내어 사진을 찍었다. 세로로 한 장, 가로로 한 장을 찍고, 마지막으로 32분할 파노라마 촬영까지 마쳤다.

"아주 리얼하게 나왔네요. 당장이라도 하이그레 마왕과 싸우러 가야 할 것 같아요."

유채는 사진이 아주 잘 찍힌 걸 확인하고는 흐뭇한 미소를 만면에 머금었다. 그리고 갑자기 표정을 싹 바꾸더니, 목소리를 낮게 깔고 이현에게 협박하듯이 말했다.

"앞으로 그놈의 빌어먹을 녹즙을 한 번만 더 보내면, 이 사진을 유포해버릴 줄 알아요."

"어차피 가면 쓴 사진인데요? 얼굴이 보이지도 않는 걸 유포해서 어쩌려고요?"

지렁이도 밟으면 꿈틀한다고, 미력하게나마 한번 저항해 보는 이현이었다. 그러나 유채는 그 부분에 대한 계획까지 이미 다 마련해 놓고 있었다. 지렁이가 꿈틀해서 뭘 어쩌겠다는 건가, 더 세게 짓밟아버리면 그만이다.

"글쎄요, 뭘 어떻게 할지는 홍래원 씨한테 넘겨주면 거기서 알아서 기발한 방법을 찾아줄 것 같네요. 머리가 꽤 잘 돌아가는 것 같던데."

'도살을 기가 막히게 하는 푸줏간 주인이 따로 있는데, 굳이 내 손에 피를 묻힐 필요는 없지.'

유채는 지옥에서 온 사자처럼 음산하게 웃었다. 앓던 이가 빠진 것처럼 속이 다 시원했다.

"……녹즙 배달은 취소할게요."

일단 이현을 한 번 함락시키자, 유채는 장난기가 발동해서 자꾸만 뭔가 더 시키고 싶어졌다. 그래서 항복의 말을 좀 더 공손한 말로 다시 한번 반복하도록 만들었다.

"말투가 마음에 안 드네요. 따라해 봐요. 당장 취소시키겠습니다, 누님."

이현은 어금니를 악물면서 유채가 읊는 말을 토씨 하나 틀리지 않고 그대로 따라했다.

"당장 취소시키겠습니다, 누님."

이현의 뒷말은 점점 커지는 사람들의 폭소에 파묻혀 들리지 않을 정도였다. 마침 매트를 옆구리에 끼고 들어오던 요가 강사가 웃음의 소용돌이에 휩쓸려 어리둥절해했다.

"아니, 뭐가 그렇게 재밌어서 다들 나사 빠진 사람들처럼 웃고 있어요?"

요가 강사는 사자처럼 복슬복슬하게 머리를 볶고 체구가 자그마한 40대 여성이었다. 거울 앞에 매트를 깔고 앉으려던 그녀는, 다섯 번째 줄 끄트머리에 주춤거리며 서 있는 이현을 보고 화들짝 놀라 소리쳤다.

"거기 수강생 남편 분? 남편 분 맞죠? 백화점 알바 아니죠? 얼굴에 쓴 그거 뭔가요?"

"……."

차마 대답하지 못하는 이현을 대신해서 유채가 당당하게 대꾸했다.

"죄송해요, 강사님. 저희 남편한테 좀 독특한 페티쉬가 있어서요. 개인 취향이니 존중해주셨으면 좋겠네요. 액션가면에게도 요가를 할 자유는 있는 거잖아요?"

"아, 네. 페티쉬요……. 그럼요, 존중해 드려야죠. 여긴 성인 클래스니까요."

강사는 얼빠진 표정이 되었다. 수강생들의 웃음소리가 더 커지다 못해, 이제는 아예 바닥을 뒹굴면서 웃어대는 사람들도 있었다. 가면으로 가려지지 않은 이현의 얼굴 아랫부분이 불그스름하게 달아올랐다.

빨강, 파랑, 초록의 형형색색. 그중에서도 가장 선명한 색깔은 단연 브로콜리를 짜낸 듯 맑은 초록색이었다.

'브로콜리로 흥한 자, 브로콜리로 망하리라.'

"그러면 지금부터 사랑의 커플 요가를 시작하겠습니다. 나마스떼!"

요가 강사는 우렁차게 손뼉을 치며 주의를 집중시키자, 이현과 유채를 제외한 나머지 수강생들이 참새 떼처럼 입을 모아 합창했다.

"나마스떼에!"

"오늘은 초기 임산부도 따라 할 수 있는, 신체에 무리 안 가는 릴렉싱 동작을 배워 볼게요."

휴대폰으로 뉴에이지 음악을 틀어놓은 강사는, 요가 매트에 앉아 다리를 쭉 펴고 상체가 무릎에 닿을 때까지 숙이는 기본 스트레칭 동작을 시작했다.

"사실 이 동작은 남자에게는 어려울 수도 있는……."

설명이 끝나기도 전에 허리를 끝까지 굽히더니 일어날 줄 모르는 이현을 보고, 강사는 호들갑 떨면서 칭찬했다.

"오, 액션 가면. 잘하네요. 초보자 같지가 않은데?"

사실 이현은, 가면 쓴 얼굴을 무릎 사이에 푹 파묻을 수 있다는 이유로 순간이나마 행복했다.

가능하면 영원히 그대로 있으면서 화석처럼 굳어져 버리고 싶었다. 그러나 이현의 바람과 달리, 강사는 몇 분도 지나지 않아 다음으로 넘어갔다. 가부좌를 틀고 앉아, 두 팔을 양쪽으로 쭉 뻗고 고개를 좌우로 느릿하게 돌리는 동작이었다.

"커플 요가의 핵심은 스킨십입니다. 쑥스럽다고, 귀찮다고 스킨십을 꺼리는 분들 가끔 있죠?"

강사는 각자의 매트 위에 동떨어져 앉아 있는 이현과 유채의 모습에 못마땅한 표정을 지었다.

"남녀의 만남은 기본적으로 음양의 조화죠. 서로 붙잡고, 만지고, 쓰다듬고, 입 맞추면서 서로에게 부족한 기운을 보충해 주어야 합니다."

꼭 자기들 들으라는 듯한 말에, 이현과 유채는 당혹스러운 표정으로 주위를 두리번거렸다. 다른 커플들이 서로 등을 붙이고 반대 방향으로 앉아서 다정하게 손을 맞잡고 있었다.

"유채 씨, 우리도 저렇게 해야 할 거 같은데요."

"……"

"잠깐 실례할게요, 미안해요."

이현은 조심스럽게 다가오더니 유채의 등에 닿을 듯 말 듯 하게 자신의 등을 붙였다. 둘 다 팔을 뻗기는 했지만 차마 손을 잡지는 못했다. 그러나 그 상태로도 유채는 이현의 등을 고스란히 느낄 수 있었다. 곧고 단단한 뼈대, 운동으로 단련된 세밀한 근육들, 일자로 떨어지는 군살 없이 날렵한 허리까지. 그 모든 게 그의 호흡에 맞춰 오르락내리락했다. 유채는 심장이 빠르게 뛰기 시작한 것을 들킬까 봐 조마조마했다.

'임신하더니 부정맥이 생겼어. 그래, 그런 거야. 시도 때도 없이 나대지 말아줘, 심장아. 지금은 복수에 집중해야 할 때라고.'

참견쟁이 강사는 이현과 유채가 손을 잡지 않은 것을 보고 혀를 끌끌 차며 충고 조로 말했다.

"출산 후 헬 육아가 시작되는 거 알고 계시죠? 서로를 보고 설레 기는커녕, 떡지고 냄새 풀풀 나는 모습을 보면서 환멸감만 들 거예 요. 그러니 아이를 기다리는 지금, 부부의 시간을 마음껏 누려 두어 야 하지 않겠어요? 그걸 위한 비둘기 자세입니다!"

마주 앉은 남녀가 무릎을 엇갈려 맞대고, 남은 다리를 뒤로 뻗으 면서 머리를 하늘 높이 쳐드는, 이번에도 역시 남자에게는 상당히 힘들어 보이는 자세였다.

"이현 씨, 이건 무리일 거 같은데 건너뛸까요?"

"할 수……있어요!"

도중에 포기하는 것은 이현의 인생 신조에 어긋났다. 비록 허벅지 위에 돌덩어리를 얹어놓은 것처럼 쥐가 나고, 무릎의 힘줄이 툭 소 리를 내면서 끊어지기 일보 직전이라고 할지라도.

그는 오기를 부리면서 억지로 턱을 들어 올렸고, 그 순간 갈 데를 잃은 손을 허공에서 허우적대다가 반사적으로 유채의 목을 붙잡았 다. 그 모습을 포착한 강사는 기겁하며 매트에서 벌떡 일어나더니 달려와 이현을 꾸짖었다.

"뒷목을 그렇게 후려잡으시면 안 돼요. 주짓수가 아니잖아요. 애정을 듬뿍 담아 어깨를 부드럽게 감싸주세요."

강사의 지도에 따라서 이현의 오른쪽 팔이 유채의 어깨를 두르듯이 감싸고, 왼쪽 팔은 왈츠를 추는 것처럼 그녀의 허리를 감았다. 마치 다정한 연인들이 포옹하기 직전, 마법처럼 시곗바늘이 멈춘 것 같은 모양새였다.

'아, 너무 가까워……'

유채는 돌연 산소가 희박해진 것처럼 숨을 쉬기가 어려워졌다.

이러려고 한 게 아닌데. 제가 판 함정에 제가 빠져버린 것 같았다.

"에이, 액션가면 커플. 실망인데요? 독특한 페티쉬도 있어서 되게 적극적일 줄 알았는데."

강사는 이때만을 기다렸다는 듯, 확신에 찬 어조로 일장연설을 했다.

"하여간 우리나라 사람들은 이게 문제라니까요. 부부생활을 밖으로 드러내는 게 창피하고 부끄러운 일이라고 생각하죠. 왜 그래야 하죠? 다들 하고 살잖아요. 임신한 부부도 마찬가지죠."

성교육 강사처럼 거침없는 발언을 쏟아내던 강사는 돌연 이현에게 충격적인 질문을 던졌다.

"이를테면 거기 남편 분, 일주일에 몇 번이나 하시나요?"

"네? 뭘 해요?"

"부부관계 말이에요. 남편 분 체력이 아주 좋아 보이시네."

"아, 저희는……."

이현은 당혹감에 목 아래까지 발갛게 달아올라 더듬거렸다.

옆에 선 유채는, 그가 쓴 가면에 구멍이 날 정도로 강렬하게 노려보고 있었다.

'입 다물어, 그 입 다물라고, 강이현! 안 그러면 나중에 기적적으로 다시 정자가 생기더라도 그걸 저장할 장소가 없어지게 만들어주겠어!'

"안 하는데요."

은근슬쩍 재치 있게 말을 돌릴 수도 있었을 텐데, 이현은 굳이 정직하게 대답하고 말았다. 유채는 손바닥으로 얼굴을 가려 버렸고, 강사는 두 눈을 과장되게 뜨면서 익살스러운 표정을 지어 보였다.

"아니, 안 하긴 뭘 안 해요. 그러면 애는 어떻게 생겼대요? 어디서 성령이라도 내려왔어요?"

수강생들 사이에서 숨넘어갈 듯 요란한 폭소가 터져 나와 유채의 귀를 때렸다. 그녀는 당장 이 자리에서 자폭하고 싶었다.

'얼굴이 가려져서 좋겠다, 강이현. 운 좋은 놈 같으니라고.'

유채는 이현을 부러워했지만, 사실은 이현이야말로 자폭하고 싶었다. 연예인이 되면서 소속사에서 알려준 '폭탄 인터뷰에 대처하는 법'도 소용이 없었다. 그 어떤 기자도 그에게 '일주일에 몇 번 하세요?' 따위의 질문을 던진 적은 없었으니까.

"민망하죠? 그러니까 다음부터는 체면 차린다고 말도 안 되는 거짓말하고 그러지 말자고요."

강사는 이현이 자괴감에 빠져 있거나 말거나, 쾌활한 목소리로 계속 진도를 나갔다.

"자, 그러면 비행기 자세로 넘어갈게요. 아내 분은 남편 분의 손을 꼭 잡아주시고, 남편 분은 아내분의 허벅지 아랫부분을 발로 받치면서 천천히, 아주 천천히 살짝만 들어 올려주세요. 아기 비행기 태우듯이."

이현이 요가 매트 위에 드러눕자 유채는 마지못해 그의 손을 잡았다. 근력이 좋은 이현은 무게가 없는 것처럼 가뿐하게 유채를 허공으로 들어 올렸다. 다른 여자 수강생들이 유채를 부러움과 질투가 섞인 시선으로 바라보는 게 느껴질 정도였다.

그러나 요령 없는 이현 때문에 뽀로통해져 있던 유채는 요가에 집중하지 못하고 이리저리 균형을 흐트러뜨렸다. 덕분에 이현은 그녀를 떨어뜨리지 않으려고 혼자 발목이며 손목에 힘을 주고 끙끙대며 안간힘을 써야 했다. 몇 초가 지나자 손에서 후들후들 경련이 일어났다.

"저기요, 유채 씨. 위에서 균형을 좀 잡아주면 안 될까요?"

"이현 씨가 힘을 제대로 줘서 들어 올리면 되잖아요."

'네가 힘이 약한 게 아니냐'는 유채의 암시에 이현은 자기도 모르게 발끈했다.

"이미 힘줄 만큼 주고 있거든요. 그래도 위에서 흔들리니까……."

"그러니까, 지금 내가 무겁다는 얘기에요?"

"아니, 그 얘기가 아니잖아요."

'무겁다'라는 단어가 등장하면서, 두 사람의 대화는 대한민국의 모든 남녀가 영원히 벗어나지 못하는 악순환의 루트를 타기 시작했다.

"그거 맞네, 그거 맞아. 벌써 이러면 나중에는 뚱뚱하다고 쳐다보지도 않겠네요?"

"유채 씨, 하나도 안 뚱뚱해요. 그리고 만일 뚱뚱해져도 쳐다볼 거예요."

이현은 치밀어오르는 화를 꾹 억누르면서 차근차근 달래듯이 말했다.

"못 믿겠어요, 하여간 남자들은 다 똑같아. 뚱뚱해졌다고 안 쳐다보기만 해 봐요."

"아, 진짜 돌아버리겠네! 쳐다볼게요, 닳아 없어질 때까지 쳐다본다고요!"

'뚱뚱하다'는 단어에 서린 대한민국 여자들의 한과 애증의 정서를 이해하기엔, 이현은 아직 어리고 인내심이 부족했다. 그가 결국 짜증을 내자, 유채도 질세라 신경질을 내면서 소리쳤다.

"못 믿겠어요! 내려줘요!"

"내가 무슨 엘리베이터예요? 말만 하면 올려주고 내려주고 하게?"

"그러게요, 엘리베이터만도 못하네요!"

유채는 매몰차게 쏘아붙이면서 내려달라고 필사적으로 바둥거렸다. 이현은 그녀를 붙잡고 있던 손을 놓쳐버렸고, 다음 순간 그의 무릎이 휘청 꺾이면서 두 사람은 동시에 갸우뚱 중심을 잃었다.

"유채 씨, 조심……!"

급강하하면서 바닥으로 곤두박질치려고 하는 유채를 이현이 다급히 붙잡았다. 자연스럽게 그녀의 몸이 그의 품속에 쏙 안겨들었고, 둘의 얼굴이 겹쳐지면서 맞닿았다. 그리고 그의 입술이 그녀의 입술을 간질였다. 그와 동시에 가면 속에 들어있는 그의 눈빛과 그녀의 눈빛이 얽혀들었다.

"!!"

새털처럼 가볍고 보드라운, 물기가 살짝 어려 있는 감촉. 입술의 얇은 표면이 찰나에 닿았다가 떨어졌을 뿐이지만, 그 느낌은 유채의 볼에 난 솜털을 일제히 곤두서게 할 만큼 짜릿한 전율을 가져왔다.

심장이 요동치는 것이 아니라 그냥 순간적으로 멎어 버렸다. 유채는 희미하게 떨리는 손으로 얼른 자신의 입을 틀어막으면서, 서서히 고개를 들어 올렸다.

"와우, 액션가면 커플이 드디어 한 건 했네요. 수강생 여러분, 다 같이 박수!"

한 쌍의 망부석이 되어 쓰러져 있는 둘의 모습이 강사의 눈에도 포착되자, 그녀는 뿌듯해하면서 박수를 유도했다. 훈훈한 박수갈채 한 가운데서, 유채는 아랫입술을 지그시 깨물며 속으로만 중얼거렸다.

'내가 다시 요가를 하면 인간이 아니야……'

11. 두 개의 심장 소리

"이현아, 나이 차이는 위아래로 몇 살까지 커버 가능해?"

느닷없이 던져진 질문에, 이현은 고개를 들어 자신의 앞에 앉아 있는 여자 팬을 바라보았다.

"음……. 여섯 살 정도요?"

"와, 나 올해로 스물아홉 살인데. 아슬아슬하게 세이프했네."

"전혀 스물아홉으로 안 보여요."

이현이 자상하게 웃으면서 말해주자, 여자 팬은 두 뺨을 손으로 감싸고 꺄아 소리를 내면서 좋아했다. 오늘은 서울 도심의 어느 아트홀에서 열린 일루전의 팬 사인회 날이었다.

이현은 다른 멤버들과 함께 단상에 앉아 줄을 서서 기다리는 팬들에게 사인도 해주고, 손도 잡아주고, 포스트잇에 적어온 질문에 대답도 해주면서 단란한 시간을 보내고 있었다. 다음 팬이 다가오기 직전, 바지 주머니에 넣어두었던 이현의 휴대폰이 울렸다.

'누구지?'

테이블 아래서 슬쩍 휴대폰을 꺼내본 이현은 화면에 찍힌 '유채 씨'라는 세 글자를 확인하고 멈칫했다. 이현과 유채가, 유채의 표현을 빌리자면 '입술 박치기'를 했던 날로부터 어느덧 나흘이 지났다. 그동안 이현은 단 하루도 그 순간을 생각하지 않고 지나간 적이 없었다. 강이현도 아이돌이기 이전에 24살의 혈기왕성한 청년이었으니까.

수줍게 입술 위에 내려앉았다가 화들짝 놀라 도망치던 그 보드라운 감촉, 사과처럼 붉고 탐스러운 그 빛깔, 이현은 유채의 입술을 떠올릴 때마다 그만 머리가 텅 비어버렸다. 받을 수 없어 안타까운 이현의 마음도 모른 채 무정하게 울리던 휴대폰이 몇 초 후 멎었다. 그러더니 이번에는 유채로부터 문자 메시지가 날아왔다.

— 오늘 정기검진일이에요. 혹시 같이 가고 싶은지 물어보려고요.

이현은 두 눈을 커다랗게 뜨며 문자 메시지를 다시 한번 읽었다. 당연히 유채와 함께 정기검진에 가고 싶었다. 그는 테이블 밑으로 재빠르게 손가락을 움직여 유채에게 답장을 보냈다.

— 지금 팬 사인회 중인데 조금만 있으면 끝나요. 최대한 빨리 갈게요. 클리닉에서 봐요.

그리고는 다음 팬이 와서 앉기 직전, 이현은 휴대폰을 얼른 주머니에 집어넣어 보이지 않게 했다.

'난 아이돌이야. 팬들 앞에서 섰을 때는 팬들에게만 집중하자.'

팬들과 1대1로 만나 사인해주는 시간이 끝나고, 멤버들의 개인기 시간도 순조롭게 흘러갔다. 이현의 팝송 연주와 노아의 걸 그룹 커버댄스·메들리는 무수한 팬들의 실신을 유발했고, 혁의 박치기 송판 격파 시범과 래원의 윈도우 효과음 성대모사는 한바탕 웃음바다를 만들었다.

"자, 일루셔니스트 여러분. 아쉽지만 저희가 준비한 순서는 여기까지입니다."

팬 사인회 MC를 맡은 유명 개그맨이 무대 앞으로 나와 그렇게 말하는 순간, 이현은 회심의 미소를 지으며 주먹을 불끈 쥐었다. 지금이라도 택시를 타고 헐레벌떡 뛰어가면 그럭저럭 시간을 맞출 수 있을 것 같았다.

"하지만 이대로 끝나면 너무 섭섭하겠죠? 그래서 한 번 해보겠습니다! 일루젼의 랜덤 플레이 댄스[8] 타임!"

MC의 말에 객석에서는 우레와 같은 환호성이 쏟아져 나왔지만, 이현은 청천벽력을 맞은 표정이 되었다. 일루젼은 예전에도 랜덤 플레이 댄스를 해 봤는데, 이현을 제외한 세 명이 우왕좌왕 개싸움을 벌이면서 끝나버린 안 좋은 기억이 있었다. 손바닥을 바짓단에 슥슥 문지르면서 안절부절못하는 이현을 발견한 MC가 일부러 그를 지목하면서 질문을 던졌다.

"리더 갓이현 씨! 오늘 랜덤 플레이 댄스, 성공할 자신 있습니까?"

이현은 언제나 그렇듯 겸손한 태도로 '최선을 다해보겠습니다' 같은 모범 답안을 읊으려 했다. 그런데 갑자기 어떤 아이디어가 번쩍 머릿속에 떠올랐다. 이현은 주먹을 불끈 쥐면서 위풍당당한 목소리로 말했다.

---

8) 아이돌 그룹의 앨범에 수록된 곡들을 무작위로 중간 부분부터 틀어주고 그에 맞춰 안무를 추게 하는 게임으로, 어느 아이돌 전문 예능 프로그램에서 하면서 유명해졌다. 멤버들이 틀려 놓고도 틀리지 않았다고 우기거나, 서로 틀렸다고 지적하면서 내부분열을 일으키는 등, 보는 재미가 쏠쏠하다.

"그럼요, 아주 자신 있습니다. 그래서 말인데요, 그냥 랜덤 플레이 댄스는 팬 분들께 좀 시시해 보일 것 같습니다. 2배속, 아니 4배속 으로 가죠."

노래를 4배로 빠르게 틀면 4배로 빠르게 끝날 거라는 단순한 계 산이었다. 객석에 앉은 팬들 사이에서 오오오 하는 탄성이 터져 나왔 고, MC는 이 즐거운 돌발 사태에 들떠서 목소리 톤까지 높아졌다.

"4배속! 정말 괜찮겠습니까? 대여섯 곡 넘게 소화해야 해서 많이 힘들 텐데요?"

"문제없습니다! 눈이 휙휙 돌아갈 만큼 빠른 속도로 틀어주세요!"

허세를 부리는 이현의 뒤에서, 멤버들은 이 정신 나간 행동에 어 떻게 대처해야 할지 몰라 당황하고 있었다.

"뭐야, 저거 왜 저래? 갑자기 조증이라도 왔나?"

"형이 좀 말려봐. 4배속 하면 우리 여기서 다 죽어. 우리 노래가 무슨 장송곡 비트도 아니고."

"야, 리더가 이미 하겠다고 했는데 어떻게 빼. 가오 없이."

래원과 혁은 서로 팔꿈치를 쿡쿡 찔러대면서 속닥거리기만 할 뿐, 앞으로 나서지는 못했다.

"좋습니다. 그러면 리더의 요청을 받아들여 4배속에 도전해 보도 록 하겠습니다."

MC는 무대로 나와 일렬로 선 일루전 멤버들을 확인하고는, 돌연 사악하고 교활해 보이는 미소를 입가에 머금으면서 덧붙였다.

"멤버 전원이 성공할 때까지, 이 팬 사인회는 끝나지 않습니다. 2 박 3일, 3박 4일, 99박 100일까지도 이어질 수 있습니다! 우리 멤버 들, 오래오래 볼수록 좋으시죠?"

"네에!!!"

고막을 찢을 것 같은 열렬한 함성이 아트홀 안을 울리는 것과 동시에, 이현은 마이크를 손에 쥔 그대로 굳어져 버렸다. 5분 빨리 가려다가 50년 빨리 간다더니, 결국 이현은 영원히 반복되는 4배속 랜덤 플레이 댄스의 늪에 갇혀 허우적대는 신세가 되었다. 춤의 무한지옥은 쉽게 끝나지 않았고, 이현은 죽기 일보 직전에야 무대에서 해방되었다.

"형, 저 잠깐 다녀올 데가 있어요. 이따가 숙소로 바로 갈게요!"

이현은 매니저에게 대충 그렇게 얼버무린 후 옷도 갈아입지 않고 황급히 뛰쳐나갔다.

한편, 이현이 그토록 보고 싶어 하는 유채는 난임 클리닉 앞에 서서 그를 기다리고 있었다.

"오늘은 못 오나 보네."

유채는 30분이 지나고, 1시간이 지나도 이현이 나타나지 않자 결국 체념하고 말았다. 혼자 클리닉으로 들어가 접수하고, 주미의 진료실 앞에서 차례를 기다리는 중에도 그녀는 도돌이표처럼 자꾸만 입구 쪽을 쳐다보았다.

'지금이라도 오면 좋겠는데. 늦게라도 오지.'

벽에 걸어놓은 초음파 사진을 휴대폰으로 찍어 소중히 간직하고 있던 이현이 떠올랐다.

"서유채 씨, 들어오세요."

왠지 평소보다 훨씬 빨리 차례가 돌아온 것처럼 느껴졌다. 주미와의 친분을 이용해 조금만 기다려 달라고 부탁해 볼까 했지만, 복도 소파에 앉을 자리가 없을 정도로 병원이 붐비는 것을 보니 도저히 그럴 수가 없었다.

"오, 내일이 없는 것처럼 달리는 둥이 엄마가 왔네."

주미는 유채를 보자 환하게 얼굴을 밝히면서 반갑게 맞이해 주었다. 그녀가 간호사에게 손짓하자, 간호사가 유채를 초음파 기계가 있는 안쪽으로 안내했다.

"속이 거북하거나, 음식이 얹히거나 하지는 않아? 입덧 시작할 때가 됐는데."

"초기에는 어지럽고 미식거리고 그랬는데 요즘엔 괜찮아. 난 입덧이 없는 체질인가 봐. 어떤 느낌인지 한번 겪어보고 싶기도 한데."

"애가 뭘 몰라서 그런 소리를 하지. 너 조심해라. 말이 씨가 된다."

유채가 산부인과 진료 의자 위에 앉자, 주미가 초음파용 젤을 짜면서 복부 초음파를 볼 준비를 하기 시작했다. 그때, 진료실 밖에서 간호사가 째지는 듯한 소리로 고함치는 것이 들렸다.

"어머! 진료실에 함부로 들어가시면 안 돼요!"

"아기 아빠예요, 들어가게 해주세요!"

숨이 넘어갈 것 같은 목소리로 외치는 사람은 이현이 분명했다.

"아빠인지 아닌지 저희는 모르잖아요! 그렇게 얼굴을 다 가려놓고선!"

"아빠 맞아요, 안에 계신 여자 분한테 물어봐 주세요!"

유채는 자기도 모르게 진료 의자에서 벌떡 일어나 소리쳤다.

"그 사람 아빠 맞아요! 들여보내주세요!"

잠시 후 진료실 문이 벌컥 열리더니, 모자를 눌러쓰고 마스크를 한 이현이 구르듯 뛰어 들어왔다. 모자와 마스크를 차례로 벗은 그의 얼굴과 목덜미가 흠뻑 땀에 젖은 것을 보고 유채는 깜짝 놀랐다.

"이현 씨? 무슨 일 있었어요? 웬 땀이 이렇게……."

"춤추다가 이 세상 하직할 뻔했어요. 자세한 얘기는 나중에 할게요."

이현은 자신을 흥미로운 실험체 보듯이 빤히 관찰하고 있는 주미를 의식하면서 대답했다. 주미는 씩 웃더니 그의 가슴을 손가락으로 가리키면서 외쳤다.

"고기가 먹고 싶어서 정자를 팔았다는 아이돌, 맞죠!"

"아, 네. 그거 저 맞는 거 같습니다."

자칫하면 기분이 상할 수도 있는 말이었지만, 이현은 서글서글하게 웃으면서 인정했다.

"유채 단짝 친구 진주미에요. 이 클리닉 부원장이자 유채 담당 의사이기도 하고요."

"만나 뵙게 되어서 반갑습니다. 부원장님."

이현은 특유의 감미로운 저음으로 인사를 건네는 순간, 주미도 그가 발산하는 매력에 압도당한 듯 잠시 멍해졌다. 그러나 이내 책임감 있고 학문적 호기심 많은 의사의 모습으로 돌아왔다.

"20대 초반에 무정자증이 발병하다니 정말 희귀한 케이스네요. 연구해보고 싶다. 나중에 나한테 피 한 통만 뽑아줄 수 있어요?"

"야, 진주미. 적당히 해둬."

가만히 내버려 두었다가는 이대로 이현을 채혈실로 데려가 피를 뽑기 시작할 기세여서, 두 사람을 지켜보던 유채가 주미를 말렸다.

"괜찮아요, 피 뽑는 게 뭐 어려운 것도 아니고. 유채 씨와 우리 아기를 봐 주시는 분인데. 원하시는 건 뭐든 해드려야죠. 잘 부탁드려요, 잘 돌봐주세요."

"걱정하지 마세요, 어차피 유채하고는 공동 운명체니까. 그런데 아기라고 했어요, 방금?"

"네, 아기요."

자신이 한 말에서 어떤 부분이 잘못되었는지 모르는 이현은 떨떠름할 뿐이었다.

"아직 모르나 보네, 얘기 안 했어?"

주미가 이현이 아닌 유채를 쳐다보면서 확인하듯 묻자, 유채는 고개를 끄덕였다.

"응, 직접 보고 알게 하고 싶어서."

유채가 살짝 장난기가 밴 미소를 입가에 머금자, 이현은 더더욱 혼란스러워졌다.

"무슨 말씀을 하시는 거예요?"

"무슨 말이냐면, '아기'가 아니라고 얘기하는 거예요."

주미는 이현에게 아주 대단한 비밀을 알려주는 것처럼 의미심장하게 선언했다.

"네? 저 안에 있는 게 아기가 아니라면 대체 뭔데요?"

주미의 말을 엉뚱하게 해석한 이현의 눈에는 공포가 어렸다. 공상 과학영화에 나오는 도마뱀 피부의 외계 생명체가 떠올랐다.

"자, 유채 말대로 직접 초음파를 보면서 얘기할까요."

진료 의자에 돌아가 앉은 유채의 배 위에 주미가 초음파 기계를 대자, 태아의 심장 주파수가 두 개의 가파른 선을 그리기 시작했다.

쿵쿵쿵쿵쿵.

쿵쿵쿵쿵쿵.

이현은 학창 시절, 힘들게 용돈을 모아 우상으로 여기던 가수의

라이브 콘서트를 처음 들으러 갔던 감동을 떠올렸다. 그때는 정말 그 자리에서 죽어도 좋을 것 같았다. 그런데 지금 느끼고 있는 감동에 비하면, 그때의 그 감정은 아무것도 아니었다.

"이게 심장 소리예요. 하나가 아니고 두 개. 아기들의 심장 소리. 이현 씨는 구분할 수 있죠? 절대 음감이라면서요?"

이현은 절대 음감이고 뭐고 다른 단어는 아무것도 귀에 들어오지 않았다. 오직 '아기들'이라는 말밖에는.

"쌍둥이란 표현은 참신한 맛이 없으니까, 1호기와 2호기. 아니면 원 플러스 원이라고 할까?"

멍하니 입을 벌리고 있던 이현은 갑자기 봇물이 터진 것처럼 엉뚱한 비유들을 쏟아냈다.

"피자 한 판 시키면 한 판 더, 순살 프라이드에 순살 양념, 참치마요와 전주비빔밥 같은, 그런 원 플러스 원이요?"

"응, 하지만 둘이 굉장히 닮았을 테니까 참치마요랑 전주비빔밥보다는, 참치마요와 명란마요 정도의 조합이 될 것 같은데."

"닮는다고요? 그러니까, 다식판에서 찍어낸 다식들처럼 똑같이 생겼다는 거죠?"

듣다 못한 유채가 난데없는 음식 열전을 벌이는 두 사람 사이에 끼어들었다.

"저기, 우리 아기들을 먹을 거에 비교하는 거 두 사람 다 좀 그만해줄래?"

이현은 힘찬 진폭으로 나란히 움직이는 두 개의 선을 바라보면서 중얼거렸다.

"듣고 있는데도 믿어지지 않아요."

118

"그러면 직접 눈으로 보는 건 어때요? 그러면 믿을 수 있겠죠?"

주미가 초음파 영상을 틀자, 아늑한 동굴 안에 데칼코마니처럼 좌우로 자리 잡은 두 개의 형체가 보였다.

"이제 실감 나요?"

이현은 아무 말도 하지 못한 채 초음파 영상만 뚫어지게 응시하고 있었다. 긴 속눈썹이 경련을 일으키는 것처럼 미세하게 떨리는 걸 보고 유채는 더럭 겁이 났다. 유채는 웃음기를 전혀 찾아볼 수 없는 얼굴로 걱정스럽게 이현을 들여다보며 물었다.

"이현 씨, 괜찮아요?"

손바닥에 얼굴을 묻고 있다가 한참 후에 손을 내리는 이현의 눈가가 따뜻하게 젖어 있었다.

"고맙습니다. 뜬금없이 무정자증 진단을 받았을 때는, 제가 세상에서 제일 운 나쁜 놈이라고 생각했어요. 그런데 이제 보니, 세상에서 제일 운이 좋은 사람이었네요."

경이에 잠긴 이현의 목소리를 들으며, 유채도 감동을 느꼈다. 저렇게 온몸을 던져가며 기뻐해 주는 아빠가 있다니, 쌍둥이는 행복할 것 같았다.

"운이 좋은지 아닌지는 육아를 겪어보고서 얘기합시다. 외동 키우는 부모는 선비고, 둘 키우는 부모는 보살이고, 쌍둥이 키우는 부모는 생불이라고들 하니까."

주미는 즉석에서 인쇄한 초음파 사진을 이현에게 선물하면서 너스레를 떨었다. 그는 뭐에 홀린 사람처럼 사진을 들여다보고 또 들여다보았다. 세상에 태어나서 본 것 중에 가장 아름답고 조화로운 한 폭의 그림이었다.

"저는 선비보다는 생불이 좋은데요."

"아니, 이현 씨. 그 생불까지 가는 과정이 아수라 지옥인 거라고."

"그래도 좋아요. 그냥 다 좋아요."

이현의 말에 유채와 주미는 웃을 수밖에 없었다.

세 사람이 고결한 행복을 공유하는 순간, 이현의 휴대폰이 울렸다. 그는 매니저 종필의 번호임을 확인하고 얼른 전화를 받았다.

"형, 저 금방 들어가요."

— 응, 이현아. 이따 스케줄 늦지 않게 와야 한다.

"네, 형. 잘 알겠습니다."

이현을 먼저 보낸 뒤, 인근 버스 정류장에서 버스를 타고 돌아가던 유채의 귀에, 버스 기사가 틀어놓은 라디오가 들려왔다.

— 오늘의 전화 데이트 게스트는요, 모시느라 정말 힘들었습니다. 대한민국을 넘어 세계를 뒤흔들고 있는 신드롬 스타, 일루젼의 리더 강이현 씨입니다!

— 안녕하세요, 라디오 천국 애청자 여러분. 일루젼의 강이현입니다.

유채는 익숙한 목소리가 버스 스피커에서 나오는 걸 새삼 신기하게 쳐다보았다.

— 반갑습니다, 이현 씨. 요즘 일루젼은 어떻게 지내고 있나요?

— 지금은 3집 활동에 집중하고 있고요. 곧 해외 팬들을 만나기 위한 투어도 계획하고 있습니다.

DJ와 이현은 한참 동안 일루젼의 일정에 대해 이야기를 나누었다. 유채는 아이돌 가수가 그렇게 다양한 일을 한다는 것을 처음 알았다. 각종 방송 출연, CF 촬영, 화보 촬영, 팬 미팅과 팬 사인회, 콘서트는 물론이고, 국제 행사의 홍보대사에 자선단체를 후원하는 일 일카페, 아이돌 체육대회까지 나가야 했다.

'대통령 일정도 저렇게 빡빡하지는 않겠네.'

— 저번 달 고척 돔 콘서트에서 했던 이현 씨의 멘트가 큰 화제가 된 건 아시죠? 좋은 아버지가 되고 싶다고 하셨는데, 이현 씨가 생각하는 좋은 아버지란 어떤 아버지인가요?

— 음……

이현은 생각하는 듯 잠시 뜸을 들이다가 입을 열었다.

— 매가 아닌 사랑으로 아이를 대하는 아버지죠. 결과가 좋지 않더라도 최선을 다한 것을 칭찬해 주는 아버지. 자신의 의지를 강요하는 대신 아이의 말을 귀담아 들어주는 아버지. 아이가 어른이 되었을 때, 술 한 잔 같이 하자고 응석 부리고 싶어지는 그런 아버지요.

그의 말에 귀 기울이던 유채는, 자상하고 사랑이 넘치는 아버지가 된 이현의 모습을 절로 상상하게 되었다.

— 이현 씨의 깊은 생각을 엿볼 수 있는 대답이었던 것 같네요. 나중에 가정을 꾸리려면 이현 씨만큼이나 멋진 여자 분을 만나셔야 할 텐데요, 혹시 이상형이 있나요?

— 이상형이요?

유채는 자기도 모르게 숨소리를 낮추면서 긴장하고 있는 자신을 발견하고 화들짝 놀랐다.

'뭐야! 내가 왜 긴장하고 있지? 강이현 이상형이랑 나랑 무슨 상관이 있다고.'

— 저는 정의감 넘치는 사람이 좋아요. 약한 사람을 위해서 대신 나설 수 있는 사람이요. 제가 싫은 소리를 못 하는 성격이라, 그런

사람을 보면 남자든 여자든 멋져 보이더라고요.

— 보통 이상형이라면 외모에 대한 걸 먼저 얘기하는데, 이현 씨는 다르네요. 이런 여자가 매력 있더라, 그런 거 없나요?

— 음, 요가 하는 여자요. 요새는 요가 하는 여자가 그렇게 예뻐 보이더라고요.

장난기가 묻어있는 그 목소리에 유채의 입가에도 엷은 미소가 번졌다.

— 오, 그렇군요. 잘 들으셨나요, 전국의 일루셔니스트 여러분? 이 방송 이후로 전국의 요가 학원에 수강생이 폭증할 것 같은 느낌이 드는데요.

DJ의 능청스러운 멘트와 함께, 피아노 연주곡 버전의 'Fantasy'가 배경으로 깔리기 시작했다.

— 바쁜 일정에도 전화 데이트에 응해 주신 이현 씨, 감사드립니다. 저희 라디오 천국에서 선물로 페루카나 치킨 교환권 두 장 보내드릴게요. 마지막으로 하고 싶으신 말씀 해주세요.

— 아무거나요? 하고 싶은 말 아무거나 해도 돼요?

— 그럼요, 뭐든지 말씀하세요.

이현은 가볍게 헛기침을 하면서 목을 가다듬었다.

— 오늘은 제 인생에서 가장 기쁘고 행복한 날입니다. 저에게는 과분할 만큼 소중한 선물을 하나도 아니고 둘이나 한꺼번에 받았어요. 죽는 순간까지 잊지 못할 것 같습니다. 천국에서 내려온 보물을 잠시 맡았다고 생각하고, 오래오래 귀하게 간직할게요. 감사합니다!

유채는 이현의 말을 들으면서, 심장에서부터 시작된 따스한 기운이 온몸으로 서서히 퍼져나가는 것을 느꼈다. 그는 이런 방식으로

나마 알리고 싶었던 것이다. 비밀로 감춰 두어야만 하는 축복을.

— 아, 네……. 치킨 교환권을 받고 이렇게까지 기뻐해 준 게스트는 처음이네요. 저희도 감사합니다. 하지만 오래오래 간직하면 교환 기간이 지나 버리니까 되도록 빨리 사용해 주세요.

이현의 말에 깔린 의도를 이해하지 못한 DJ는 엉뚱한 소리를 했다. 그날부터 일루젼 팬들의 조공[9] 목록에 '치킨 교환권'이 필수적으로 들어가게 되어, 삼대가 먹고도 다 못 먹고 죽을 개수의 치킨이 축적된 것은 웃지 못할 후일담이었다.

---

9) 아이돌 팬들이 아이돌에게 해주는 선물. 촬영현장에 도시락을 보내거나, 커피차를 보내거나, 아이돌 이름으로 기부하거나, 광고하는 것까지 모두 통틀어서 조공이라고 부른다.

12. 입덧 전쟁의 시작

　― 유채 씨 회사에 거의 다 왔어요. 회의 준비는 잘 돼가요?

　이현은 달리고 있는 밴 뒷좌석에 등을 기댄 채, 빠른 손짓으로 휴대폰을 두드려 문자를 완성했다. 지금 사무실에 있을 유채에게서 1분도 되지 않아 신속한 답장이 왔다.

　― 준비 끝났어요. 조심히 오고, 이따가 봐요.

　도착한 메시지를 읽어 내려가던 이현은 자기도 모르게 입꼬리가 올라가면서 기대에 찬 미소가 얼굴에 번졌다.

　"형, 누구랑 문자를 하는데 그렇게 혼자서 히죽거려? 애인이야?"

　"저리 가. 달라붙지 마. 징그러워."

　이현은, 뺨을 바짝 붙이면서 은근슬쩍 휴대폰을 들여다보려는 래원을 가차 없이 밀쳐냈다.

　"흑, 이현 오빠가 날 두고 바람이 났나 봐. 나쁜 남자!"

　눈물을 찍어내며 우는 시늉을 하는 래원을 내버려 두고, 이현은 유채와 메시지를 주고받느라 여념이 없었다.

— 점심은 먹었어요? 먹고 싶은 거 있으면 얘기해요, 사갈게요.

— 아니에요, 오늘 속이 좋지 않네요.

메시지를 읽는 이현의 이마에 내 천(川)자가 새겨지면서 눈썹이 파르르 떨렸다. 언제부터 얼마나 많이 아팠는지, 병원에는 다녀왔는지, 약은 먹었는지, 폭풍 같은 문자 세례를 쏟아부으려는 순간이었다. 밴이 갑작스레 정차하면서 몸이 앞으로 홱 기울어졌다.

"다 왔다, 내리자."

매니저 종필이 밴의 문을 열면서 소리쳤고, 이현은 어쩔 수 없이 휴대폰을 내려놓았다. 어차피 이제 곧 유채를 만날 수 있을 테니, 그녀의 상태를 직접 확인해 볼 생각이었다. 다음 달 있을 일루전의 해외공연에 대비해서, 세부 사항을 조율하고 계약서를 작성하기 위한 자리였다.

왼쪽에는 초대박 엔터테인먼트 대표와 매니저, 일루전 멤버들이, 오른쪽에는 해외 공연기획사에서 파견한 한국인 직원과 스태프들이 앉았으며, 그 사이에 조 대표와 유채가 앉았다.

'괜찮아요? 많이 아파 보이는데.'

건너편 자리에 앉은 이현이 유채를 걱정스럽게 응시하면서 눈빛으로 물어왔다. 온종일 물밖에 넘기지 못한 유채는 탈진하기 일보 직전이었다. 어지럽고 속이 메슥거려 숨쉬기도 불편했다.

'괜찮아요.'

유채는 그런 의미로 고개를 끄덕여 보였지만, 사실은 여러 얼굴 사이에서 이현의 얼굴을 찾는 것만으로도 어지럼증이 났다.

"귀하신 손님들을 위해 도시락을 준비했으니, 천천히 드시면서 이야기들 나누시죠."

오늘따라 조 대표에게서는 인공적인 느낌이 물씬 풍기는 향수 냄새가 진하게 풍기고 있었다. 유채는 처음으로 그 향기가 견딜 수 없이 역겹다는 생각을 했다.

"와, 도시락이 정말 맛있어 보이네요, 잘 먹겠습니다!"

래원의 해맑은 표정과 유쾌한 목소리 덕분에 딱딱하게 굳어져 있던 분위기가 조금은 부드러워졌고, 선뜻 도시락을 먹지 못하고 눈치만 보던 사람들도 하나둘씩 젓가락을 들기 시작했다.

"서 변호사도 들지."

"아, 네. 대표님."

유채는 조 대표의 말을 거역하지 못하고 일단 도시락 뚜껑을 열었다. 도시락은 예쁘고 산뜻한 외양을 뽐내고 있었을 뿐만 아니라 맛도 무척 좋아 보였다. 그러나 유채는 식욕이 당기기는커녕, 냄새가 지독하게 풍긴다는 느낌밖에는 받지 못했다.

"윽, 냄새……."

훈제오리는 도살장에서나 맡을 법한 누린내 같은 것이 났고, 튀긴 생선은 비린내와 눅눅한 기름 냄새가 혼합되어 형용할 수 없이 이상한 냄새가 났다. 평소 같으면 아무렇지도 않았을 겉절이 김치의 매콤한 향도, 샐러드에 뿌린 드레싱의 새콤달콤한 향도 묘하게 비위에 거슬렸다. 그중에서도 가장 용납하기 어려운 것은 된장국이었다. 썩은 듯 퀴퀴하고 고약한 냄새가 코를 찌르면서 위장을 온통 뒤집어 놓았다.

"일단 아티스트 개런티 및 컴퍼니 개런티를 제외한 나머지 전반적인 사항들이 협의가 되었습니다만, 라이센스 비용을 포함한 공연료 부분에는 조정이 들어가야 할 것 같습니다."

도시락을 먹는 와중에 마이크를 잡고 일 얘기를 꺼낸 것은 초대박 엔터테인먼트의 대표이자 '일루전'을 만들어 낸 미다스의 손, 은발 마녀 마여정이었다.

밀리미터의 오차도 없이 자로 대고 자른 것 같은 은색 단발, B사감을 연상시키는 세모꼴의 뿔테 안경, 팽팽한 피부와 각진 얼굴은 그야말로 마녀처럼 도무지 나이대를 짐작할 수 없었다.

"서 변호사, 왜 아무것도 안 먹어?"

마 대표가 하는 말을 메모하던 조 대표는, 아직 도시락에 손도 대지 않은 유채를 발견하고는 다시 한번 눈치를 주었다.

"아, 저 속이 안 좋아서요⋯⋯."

"그래도 그렇지, 도시락을 준비한 내 체면이 뭐가 돼? 먹는 시늉이라도 해."

유채는 어쩔 수 없이 그나마 부담이 적을 것 같은 샐러드 한 젓가락을 집어 입가에 가까이 가져다 댔다. 야채가 아니라 쇠를 잘라 샐러드를 만든 것처럼 비린내가 확 끼쳤다.

"계약서에 비행기 좌석 등급이 나와 있지 않던데요. 멤버들은 퍼스트 클래스, 스태프들은 비즈니스 클래스로 보장해 주어야 합니다."

"우욱!"

마 대표가 말하는 도중에, 유채는 허리를 꺾으면서 회의실 책상에 대고 헛구역질을 했다. 황급히 두 손으로 입을 가로막았지만 이미 소리는 밖으로 새어나간 후였다.

"서 변호사? 이게 무슨⋯⋯."

조 대표의 미간에서 힘줄이 툭 불거져 나오는 동시에, 유채는 뭔가 벌레 같은 것이 식도를 타고 목구멍으로 기어 올라오는 것 같은 이물감을 느꼈다.

"죄송합니다, 대표님. 아무래도 화장실에 다녀와야 할 것 같습니다, 우욱!"

유채는 입을 손으로 틀어막으면서, 들이받듯 문을 열어젖히고 밖으로 뛰쳐나갔다. 그 모습을 본 마 대표는 눈살을 찌푸리면서 로펌 대표를 향해 가벼운 질책 조로 물었다.

"어떻게 된 일입니까? 혹시 임신한 변호사를 우리 일루전의 전담으로 붙여준 건 아니겠죠? 그랬다가 애 낳으러 들어가기라도 하면 어쩌라는 거죠?"

"어머, 마 대표님. 큰일 날 말씀을 하시네요. 우리 서 변호사는 아직 미혼인데 임신이라뇨."

조 대표가 별 해괴망측한 말을 다 듣겠다는 듯한 표정으로 손을 내젓는 순간, 이번에는 유채가 앉아 있던 반대편에서 난 소리가 모두의 이목을 집중시켰다.

"우우욱!"

"이, 이현이 형?"

유채보다 더 큰 소리로, 더 심하게 헛구역질을 한 사람은 바로 이현이었다. 그는 여태까지 멀쩡하게 잘 먹고 있던 도시락을 손으로 밀어 치우더니, 몸을 이리저리 뒤틀면서 괴로워했다.

"도시락이 상한 거 같은데요. 저도 화장실에 잠깐 다녀오겠습니다. 욱!"

유채에 이어 이현마저 화장실로 달려가자, 회의실에 남은 모든 이들은 석고를 뒤집어쓴 것처럼 딱딱하게 굳어졌다. 로펌 대표는 이마에 배어난 식은땀을 훔쳐내면서 어색하게 변명했다.

"도, 도시락이 상했을 리가 없는데 말이죠……."

한편, 자신이 조 대표를 어떤 난처한 궁지로 몰아넣었는지도 모른 채, 이현은 남자 화장실이 아닌 여자 화장실 앞 복도에서 속을 태우며 서성이고 있었다. 언제 구역질을 했느냐는 듯 그의 상태는 멀쩡했다.

"유채 씨, 거기 있어요?"

"왝! 왝!"

대답 대신 속을 게우는 소리가 적나라하게 들려왔다. 유채는 황급하게 뛰어 들어가느라 화장실 문도 제대로 닫지 못한 것이다. 고통스럽게 들리는 그 소리에 이현은 마음이 급해졌다.

"안에 다른 사람 없죠? 저 들어가도 돼요? 들어가요!"

문을 박차고 들어간 이현은 살짝 열려 있는 마지막 칸을 찾아 곧바로 안으로 들어갔다. 유채가 양변기를 붙잡은 채 무릎을 꿇고 있었다. 토한 것이라고는 불투명한 위액이 전부였다.

"이렇게 상태가 안 좋으면 진작 말하지 그랬어요. 내가 뭐든지 해 줬을 텐데."

이현은 산발이 된 유채의 머리카락을 모아 뒤에서 잡아주었다. 그녀가 배탈이 난 게 아니라 헛구역질하고 있다는 걸 안 순간, 벼락과도 같은 깨달음이 번쩍 그를 내리쳤다.

"유채 씨, 이거……. 이, 입덧하는 거 맞죠?"

이현의 목소리는 들떠 있었지만, 유채는 머리가 한꺼번에 피로 쏠려서 그걸 알아차릴 정신이 없었다.

"인터넷에 보니까 입덧하면 딸일 확률이 높다는 얘기도 있던데, 둘 중 하나는 딸이었으면 좋겠어요. 둘 다 딸이어도 좋고요. 유채 씨는 어때요?"

"자꾸 말 걸지……. 우욱!"

유채는 이현이 입 다물고 묵묵히 머리카락이나 잡아주기를 바랐지만, 그는 뭐가 그렇게 즐거운지 떠들기를 멈추지 않았다.

"입덧이 심할수록 아기가 건강하대요. 입덧이 오래갈수록 똑똑하다는 말도 있고요. 그러니까 입덧은 좋은 거예요, 그렇죠?"

마지막 말이 떨어지는 것과 동시에 유채의 인내심도 끊어졌다. 그녀는 두 손으로 벽을 짚고 비틀거리면서 일어나더니, 머리카락을 잡은 이현의 두 손을 홱 뿌리치면서 소리쳤다.

"야! 강이현! 눈치 없는 놈아!"

"유, 유채 씨?"

이현은 느닷없이 반말하며 덤비는 유채를 보고 당황스러움을 감추지 못했다.

"입덧이 그렇게 좋은 거면 너나 실컷 해! 이런 젠장! 가져가! 가져가라고!"

"지, 진정해요. 밖에 사람들이 다 들어요."

이현은 바깥에 사람이 오지 않는지 연신 뒤를 살피면서 소곤거렸다. 그러나 출산의 고통 못지않다는 입덧의 고통을 처음으로 겪으며 이성이 무너져 버린 여자를 달래기란 쉽지 않았다.

"너 같으면 진정하게 생겼니? 어? 막 오장육부가 뒤집히고 하늘이 노랗게 보이는데!"

"음, 하늘이 노랗게 보이는 사람치고는 꽤 목소리가 큰 것 같은데."

이현은 괜히 군소리를 덧붙였다가 불벼락을 맞았다.

"내 목소리가 어때서! 너야말로 뭐가 그렇게 조잘조잘 수다스러워? 30년 전에 먹은 분유까지 토하고 있는 사람 옆에서, 입덧 오래 하는 게 좋다느니 그런 말을 하고 싶으냐고!"

"아니, 나는……. 고생하고 있으니까 힘내라고……."

"그깐 걸로는 전혀 힘이 나지 않는다고! 사람이 뭘 먹어야 힘이 나지!"

말의 내용과 달리 유채가 내지르는 소리에는 박력이 넘쳤고, 이현은 그런 그녀를 보면서 고개를 갸웃했다.

"그런데 유채 씨 이제 괜찮아진 거 같은데요?"

"응?"

심통을 부려대던 유채는 이현의 한 마디에 멈칫했다. 그러고 보니 몇 분 전까지만 해도 뱃멀미하는 것처럼 울렁거리던 속이 언제 그랬냐는 듯 평온하게 가라앉아 있었다.

"뭐지? 어떻게 된 거지? 왜 갑자기 괜찮아졌지?"

유채는 영문을 알 수가 없어 혼란스러웠다. 목구멍까지 올라오던 신물도, 콧속에 배어있던 시큼한 냄새도 어느새 감쪽같이 사라졌다.

'음식에서 멀리 떨어지면 되는 건가 봐.'

유채는 대충 그렇게 추측하면서, 흐트러진 머리카락을 정돈해서 단정하게 묶고, 발갛게 부어오른 눈자위를 찬물로 닦아냈다. 일단 상태가 괜찮아지자, 한시라도 빨리 회의실로 돌아가서 이 상황을 수습해야 한다는 생각밖에는 들지 않았던 것이다.

'아, 망했네. 뭐라고 말해야 하지?'

화장실을 걸어 나가면서 고민하던 유채의 시선이, 묵묵히 그녀의 곁을 지키고 있던 이현에게 가닿았다. 그제야 유명인인 그가 오직 그녀를 위해 여자 화장실에 뛰어 들어오는 모험을 감행했고, 그런 그에게 자신은 이놈 저놈 하면서 욕을 퍼부었다는 사실이 떠올랐다.

"아까는 반말해서 미안해요. 제정신이 아니었어요."

"아니에요, 나는 좋았는데."

"좋았다고요?"

"유채 씨랑 더 가까워진 것 같아서. 유채 씨가 내 이름 불러주는 거, 듣기 좋아요. 앞으로도 자주자주 불러주면 좋겠어요."

엷은 봄 햇살처럼 온화하게 웃으면서 하는 말에 유채가 순간적으로 대답할 말을 찾지 못하는데, 그는 센스 있게 회의실 문을 열어주었다. 그들이 회의실 안에 들어서자마자, 여기저기서 사람들이 걱정스럽게 말을 걸어왔다.

"두 분 다 병원에 가 봐야 하는 것 아니에요? 원래 봄철에 식중독이 많이 생긴다던데."

이현의 임기응변으로, 유채의 구역질은 상한 도시락이 원인인 것으로 말끔히 정리된 후였다. 어떻게 된 상황인지 모르는 유채가 식중독 운운하는 말에 놀라 이현을 쳐다보자, 그는 다른 사람들에게는 보이지 않게 한쪽 눈을 찡긋했다. 심지어 로펌 대표는 유채와 이현에게 사과하기까지 했다.

"미안해요, 내가 챙긴다고 챙겼는데. 상한 음식이 있었나 봐. 다음부터는 다른 업체를 쓸게."

"네? 아, 네……."

"걱정하지 마세요, 대표님 잘못이 아니니까요."

유채는 얼떨결에 사과를 받았고, 이현은 시치미를 떼면서 풀이 죽은 로펌 대표를 위로했다.

　"그런데……. 나도 왠지 아랫배가 슬슬 아픈 것 같아. 약국에라도 다녀와야겠어."

　로펌 대표는 아무런 이상도 없을 배를 움켜잡으면서 인상을 찌푸렸다. 그러나 유채와 이현은 거기다 대고 그저 기분 탓일 거라고 말해줄 수는 없었다.

13. 입덧의 특효약

"이건 인간이 할 짓이 아니야. 날이 갈수록 출산율이 왜 급감하는
지 알겠어."

유채는 화장실 문을 열고 나오면서 퀭한 눈으로 중얼거렸다. 입
덧을 시작한 지 열흘째, 그녀의 시계는 느리게 가다 못해 아예 멎어
버린 것 같았다. 크래커나 과일, 젤리 등 가벼운 군것질은 할 수 있
는 사람들도 있다는데, 유채는 뭐든지 목구멍 뒤로 넘기기만 하면
곧바로 명치에 꽉 얹혀버렸다.

심지어 주미에게 부탁해 처방받아 온 입덧에 좋다는 약도, 약을
삼키기도 전에 토해버리는 바람에 아무 소용없었다. 먹는 것만 못
먹는 게 아니었다. 유채는 음식 냄새를 비롯한 주변 모든 냄새에 극
단적으로 민감해지는 '냄새덧'도 겪고 있었다.

"사람들에게서 그렇게 냄새가 난다는 걸, 예전에는 왜 몰랐지?"

결국, 유채는 오늘도 점심시간이 끝나자마자 조퇴하고 집에 돌아

올 수밖에 없었다.

"누군가 이 지긋지긋한 입덧을 멈춰 주기만 한다면, 노예가 되어 영혼이라도 팔 수 있을 것 같은데."

언제든지 신호가 오면 화장실로 달려갈 수 있도록, 거실 소파에 살짝 걸터앉은 유채가 망연자실하게 중얼거릴 때였다.

띵동—.

초인종 소리가 울리고 인터폰에 자동으로 불이 들어왔다.

"누구지?"

유채는 휘청거리면서 일어나 작고 네모난 화면 속을 들여다보았다. 초점이 흐릿해진 시야에도, 잘 깎은 조각처럼 준수한 이현의 얼굴은 확연하게 들어왔다.

"이현 씨? 무슨 일이에요?"

"무슨 일은요, 출장 요리 해주러 왔죠."

이현은 인터폰 화면 속에서 생글생글 웃으며 노래하듯 경쾌하게 말했다.

"윽, 뭐 먹는 생각만 해도 죽을 것 같은데……. 집 앞까지 온 사람을 쫓아낼 수도 없고……."

유채는 품에 식재료를 가득 안은 채 뿌듯하게 웃는 화면 속 이현을 바라보며 한숨을 쉬었다. 내키지 않는 손길로 현관문을 연 순간, 어디서 바람이 불어오는 것처럼 은은하고 싱긋한 향기가 번져왔다.

"오래 있지는 못해요, 오늘 밤새 연습하기로 했거든요. 요리만 해 놓고 갈게요."

이현이 현관을 지나쳐 거실로 들어오는 동안, 유채는 한 줄기 광명과도 같은 시원한 향기가 그를 따라 집 안으로 들어오는 것을 느졌다. 유채가 향기라고 생각했던 것은, 알고 보니 이현의 체취였다.

"전복죽 끓이고, 해물 솥밥도 짓고, 야채는 새콤달콤하게 무치고, 두부는 기름기를 빼서 담백하게 부칠 건데요. 다양한 종류로 만들어 볼 테니까 뭐든지 입맛에 맞는 걸 골라 먹어봐요."

이현은 신선한 유기농 식재료들을 한가득 식탁에 늘어놓으면서 즐거워했다. 몇 분 전까지만 해도, 전복죽이니 해물이니 하는 말만 들어도 화장실로 직행했을 유채였는데, 신기하게도 지금은 멀쩡했다.

'전에도 한 번 이런 적이 있었던 것 같은데……'

이현이 화장실에서 구토하는 그녀의 머리카락을 잡아주었을 때였다. 그때도 그와 가까이 서는 순간, 마법을 부린 것처럼 입덧 증세가 사라졌다.

"유채 씨, 당근 좋아해요? 당근이랑 사과랑 넣고 주스를 만들면, 흙냄새도 안 나고 맛있어요."

해맑게 웃으며 말하는 이현을 보는 순간, 그녀는 깨달았다. 그토록 찾아 헤매던 입덧의 특효약이, 지금 눈앞에서 당근을 흔들고 있다는 사실을.

'강이현과 가까이 있으면 입덧이 가라앉네?'

유채는 자신이 찾아낸 결론이 과연 맞는 것인지 시험해보기로 했다. 이현이 뚝딱뚝딱 풍성하게 차려낸 식탁에 그와 마주 앉아 숟가락을 집어든 것이다.

상큼하게 입맛을 돋우는 야채 무침, 쫄깃한 전복 살을 아낌없이 넣어 감칠맛 나는 전복죽을 먹고도 속이 더부룩하지 않자, 싱싱한 해물과 봄나물을 듬뿍 올린 솥밥에도 절로 손이 갔다. 이현은 유채가 느리지만 착실하게, 마지막 한 숟갈까지 입에 넣자 뛸 듯이 기뻐했다.

"유채 씨, 잘 먹네요. 음식이 입에 맞나 봐요."

그러나 자기 몸은 자기가 안다고, 유채는 이 기적을 일으킨 것이 음식이 아니라 이현의 존재임을 막연히 직감하고 있었다.

'거참 용하네, 도대체 무슨 원리야?'

유채가 부지런히 젓가락질하는 동안, 이현은 앞치마를 두르고 싱크대에서 설거지를 시작했다.

"유채 씨, 입덧하느라 정말 고생이 많죠. 내가 도와줄 일이 있으면 언제든지, 뭐든지 얘기해요. 곧바로 달려올게요."

두 번째 쓰는 거라고, 유채의 부엌 안에서 돌아다니는 게 제법 익숙하고 편안해 보였다.

"전복죽은 비닐 팩에 나눠서 냉장고에 넣어뒀으니까 그때그때 해동해서 먹어요. 바쁘다고 그냥 내버려 두지 말고요. 난 이만 가볼게요."

부엌 정돈을 끝낸 이현이 고무장갑을 벗으면서 그렇게 말할 때, 유채는 따뜻한 집밥으로 속을 든든하게 채워 넣은 채 거실 소파의 푹신한 쿠션에 등을 기대고 앉아 있었다. 손끝부터 나른하게 풀려오면서 지난 열흘간 제대로 자지 못한 잠을 마침내 잘 수 있을 것 같았는데, 이현이 간다는 소리를 듣자 갑자기 정신이 번쩍 들었다.

'간다고? 내 입덧 특효약이?'

유채는 이현이 앞치마를 벗고 코트를 걸치면서 거실로 나오는 걸 보고 마음이 다급해졌다. 이현이 이 집에서 나가면, 그 기분 좋은 체취도 그와 함께 떠나버리고 마는 것이다.

"잠깐만!"

앉아 있던 자리에서 벌떡 일어난 유채가 옆을 지나가는 이현의 옷자락을 덥석 붙잡았다.

"아까요, 도와줄 일이 있으면 뭐든지 말하라고 했잖아요!"

"네, 뭐가 필요해요?"

이현은 정말이지 뭐든 들어줄 것처럼 온순하고 상냥한 얼굴을 하고 있었다. 그의 코트 끄트머리를 움켜쥔 그녀의 손에 힘이 바짝 들어갔다.

"당신이요! 강이현 씨가 필요해요! 그러니까 오늘 밤 집에 가지 말아요!"

이현은 자기가 말을 잘못 들었나 생각했다. 그러나 유채는 다시 한번 반복해서 말했다.

"여기서 자고 가라고요! 얼른 멤버들한테 전화해요, 연습은 다음에 하자고!"

극심한 수면 부족으로 고통 받는 인간의 생존 본능은 자세한 설명을 생략하게 했다. 갑작스러운 부탁에 당황한 이현은 눈도 깜박거리지 못한 채 목석처럼 우두커니 서 있었다.

"유채 씨, 난 아직 마음의 준비가……. 아기들한테 위험할지도 모르고……."

두 뺨을 홍시처럼 붉게 물들이는 이현의 표정만 봐도 어떤 상상의 나래를 펼치고 있는지 대충 알만했다.

"혼자 무슨 망상을 하는 거예요? 이유는 모르겠지만, 이현 씨한테서 나는 냄새가 날 편안하게 해 준다고요. 이현 씨가 옆에 있으면 잠도 잘 올 것 같으니까 이 집에 있어 달란 얘기에요."

이현의 동공에서 일어났던 지진이 멈추고, 그는 이제야 이해한 듯 느릿느릿 되물었다.

"아, 그러니까 저는……. 일종의 냄새 셔틀인가요?"

"네, 냄새 셔틀이요. 그 이상도 그 이하도 아니에요."

오해의 여지가 없도록 단호하게 쐐기를 박는 유채의 말에, 이현은 마음이 놓이면서도 한편으로는 은근한 실망감을 느꼈다.

"사실 안무 연습은 제가 아니라 혁이가 주도하는 거니까요. 오늘은 빠지겠다고 연락할게요."

"고마워요."

유채는 이현의 마음이 그 사이에 바뀌기라도 할까 봐 얼른 인사부터 했다. 이현은 김칫국을 트럭째 마신 것에 멋쩍어하면서, 휴대폰을 꺼내 혁에게 메시지를 보냈다.

― 고등학교 동창한테 영장이 나왔대. 나는 오늘 연습 불참.

이제는 병무청이 이현의 지인들만 골라서 징집해 가는 것처럼 보일 지경이었지만, 혁에게는 여전히 잘 먹힐 것이다. 곰보다 더 둔한 녀석이니까. 과연 메시지를 보낸 지 1분 만에 답장이 날아왔다.

― 조카 크레파스 십팔 종류 개나리 색 같은 대한민국 징병제. 불쌍한 전우에게 술이나 왕창 사줘, 우리끼리 먼저 진도 빼고 있을게.

오늘 밤샘 연습을 빠지면 이현은 나중에 혼자 캠코더를 보며 두 배 세 배로 연습해야 했다. 하지만 그렇게라도 유채가 겪는 입덧의 고통을 분담할 수 있다면 그는 환영이었다.

"욕실은 저쪽이에요. 먼저 씻을래요? 아니면 여기서 기다리고 있을래요?"

"씨, 씻어요? 왜요?"

유채가 욕실을 가리키면서 말하자, 이현은 천장까지 가서 닿을 기세로 펄쩍 뛰어올랐다.

"아니, 그러면 양치질도 안 하고 세수도 안 하고 그냥 잘 거예요? 선반에 보면 여행용 세면도구 세트 새것 있으니까 뜯어서 써요."

"아, 네……."

멋쩍게 뒷머리를 긁으며 욕실로 사라지는 이현의 뒷모습을 보면서, 유채의 입술 사이에서 풋, 하고 실소가 새어 나왔다. 입술을 살짝 부딪친 것을 가지고 무슨 딥 키스라도 한 것처럼 얼이 빠져버리는 것도 그렇고, 자고 가라는 한 마디에 혼비백산하는 것도 그렇고, 제법 귀여운 구석이 있었다.

'이런 재미에 연하남과 연애 하나 봐.'

그러나 유채가 흐뭇해한 것도 잠시. 이현이 욕실 문을 닫고 들어가자마자 예의 비릿한 쇠 맛이 입안에 감돌기 시작했다. 유채는 꾸역꾸역 올라오는 역한 느낌을 억지로 참고 안방에 이불을 깔면서 박박 별렀다.

'강이현, 너는 오늘 밤 이 방 안에서 한 발짝도 못 나갈 줄 알아.'

약 20분 후, 이윽고 샤워를 마친 이현이 방문을 열고 들어왔다.

"유채 씨, 여기 있어요?"

그가 나타나자마자 유채를 괴롭히던 역한 느낌도 깨끗하게 사라졌으니 참으로 귀신이 곡할 노릇이었다. 이현은 옅은 갈색 머리카락에 묻힌 물기를 수건으로 가볍게 털어내면서, 유채의 침대 옆에 가지런하게 깔린 이부자리를 내려다보았다.

"난 여기서 자면 돼요?"

"미안해요, 침대가 아니라서 불편하죠?"

"뭘요, 저는 원래 침대보다 바닥이 더 편해요."

이현은 바닥에 이불을 덮고 반듯이 드러누웠고, 잠시 후 샤워하고 온 유채도 침대에 모로 누웠다. 침대 머리맡에 있는 스위치를 누르자 조명이 꺼지고, 사방에 암막처럼 검은 어둠이 깔렸다. 유채가 두 손을 가지런히 가슴에 모은 채 눈을 감으려는 순간, 이현이 말을 걸어왔다.

"그런데요. 이런 걸 물어봐도 기분이 나쁘지 않다면 궁금한 게 있는데요."

"뭔데요?"

"유채 씨의 부모님은 어디 있어요? 형제자매는요? 쌍둥이에 대해서는 알고 있어요?"

이현이 조심스럽게 물어보고 나서 몇 초 후, 먼지처럼 가라앉은 어둠 속에서 유채의 담담한 목소리가 울려 퍼졌다.

"형제자매는 원래 없어요. 친엄마는 나를 낳다가 돌아가셨고, 아빠는 감옥에 있어요. 아마 평생 다시 만날 일은 없을 거예요."

일류 로펌에 다니는 변호사라면 당연히 가정환경도 유복할 거라고 생각했던 이현은 뜻밖의 말에 잠시 당혹스러워하다가, 이내 진심이 담긴 말투로 사과했다.

"미안해요. 물어보지 말 걸 그랬어요."

"아니에요. 같이 아이를 키우게 될지도 모르는데, 그 정도는 당연히 알고 있어야죠."

유채는 의연한 어조로 말을 이어나갔다.

"날 불쌍하게 여기지 않았으면 좋겠어요. 의지할 사람이 없는 것도 아니니까. 엄마가 있거든요. 배로 낳지는 않았지만, 가슴으로 낳아준 엄마요. 나중에 이현 씨한테도 소개해줄게요."

"참 좋은 분인가 봐요. 유채 씨가 얘기하는 걸 들으니까."

"네, 정말 대단한 사람이에요. 법대에 들어간 것도 엄마 때문이었어요. 엄마처럼 근사한 변호사가 되고 싶었거든요."

유채는 이현의 앞에 자랑스럽게 내세울 수 있는 가족이 한 명이라도 있다는 게 기뻤다. 여섯 살 연하의 아이돌을 손주들의 아빠 감으로 대면했을 때 인영의 반응이 어떨 것인가는 나중에 생각하기로 했다.

"이현 씨는 어때요? 부모님이나 형제, 남매가 있어요? 어떤 분들이에요?"

"나도 부모님뿐이에요. 아버지는 지방에서 한식연구원을 운영하세요. 어머니는 살림하시고요."

"우와, 한식연구원이요? 그래서 이현 씨가 요리를 잘하는 거구나. 좋겠다. 본가에 갈 때마다 맛있는 거 잔뜩 해주시겠네요."

"……"

기분 좋게 건넨 유채의 말에 이현은 오랫동안 침묵을 지켰고, 그 무게는 예사롭지 않았다. 대답하기 싫은 것 같기도 했고, 차마 대답할 수 없는 것 같기도 했다.

"안 간 지 아주 오래 됐어요. 부모님이 가수 되는 걸 반대하셔서, 일방적으로 집을 나와 버렸거든요. 소식도 거의 못 듣고 살아요. 어머니하고만 가끔 통화하고."

이현의 목소리는 덜컹대며 열리려는 서랍을 억지로 누르는 것처럼 한껏 낮아져 있었다. 유채는 그의 감정을 건드리지 않으려고 애쓰면서 조심스럽게 물었다.

"시간이 꽤 지났으면, 이제 화해해도 되지 않아요? 이현 씨가 이만큼 성공했으니까, 부모님도 이해해주실 것 같은데."

"어머니는 괜찮아요. 아버지가 문제죠. 우리 아버지는 전형적인 옛날 사람이라, 앞뒤가 꽉 막혀서 말이 안 통해요. 어릴 때부터 그랬어요. 매사에 엄격하고 무뚝뚝한 분이셨죠. 뭔가 잘한다고 칭찬하는 일은 없었지만, 조금만 잘못하면 곧바로 불호령이 떨어졌어요."

유채는 이현이 라디오에서 따뜻한 아버지가 되고 싶다고 했던 말을 떠올렸다. 그는 자기가 그랬던 것처럼 아버지의 사랑에 굶주린 아이를 만들어내고 싶지 않았는지도 모른다.

"주방에 처음 들어갔을 때는 식칼이 무서워서 벌벌 떨었어요. 중학교에 들어가기 전까지 나는 울보에다가 겁쟁이였거든요. 그런데 아버지는 달래주기는커녕 더 호되게 다그치기만 하셨죠."

그건 수백 개가 넘는 인터뷰 기사들 속에서도 찾아볼 수 없었던, 소년 강이현의 이야기였다.

"시간이 지나면서 맛있는 음식을 만들고 먹는 걸 좋아하게 됐지만, 아버지가 하는 것처럼 그걸 평생의 직업으로 삼고 싶진 않았어요. 내 인생에 뭔가 다른 게 있을 거라고 생각했죠. 중학교 입학식 날, 어머니가 아버지 몰래 MP3 플레이어를 사 줬어요. 그걸로 비틀즈의 노래를 처음 들어본 순간, 그게 그때까지 나에게 일어난 것 중 가장 아름답고 충격적인 일이었죠."

이현은 아직도 그날을 선명하게 기억했다. 이어폰에서 흘러나오던 클래식 기타의 선율, 한쪽 무릎을 세우고 벽에 기대어 앉아 노래를 따라 부르던 자신의 목소리가 마치 다른 사람의 음성처럼 들리던 것도. 빛바랜 삽화처럼 외로우면서도 행복한 추억이었다. 주방에서까지 이어폰을 꽂고 노래를 흥얼거리다가 아버지에게 들켜 MP3 플레이어를 빼앗기기 전까지는, 그 작은 기계가 이현의 가장 좋은 친구였다.

"정식으로 음악을 배우고 싶다는 말을, 아버지는 한 번도 진지하게 들어주시지 않았어요. 그러면 대학이라도 서울로 가게 해 달라고 부탁했지만, 마찬가지로 무시당했죠. 가까운 곳에 국립대가 있는데 뭐하러 멀리 가냐면서요."

유채는 놀란 기색을 겉으로 드러내지 않으려 애쓰면서 이현의 말에 귀 기울이고 있었다. 언제나 부드럽고 온화한 미소를 머금고 있는 그에게, 부모와 오랫동안 갈등을 겪으며 고뇌한 과거가 있는 줄은 몰랐던 것이다. 연예인이라는 게 일반적으로 부모들이 응원하는 꿈은 아니지만, 그래도 이현 같은 외모와 재능을 가지고 있다면 훨씬 쉬울 거라고 막연히 생각했는데, 현실은 또 달랐던 모양이었다.

"고등학교를 졸업할 무렵엔 확실히 예감하고 있었죠. 아무것도 안 하고 있다는, 그대로 그 좁은 곳에 눌러앉아 식칼만 잡게 될 거라는 걸요. 그래서 부모님이 잠든 새벽, 옷가방 하나만 달랑 들고 뛰쳐나왔어요. 부모님 가슴에 대못 박는 짓이었지만, 어쩔 수 없는 선택이었죠."

지금도 이현은 종종 상상하고, 아파하고는 했다. 다음 날 아침, 휑하니 빈 자신의 이부자리를 발견한 어머니의 심정이 어땠을지. 돌이킬 수 없었고 돌아갈 수도 없었지만, 그렇다고 해서 마음이 편해지는 건 결코 아니었다. 어둑게 그림자가 드리운 이현의 옆얼굴을 물끄러미 바라보고 있던 유채도 그 심정을 알 것 같았다.

'내몰려서 한 선택이었겠지만 죄책감에 시달렸겠지. 지금도 그럴 거고. 그런 점은 나와 비슷하네.'

아마도 그는 부모님의 생일이, 어버이날이 다가올 때마다 달력에서 눈을 떼지 못했을 것이다. 추억의 결마다 부모의 존재가 있기에 어린 시절을 즐겁게 회상하지도 못했을 것이고, 비슷한 이름만 들어도 가슴 한 구석이 묵직해졌을 것이다. 그리고 무엇보다, 아무리 따뜻한 곳에서 잠들어도 찬바람 들이치는 곳에 내버려진 것처럼 참 지독히도 외로웠을 것이다. 그녀는 충동적으로 몸을 옆으로 기울이면서 바닥에 누워 있는 이현을 불렀다.

"이현 씨, 거기 떨어져 있으니까 냄새를 못 맡겠어요. 여기로 올라 와요."

"침대 위로요?"

유채의 말을 들은 이현의 눈이 휘둥그레졌다.

"당연히 침대 위지 설마 내 위겠어요?"

유채는 딴 맘 품지 말라는 듯 이현에게 톡 쏘아붙였다. 그제야 그녀가 말한 의미가 그 의미가 아닌 걸 깨달은 이현이 다시 한번 머쓱하게 웃었다.

"그럼, 잠시 실례하겠습니다."

이현은 조심스럽게 침대 위로 올라와 유채의 옆에 적당한 거리를 두고 누웠다. 그 어느 때보다 선명하게 번지는 채취가 코끝으로 올라와 깊숙이 스며들었다. 보드라운 담요처럼 자신을 포근하게 감싸는 그 향에 취하면서도, 유채는 괜히 정색하는 척 엄포를 놓았다.

"허튼 생각하기만 해 봐요. 감방에 가게 해 줄 테니까."

"네, 허튼 생각 안 해요."

이현은 곧이곧대로 대답하더니, 기도하는 사람처럼 손을 가슴 위에 모으고 두 눈을 감았다. 그러나 정작 유채는 눈을 감지 못하고 시선을 이리저리 돌렸다. 얇은 니트 아래로 드러난 넓고 탄탄한 어깨 윤곽과 살짝 흐트러진 사이로 엿보이는 쇄골이 눈에 들어온 순간, 그녀는 재빨리 눈을 내리깔면서 경고조로 중얼거렸다.

"연약한 여자를, 그것도 임산부를 건드리는 건 짐승 같은 짓인 거 알죠?"

"네, 네. 알아요."

이현은 여전히 눈을 감은 채로 대답했고, 몇 분 동안 다시 침묵이 흘렀다. 커다란 창문으로 희미하게 비쳐 들어오는 가로등 불빛을 받아, 그의 얼굴은 암흑 속에서도 또렷하게 보였다. 갸름하면서도 강인해 보이는 턱 위에 파르스름한 면도 자국이 남아 있었다. 이마 위로 헝클어져 내린 머리카락에서는 채 닦아내지 못한 물기가 이슬처럼 반짝였다.

유채는 그의 아랫입술을 물끄러미 바라보았다. 그와 입술이 겹쳐졌던 그 순간을 떠올렸다. 살며시 벌어진 입술 안으로 새어 들어오던 따뜻한 숨결과, 얇은 표면이 맞닿았을 때 부드럽게 전해지던 그 감촉도. 돌연 방 안의 공기가 팽팽하게 당겨지고 방 안의 정적은 더 깊어졌다.

'저 입술에 제대로 키스한다면 어떤 느낌일까?'

그러면 안 된다고 생각하면서도, 위험한 호기심이 일었다. 유채는 조심스럽게 이현이 누워 있는 쪽으로 몸을 돌렸다. 그리고 천천히 손을 뻗어 손가락 끝으로 그의 입술을 살짝 어루만졌다가 떼었다. 그새 잠이 들었는지, 고른 숨결에서 배어 나오는 온기가 손등에 와 닿았다. 맨손으로 전선을 만졌을 때처럼 아찔하고 짜릿한 전율이 일었다. 유채는 그가 깨어나지 않기를 바라면서도, 한편으로는 깨어나기를 바랐다.

'자란다고 진짜 자네, 이런 상황에서. 속도 없이.'

물론 이현에게 뭔가를 원하거나 기대한 것은 결코 아니었다. 만일 그가 먼저 그런 내색을 했다면, 그녀는 불같이 화를 냈을 것이 분명했다. 그런데도 정작 그가 세상 태평하게 쿨쿨 잠들어 있는 모습을 보니, 마치 모욕을 당한 것처럼 은근히 기분이 상했다.

'왜 긴장을 안 하는 거야? 나도 여잔데, 여자로서 그렇게 매력이 없나?'

잠든 줄 알았던 이현이 빤히 쳐다보는 시선을 느꼈는지 몸을 뒤척였다. 그는 유채의 눈길을 경계심 어린 것으로 잘못 해석했는지, 여전히 눈꺼풀을 닫은 채 입술만 작게 움직였다.

"걱정하지 말아요. 유채 씨 손가락 하나 안 건드려요. 그러니까 안심하고 어서 자요."

유채가 자신의 입술을 건드렸다는 사실은 까맣게 모르는 것 같은 말투에, 유채는 온몸에서 맥이 쭉 빠졌다. 아무 일도 일어나지 않으리라는 것이 명확해지자 오히려 긴장이 풀렸다. 유채는 쓸데없는 생각 따위 떨쳐버리기로 하고 두 눈을 꼭 감았다. 눈꺼풀이 무거워지고 몽롱한 기운이 퍼지기 직전, 뾰로통하게 속으로만 중얼거렸다.

'강이현, 이런 짐승만도 못한 놈.'

잠시 후 유채가 아늑한 잠 속으로 빠져들자, 이번에는 이현이 번쩍 눈을 떴다. 그는 이쪽으로 돌아누워 잠든 그녀의 눈치를 보면서, 민첩한 움직임으로 일어나 침대에서 내려왔다. 그리고 어둠 속을 헤치고 걸어가 거실로 빠져나온 후 소리 나지 않게 방문을 닫았다.

"동해물과백두산이마르고닳도록하느님이보우하사우리나라만세……"

이현은 털썩 무릎을 꿇으면서 주저앉더니 난데없이 애국가를 읊조리기 시작했다. 속사포처럼 빠르게 읊어대는 건 사실 노래가 아니라 랩에 가까웠다. 유채가 짐승만도 못하다고 생각했던 그놈 강이현은, 사실 짐승보다 못하지 않았다.

'아니, 이 여자가! 도대체 나한테 왜 이래! 내가 뭘 그렇게 잘못했다고!'

유채의 손가락이 입술 끝을 어루만지듯 스치고 지나갔을 때, 이현은 자고 있지 않았다. 어떻게 잠을 잘 수 있겠는가.

'난 무정자증이지 무성욕증이 아니란 말이야! 정자가 없는 것만 빼면 신체 건강한 스물네 살의 남자라고!'

이현의 눈에 비추는 유채는 더없이 매력적이고 성숙한 여자였고, 심지어 둘은 이미 입술을 부딪친 적이 있었다. 그렇다고 해서 유채에게 접근하고 싶은 이현의 마음이 단순한 성적 욕망인 것은 아니었다. 그는 그녀를 볼 때마다 충동에서 우러나오는 것보다는 더 깊은, 더 절실한 뭔가를 느꼈다. 그녀와 가까이 있고 싶고, 체온을 나누고 싶고, 안전하게 감싸 안아서 따뜻하게 보호해주고 싶었다.

그 감정이 다른 사람들이 말하는 '첫눈에 반한다'는 건지, 아니면 단순히 자신의 아이를 가진 여자에 대한 책임감인지 이현은 아직 명확하게 구분하지 못했다. 다만 그 감정이 살면서 좀처럼 오지 않는다는 것, 그리고 쉽게 떨쳐낼 수 있는 게 아니라는 것만은 직감적으로 알았다.

'아무런 호감도 가지 않는 사람이었다면, 아이를 같이 키우자고 선뜻 얘기할 수도 없었겠지.'

이현은 분홍색 꽃잎을 붙여놓은 것처럼 하늘거리는 유채의 입술로 시선이 가는 걸 막으려고, 그야말로 도를 닦는 수도승의 마음으로 두 손을 모으고 자는 것처럼 눈을 감고 있었다. 그 와중에 이루어진 유채의 은밀하고 사소한 접촉은, 이현의 말초 신경에 활활 타오르는 횃불을 들이붓는 것 같은 효과를 가져왔다.

'이건 혹시, 유채 씨가 나와 키스하고 싶어 하는 걸까?'

이현의 동물적인 본능은 유채가 거둬들이고 있는 그 손을 붙잡아 끌어당기라고, 그리고 그 입술을 집어삼키듯 키스하라고 명령했다. 그러나 못이긴 척 그 명령에 따르려는 순간, 이현의 머릿속에 다른 가능성이 떠올랐다.

'아니면 날 시험하려는 걸까? 내가 쌍둥이 아빠에 걸맞은 자제력과 인내심, 윤리 의식을 가졌는지 보려는 건지도 몰라.'

그렇게 생각하자 이현은 갑자기 찬물을 맞은 것처럼 정신이 번쩍 들었다. 그래서 마귀처럼 머릿속을 온통 점령해버린 사악한 생각, 키스에 대한 상상에서 벗어나기 위해 아예 방에서 뛰쳐나와 버렸던 것이다.

"대한 사람 대한으로 길이 보전하세……. 잠깐, 2절이 뭐였지? 남산 위에 저 소나무……. 철갑상어였나? 아니, 소나무가 왜 상어가 되는 건데? 나 언제부터 이렇게 무식해졌지?"

애국가를 4절까지는 불러야 할 것 같은데, 1절을 부르고 나자 다음이 생각나지 않았다.

갈팡질팡하던 이현은 엉겁결에 천자문을 외우기 시작했다.

"하늘 천, 따 지, 검을 현, 누를 황, 집 우……."

입으로는 천자문을 외면서도, 조금 전 침대에서 실눈을 뜨고 본 장면이 계속해서 떠올랐다. 그를 향해 살며시 돌아눕던 유채의 자그맣고 날씬한 몸. 임산부라고는 믿기지 않을 만큼 군살 없이 유연하게 떨어지는 허리와 다리의 선. 잠옷 대신 입은 짧은 반바지 아래로 드러난 눈처럼 새하얀 허벅지, 손에 쥐면 부서질 것처럼 가느다란 발목.

"여자가 아니다……. 여자가 아니야……. 여자가 아니라 애들 엄마……. 애들 엄마……."

이현은 몽유병에 걸린 사람처럼 거실을 빙빙 배회하면서, 애들 엄마라는 말을 연신 되뇌었다. 그에게 유채는, 마음 내키면 가볍게 건드릴 수 있는 그런 여자가 아니었다. 아니, 여자이기 전에 소중한 생명을 둘씩이나 품은 엄마, 절대적으로 보호해주어야 하는 신성불가침의 존재였다.

"강이현, 이 저질스러운 놈. 생각하지 마! 생각을 멈춰!"

이현은 자신의 머리를 주먹으로 콩콩 때리다가, 급기야 소파 위에 명상하듯이 가부좌를 틀고 앉아 심호흡했다.

"자, 뭔가 불행한 상상을 해 보는 거야! 회사가 부도가 났어! 우리집이 파산했어!"

그러나 여전히 그의 충동은 침대에서 곤히 자는 유채에게 달려가고 있었다. 그녀의 탐스러운 머리카락을 쓰다듬고, 품에 안고 그 체온을 느끼면서 입을 맞추고 싶었다. 아무래도 회사가 부도나거나 집이 파산하는 상상으로는 충분하지 않은 모양이었다. 회사야 옮기면 그만이고, 집이 파산하면 이현이 부모님을 부양하면 되는 일이었으니까.

"더 불행한 걸 찾아보자! 그래! 한밤중에 숙소에 불이 났어!"

그러나 이현의 본능이 키워낸 악마는 능숙하게 유채의 허리에 팔을 감고, 그녀의 품 안으로 파고들면서 더 강렬하게 입술을 탐닉하고 있었다. 숙소에 불이 나는 것으로도 부족했다. 매사에 철두철미한 마여정 대표는 당연히 화재 보험에 들어 두었을 테니 이참에 더 크고 넓은 숙소로 옮길 수 있을 것이다. 보험금을 탄다면 펜트하우스 급도 가능하지 않을까.

"미친 듯이 불행해서 생각만 해도 울 것 같은 걸 찾자. 뭐가 있지? 뭐가 불행하지?"

관자놀이를 양 손가락으로 꾹꾹 누르면서 생각을 쥐어짜 내던 이현은, 무슨 퀴즈쇼에 나온 사람처럼 눈을 번득이며 정답을 외쳤다.

"4집 앨범이 쫄딱 망했어!"

이번에는 확실히 효과가 있었다. 무슨 선거 구호처럼 머릿속을 꽉꽉 채우고 있던 '키스, 키스, 키스'라는 단어들이 물로 닦은 것처럼 말끔하게 지워져 나갔다.

일루전의 3집 앨범 활동이 막바지에 접어들면서, 소속사에서는 슬슬 4집 앨범에 대한 구상을 시작하고 있었다. 이번에는 타이틀곡을 포함한 전곡을 멤버 자작곡으로 한 정규 앨범을 내려고 계획하고 있는데, 그런 앨범이 망하다니 상상만 해도 끔찍하기 짝이 없었다. 일루전이 망하기만을 고대하고 있던 안티들과 악플러들이 신랄하게 킬킬대는 소리가 벌써 귀에 선하게 들리는 듯했다.

ㅡ 그러게 그냥 주는 곡이나 얌전히 부를 것이지. 설치긴 왜 설쳐? 공장에서 찍어내는 것 같은 아이돌 주제에 음악에 대해 뭘 안다고.

이현은 내친김에 5집 앨범도, 6집 앨범도 줄줄이 망하고 다시 행사를 뛰게 된 일루전을 그려 보았다. 저기 울릉도 어디쯤 붙어있는, 퇴폐 영업을 하는 카바레에서 노래방 마이크로 공연을 하는 자신들의 모습이었다. 트로트 가수처럼 반짝이가 휘황찬란하게 달린 조끼를 입고. 그나마 마이크도 하나밖에 없어서 돌려가면서 써야 한다면 더 좋겠다. 그러다가 그 모습이 우연히 예전의 팬에게 포착되어, 사진이 찍히고, 인터넷에 퍼지는 것이다.

— 얼굴 폭 삭은 거 봐. 발효되는 줄. 한때 잘 나갔는데 안됐네. 그러게 사람은 겸손해야지.

— 원래 국어 못하는 애들이 주제 모르고, 수학 못 하는 애들이 분수 모른다. 빵긋빵긋 웃으면서 인형 노릇이나 잘할 것이지, 왜 되지도 못할 아티스트가 되겠다고 설쳐서.

동정을 빙자한 조롱의 댓글이 몇 천 개씩 달리는 게 눈에 보이는 것처럼 선했다. 이현은 급기야 인간극장에 출연해 모자이크와 목소리 변조를 당한 채, 새된 목소리로 꽥꽥거리는 래원을 상상하기에 이르렀다.

— 그래도 실업급여가 꼬박꼬박 나와서 좋아요. 컵라면을 딱 네 개 사 먹을 수 있거든요. 오늘 출연료를 받으면요? 날계란을 사서 라면에 넣어 먹을 거예요.

그제야 이현은 한결 초연해진 기분으로 유채가 있는 방 안에 다시 들어갈 준비가 되었다. 그녀와 함께 기나긴 밤을 보내면서 위기의 순간이 찾아오더라도, 이제는 안심하고 의지할 수 있는 마법의 주문이 생겼다. 그건 바로 '앨범이 망했어!'라는, 오직 아이돌 가수에게만 먹히는 강력한 주문이었다.

14. 유채의 악몽

유채가 아빠에게 처음으로 맞은 것은, 열 네 살 되던 해 여름이었다.

"학교 다녀왔습니다."

한낮에도 해가 들지 않는 반지하방은 무덤처럼 을씨년스러웠다. 유채는 문을 잡아당겨 열려고 하다가, 안에서부터 들리는 심상치 않은 소리에 불현듯 손을 멈췄다. 으르렁거리듯 웅얼대는 남자의 목소리, 사람의 몸이 어딘가에 부딪히는 뭉툭한 소리, 의자가 거칠게 넘어지는 소리.

"아빠!"

문을 열자 러닝셔츠와 반바지 차림의 아빠가 만취한 채 바닥에 나동그라져 있는 게 보였다. 유채는 달려가서 그를 부축해 일으켰다. 술기운에 벌게진 눈이 그녀를 쳐다보았다.

"너 언제 왔어?"

"방금 왔잖아, 아빠. 도대체 술을 얼마나 마신 거야."

유채는 볼링 핀처럼 줄줄이 늘어선 소주병들을 보면서 근심어린 한숨을 쉬었다. 그 와중에도 아빠는 부엌으로 비틀비틀 걸어가 찬장을 열고, 따지 않은 소주병을 꺼냈다.

"아빠, 이제 그만 마셔. 의사 선생님이 술 마시면 안 된다고 했잖아."

"의사는 무슨. 지가 뭘 안다고 씨부려, 씨부리기는 돌팔이 새끼……."

아빠는 그렇게 웅얼거리더니, 부엌에 선 채로 소주를 꿀꺽꿀꺽 마셨다. 유채는 아버지가 목구멍에 독을 들이붓고 있는 꼴을 차마 볼 수 없었다.

"이제 그만 마시라니까, 아빠!"

아버지의 곁으로 다가간 그녀는, 작은 키로 까치발을 하고 그의 손에 들려 있는 소주병을 빼앗아 들었다. 그것으로 술판이 끝날 줄 알았던 어린 소녀에게, 불벼락 같은 호통이 떨어졌다.

"당장 내놓지 못해! 어디서 쪼그만 게 어른한테 이래라 저래라야!"

"아, 아빠……."

유채는 처음으로 보는 아빠의 독기어린 표정에 덜컥 겁을 먹었다. 아빠는 관자놀이에 굵은 핏대를 세워가면서 그녀를 향해 버럭버럭 소리를 질렀다.

"빌어먹을, 내가 누구 때문에 술을 마시는데! 내가 누구 때문에 이러고 사는데!"

그는 열네 살 소녀의 가슴을 손으로 확 떠밀면서, 그녀가 품에 안고 있던 소주병을 거칠게 낚아채 갔다. 유채는 그 충격에 뒤로 밀려나면서 바닥에 엉덩방아를 찧고 넘어졌다.

"너만 태어나지 않았어도……."

아빠는 이를 갈 듯이 말하더니, 소주병을 챙겨들고 방 안으로 들어갔다. 유채는 바닥에 넘어진 채 멍하니 아빠의 뒷모습을 바라보고 있었다. 방금 일어난 일을 믿을 수가 없었다.

세상에 둘도 없이 자상했던 아빠였다. 태어나자마자 친엄마를 여의고 할머니 밑에서 자라는 딸을 가여워해 엄마 노릇까지 해 주려고 애썼다. 공장에서 3교대로 일하는 빡빡한 생활이었지만, 단 한 번도 싫은 소리를 하지 않았다.

— 아빠는 누구보다 부자야. 이렇게 예쁘고 착하고 똑똑한 딸이 있으니까.

아빠가 변하기 시작한 건 1년 전부터였다. 재혼 얘기가 오가던 상대가 '새엄마 노릇하기가 부담스럽다'며 떠난 것을 시작으로, 할머니가 돌아가시고, 공장이 파산하는 등 불행이 이어졌다. 화물차를 몰기 시작한 아빠는, 운전하지 않는 날이면 종일 술을 마셨다. 그와 동시에 딸에게도 소홀해졌다. 중학생이 된 유채는 아빠가 던져준 천 원짜리 석 장으로 세 끼를 해결하며 학교에 다녀야했다.

그러던 어느 날, 아빠는 시커먼 피를 토하며 쓰러졌다. 의사는 중증의 알코올 중독이라면서 술을 끊어야 한다고 강조했다. 아빠는 그 말을 듣고도 매일 곯아떨어질 때까지 술을 마셨다.

— 이놈의 지긋지긋한 세상, 오래 살 것 없이 뒈져버렸으면 좋겠다.

그런 식의 폭언과 신세 한탄이 늘어갔지만, 그럼에도 불구하고 여태까지 유채에게 손찌검을 한 적은 없었다. 유채는 바닥에 부딪히면서 생긴, 무릎의 연보라색 피멍을 내려다보았다.

'아빠가 일부러 그런 건 아닐 거야, 얼마나 좋은 아빠인데. 앞으로는 절대 이러지 않을 거야.'

그러나 그녀의 소망은 이루어지지 않았다. 그날은 그녀가 아빠를 '좋은 사람'이라고 생각한 마지막 날이었다. 그로부터 4년이 지나 열여덟 살 되던 해의 가을, 교복 차림의 유채는 '가정폭력 상담센터' 간판이 붙은 허름한 건물 앞을 서성이는 처지가 되어 있었다.

"어떻게 오셨어요?"

때마침 안쪽에서 바깥으로 나오던 정장 차림의 중년 여자가 말을 걸어오자, 유채는 누가 찬물을 끼얹기라도 한 것처럼 화들짝 놀라면서 고개를 들었다. 그 바람에 얼굴의 반쪽을 커튼처럼 가리고 있던 머리카락이 흩어지고, 그 사이로 푸르스름한 멍 자국이 남은 눈이 드러났다. 그걸 본 중년 여자는 짐작이 간다는 듯 말했다.

"너 유채구나. 유채 맞지?"

"아니에요. 잘못 찾아왔어요. 죄송합니다."

유채는 당황하면서 고개를 꾸벅 숙이더니, 눈가를 다시 머리카락으로 덮으면서 황급히 발걸음을 돌리려고 했다.

"내가 김인영 변호사야! 그동안 전화로 계속 얘기 나눴던. 아빠한테 또 맞은 거니?"

'아빠'라는 말을 듣자마자 유채의 어깨가 반사적으로 움찔거렸다. 인영은 그 모습을 온화하면서도 빈틈없는 눈길로 지켜보고 있었다.

"안으로 들어가자. 네가 와주기를 오랫동안 기다리고 있었단다."

유채가 처음으로 가정폭력 상담센터에 전화를 건 것은 석 달 전. 중학교에 입학할 때 시작된 아빠의 폭행은 계속되었고, 간격이 갈수록 짧아지다가 일종의 습관이 되어버렸다. 알코올 중독에 만성 간경화까지 앓게 된 아빠는 화물차 운전을 그만두고 실업급여로 생계를 연명할 수밖에 없었고, 그 좌절감과 패배감을 또다시 술로 풀었다. 요즘 아빠가 유채를 손으로 밀치거나 넘어뜨리는 건 예삿일이었고, 직접 주먹으로 얼굴이나 몸을 때리는 일도 드물지 않았다.

— 맞지 않으려면 어떻게 해요? 조심해야 할 말이나 행동 같은 게 있는 거예요?

견디다 못한 유채가 인터넷에서 찾아낸 가정폭력 상담센터의 번호를 찾아냈을 때, 그 전화를 받은 사람이 바로 국선변호사 김인영이었다.

— 일주일에 이틀은 맞아요. 저의 어떤 부분이 아빠를 화나게 하는지 알 수 있었으면 좋겠어요. 성적이 오르면 올랐다고, 떨어지면 떨었다고 맞아요. 제가 뭘 잘못하고 있는 거죠?

수화기 너머로 들려오는 소녀의 목소리에는 그 어떤 감정도 깃들어있지 않았다. 가해자가 아닌 피해자가 자신의 잘못이 뭔지 묻는 이 상황에, 인영은 잠시 말문이 막혔다.

— 학생, 이름이 뭐예요?

— 유채요, 서유채.

— 유채 학생, 지금 들은 얘기로는 상황이 상당히 심각한 것 같아요. 일단 경찰에 신고하면 접근금지 조치를 할 수도 있고, 보호시설에 들어갈 수도 있어요.

— 아니요, 그런 거 원하지 않아요. 우리 아빠는 범죄자가 아니에요. 때리고 나면 언제나 미안하다면서 울어요. 절 때리고 싶어서 때리는 게 아니라, 사는 게 너무 힘들어서 그래요.

유채는 아빠를 보호하려고 했지만, 그런 이야기를 골백번도 넘게 들어본 인영은 그 비극적인 결말도 예측할 수 있었다.

— 그게 전형적인 피해자의 사고방식이에요. 그대로 내버려 뒀다

간 반드시 큰일로 이어져요.

— 그러진 않을 거예요. 그래도 이야기 들어주셔서 감사해요. 누가 들어주니까 그나마 좀 낫네요. 괜찮으시면 다음에 또 전화 걸어도 돼요?

— 그럼요. 언제든지 전화해요. 나한테 연락처랑 주소를 남겨주면 도울 방법을…….

전화는 인영의 말을 자르면서 뚝 끊어져 버렸지만, 인영은 조바심 내지 않았다. 다시 전화가 걸려오기까지 그리 오랜 시일이 걸리지 않을 것이라고 직감했기 때문이다. 그 직감은 어김없이 들어맞았다.

— 김인영 변호사님하고 통화하고 싶은데요. 유채라고 전해주세요.

아빠의 술주정으로 몸도 마음도 전부 너덜너덜해진 날이면, 유채는 안식처를 찾는 사람처럼 인영에게 전화를 걸었다. 유채는 다른 변호사 아닌 인영과만 얘기하려고 했고, 인영도 나이 차이를 뛰어넘어 유채와 말이 잘 통한다고 느꼈다. 그렇게 석 달이 지난 지금, 유채가 그토록 발들이기를 거부하던 센터에 직접 찾아온 것이다.

"더는 이렇게 못 살 것 같아요. 이제는 술을 마시지 않았을 때도 손찌검을 해요."

인영에게 이끌려 상담실로 들어온 유채는 교복 블라우스의 목깃을 내리면서 말했다. 수정처럼 하얀 목덜미에 붉게 얼룩진 손자국이 선명했다. 같이 죽자고 달려들어서 목을 조르는 아빠의 손아귀에 짓눌려 생긴 흔적이었다.

"저번에 내가 말한 대로, 병원 응급실에 가서 사진 찍고 진단서도 받았니?"

"아니요. 저는 이 일에 경찰을 개입시키고 싶지 않아요. 우리 아빠는 벌금을 낼 돈도 없고, 건강이 안 좋아서 옥살이도 못 해요. 아빠는 아빠잖아요. 그렇게는 하지 않을래요."

고개를 저으면서 완강하게 거절하는 유채를, 인영은 자상하게 타이르듯 말했다.

"그러면 아버지만 집에 두고 유채가 밖으로 나오는 방법도 있어."

"변호사님이 말씀하셨던 여성의 집 같은 곳에는 들어가지 않을래요. 남에게 동정 받는 거 싫어요. 입시 공부해야 하는데, 그런 곳에서는 학교에 다니기도 불편하고요. 그리고……."

"그리고?"

"당장 제가 없어지면 아빠를 챙겨줄 사람이 없어요. 밥도 안 먹고 술만 마시다가 또 쓰러질지도 몰라요.

"……."

그런 부모도 부모라고 끝내 걱정을 놓지 못하는 유채를 보자, 인영의 가슴이 아렸다.

"일단 대학 입시 치르기 전까지는 버텨 볼게요. 대학생이 되면 기숙사에 들어갈 수 있잖아요. 변호사님이 그때까지만 좀 도와주세요. 등록금을 마련하려면 아르바이트 자리가 필요해요."

인영은 유채에게 가정폭력 상담 센터 보조원 아르바이트를 주선해 주었다. 마음 같아서는 경제적 지원을 해 주고 싶었지만, 자존심 강한 유채에게 그런 얘기를 했다가는 연락이 끊겨버릴지도 몰랐다.

상담 센터 아르바이트는 급여가 많지는 않았지만, 데스크를 지키면서 여유 시간을 활용해 공부할 수 있는 게 큰 장점이었다. 유채가 아르바이트를 시작한 첫날부터 인영은 매일 퇴근길에 유채를 차로 태워다 주었다.

"유채야, 나가자."

처음에는 폐를 끼친다며 부담스러워하던 유채도, 어느덧 인영과 함께 편안한 시간을 보내는 데 익숙해졌다. 두 사람 간에는 자매 같고 모녀 같은 친밀감이 싹트고 있었다.

오디오에서는 비틀즈의 음악이 흘러나오자, 인영은 한 손으로 운전대를 잡은 채 애수 띤 멜로디에 맞춰 콧노래를 흥얼거렸다. 평화롭고 따뜻해 보이는 그 옆얼굴은 유채가 생각지도 못한 묘한 감정을 자아냈다.

"변호사님이 우리 엄마였으면 좋겠어요."

충동적으로 내뱉은 말에, 유채는 스스로 겁을 먹었다. 인영이 어떻게 생각할지 몰라서.

"……."

인영은 얼굴을 돌려 그런 유채를 물끄러미 바라보았다. 그리고 한 손을 뻗어 그녀의 머리 위에 살며시 얹었다. 눈이 접히면서 온 얼굴에 퍼져 나가는 웃음이 한없이 다정했다.

"나도 네가 내 딸이었으면 좋겠어."

그 소원은 그들이 상상조차 하지 못했던 가장 비극적인 방식으로 실현되었다. 꿈속에서조차 유채는 그 기억에 다가가는 것을 두려워했다.

"나한테 왜 그랬어? 왜……."

유채는 알아듣지 못할 말로 신음하고 끙끙대다가, 간간이 외마디 비명을 터뜨렸다. 식은땀에 젖은 머리카락 속에 파묻혀 가쁜 숨을 몰아쉬는 모습이 부서질 것처럼 위태로워 보였다. 방으로 돌아온 이현은 힘겹게 뒤척이고 있는 그녀를 발견하고 깜짝 놀랐다.

"유채 씨, 왜 그래요? 무슨 꿈을 꾸길래 이렇게 괴로워해요?"

이현은 불에 달군 것처럼 뜨거워진 그녀의 이마를 서늘한 손으로 짚어주었다. 그때였다. 그녀가 엄마를 찾는 어린애처럼 절박한 손짓으로, 자신의 이마에 놓인 그의 손을 붙잡은 것은. 가느다란 손등의 뼈가 도드라진 가냘픈 손이었다. 뒤이어 그녀의 입술이 스르르 열리더니, 마치 깨어 있는 사람처럼 그의 이름을 불렀다.

"이현 씨……."

잠과 꿈에 젖은 목소리는 한없이 부드러우면서도 나약하게 들렸다.

'원래 이런 목소리를 가진 사람이었구나.'

이현은 단단한 갑옷 뒤에 숨겨진 그녀의 본모습을 엿본 것 같은 기분이었다.

"네, 여기 있어요."

이현은 유채의 손가락 사이에 깍지를 끼면서, 깨어 있는 사람을 대하는 것처럼 말했다. 손바닥이 포개지는 순간 스무 개의 손가락 마디마디에 따스한 피가 돌면서 그녀의 체온이, 맥박이 전해져 왔다.

"가지 마, 내 옆에 있어요."

두려움에 질린 듯한 그녀의 간절한 부탁이, 어딘지 아프게 그의 가슴을 후볐다. 이현은 그녀의 손을 놓지 않은 채로 침대 위에 나란히 누웠다. 그리고 손바닥으로 그녀의 고개를 받치듯이 옮겨 제 왼팔 위에 얹었다.

"걱정 마요. 아무 데도 가지 않을게요."

팔베개를 해 주는 것, 그건 이현이 아는 가장 효과적인 악몽 퇴치

법이었다. 어린 시절, 그는 엄격한 아버지에게 싸리나무 회초리로 종아리를 맞는 일이 많았다. 그런 날이면 악몽을 꾸거나 가위에 눌리고는 했다. 한밤중에 울면서 깨어나 오줌 싼 이불을 보고 발발 떨고 있으면, 안방에서 자던 엄마가 몰래 일어나 그의 옆으로 왔다.

— 괜찮아, 아가야. 네 잘못이 아니야. 그렇게 무서워하지 않아도 돼.

어머니는 그의 옷을 손수 갈아입혀 주고, 젖은 이불 대신 자신의 이불을 내주었다. 그리고 이현이 다시 잠들 때까지 곁에 누워 팔베개를 해 주면서, 이따금 꼭 안아주기도 했다. 어머니의 품 안은 어린 이현에게 있어서는 세상에서 가장 아늑하고 안전한 공간이었다.

'그 어렸던 내가, 어쩌면 이제 당신에게 위안이 되어 줄 수 있을까요.'

유채의 이마를 스치듯 가볍게 쓰다듬던 이현의 손이 미끄러지듯 머릿결 사이로 들어갔다. 머리카락을 빗어 내리던 긴 손가락이, 이윽고 그녀의 정수리에 남겨진 흉터에 가서 닿았다. 처음 생겼을 때는 많이 아팠겠지. 그러다가 어느새 거기 상처가 있는지도 모르고 살 정도로 아물게 되지만, 그렇다고 해서 영영 사라지는 것은 아니다.

"아직도 이 상처가 아픈 날이 있다면, 그 아픔을 내가 나눠가질 수 있으면 좋겠어요."

이현은 독백하는 배우처럼, 잠들어 있는 유채를 향해 도란도란 말을 건넸다. 그녀의 힘겨운 뒤척임은 차츰차츰 잦아들고, 가쁜 신음은 작고 낮은 한숨으로 변했다. 이현은 그녀의 흉터를 다시 머리카락으로 덮어주고, 잠시 망설이다가 그녀의 어깨를 살며시 끌어안았다.

항상 자존심 강하게 세워져 있던 상체가 그의 품 안으로 쏙 들어왔다. 가슴과 가슴, 골반과 골반이 맞닿자, 두 개의 심장이 아주 가까이서 마주 뛰는 게 느껴졌다. 아니, 이현이 듣지 못할 뿐이지 사실은 네 개의 심장이 하나가 되어 뛰고 있었다.

"따뜻해······."

유채는 잠결에 그렇게 중얼거리면서 이현의 품 안으로 바짝 밀착해 왔다. 이현은 두 팔을 벌려 자신에게 안겨 오는 그녀의 몸을 든든한 울타리처럼 감쌌다. 그녀, 그리고 아이들. 이제 그의 가족이 될 이들의 밤을 편안하게 지켜주고 싶었다.

"잘 자요, 유채 씨."

이현은 그렇게 속삭이면서 유채를 껴안은 채 서서히 눈을 감았다. 그녀의 가슴이 안정된 호흡에 따라 오르락내리락할 때마다, 그도 그에 맞춰서 숨을 쉬었다. 평화로운 침묵이 어둑한 창문 너머로 밀려왔다가 다시 밀려갔다. 네 사람 모두가 달콤하게 잠든 첫 번째 밤이었다.

15. 초콜릿 조공 도둑

다음 날 아침, 유채는 한결 가뿐해진 몸으로 상쾌하게 눈을 떴다. 실제로 눈을 붙인 건 몇 시간 정도였지만, 체감하기로는 몇 년을 잔 것 같은 기분이었다. 악몽을 꾼 것도, 그 와중에 이현을 찾은 것도 의식 못 하고 기지개를 하면서 상체를 일으켰다.

"아, 어제 이현 씨가 왔었지."

그녀는 옆자리를 향해 고개를 돌렸다. 그곳에는 이현의 키만큼 길게 패인 자국만 남아 있었고, 그의 모습은 찾을 수 없었다. 침대 발치에는 그가 덮고 잤던 담요가 곱게 개켜져 놓여있었다.

"연습 때문에 바쁘다더니, 새벽에 일어나서 갔나 봐."

누군가 머물다 떠난 흔적을 보고 있으려니 괜한 허전함이 몰려와, 누운 자국이 남은 곳에 괜히 한 번 손을 얹어 보는 찰나였다.

타닥ㅡ. 타닥ㅡ. 타닥ㅡ.

방문 밖에서 전에 들어본 적 있는 소리가 들렸다. 칼이 도마를 신명 나게 두드리며 만들어 내는 규칙적인 리듬이었다. 유채의 부엌에서 그런 음악을 연주할 만한 사람은 단 한 명뿐이었다. 그녀는 입가에 배시시 번지는 미소를 감추려고 애쓰면서 침대에서 일어나 방문을 열었다. 이제는 낯설게 느껴지지 않는 이현의 뒷모습이 부엌을 든든하게 채우고 있었다.

"일어났어요? 출근하기 전에 아침 먹을 거죠?"

강인해 보이는 넓은 어깨에 앞치마의 끈을 교차시켜 야무지게 리본 모양으로 묶은 이현이 뒤를 돌면서 유채를 향해 밝게 웃어 보였다. 밥솥에서 피어오르는 친숙한 향기와 따뜻한 훈김, 뚜껑을 들썩이게 하며 보글보글 끓고 있는 국 내음이 비어 있는 위장을 자극했다.

"이현 씨는 같이 안 먹어요?"

유채는 밥이며 국이며 반찬이며 전부 1인분씩만 차려진 밥상을 보면서 의아한 표정을 지었다. 이현은 밥공기 옆에 숟가락과 젓가락을 역시 한 개씩만 놓으면서 조용히 고개를 저었다.

"이상하게 아까부터 음식 냄새가 심하게 거슬려서요. 피곤해서 그런가 봐요."

이현은 손으로 얼굴을 비비며 마른세수를 했다. 그러고 보니 그의 안색은 앓고 있는 사람처럼 초췌해 보였다.

"나 혼자 먹기 미안한데……."

"유채 씨는 임산부잖아요. 무조건 잘 먹어야죠. 나는 유채 씨가 맛있게 먹는 것만 봐도 배가 부를 것 같으니까 괜찮아요."

이현은 정말 식욕이 없는 듯 유채의 맞은편에 앉아 찬 생수만 홀짝였다. 유채는 조금 아쉬운 마음으로 윤기가 잘잘 흐르는 밥을 한 술 뜨고, 그 위에 소용돌이 모양으로 돌돌 말린 계란말이 하나를 얹어 입에 넣었다. 시폰 케이크처럼 통통하고 말랑말랑한 식감, 달콤하면서도 짭짜름한 맛, 입속에서 굴러다니는 탱글탱글한 탄력이 환상적이었다.

"와, 맛있다. 사 먹는 것보다 훨씬 나은데 비결이 뭐예요?"

유채는 계란말이를 한 개 더 집어서 이현의 얼굴 앞에 불쑥 가져다 대면서 물었다. 노릇노릇하게 구워진 계란말이에서 솔솔 풍기는 고소한 기름 냄새라면, 도망갔던 식욕도 돌아오지 않을까 싶었다. 그런데 이현은 그녀가 의도했던 것과는 정반대의 반응을 보였다.

"잠깐만요, 유채 씨. 그렇게 코앞에다 대고 흔들면……. 우욱!"

이현은 느닷없이 한쪽 손으로 입을 가리더니, 갑자기 자리를 박차고 일어나 화장실로 전력 질주했다. 맛깔나게 차려진 아침상과 함께 덩그러니 남겨진 유채는 얼떨떨했다.

"저거 어디서 되게 많이 본 광경 같은데……. 내가 어제까지 딱 저랬던 것 같은데……."

화장실과 부엌은 거리가 제법 떨어져 있음에도 불구하고, 밭은 기침과 함께 토하는 소리가 유채의 귀에 여실히 들려왔다. 그녀는 얼이 빠진 어조로 멍하니 혼잣말을 했다.

"설마, 입덧을 가져가라고 해서 진짜로 가져간 건 아니겠지?"

이현은 한참이 지난 후에야, 기력을 다 소진한 모습으로 벽을 짚으면서 화장실에서 나왔다. 하얀 얼굴은 푸르스름하게 질렸고, 두 눈은 실핏줄이 터져 불그스름하게 충혈되어 있었다. 유채는 얼른 달려가 그를 부축해 주면서 걱정스럽게 물었다.

"이현 씨, 왜 그래요? 혹시 어디 아파요?"

"그냥 별 것 아닌 배탈일 거예요. 유채 씨를 도와주겠다고 와서는 이게 뭐 하는 짓인지. 반찬 정리까지 해 놓고 갈게요."

미리 만들어놓은 반찬을 넣어 놓기 위해 냉장고 문을 열던 이현
은 그대로 화석처럼 굳어졌다. 유채는 그런 그를 보면서 덩달아 긴
장했다.

"이번에는 뭐 때문에요?"

"냉장고 냄새가! 도저히 참을 수가! 우욱!"

이현은 냉장고 문을 닫지도 못한 채, 비틀거리면서 다시 화장실
로 달려갔다. 그가 영혼의 밑바닥까지 비워내는 동안, 반찬 용기들
을 정돈하는 일은 유채의 몫이었다. 그녀는 이현이 괜찮아질 때까
지 옆에서 지켜보고 싶었지만, 스케줄이 있다는 데 차마 붙잡을 수
가 없었다.

그와 다시 연락이 닿은 것은 그로부터 며칠 후, 일루전이 유명 패
션잡지와의 화보 촬영을 진행하는 날이었다.

"리강 누나, 이건 그냥 누나가 사심 채우려고 가져온 옷 아니에
요? 이거 봐, 여기 막 가슴 부분에 구멍이 숭숭 나 있잖아."

분장실 안은 스타일리스트인 리강과 다른 멤버들의 실랑이로 인
해 시끄러웠다.

"어머, 최저 임금에 상여금도 안 받고 24시간 열일하는 이 누나가
사심 좀 채우면 안 되니?"

화보가 19금 판정을 받지 않으려면 적당히 꿰매고 가리고 해야
하지 않겠느냐고 이현이 중재자로 나서려던 참에, 주머니 속에서
그의 휴대폰이 작은 폭으로 진동했다. 액정에 뜬 이름은 이제 '유채
씨'가 아니라 '애들 엄마'였다. 이현은 모두의 주의가 산만해진 틈을

타 슬쩍 분장실 밖으로 빠져나왔다.

— 이현 씨가 그날 그렇게 가고 나서 걱정이 돼서요. 속은 이제 괜찮아졌어요?

유채는 이현과 전화 연결이 되자마자, 염려가 섞인 목소리로 그렇게 물었다.

"그럼요, 잠깐 배탈이 났던 것뿐이에요. 유채 씨는 입덧 좀 어때요?"

사실 전화를 받는 지금도 목구멍 안쪽이 다 헐어 있었지만 이현은 아무렇지 않은 척했다. 의문의 증상은 낫기는커녕 갈수록 심해지기만 해서, 어제는 음악방송 사전녹화를 하는 자리에서 마이크 냄새를 맡고 구역질이 났을 정도였다. 끔찍한 듯 고개를 절레절레 젓던 이현에게 그나마 위로가 되어준 건 밝고 기운찬 유채의 목소리였다.

— 나도 컨디션 좋아요. 신기하게도 그날 이후로 싹 나았어요. 요새는 뭘 먹어도 속이 편해요. 이현 씨가 해놓고 간 반찬들도 맛있게 먹고 있어요.

유채가 괜찮아졌다는 말에, 이현은 그간의 고생도 잊고 만면에 소년 같은 함박웃음을 띄웠다.

"뭐든지 먹고 싶은 게 생각나면 말만 해요, 당장에라도 사가지고 달려갈게요."

다정함이 뚝뚝 묻어나는 통화를 마치고, 분장실로 돌아가려고 발걸음을 돌릴 때였다.

"이현 오빠!"

복도를 걸어가던 이현을 간절한 목소리로 부른 건, '관계자 외 출입금지' 표지판 앞에서 서성이고 있는 소녀 팬이었다. 오늘은 세트

장 전체에 일반인 출입을 통제한다고 했는데, 출입구가 워낙 많다 보니 어떻게 샛길로 들어온 모양이었다. 이현이 놀라는 듯한 표정을 짓자, 그녀는 두 손을 휘휘 내저으면서 필사적으로 외쳤다.

"저 사생 아니에요. 혁 오빠한테 꼭 주고 싶은 게 있어서 왔어요! 오빠가 단 거 좋아한다고 해서 일주일 동안 연구해서 만든 초콜릿인데, 기획사에서 먹을 거 보내지 말라고 해서요!"

포장한 선물 상자를 내미는 손이 사시나무처럼 파르르 떨고 있었다. 이현은 두 눈까지 질끈 감고 그의 대답만을 기다리는 어린 팬의 모습이 참 예뻐 보였다.

"그래요. 꼭 전해줄게요, 걱정하지 마세요."

이현이 흔쾌히 선물 상자를 받아 들자, 감격에 벅찬 소녀 팬의 눈이 반짝였다.

"고맙습니다! 혁 오빠한테 은정이가 미친 듯이 사랑한다고, 돈 많이 벌어서 나중에 청혼하러 갈 거라고도 말해주세요!"

"은정 양? 나이도 어린데 왜 벌써 인생을 포기하려고 해요? 선물은 전해주겠지만 결혼 얘기는 진지하게 다시 생각해봐요. 알았죠?"

"혁 오빠랑 이현 오빠가 제일 친하다고 들었는데, 농담도 하시고 그러네요. 재밌어요, 푸훗!"

'농담 아닌데.'

권혁과 맺어질 불행한 여자가 누군지는 몰라도, 같이 살다 보면 금방 자신이 '결혼'을 한 것이 아니라 덩치가 산만한 사내아이를 '입양'했다는 것을 깨닫게 될 터였다. 깔깔대는 은정을 등지고 돌아선 이현이 분장실 방향으로 두 걸음 정도 옮겼을 때였다.

바늘 끝처럼 예민해진 그의 후각에, 달콤 쌉싸름한 초콜릿 향기가 희미하게 실려왔다. 단언컨대, 마력과도 같은 그 향기가 아니었다면 이현은 남의 선물을 풀어보는 무례한 짓은 하지 않았을 것이다.

'무슨 짓을 했기에 초콜릿에서 이렇게 달콤한 냄새가 나? 마약이라도 뿌렸나?'

이현은 짙은 파란색의 하트 모양 상자를 잠시 내려다보다가, 상자를 묶은 하늘색 리본을 조심스럽게 풀었다. 반짝이 가루가 뿌려진 뚜껑을 열자, 색색의 유산지 속에 가지런히 담긴 아홉 구의 초콜릿 프랄린이 사랑스러운 자태를 드러냈다.

오레오 쿠키를 섞은 바닐라 색깔의 화이트 초콜릿, 피스타치오를 다져서 얹고 말차 가루를 뿌린 모카 초콜릿, 코코아 가루 위에 피넛 버터 크림을 올린 헤이즐넛 초콜릿까지.

'맛있게 생겼네.'

이현은 하얀색, 까만색, 진갈색, 연갈색 초콜릿들이 자신을 향해 유혹적인 손짓을 하는 듯한 착각에 빠졌다. 그러고 보니 헛구역질에 시달리느라 음식을 제대로 넘기지 못한 지가 벌써 닷새째였다. 갑자기 어마어마한 허기가 몰려오면서 이 사랑스러운 디저트를 향한 욕망이 화산처럼 솟아올랐다.

"딱 하나만 먹어야지. 그건 티도 안 날 거야."

이현은 잘게 썬 오렌지가 노란 보석처럼 콕콕 박혀 있는 다크 초콜릿을 집어 입안에 쏙 넣었다. 감미롭게 어우러진 신맛, 단맛, 쓴맛의 조화가 혀 위에서 춤을 추는 것 같았다. 촉촉하면서도 산뜻한 감촉이 입천장에서 떠나지 않았다.

"하나만 더 먹자. 그 정도는 혁이도 괜찮다고 할 거야."

그렇게 두 개가 세 개가 되고, 세 개가 네 개가 되고, 이윽고 아홉

개가 되었다. 누군가 삭제 버튼을 누르기라도 한 것처럼 순식간에 텅 비어버린 초콜릿 상자를 보며, 이현은 망연자실한 표정을 지었다. 마치 자신이 아닌 누군가가 자신의 몸속에 들어와 초콜릿을 먹어버린 것 같았다.

'이, 이런 걸 빙의라고 하는 건가?'

그때였다. 아까의 그 소녀 팬, 은정이 길을 물어보면서 이현에게로 다가왔다.

"이현 오빠, 진짜 죄송한데요. 혹시 출구가 어디 있는지 아세요? 들어올 때는 어떻게 돌고 돌다가 들어왔는데 나가는 방법을 몰라서요."

은정은 이현의 손에 들린 빈 상자와, 거무스름한 얼룩이 남아 있는 그의 입술을 번갈아 보더니 벙찐 표정이 되었다.

"오빠, 지금 제 초콜릿 전부 다 드신 거예요? 혁 오빠한테 전해 준다면서요?"

"음, 이 초콜릿은 아까 그 초콜릿이 아니에요……. 딸꾹!"

원체 거짓말이 서투른 이현은 은정과 눈을 마주치지 않으려고 정신없이 시선을 돌리다가 느닷없이 딸꾹질까지 했다.

"아니긴 뭐가 아니에요! 그 상자에 '내 사랑, 혁에게'라고 쓰여 있잖아요!"

"……딸꾹?"

이현은 차마 말은 못 하고, 소심한 딸꾹질로 대답을 갈음했다.

"오빠가 제 절친의 최애라서 저도 차애로 들이고 좋아했는데! 진짜 실망이에요! 오빠 초콜릿 도둑놈! 조공 도둑놈!"

은정은 두 주먹을 불끈 쥐고 소리치더니, 돌아서서 반대 방향으로 뛰어가 버렸다. 이현은 신체적으로도 정신적으로도 두 다리로

서 있을 힘이 없어서, 한 손으로 벽을 짚으면서 좌절했다.

'그냥 분장실 가서 먹을 걸. 혁이한테 하나만 달라고 할 걸.'

후회하는 이현의 어깨가 오늘따라 작고 가련해 보였다.

16. 쿠바드 증후군의 비밀

　─ 소속사인 초대박 엔터테인먼트는, 강이현의 건강이 악화되었다는 것은 단순한 루머일 뿐이며, 모든 스케줄은 아티스트의 상태를 최우선으로 고려하여 진행하고 있다고 밝혔다.

　주미의 진료실 앞에 앉아 순서를 기다리면서 유채는 휴대폰으로 연예 기사를 읽고 있었다. 톱스타 강이현이 밝힐 수 없는 병명으로 인해 스케줄을 취소하고 병원을 다녀갔다는 소문이 퍼지면서 온갖 추측성 기사와 함께 팬덤이 발칵 뒤집혔다. 돈에 눈이 먼 기획사가 비인간적인 스케줄을 밀어붙여 이현을 쓰러지게 만들었다는 것이다.

　─ 연예계의 염전 노비, 강이현 구명 캠페인을 펼치는 중입니다. 모든 일루셔니스트들은 실트 총공[10]과 팩스 총공에 참여해주세요!

---

10) 아이돌 팬덤이 특정 이슈에 대한 의견을 표출하고자 할 때, SNS의 실시간 트렌드 검색에 키워드를 올라가게 만드는 것을 '실트 총공'이라 하고, 기획사에 전화, 팩스, 이메일 등을 집단적으로 보내는 것을 '소속사 총공'이라고 한다.

분노한 이현의 팬들은 이메일과 전화 세례, 팩스 세례를 통해 소속사의 이메일 서버와 전화, 팩스를 순서대로 마비시키기까지 했다.

'어디가 아픈 것 같긴 한데, 도대체 어디가 아픈 건지……'

기사의 마지막 문단에 시선을 고정한 채 깊은 한숨을 내쉬던 유채는 주미가 진료실에서 나와 이쪽으로 다가오는 것도 의식하지 못했다.

"뭘 그렇게 열심히 읽고 있어? 아, 강이현 기사구나."

"너도 봤어?"

유채는 어느새 옆에 와서 앉아 있는 주미를 보고 물었다.

"당연하지, 강이현 관련 기사는 뜰 때마다 봐. 우리 제부가 될지도 모르는 사람인데."

주미는 장난기 어린 눈으로 슬쩍 웃으며 농담을 했지만, 유채는 따라 웃을 기분이 아니었다.

"글쎄, 요즘 기사 나오는 거 봐서는 제부고 뭐고 일단 제 명에 못 살 것 같아 보이는데."

"에이, 그러진 않을 거야. 쿠바드 증후군은 원래 이 무렵에 나타났다가 자연스럽게 사라져. 예비 아빠 열 명 중 한 명이 겪을 정도로 흔한 증상이기도 하고."

"쿠바드 증후군? 그게 뭔데? 이현 씨가 그 병에 걸렸다는 거야?"

유채는 두 눈을 커다랗게 떴다. 생소한 외국어, '증후군'이라는 단어. 잘 알지는 못하지만 무척 심각한 병명처럼 들렸다.

"몰랐어? 당연히 아는 줄 알았더니. 우리나라에서는 '남편 입덧'이라고들 부르지. 환상 임신, 공감 임신이라고도 하고. 아내의 임신 기간 중 남편이 입덧과 비슷한 증상을 겪는 걸 말해."

"남편 입덧? 남편도 아닌데?"

유채는 너무도 놀라고 당혹스러운 나머지, 자기도 모르게 벌어진 입을 다물지 못했다.

"그야 결혼한 남편은 아니지만 애들 아빠인 건 맞잖아."

"그 쿠바드 증후군이라는 건 왜 걸리는 건데? 무슨 바이러스 같은 거야?"

"그건 아냐. 쿠바드 증후군의 원인에 대해서는 여러 가지 주장이 있어. 임산부가 분비하는 페로몬이 남편의 신경 체계에 영향을 준다는 설이 있고, 아내와 태아에 대한 애착이 유달리 강해서 그렇다는 설도 있는데, 그동안의 내 환자들을 보면 스트레스 때문인 경우가 많았어."

"무슨 스트레스?"

유채의 기억 속에 있는 이현은, 항상 여유롭고 온화하게 웃고 있었다. 그런 이현이 사실은 병을 앓을 만큼 스트레스를 받고 있었다니 충격이었다.

"아빠가 된다는 두려움과 불안, 새로운 가족을 부양해야 한다는 책임감과 압박감, 과연 잘 해낼 수 있을까 하는 의구심 그런 것들이지."

"……."

"아이를 갖는다는 건 크나큰 축복이고 행복이라고들 말하지만, 실은 누구나 말은 하지 않아도 공포심과 불안감을 동시에 느끼게 돼. 한번 결정하면 다시는 돌이킬 수 없으니까. 유채 너도, 아이를 갖고 싶어 했지만 막상 쌍둥이가 생겼다는 말을 들었을 때 조금은 두렵지 않았어?"

주미의 말에 유채는 보일 듯 말 듯 고개를 끄덕였다. 여자들은 임신을 했다는 진단을 받는 순간, 무조건 기뻐해야 할 것 같은 은밀한 의무감에 짓눌린다. 그렇게 하지 않으면 '나쁜 엄마', '모성애 없는 엄마'로 낙인찍힐 것 같아서. 그러나 사실은 아무리 원해서 가진 아기라 할지라도, 심장 깊숙한 곳에서는 끊임없는 공포와 의심이 생겼다. 이 길이 맞는 걸까, 내가 잘할 수 있을까, 이 아이들은 내가 아닌 다른 사람의 아이로 태어났어야 더 행복했던 게 아닐까, 하는.

"그건 남자도 마찬가지야. 하물며 강이현은 어떻겠어, 고작 스물넷에, 이제 겨우 아이돌 가수로 최정상의 자리에 올랐는데, 하루아침에 존재조차 몰랐던 두 아이의 아버지가 된 거잖아."

주미는 유채가 한 번도 생각해보지 못했던 부분을 지적하고 있었다. 그리고 유채는 그게 전부 맞는 얘기라는 것을 알았다. 강이현은 신도 아니고, 로봇도 아니고, 감정과 결점이 있는 한 인간이고 남자에 불과했다.

아무리 겉으로는 유채와 아기들 곁에 있고 싶다고 말하지만, 속으로는 어떨까? 거추장스러운 짐으로 여기는 마음이 어딘가에 분명히 있지 않을까? 유채는 그동안 자신이 이현에게 너무 당연하다는 듯 기대고 의지해왔고, 정작 그의 고민이나 근심에 대해서는 물어본 적도 생각해 본 적도 없다는 걸 깨달았다.

"자연스럽게 낫는 증상이라고 했지? 이현 씨한테 알려줘야 하지 않을까? 증상을 완화시키는 약 같은 거라도 먹었으면 좋겠는데."

"아니야, 알리지 마. 그렇게 고지식한 타입은 어디가 아프다는 말을 들으면 그게 자기 책임이라고 생각하고, 고치려는 노력부터 하거든. 스트레스를 받지 말아야 한다고 스스로를 다그치면서 더 스트레스를 받아."

"그래도……."

그러나 주미는 전문가다운 확신에 찬 말투로, 다시 한번 단호하게 잘라 말할 뿐이었다.

　"내 말을 믿어. 모르는 게 약이야. 이제 강이현 걱정은 그만하고 진료실로 들어와. 너도 오늘 중요한 날이잖아."

　"아, 맞다."

　유채는 휴대폰을 주머니에 넣으면서 자리에서 일어났다. 오늘은 쌍둥이가 무사히 건강히 있는지 확인하는, 1차 기형아 검사날이었다.

　"컨디션은 어때? 배는 좀 나온 것 같아?"

　진료 의자에 앉은 유채는 주미의 질문에 불현듯 자신의 아랫배를 만져보았다. 아직 눈으로는 구분할 수 없었지만, 허리선이 살짝 굵어지고 아랫배가 단단하게 부푼 것 같은 느낌이 들었다.

　"이제 조금만 있으면 임신 초기에서 중기로 접어들 거야. 안정기에 들어서는 거지."

　"그러면 뭐가 달라지는데?"

　"크게 달라지는 건 없어. 유산의 위험이 다소 줄어들고, 입덧도 확실히 완화될 거야. 물론, 너야 예비 아빠가 입덧까지 대신 겪어주고 있으니 상관없겠지만."

　주미는 재미있는 농담을 하는 것처럼 킥킥대며 웃었지만, 유채는 여전히 착잡하기만 했다. 그 얘기는 더 하고 싶지 않아서 의식적으로 화제를 돌렸다.

　"오늘 하는 검사는 무슨 검사야?"

　"목 투명대라고 해서, 태아의 목 뒷부분에 체액이 쌓이는 공간이 있어. 그 둘레를 재서 다운증후군 같은 염색체 이상이 있는지를 확인하는 거야."

일회용 장갑을 끼고 초음파 기계 앞에 앉은 주미가 유채의 배 위에 탐촉자를 가져다 댔다. 저번보다 훨씬 힘차고 선명해진, 펌프질하듯 빠르게 뛰는 두 개의 심장 소리가 진료실 안에 울려 퍼졌다.

"심장 박동은 둘 다 아주 좋고……."

주미가 초음파 기계의 버튼을 한 번 누르자, 심장의 진폭을 나타내던 화면이 자궁 속 태아를 보여주는 화면으로 바뀌었다. 럭비공처럼 생긴 두 개의 아기집을 하나씩 차지하고 누워 있는 쌍둥이가 보였다.

아직은 불분명한 윤곽 속에서, 검은 구멍 같은 눈과 비스듬하게 솟은 코, 올챙이 다리 같은 손목과 발목이 흐릿하게 떠올랐다. 미미한 점에 불과했던 아기들이 어느덧 인간의 형체를 갖추고 성장해가는 것은, 눈으로 봐도 믿을 수 없을 만큼 경이로웠다.

"왼쪽에 있는 아기가 6.3센티이고, 오른쪽에 있는 아기가 5.9센티야. 오른쪽 아이가 조금 더 작긴 한데 둘 다 정상 범위니까 크게 문제는 없고……."

주미가 한 번 더 버튼을 누르자, 이번에는 왼쪽에 있는 아기의 영상이 크게 확대되었다. 계속해서 기계에 연결된 마우스를 아기의 목 뒤쪽을 따라 움직이자, 화면에 자동으로 수치가 나타났다.

"왼쪽에 있는 아이는 목 투명대 둘레가 1.1mm, 이 정도면 위험은 거의 없다고 봐도 되고……."

주미는 계속해서 오른쪽에 있는 아기의 영상을 확대했다. 이번에도 같은 방식으로 목 뒷부분의 둘레를 쟀고, 유채는 암막처럼 검은 화면에 하얀 활자체로 새겨지는 숫자를 읽었다.

"4.2mm."

주미는 잠시 마우스에서 손을 떼더니, 손가락으로 턱을 문지르면서 심각한 표정으로 초음파 영상을 주시했다. 그리고는 몇 번이나 초음파 영상을 확대했다 축소하고, 각도를 바꿔가면서, 마우스로 목 둘레를 재는 동작을 반복했다.

그때마다 같은 수치가 나왔고, 불길한 예감과 함께 유채의 심장이 바싹 조여들었다. 잠시 후, 주미는 초음파 보던 것을 멈추고 유채를 향해 돌아앉으면서 신중하게 입을 열었다.

"유채야, 지금부터 내가 하는 말 잘 들어."

"괜찮지? 괜찮은 거지? 아무 이상도 없다고 말해줘, 주미야."

유채는 그렇게 물으면서도 이미 뭔가 잘못되었다는 걸 느끼고 있었다. 주미는 끼고 있던 일회용 장갑을 벗어버리고는, 그 손을 유채의 손 위에 위로하듯 얹으며 차분하게 말했다.

"이상이 있다는 게 아니라, 그럴 확률이 있다는 것뿐이야. 목 투명대의 둘레는 2.7mm에서 3.0mm 사이가 정상이고, 그보다 높아지면 태아가 다운증후군을 갖고 있을 가능성이 높아. 물론 목 투명대가 두꺼우면서도 정상적으로 태어나는 아기들도 있어."

입술을 자근자근 깨물면서 주미를 따라 초음파 영상을 들여다보는 유채의 안색이 창백했다.

"4.2mm면 확률이 얼마나 높아지는 건데? 솔직하게 말해 봐. 애매모호한 말로 얼버무리지 말고."

"내 경험상 4.0이 넘어가면 그때부터는 다운증후군이 생길 확률이 반반 정도야. 지금 당장 융모막 검사를 해서 확인할 수도 있겠지만, 쌍태아의 경우 유산 위험성이 3퍼센트 정도로 꽤 높아서 나는 별로 추천하고 싶지 않아. 일단 2차 기형아 검사를 할 때까지는 기다려 보자."

"만일 그때도 검사 결과가 좋지 않으면?"

유채는 뼈마디가 드러날 정도로 세게 주먹을 쥐었다. 목소리가 간간이 떨려 나왔다. 주미는 그녀의 시선을 정면으로 받아내지 못하고 비스듬히 고개를 돌리면서, 간호사에게는 들리지 않을 만큼 낮은 목소리로 대답했다.

"임신중절은 불법이지만, 기형아 확진을 받은 산모들은 암암리에 수술을 받기도 해. 현금을 받고 수술해 주는 병원 이름들이 인터넷에 돌아다니기도 하고. 다만 쌍둥이의 경우 한 명을 유산시키려다가 다른 한 명까지 잃게 될 수도 있어. 그만큼 수술이 어렵고 까다로워."

임신중절. 유채가 단 한 번도 생각해본 적 없는 단어가 수면으로 떠올랐다.

"물론 어떤 일이 생기더라도 아이를 끝까지 키우겠다는 마음으로 출산을 할 수도 있어. 나는 의사이기 이전에 친구로서, 네가 어떤 선택을 하든 존중할 거야. 선택은 전적으로 너한테…… 아니 너하고 강이현 씨한테 달린 거니까."

"아니, 이현 씨한테는 말하지 않는 게 좋겠어."

유채는 이현이 어떤 대답을 할지 이미 알고 있었다. 그의 성격이라면, 어떤 어려움이 있더라도 자신이 다 희생하고 감수할 테니 쌍둥이를 그대로 낳자고 할 것이다. 그러나 그 선택이 과연 정답이라고 할 수 있을까? 이현에게 공평한 결정이라고 할 수 있을까? 유채는 쉽게 그렇다고 말할 수가 없었다.

"그래도 애들 아빠인데……."

"우리 둘의 문제니까 내가 알아서 할게. 밀린 일이 많아서, 난 얼

180

른 사무실로 돌아가 봐야겠다."

유채의 눈치를 보면서 어물거리는 주미에게, 유채는 마른 음성으로 쐐기를 박았다. 금방이라도 무너질 것 같은 자신을 숨기기 위해 애써 사무적인 표정을 지어 보였다. 뒤에 쫓긴 사람처럼 허둥지둥 진료실 문을 닫고 나오는데, 주미의 염려스러운 목소리가 등 뒤에 꽂혔다.

"유채야, 그래도 꼭 이현 씨랑 상의해! 혼자서 다 감당하려고 하지 말고."

유채는 돌연 현기증이 아득하게 덮쳐와 벽에 기대면서 눈을 감았다. 복도 조명은 밝기만 한데, 어쩐 일인지 서늘하고 컴컴한 어둠 속에 갇힌 기분이었다. 유채는 손으로 벽을 짚은 채 복도를 걸어가다가, 남편과 통화를 하면서 까르르 웃고 있는 다른 산모를 교차해 지나쳤다.

"응 자기야, 이제 분만 병원으로 옮겨도 된대. 우리 한방이는 최고로 건강하대."

자랑하듯 초음파 사진을 허공에 대고 흔들면서, 세상을 다 가진 것처럼 행복해하는 여자. 못된 생각이라는 걸 알면서도 유채는 그 여자에게 질투가 났다. 가까스로 손에 넣었다고 생각했던 행복이 순식간에 일그러지고 비틀어졌다.

'왜 이렇게 됐을까. 왜 나에게만 이런 일들이 일어나는 걸까.'

쌍둥이의 존재를 알게 되는 순간 숨이 멎어버릴 만큼 좋아하던 이현의 얼굴을 떠올리면서, 유채는 시큰거리는 가슴을 지그시 억눌렀다.

17. 아이돌과의 첫 데이트

— 오늘 만날래요? 이현 씨한테 할 얘기가 있어요.

'애들 엄마'에게서 온 메시지를 확인하는 순간, 이현의 입 꼬리가 스윽 올라가면서 얼굴이 전구를 켠 것처럼 환해졌다.

요 며칠간 유채는 그가 보내는 안부 메시지에도 답을 하지 않았고, 전화도 받지 않았다. 무슨 일이라도 있는 게 아닌지 걱정스러워 찾아가고 싶었지만 도저히 시간을 내지 못하고 있었는데, 드디어 그녀에게 먼저 만나자는 연락이 온 것이다. 이현은 정신 나간 사람처럼 다급하게 매니저 종필을 찾았다.

"형! 오늘 스케줄은 이걸로 끝이죠? 밖에 나갔다 올게요!"

"너 요새 외출이 잦다? 연습밖에 모르던 애가. 이번에는 또 무슨 일인데?"

"친구가 군대……. 아니, 친구 아버지가 돌아가셨어요. 밤늦게까지 있다 와야 할 것 같아요."

종필은 친구 아버지가 돌아가셨다는 말을 하는 이현이 왜 저렇게 쓸데없이 생기발랄한지 의아했지만, 나가겠다는 걸 굳이 막지는 않았다.

"그런데 이현아, 설마 장례식장에 그러고 갈 거야? 그 상태로?"

매니저는 몰라보게 달라진 이현의 모습을 내려다보면서 떨떠름해했다. 이현은 장난기가 섞인 얼굴로 씩 웃으면서 유쾌하게 말했다.

"뭐 어때요, 사람들이 못 알아볼 테니까 마음 편히 다닐 수 있잖아요. 슈트는 다음 촬영 때 꼭 가져와서 반납한다고 전해주세요!"

이현은 균형 잡기 어려운 몸을 용케 민첩하게 움직이면서, 지갑과 휴대폰을 챙겨 뛰쳐나갔다. 종필은 그런 이현의 뒷모습을 멍청하게 바라보면서 황망하게 중얼거렸다.

"아무리 그래도 특수분장을 하고 장례식장에 가다니……."

같은 시각, 유채는 평일 오후임에도 시장통처럼 붐비는 홍대 거리를 보면서 당혹스러워하고 있었다. 이현이 지정한 약속 장소는 홍대입구역 9번 출구였다.

'이렇게 사람이 많은 곳에서 만나겠다고? 도대체 무슨 생각이지?'

아무리 얼굴을 가려도, 그의 우월한 체격과 남다른 분위기는 자석처럼 사람들의 시선을 끌어당겼다. 그때 군중 사이에서 귓가에 스며드는 듯 정답고 친숙한 목소리가 들려왔다.

"유채 씨!"

이현의 음성이 분명한데, 유채는 정작 그의 얼굴을 찾을 수 없어서 한참을 두리번거렸다.

"여기에요!"

음성이 들려오는 방향에는, 세상 혼자 사는 미친 외모의 소유자 강이현 대신 웬 뚱보 하나가 손을 흔들며 뒤뚱거리고 있었다. 100kg은 거뜬히 넘을 듯한 거구의 남자는, '햄버거를 많이 먹으면 이렇게 됩니다'라고 광고라도 하듯 패스트푸드 체인점 앞을 지키고 있었다.

"?"

미심쩍은 표정으로 그쪽으로 다가간 유채는, 실룩거리는 이중 턱과 푸짐한 볼살 속에 파묻히다시피 한 이현의 진갈색 눈동자를 발견하고 기겁하지 않을 수 없었다. 유채는 주춤주춤 뒷걸음질을 치면서 당황한 목소리로 물었다.

"이현 씨? 꼴이 왜 그래요?"

"아, 이거요? 특수 분장이에요. 얼굴에 살을 붙이고, 몸에는 팻 슈트를 입은 거예요. 다이어트 식품 광고모델로 발탁됐거든요. 비포 앤 애프터 촬영하고 왔어요."

"그 비포가 혹시 헐크에요?"

"하하하, 그런 건 아니고요. 어쨌든 사람들이 쳐다보지 않으니까 너무 마음이 편하고 좋네요. 오늘은 유채 씨랑 같이 그동안 하고 싶었던 것들을 다 하고 놀 거예요!"

이현은 유채의 반응을 즐기며 재미있어 했지만, 그녀는 마냥 마음이 편하지는 못했다.

'아니, 사람들이 지금 엄청나게 쳐다보고 있거든. 강이현 너만 눈치 못 채고 있어.'

유채는 평소와 같이 감탄과 선망의 눈길로 이현을 대놓고 쳐다보는 게 아니라, 경멸과 동정 어린 눈길로 몰래몰래 곁눈질하는 사람들의 시선을 느끼며 한숨을 쉬었다.

"그래서 하고 싶은 게 뭔데요?"

"음, 앗, 마약 떡볶이다! 저거 전부터 먹어 보고 싶었어요! 가요! 가요!"

골목 저편에서 떡볶이를 파는 포장마차를 발견한 이현은 육중한 몸으로 방방 뛰면서 외쳤다. 유채는 그 모습이 위장일 뿐, 현실의 이현은 빼빼 마른 상태라는 걸 떠올리면서 물었다.

"아직도 몸 안 좋다면서요. 좀 더 소화하기 쉬운 걸 먹어야 하는 거 아니에요?"

"에이, 오늘만큼은 그런 거 생각하지 말아요. 그냥 우리 하고 싶은 거 다 하자고요."

이현의 생기 넘치는 미소에는 전염성이 있어서, 유채도 엷은 미소를 머금지 않을 수 없었다.

"그래요. 오늘만은 하고 싶은 거 다 하면서 즐겁게 보내요, 우리."

이현이 유채의 손을 잡고 끌고 가다시피 한 떡볶이 포장마차는 손님들로 붐볐다. 다들 의자도 없이 서서 떡볶이를 먹고 있는 가운데, 천하장사 씨름판에 나가도 될 것 같은 거대한 남자와 부러질 것처럼 가냘픈 여자로 이루어진 '미녀와 오크' 커플이 등장했다.

"여기 떡볶이랑, 순대랑, 튀김이랑, 어묵도 같이 주세요!"

진하고 걸쭉한 국물을 자작하게 부은 떡볶이와, 바삭 소리를 내며 입안에서 부서질 것 같은 튀김, 그리고 아지랑이처럼 김이 피어오르는 순대와 어묵이 줄줄이 나왔다. 두 사람 중 누구도 얼굴이 창백하게 질리거나 구역질을 하지는 않았다.

"연습생 시절에 멤버들하고 맨날 떡볶이 먹었거든요. 먹을 때마다 그때 생각이 나서 좋아요."

이현은 빨갛고 쫄깃한 떡볶이 떡을 꼬치로 찍어 입안에 넣고 우물거리면서 말했다. 유채는 그가 뭔가를 이렇게 맛있게 먹는 것을 처음 보는 것 같았다.

"보통 어려울 때 질리게 먹었던 음식들은, 성공하고 나면 쳐다도 안 보게 되지 않아요?"

"왜요? 어려웠던 시절도 다 지나고 나면 반짝이는 추억인데요. 두 평짜리 고시원에서 혁이랑 같이 어깨 맞대고, 선배 가수들 무대 영상 보면서 부러워하던 그 때가 돌이켜보면 좋았어요. 노래하는 게 제일 좋고, 무대에 오르는 생각만 해도 가슴이 벅차고."

그때였다. 국자로 떡볶이를 저으며 두 사람을 지그시 지켜보던 분식집 주인 아저씨가 혀를 차면서 이현에게 핀잔을 주었다.

"아이고, 쯧쯧. 그렇게 먹어대니까 살이 찌지. 적당히 좀 먹어."

"네."

이현은 사람 좋게 웃으면서 적당히 받아 넘기려 했지만, 분식집 주인의 참견은 계속되었다.

"아니면 나가서 운동을 좀 하든가. 그러다 성인병 걸려, 젊은 나이에. 그러고 다니면 남 보기에 창피하지도 않나?"

주위의 다른 손님들까지 이현을 노골적으로 쳐다보자, 유채는 가지런한 눈썹을 치켜 올리면서 반박하고 나섰다.

"사장님, 건강관리에 신경을 많이 쓰시는가 봐요. 비만 못지않게 건강에 좋지 않은 게 흡연과 음주라는 사실은 알고 계신 거죠?"

그녀는 떡볶이 조리대 뒤에 보란 듯이 놓여 있는 담배 두 갑과 라이터, 그리고 마개가 따진 채 놓여 있는 소주병을 눈짓으로 가리켜 보이면서 야무지게 말을 이었다.

"흡연은 폐암을, 음주는 식도암과 간암을 일으키는 주요 원인이죠. 니코틴과 알코올의 중독성에 대해서는 말할 것도 없고요. 살은 빼면 되지만 폐와 간 기능 손상은 영영 회복되지도 않는다는데, 손님에게 그만 먹으라고 하시기 전에 사장님부터 금연, 금주하시면 어떨까요?"

유채는 벙찐 표정이 된 포장마차 주인을 남겨두고, 이현의 손을 잡은 채 포장마차를 나왔다. 한바탕 쏘아붙이고도 분이 풀리지 않아 씩씩대는 그녀를, 이현은 신기하다는 듯 보면서 빙글빙글 웃고 있었다.

"아니, 뭐가 좋다고 자꾸 웃어요? 빙구도 아니고. 이현 씨는 화도 안 나요?"

"유채 씨 말하는 거 보면 신기해요. 어떻게 하고 싶은 말을 하나도 안 빼먹고 그렇게 당당하게 할 수가 있어요?"

이현은 유채의 그런 면이 좋았다. 어린 시절부터 '착한 아이', '착한 아들', 그리고 연습생 시절부터는 '착한 형'이 되어야 한다는 강박에 시달렸던 그는, 단 한 번도 자신의 목소리를 당돌하게 내 본 기억이 없었다.

"난 그걸로 먹고 사는 사람이니까요. 남의 일에 참견하기 좋아하는 이 동네에서는 더 이상 있을 필요가 없겠어요. 이현 씨 또 하고 싶은 거, 가고 싶은 곳 없어요?"

유채의 말에, 이현은 길게 생각해보지도 않고 선뜻 대답했다.

"그럼 우리 놀이공원 가요."

"놀이공원이요?"

평일 오후에, 그것도 특수분장한 채로 놀이공원이라니. 유채는 이현이 장난치는 건가 싶었지만, 그는 두 눈을 반짝반짝 빛내면서 이미 그녀의 손을 잡아끌고 있었다. 지하철을 두 번 갈아타고 두 사람이 서울 시내의 어느 놀이공원에 도착한 것은 해가 질 무렵이었다.

"와, 저거 재밌겠다! 저것도 재밌겠다!"

이현은 천장에 닿을 것 같이 끝없이 올라갔다 내려오는 바이킹이라든가, 허공에서 곤두박질치며 360도 회전하는 롤러코스터 같은 놀이기구들을 보며 벌어진 입을 다물 줄 몰랐다.

반면 유채는 놀이공원이라는 장소가 나이 서른의 여자가 와서 즐길 곳은 못된다고 생각했다. 때마침 퍼레이드를 하는 시각이었는지 그들이 들어선 곳에는 노란 선이 설치되어 있었고, 빽빽한 인파가 곧 다가올 퍼레이드를 좋은 자리에서 보려고 치열하게 몸싸움을 벌이고 있었다.

"임산부를 이렇게 위험한 곳에 데려와도 되는 거예요? 책임질 수 있어요?"

"네, 책임질 수 있어요."

이현은 쫑알대는 유채를 향해 자신 있게 대답하더니, 단단하고 힘 있는 두 손으로 그녀의 어깨를 뒤에서 안듯이 감쌌다.

"!"

깜짝 놀란 유채가 그의 품에서 벗어나려 했지만, 바로 그 순간 퍼레이드 행렬이 다가왔다. 깜찍한 포즈와 앙증맞은 표정을 한 캐릭터 인형들이 손을 흔들며 지나고, 이국적인 의상을 입은 무희들이 골반을 흔드는 발리댄스를 추면서 그 뒤를 따랐다.

그동안 유채는 이현의 팔과 가슴 사이에 갇힌 채 감도는 온기를 가만히 음미하고 있었다. 두근거리고 설레기도 했지만, 그보다 누군가로부터 든든하게 보호받고 있다는 느낌이 좋았다.

'할 수만 있다면, 계속 이렇게 있을 수 있으면 좋겠어, 하나가 아닌 둘로, 때로는 네 앞에 서고 때로는 등 뒤에 숨으면서.'

그러나 그럴 수 없다는 걸 누구보다 그녀 자신이 가장 잘 알고 있었다. 퍼레이드 행렬이 지나가고, 밀집했던 군중들이 뿔뿔이 흩어지자, 이현은 유채의 어깨에 둘렀던 팔을 풀고 그녀의 손을 잡은 채 걸어가기 시작했다.

"유채 씨, 우리도 동물 머리띠 할까요? 아니면 아이스크림 먹을까요? 솜사탕은 어때요?"

유채는 들뜬 기분을 감추지 못하고 쉴 새 없이 재잘거리는 이현을 보면서 생각했다. 스물 네 살의 그에게는 역시 아내와 쌍둥이를 돌보느라 동동거리며 부엌을 뛰어다니는 것보다는, 자기 또래의 귀여운 여대생과 손을 잡고 이런 곳을 거니는 것이 더 어울린다고.

그러나 막상 이현이, 앳된 외모의 여자에게 다정하게 손을 잡아주고 웃어줄 모습을 상상하자 심장 한구석이 따끔따끔하고 욱신거렸다. 왠지 견딜 수 없게 된 유채는 이현의 손을 살며시 놓으면서 애써 태연한 척 말했다.

"이현 씨는 놀이기구 타고 놀아요, 나는 차 한잔하면서 기다리고 있을게요."

어마어마한 속력으로 내리꽂히는 워터 슬라이드 안에서 흠뻑 젖어 함성을 지르는 사람들. 이현이 그걸 부럽게 쳐다보는 걸 유채는 아까부터 눈치 채고 있었던 것이다.

"그래도 돼요? 그러면 저것만 딱 한 번 타고 올게요."

이현이 손가락으로 가리켜 보인 것은 스릴 넘치는 워터 슬라이드가 아니라, 하늘색 지붕 아래 알록달록한 색깔로 돌아가고 있는 회전목마였다.

"저것만 탄다고요? 왜요? 다른 재밌는 것도 많은데."

"오늘은 놀이기구 타러 온 게 아니라 유채 씨하고 데이트하러 온 거니까요. 어차피 다른 건 체중 제한 때문에 타기도 어렵고. 그리고⋯⋯."

이현은 귀엽고 아기자기한 모양의 회전목마 위에서 수많은 아이들이 즐겁게 노는 장면을 바라보면서 행복한 얼굴로 말을 맺었다.

"5년 후에 우리가 쌍둥이와 함께 이곳에 다시 오게 됐을 때, 그때는 넷이서 회전목마를 타면서 오늘을 다시 기억해보면 좋을 것 같아서요."

이현이 입장하는 동안, 유채는 회전목마를 빙 둘러싼 무지갯빛 울타리 앞에 서서 그가 했던 말을 되새기고 있었다. 회전목마를 타는 데는 체중 제한이 없었지만, 이현은 최대한 튼튼해 보이는 말을 신중하게 고르다가 마침내 이마에 금색의 긴 뿔이 달린 유니콘 위에 올라탔다.

"메리 고 라운드, 출발합니다."

직원의 목소리와 함께 흥겨운 연주곡이 흘러나오고, 놀이기구 곳곳에 박힌 알전구에 형형색색의 불이 들어오면서 회전판이 돌아가기 시작했다. 아무런 걱정 근심 없이 빙글빙글 돌아가는 회전목마를 눈으로 좇는 동안, 오랫동안 잊고 있었던 한 장의 낡은 기억이 사진처럼 펼쳐졌다.

일곱 살이 되던 해의 어린이날, 유채는 아빠와 엄마의 손을 양쪽에 잡고 놀러 가는 친구들이 부러워서 울었다.

— 왜 나는 놀이공원에 데려가 줄 엄마가 없어? 우리 엄마는 어디

있어?

공장에서 오후 조로 근무하던 아빠는, 그날 조를 바꿔서 밤을 새워 일하고 온 후 그 다음 날 유채를 데리고 놀이공원으로 향했다. 그리고 고단한 몸으로 회전목마 테두리를 빙글빙글 쫓아다니면서 딸의 사진을 찍어주었다. 바로 여기, 지금 유채가 서 있던 이 자리에서.

— 아빠도 같이 타! 왜 같이 안 타?

— 아빠는 어른이라서 타고 싶어도 안 태워 줘. 우리 유채만 태워 준대.

그때의 아빠만큼 나이를 먹은 지금, 유채는 이해할 수 있었다. 그가 지치고 피곤한 몸으로, 하나뿐인 딸의 어린이날을 망치지 않으려고 최선을 다했다는 것을. 아빠와의 추억을 돌이키는 게 그녀에게는 독을 마시는 것과도 같았지만, 한때 지극히 사랑받았다는 사실마저 부정할 수는 없었다.

"여기 봐! 엄마 보고 웃어야지! 김치!"

그녀의 주변에는 회전목마를 타고 있는 아이들을 지켜보거나 사진을 찍는 부모들로 북적였다. 이제 부모가 된다는 것의 의미를 어렴풋이나마 알 것 같았다. 그건 박진감 넘치는 워터 슬라이드를 타는 대신, 지루하고 느리게 같은 자리를 도는 회전목마를 선택하는 것이었다. 내 아이가 동화 속 주인공이 되어 즐거워하는 동안, 그 뒤에서 색깔도 소리도 없는 배경이 되어 주는 것이었다.

'나는 그래도 괜찮아. 내가 선택한 길이니까. 하지만 이현아, 너는……'

유채는 TV와 인터넷에 올라온 영상에서 보았던 이현의 무대를 떠올렸다. 노래하는 이현의 얼굴에는 순수하고 완벽한 행복이 있었다. 그의 노래를 듣고 있으면, 잘생겼든, 못생겼든, 뚱뚱하든, 날씬하든, 그런 것들은 전혀 중요하지 않은 것처럼 여겨졌다. 무대에서 별처럼 빛나는 강이현은 타고난 스타 그 자체였다. 그게 바로, 유채가 그를 놓아주어야 하는 이유였다.

"유채 씨! 이거 생각보다 재미있어요! 생각보다 빨라요!"

군중 속에 섞여 있는 유채의 미세한 표정까지 알아보기엔 거리가 있었기에, 이현은 그녀를 발견하자마자 반갑게 손을 흔들었다. 그와 동시에, 팻 슈트의 무게에 짓눌린 유니콘 뿔이 우지끈 소리를 내며 부러지고 말았다.

"메리 고 라운드, 잠시 비상 정지하겠습니다."

흥이 깨진 승객들이 불만스럽게 술렁이는 가운데, 화가 잔뜩 난 표정의 직원이 고함을 지르면서 달려왔다.

"아니, 손님! 그렇게 뚱뚱한 팔로 유니콘을 때리시면 어떡해요!"

"죄송합니다, 일부러 그런 건 아니에요. 수리비는 배상해 드릴게요."

이현은 허둥지둥 유니콘에서 내려오면서 정중하게 사과했지만, 직원의 언성은 오히려 높아질 뿐이었다.

"수리비 배상하시는 건 당연한 거고요! 수리하는 동안 기구를 못 돌리게 되잖아요."

"그것까지 전부 포함해서 배상해 드릴게요. 죄송합니다."

"어휴, 짜증 나. 몸이 그 모양이면 밖에 나다니지를 말든가. 이게 웬 민폐야."

마지막 말은 직원의 혼잣말 같았지만, 그 크기로 봐서는 대놓고 들으라고 하는 소리였다. 입구에 서서 상황을 지켜보고 있던 유채가 안으로 뛰어들었다.

"이봐요! 남들하고 조금 다른 게 이 사람 잘못이에요? 이 사람이 이렇게 되고 싶어서 된 게 아니잖아요! 뚱뚱하면, 몸이 불편하면, 무시해도 된다고 누가 그러던가요?"

뜻밖의 강적을 만난 직원은 두 손을 내저으면서 주춤거렸다.

"아니, 손님. 무시하는 게 아니라요……"

그러나 그의 어설픈 말대꾸는 역효과를 불러일으켰다.

"밖에 나오지 말라고 했잖아요! 똑똑히 들었다고요! 날씬하고 건강한 사람들만을 위해서 만들어진 세상이에요? 그 사람들이 전세라도 냈어요? 아니잖아요!"

유채는 핸드백에서 꺼낸 명함을 회전목마 개찰기 위에 탁 소리나도록 내려놓으면서 말했다.

"저 빌어먹을 망아지 뿔 값이랑, 놀이기구 못 돌려서 손해 본 거 1분 1초까지 다 계산해서 여기로 청구하세요. 묻지도 따지지도 않고 갚아줄 테니까. 대신 저 사람한테 사과하세요."

처음 보는 여자의 무시무시한 박력에 눌린 직원은 모기만 한 목소리로 이현에게 사과했다.

"……죄송합니다."

"아니에요, 괜찮습니다."

이현이 머쓱하게 사과 받는 것까지 확인한 후, 유채는 어느새 몰려든 구경꾼들 사이를 거침없이 헤치면서 빠져나왔다. 서둘러 뒤를 따라온 이현이 그녀의 어깨를 잡으면서 멈춰 세웠다.

"유채 씨, 아까부터 왜 그래요? 사소한 말 하나하나에 예민하게 반응하고……"

이해가 가지 않는다는 듯 말하던 이현은, 유채의 얼굴을 보는 순간 입을 다물고 말았다. 그와 부딪힌 그녀의 눈동자에 투명한 물기가 그렁그렁 맺혀 있었다.

"왜 울어요? 내가 유채 씨 창피하게 해서 그래요?"

"아니에요, 그게 아니라 너무 분해서 우는 거예요."

유채의 속을 모르는 이현은 그 말의 의미도 이해할 수가 없었다. 뭐가 그렇게도 분한 건지.

"사람들은 참 잔인해요, 그렇지 않아요? 왜 알지도 못하는 사람에 대해서 자기들 마음대로 판단하는 걸까요."

유채의 목소리가 떨려 나왔다. 몸이 그 모양이면 밖에 나다니지를 말라는 직원의 말이 이명처럼 반복되면서, 장애를 갖고 태어날지도 모르는 아기에 대한 생각을 떨칠 수가 없었다.

'고작 반나절이었어.'

오늘 오후부터 저녁까지, 그녀가 팻 슈트를 껴입은 이현과 함께 다닌 시간이었다. 그동안 그녀는 세상 사람들이 '자신과 다르게 생긴' 이를 얼마나 냉혹하게 대하는지를 생생히 보고 들었다.

'이 아이는 반나절보다 훨씬 긴 시간, 훨씬 더 차디찬 냉대를 받으면서 살아야겠지.'

이현은 금방이라도 눈물을 뚝뚝 떨어뜨릴 것 같은 유채를 보면서 어쩔 줄 몰라 했다. 어색하고 울적한 기류 속에서, 두 사람은 몇 개의 놀이기구 앞을 돌았다. 이현은 더는 놀이기구를 타겠다고 하지 않았다. 대신 어떻게든 유채의 기분을 나아지게 해 주고 싶은 마음에, 나들이의 마지막 코스로 관람차를 골랐다.

"봐요, 꼭대기에서 보면 정말 멋질 것 같지 않아요?"

이현은 의욕 없어 하는 유채의 손을 잡고 관람차에 오르도록 도와주며 말했다. 타는 사람은 별로 없었지만, 색색의 조명을 받으며 느리게 돌아가는 거대한 관람차는 그것만으로도 하나의 장관이었다. 밤이 되어도 잠들 줄 모르는 도시. 암막 위에 보석처럼 흩뿌려진 네온사인이 명멸했다.

"서울 야경이 이렇게 아름다운지 몰랐어요. 꼭 밤바다에 작은 배들이 떠 있는 것 같아요."

이현은 창문에 이마를 붙이고 야경을 구경했다.

"우리, 몇 년 후에는 쌍둥이와 함께 여기 올 수 있겠죠? 그때도 관람차 타고?"

아기들 이야기를 꺼내면서 유채를 기분 좋게 해 주려던 이현의 시도는 오히려 역효과를 냈다.

"아직 태어나지 않은 애들인데 무슨 몇 년 후의 일까지 생각해요. 쓸데없는 짓이에요."

"무슨 말을 그렇게 서운하게 해요? 뱃속의 아기들도 어엿한 생명인데. 애들은 뱃속에 있을 때 보고 듣고 겪은 것들을 다 기억한대요. 그러니 말 한 마디도 신경 써서 해야 한다고요. 이름도 그래요. 맨날 애들, 애들 하는 거 너무 정 없지 않아요? 얼른 예쁜 태명을 지어줘야죠."

애들은 다 기억한다는 말이 가시처럼 유채의 가슴을 헤집어 놓았다. 태명이라면, 그녀도 예쁜 태명을 짓고 싶어 밤새 책을 뒤적이며 생각해 놓은 이름이 수십 개나 있었다. 그러나 세상 빛을 못 보게 될지도 모르는 아기들에게 이름을 붙여줄 용기가 없었다. 만일 아기들을 잃는다면, 혼자 남겨진다면, 남은 평생 우연히라도 그 글자를 들을 때마다 가슴이 무너지고 갈라지는 아픔을 감당할 자신이 없었다. 잠시 침묵을 지키던 유채는 관람차가 가장 높은 지점에 다

다랐을 때 다시 입을 열었다.

"이현 씨는 뭘 좋아해요? 한류스타 강이현 말고, 스물네 살의 평범한 남자 강이현이 원하는 건 뭐예요?"

"네?"

이현은 그런 질문을 하는 유채의 의도를 알 수 없어 혼란스러웠다.

"내가 대신 말해볼까요? 길거리 쇼핑을 하고, 떡볶이를 사 먹고, 놀이기구를 타고, 이현 씨 또래에 어울리는 건 그런 일들이에요. 산부인과 진료에 따라다니거나 태명을 짓는 일이 아니라."

"그런 것들은 나중에라도 할 수 있잖아요. 아버지가 될 수 있는 기회는 이번뿐인데."

유채는 당혹감이 배인 이현의 눈빛을 밀어내듯 단호하게 고개를 저었다.

"세상에는 아버지가 되지 않고도 행복하게 살아가는 사람들이 얼마든지 있어요. 정 포기하지 못하겠다면 정자공여나 입양을 통해 아버지가 되는 방법도 있어요. 하지만 지금은 아니에요."

"......"

"지금 이현 씨는 아이돌로 잘 하고 있잖아요. 난 연예인에 대해서는 잘 모르지만, 인기를 먹고 사는 직업은 결국 똑같아요. 바닥부터 힘겹게 올라가지만, 언젠가는 내려올 수밖에 없죠. 우리가 탄 이 관람차처럼요. 그러니까 지금 마음껏 누리지 않으면 나중에 후회할 거예요."

관람차는 끝을 향해 가고 있었고, 어느 순간부터 유채는 이현이 아니라 자기 자신에게 말하고 있었다.

"아이돌 강이현으로 살아요. 5년이고 10년이고 시간이 충분히 지난 다음에, 이현 씨한테 어울리는 좋은 여자를 만나서 결혼하고, 가정을 꾸려도 결코 늦지 않아요. 아니, 그게 맞아요."

"유채 씨가 갑자기 왜 이러는지 모르겠어요. 나하고 헤어지고 싶은 거예요?"

유채는 이현의 애처로운 눈빛 앞에서 약해지려는 마음을 다잡으면서 일부러 냉정하게 말했다.

"헤어지는 게 아니에요. 우리는 애초에 시작한 적이 없으니까, 정리할 관계도 없죠. 난 지금 이현 씨한테 도망갈 기회를 주고 있는 거예요. 도망간다고 해도 누구도 비난하지 않아요."

"유채 씨……."

출발 지점으로 되돌아온 관람차는 태엽 풀린 인형처럼 서서히 느려지다가 이윽고 완전히 멈추었다. 유채는 이현을 내버려 둔 채 쫓기는 사람처럼 다급하게 관람차에서 내렸다.

"이젠 개인적으로 만나거나 연락하는 일 없었으면 해요. 일 관계로 연락해야 할 때는 가급적 회사를 통하도록 해 주세요."

미처 따라 내릴 생각도 하지 못하고 힘없이 고개를 떨구는 이현의 옆얼굴을 보는 순간, 유채는 가슴 한 자락이 얇게 베이는 아픔을 느꼈다.

'행복하지 말아야 할 내가 감히 행복을 꿈꾸어서 벌을 받나 봐. 그러니까 이현아. 네가 그걸 같이 감당할 필요는 없어.'

18. 내막을 알게 되다

그로부터 사흘 후, 유채의 사무실.

"아린아, 변호사님한테 인사해야지. 안녕하세요."

엄마의 독촉에도 불구하고, 열두 살 소녀 아린은 오도카니 앉은 채 입을 꾹 다물고 있었다. 허름한 행색의 이 모녀는 수임료가 기본 1,000만 원부터 시작하는 이 로펌에는 어울리지 않았다. 그러나 유채는 1년에 한두 건씩 공익 목적의 무료변론을 했고, 이 사건도 그렇게 맡게 된 새로운 사건이었다.

"죄송해요. 아린이가 원래 이러진 않는데, 학교에서 친구들한테 장애인이라고 놀림 당하면서부터 말을 잘 안하게 됐어요."

아린은 눈처럼 뽀얀 살결과 한 점 티끌 없이 맑은 눈동자, 통통한 볼이 인형처럼 예쁜 소녀였다. 다만 뒤통수가 다른 아이들보다 둥글고 납작했고, 유독 쌍꺼풀이 두꺼운 두 눈 사이의 간격이 멀어 보였다.

"죄송합니다. 아린이가 혹시……."

"다운증후군이에요. 언어장애와 지적장애도 갖고 있고요. 아린이가 시청 장애인복지과에서 운영하는 주니어 오케스트라에 입단하려다가 거절당했는데, 그걸로 행정소송을 하고 싶어요."

그 말을 들은 유채는 잠시 모녀의 얼굴을 번갈아 쳐다보다가, 이내 마음을 정한 듯 메모지를 꺼내 필기하기 시작했다.

"거절 사유가 뭐였죠?"

"협주하기엔 실력이 한참 모자란다는 게 이유였어요. 하지만 이번 단원 모집에는 악기를 배운 적 없는 비장애 아동들도 합격했어요. 아린이는 악기를 배운 적이 있고요."

"그렇다면 왜 불합격시킨 걸까요?"

"떠도는 소문으로는, 다른 엄마들이 자기 자식들과 아린이가 함께 음악교육을 받는 걸 반대한다고들 해요. 지금 다니고 있는 학교에서도 말이 많거든요."

"혹시 그 학부모들이 영향력을 행사했다는 걸 입증할 자료가 있나요?"

"아니요, 그런 건 없어요. 그 사람들은 절대 드러내놓고 행동하지는 않거든요."

한동안 사무실 안에는 두 여자의 도란도란한 말소리와, 사각거리는 펜 소리만이 울려 퍼졌다.

"아린이가 꼭 오케스트라에 들어가야 할 특별한 이유가 있나요?"

그렇게 말하면서 무심코 고개를 들었던 유채는, 아린이 앉아 있는 쪽을 보고는 흠칫 놀라서 메모하던 손을 멈췄다. 아린이 고개를 한쪽으로 늘어뜨린 채 혓바닥을 내밀고 있었다. 그것은 아이가 사무실에 들어와서 처음으로 보인, 남들과는 다른 행동이었다.

"아린아, 합죽이가 됩시다, 합!"

날름거리고 있는 아린의 혀를 발견한 엄마가 입술에 손가락을 갖다 대면서 노래하듯 말하자, 주문을 건 것처럼 아이의 혀가 분홍색 입술 사이로 쏙 들어갔다. 그러자 아린엄마는 아무 일도 없었다는 듯이 본래의 대화로 돌아갔다.

"아린이는 일반 학교로 전학한 후부터 우울증을 심하게 겪었어요. 특수학교 친구들과는 억지로 헤어지고, 일반 학교 아이들로부터는 따돌림을 당하고, 수업 진도는 따라가기 벅차고요."

"그랬군요."

"한창 힘들던 시기에 복지관에서 바이올린을 배우게 된 거예요. 그 후 우울증이 나은 건 물론이고, 운동기능과 인지기능까지 훨씬 좋아졌어요. 아린이에게는 바이올린이 꼭 필요해요."

아린은 '바이올린'이라는 단어가 나올 때마다 엄마의 말에 맞장구치듯 고개를 끄덕거렸다. 유채는 지상의 때가 묻지 않은 듯한, 천사처럼 사랑스러운 그 눈에서 시선을 뗄 수 없었다. 자기도 모르게 자꾸만 아랫배 위로 손이 올라갔다.

"시청 오케스트라에 들어가는 것 말고는 바이올린을 배울 방법이 없나요?"

"복지관 음악학교는 끝이 났고, 사설 학원에 보내거나 강사를 쓰기에는 돈이 없어요. 아린이가 학교에 가 있는 동안 제가 청소업체에서 파트타임 일을 하는 게 유일한 수입이라서요."

"죄송하지만, 아린이 아버님은요?"

"아린이가 돌 되기 전에 이혼했어요. 아기가 다운증후군이라는 걸 알게 되자마자 시설에 보내기를 원했거든요. 지금은 연락하지 않고 살아요."

다운증후군이 있는 딸을 혼자 힘으로 키우고 있는 엄마. 유채는 그녀의 사연을 남 이야기 듣듯이 가볍게 넘겨들을 수가 없었다.

"소송에서 이길 확률보다, 질 확률이 훨씬 높아요. 그래도 싸워보고 싶으세요?"

"네. 적어도 아린이를 무시한 사람들에게, 우리가 그렇게 쉽게 꺾이지 않는다는 걸 보여주고 싶어요."

유채를 보는 그녀의 눈에는 단호한 의지가 담겨 있었다. 돌봐주어야 할 딸의 존재가 그녀를 강철처럼 단단하게 만들었다.

"알겠습니다. 최선을 다해 볼게요."

유채는 악수하듯 손을 내밀어 그녀의 손을 잡았고, 두 여자는 이해와 공감이 담긴 시선을 주고받았다. 그들 모녀가 돌아간 후, 유채는 머리를 싸매고 앉아 고민을 거듭했다.

"승소와 패소를 떠나서, 아린이와 엄마가 진심으로 바라는 걸 줄 수 있다면 좋을 텐데……."

주니어 오케스트라 단원을 선발하는 자격 요건이 따로 정해져 있지 않았기 때문에, 원칙적으로 그 부분에 관해서는 장애인복지과가 얼마든지 임의대로 결정할 수 있었다. 억지 논리를 동원해 만에 하나 승소를 한다고 하더라도, 그 뒷일을 걱정하지 않을 수 없었다.

"법원의 강제 명령으로 입단시킨 아이를 환영해 줄 사람이 그 오케스트라에 과연 있을까?"

사건 기록을 처음부터 끝까지 세심하게 검토하고, 국내외 판례까지 조사하다 보니 어느덧 퇴근 시간이 다가왔다. 고층 사무실 유리창에 붉은 물감 같은 저녁놀이 번지듯 스며드는 걸 보면서, 유채가 오늘은 어쩔 수 없이 야근해야겠다고 생각하던 참이었다.

— 변호사님, 강이현 씨가 아까부터 줄기차게 전화하고 있는데요.

책상 위에 놓인 전화기 불이 켜지더니 하경의 목소리가 흘러나왔다.

"연결하지도 말고, 나한테 얘기하지도 말라고 했잖아요."

유채는 무음 상태로 돌려놓은 휴대폰에 부재중 전화가 20통 넘게 찍힌 것을 확인하면서 다소 신경질적인 투로 말했다.

— 그건 아는데요. 지금 회사 앞에 있대요. 변호사님이 나오실 때까지 두 시간이고 세 시간이고 계속 기다린다고요.

"다음에 또 전화가 오면, 상대하지 말고 그냥 끊어버려요."

유채는 매몰차게 수화기를 내려놓고도, 은근히 걱정되는 마음을 어찌지 못해 사무실 창가로 다가갔다. 창문을 반쯤 열고 고개를 내밀자, 도로변에서 서성이고 있는 이현의 옆모습이 시야에 들어왔다.

"조금 있으면 제풀에 지쳐서 가겠지, 신경 쓰지 말자."

유채는 다시 책상에 가서 앉았지만, 일이 손에 잡힐 리 없었다. 착잡한 심정으로 애꿎은 볼펜 끝만 잘근잘근 깨무는데, 휴대폰이 다시 한번 울렸다. 당연히 이현의 전화일 것으로 생각했는데, 그녀가 모르는 번호였다.

— 안녕하세요, 산모님. 아까 산부인과 상담실에서 뵈었던 원무과장입니다. 기억하시죠?

"아, 네."

유채는 당황해서 순간적으로 휴대폰을 손에서 놓칠 뻔했다. 혼자 고민을 거듭하다가 주미가 소개해준 산부인과에 다녀온 것이 오늘 오전의 일이었다. 그러나 원장은 자리를 비운 상태였고, 유채는 차라리 잘됐다고 안도의 한숨을 내쉬며 허겁지겁 병원을 빠져나왔다.

— 원장님께서 다행히 수술해주겠다고 하십니다. 대신 수술비로 현금 600만 원을 준비하셔야 하고요. 수술 중에 쌍태아 모두 잘못되어도 이의를 제기하지 않는다는 동의를 하셔야 합니다.

"아니요. 아직 수술하겠다고 결정한 건 아니에요. 그냥 상담만 받고 싶었던 건데……."

당장에라도 수술 일정을 잡을 것처럼 구는 원무과장의 태도에 유채는 와락 겁이 났다.

"원장님 마음이 언제 바뀌실지 몰라요. 산모님도 돌아다녀 보시면 아시겠지만, 쌍태아의 경우 선택 중절은 해 주는 곳이 거의 없거든요. 수술하실 거면 빨리 결정하셔야 합니다."

"그래도 조금만 더 생각해 보고 다시 전화 드릴게요."

끈덕지게 달라붙는 원무과장을 뿌리치고 간신히 통화를 마친 유채는 아예 휴대폰의 전원을 꺼 버렸다.

'이렇게 어려운 결정을 내리는 데 고작 이틀이라니.'

인영에게 전화를 걸어 상의해볼까 하는 생각이 잠시 들었지만 이내 접었다. 아이를 낳지 않는 쪽으로 결정하게 된다면, 인영에게는 중절에 대해서 알리고 싶지 않았다. 그냥 자연 유산이 된 것으로 말할 작정이었다.

'나중에 알게 된다면 다들 나를 원망할까? 엄마도, 이현 씨도.'

결국 생각의 초점은 다시 이현에게로 돌아왔다.

'다리 아플 텐데. 배도 고플 텐데. 사람들이 알아보고 몰려들지도 모르는데.'

결국 유채는 사무실 문을 살짝 열고, 퇴근 준비를 하고 있는 하경에게 부탁했다.

"강이현 씨한테 이렇게 말해줄래요? 서 변호사는 재판 갔다가 곧바로 퇴근했고, 다시 사무실로 돌아올 예정은 없다고."

"아, 네. 그렇게 말하면 기다리지 않겠네요. 알겠습니다!"

이현을 걱정하던 하경은 한층 밝아진 표정으로 엘리베이터를 향해 부리나케 달려갔다. 혼자 남은 유채는 다시 창가로 돌아와서 이현의 실루엣을 눈으로 좇았다. 담요처럼 포근하던 그의 채취가, 위로와 위안을 주던 따뜻한 목소리가 그립다는 사실을 인정하지 않을 수 없었다. 아픔은 자신이 감당할 몫이니, 적어도 이현만이라도 괴롭지 않은 시간을 보내길 바랐다.

그러나 유채가 미처 알지 못한 게 하나 있었는데, 그건 바로 로펌 앞을 떠난 이현이 숙소로 돌아가는 대신 그 길로 곧장 그녀의 집으로 달려갔다는 것이었다.

"유채 씨! 문 열어요! 안에 있는 거 다 알아요! 유채 씨!"

그녀의 거실 유리창에서 잔잔한 불빛이 새어 나오고 있어, 안에 사람이 있음을 알 수 있었다. 몇 번이고 초인종을 누르고, 그것으로도 모자라 쾅쾅 문을 두들겨댔다.

"이런다고 내가 못 들어갈 것 같아요!"

그래도 안에서 아무런 기척이 없자, 이현은 이번에도 그녀가 자신을 피하는 것으로 생각했다. 발을 동동 구르던 이현의 눈에, 자기 키보다 조금 낮은 벽돌 담장이 들어왔다.

"이 정도면 넘어볼 만하겠는데?"

이현은 주변을 돌아다니는 행인이 아무도 없음을 확인한 다음,

긴 팔을 뻗어 담의 맨 윗부분을 두 손으로 잡고 매달렸다. 허리 반 동을 이용해 오른쪽 다리를 담장 끄트머리에 걸쳐 올리고, 담벼락 에 매달린 상태에서 왼쪽 다리를 넘기면서 사뿐히 담장 안으로 착 지했다. 혹시나 해서 현관문을 밀어 봤던 이현은, 문이 활짝 열리는 것을 보고 어안이 벙벙해졌다.

"현관문이 열려 있잖아? 이렇게 방범 의식이 허술해서야."

유채가 화를 내도 어쩔 수 없다고, 우선 잔소리부터 해야겠다고 생각하면서 거실로 들어섰을 때였다.

—내 눈에 흙이 들어가기 전에는 너희들은 결혼할 수 없어! 그 애 는 15년 전 죽은 네 아버지의 사생아야! 너희는 이복남매 사이라고!

귀가 아플 만큼 볼륨을 높여 놓은 텔레비전에서 막장 일일드라마 가 나오고 있었다.

'이 집에 TV가 있었나? 유채 씨는 안 보는 것 같던데.'

이현이 고개를 갸웃하며 안쪽으로 발걸음을 옮기는데, 부엌에서 압력밥솥이 칙칙폭폭 김을 내뿜으며 밥을 짓는 소리가 들려왔다.

"유채 왔니? 오늘은 일찍 퇴근했구나."

이현이 부엌에 들어선 순간, 대걸레를 밀고 있던 장년 여성이 그 를 향해 몸을 돌리며 다정하게 말했다. 유채의 집에 저녁밥을 해주 러 들른 인영이었다. 이현과 눈이 마주친 인영의 손에서 대걸레가 툭 떨어지더니, 정확히 3초 후에 온 동네가 떠나갈 만큼 요란한 비 명이 터져 나왔다.

"아아아아악!"

"흐어어어어!"

소스라치게 놀란 이현은 덩달아 고함을 질러댔고, 상황은 순식간에 최악으로 치달았다. 인영은 바닥에 떨어뜨렸던 대걸레를 냉큼 집어 들어, 이현의 등을 퍽퍽 소리가 나도록 걸레 자루로 두들겨 패기 시작했다.

"하늘 무서운 줄 모르고 남의 귀한 외동딸이 사는 집을 얼쩡거려! 젊은 놈이 취직이 안 되면 기술이라도 배울 것이지! 사지 멀쩡한 게 도둑질을 해?"

"그런 게 아닙니다. 전 도둑이 아니라 강이현이라고요!"

그 이름 석 자가 대한민국 연예계에서 발휘하는 영향력은 가히 절대적이었지만, 관심 있는 가수라고는 이문세와 신승훈이 전부인 인영에게는 아무런 의미도 없었다.

"그러니까 강이현이 누구냐고!"

이현은 왼팔을 들어 날아오는 걸레 자루를 막으려 애쓰면서, 오른손으로 품속에서 지갑을 꺼냈다. 그리고 지갑에 소중하게 넣어둔 쌍둥이의 초음파 사진을 무슨 명함처럼 허공에 대고 흔들면서 절박하게 외쳤다.

"저 쌍둥이 아빠 되는 사람입니다! 유채 씨가 가진 쌍둥이요!"

그렇게 말하면 매질이 멎을 것으로 생각한 것은 이현의 오산이었다. '쌍둥이 아빠'라는 말에 인영의 눈에는 아까와는 차원이 다른 살벌한 기운이 맴돌았다. 그녀는 대걸레를 획 던져버리더니, 손가락을 갈퀴처럼 펼쳐 이현의 머리채를 휘어잡았다.

"네가 그 망할 놈이구나! 우리 유채 신세를 망쳐놓고 결혼 안 한다고 튀었다는 그놈! 내 딸이 어디가 어때서! 왜 열심히 사는 애한테 상처를 줘! 어디 한번 죽어볼래!"

인영은 이현의 머리채를 잡고 흔들면서 그동안 꾹꾹 눌러두었던 울화를 풀었다.

"윽, 아파요! 놓아주세요!"

이현은 두피가 통째로 뜯겨 나가는 듯한 통증에 몸부림치면서 억울한 듯 하소연했다.

"뭔가 잘못 알고 계시는 것 같은데, 전 책임지고 싶습니다! 그런데도 자꾸 도망가는 건 오히려 그쪽이라고요! 유채 씨라고요!"

그 말이 떨어지기 무섭게, 인영의 손이 허공에서 우뚝 멈췄다. 그녀는 이현의 준수한 얼굴을 올려다보면서 어리둥절한 표정으로 확인하듯 물었다.

"책임지고 싶다고?"

그로부터 10분 후, 유채의 집 거실.

"아까는 미안했어요. 오해하지 말아요. 난 평화주의자니까. 이래봬도 가정폭력 피해자들을 보호하는 변호사라고요."

산발 머리를 하고, 누더기처럼 구겨진 재킷을 걸친 채 소파에 앉아 있는 이현의 몰골은 전쟁 난민 같았다. 인영은 미안한 표정을 지으며, 그의 목덜미에 생긴 자그마한 상처에 연고를 발라주고 있었다.

"유채하고 그런 사정이 있었으면 진작 말을 했어야지. 그러면 안 때렸을 거 아니에요."

이현은 말할 틈도 주지 않고 때렸다고 말하려다, 그냥 묵묵히 고개만 꾸벅 숙이고 말았다. 인영은 그런 이현을 보고, 해맑고 순진한 청년인 것 같다는 인상을 받았다.

"강이현 씨라고 했죠? 꽤 어려 보이는데, 올해 몇 살이에요?"

"올해 스물넷입니다."

"스물넷? 서른넷이 아니고 스물넷?"

인영은 한껏 벌어진 입을 두 손으로 가리면서 주춤거렸다. 아무리 그래도 20대 후반은 되었을 줄 알았는데, 연상연하가 유행인 세대라고 해도 여섯 살 차이는 너무 컸다.

"아, 그러면 이현 씨 나이 때문에 우리 유채가 결혼을 못 하겠다고 한 건가요?"

"그건 아닙니다. 유채 씨는 제가 아니라 그 어떤 남자와도 결혼하고 싶지 않다고 하더라고요. 저도 지금 결혼을 생각할 수 있는 상황은 아니고요."

이현은 서로 얼굴도 모르는 채 이루어진 정자 기증과 인공수정에 관한 언급은 하지 않았다. 인영의 반응을 봐서는 유채가 그 부분을 숨긴 것이 분명했기 때문이다.

"하지만 저는 굳이 결혼의 형태가 아니더라도, 사이좋게 아이들을 키우면서 가족으로 살아가는 길이 있을 거라고 생각합니다."

"그래, 꼭 지금 당장 혼인신고를 할 필요는 없지. 중요한 건 사랑하는 두 사람이 함께 힘을 합쳐 아이들을 키우는 거니까."

인영은 이현이 유채와 사실혼이나 동거를 하겠다고 말하는 것으로 해석하고 순순히 수긍했다. 제대로 식을 올리지 않는 건 아쉬웠지만, 그래도 유채 혼자 쌍둥이와 덜렁 남겨지는 것보다는 백배 나았다.

'지금이야 스물넷밖에 안 되었으니까 결혼할 마음이 없겠지만, 나이가 차면 자연스럽게 달라지겠지. 그때쯤이면 유채도 결혼에 대한 생각도 바뀔 테니, 혼인신고는 그때 하면 될 것이고.'

인영은 별안간 생기 띤 얼굴로, 이현을 머리부터 발끝까지 탐색

하듯 훑어보았다. 반듯하고 시원시원한 이목구비에, 목과 턱의 선은 남자다움이 물씬 배어나 강인하고 의젓해 보이는 게 아주 인물이 출중했다. 인영의 머릿속에서는 자동으로 펀치 점수를 매기는 기계처럼, 사윗감의 점수를 매기는 기계가 빠르게 작동하고 있었다.

"하는 일은 뭐죠? 스물넷이면 아직 학생?"

"아니요, 저는 아이돌 가수입니다. 일루전이라는 그룹에 속해 있어요."

"아이돌 가수?"

예비 사위로서 한 번도 고려해보지 않은 직업군에 인영은 눈이 휘둥그레졌다. 여고생 시절에도 연예인에 아무 관심 없던 딸이 난데없이 아이돌 가수를 사귄다니, 이게 도대체 어떻게 된 일인가 싶었다.

"아이돌이면 그런 거죠? 떼로 몰려나와서 시끄러운 노래하고 정신없는 춤추고. 인터넷에 검색하면 나와요? 그룹 이름이 뭐라고?"

"일루전입니다."

인영은 반신반의한 표정으로 스마트폰을 꺼내 '일루전'을 검색해보았다. 어마어마하게 많은 검색 결과 중에서 가장 먼저 눈에 띈 건 각종 신문 기사들이었다.

— '아이돌을 넘어 세계적 아티스트로', 빌보드 차트를 석권한 일루전과 K-POP의 저력!

— 걸어 다니는 상장기업 일루전, 작년 한 해에만 올린 순 매출이 무려 5백억 원!

인영은 기사에 실린 단체 사진의 중앙을 차지하고 있는 인물과 눈앞의 인물이 일치하는지를 연거푸 확인했다. 동일인물이라는 확신이 드는 순간, 사윗감 점수가 용수철처럼 튀어 올라 정점을 찍었다.

'젊은 재력가에, 인물 번듯하고, 재주도 많고, 인성도 바르다니. 그야말로 완벽한 사윗감이야!'

인영은 성모 마리아처럼 자애롭고 따스한 미소를 지으면서 친근한 목소리로 이현을 불렀다.

"강 서방."

"네? 저를 말씀하시는 건가요?"

"여기에 자네 말고 또 누가 있나, 강 서방. 내가 나이는 그렇게 많지 않지만 그래도 유채를 딸로 여기고 있으니 자네에게도 말을 놓도록 하겠네. 괜찮겠지?"

"아, 네. 물론입니다. 어머님."

"어머님이라니, 내가 왜 자네 어머님인가. 내 딸은 회사에 있는데."

"죄송합니다. 여사님이라고 부를까요? 아니면 사모님?"

이런 상황에서 어떻게 행동하고 말해야 하는지 몰라 우물쭈물하는 이현이 인영은 귀여워 죽을 것 같았지만, 겉으로는 시치미 떼고 엄격한 척 품위를 지켰다.

"쯧쯧, 그건 또 무슨 근본 없는 명칭인가. 남들이 들으면 흉본다네. 그냥 장모님이라고 부르면 될 것을."

"장모님이요?"

한 번도 입에 담아본 적 없는 생소한 호칭에 이현은 조금 당황했다.

"왜, 내가 유채의 친엄마가 아니어서 장모님이라고 부르기가 좀 그런가?"

"아니요, 그럴 리가요! 유채 씨가 장모님을 얼마나 아끼고 존경하는지 잘 압니다!"

당황해서 두 팔을 휘휘 내젓던 이현이 자기도 모르게 장모님 소리를 내뱉자, 인영의 입가에 흐뭇한 미소가 번졌다. 그녀는 자기 친자식을 대하듯이 살뜰한 손길로 이현의 상처에 밴드를 붙여주면서 선언했다.

"내가 앞으로 자네의 든든한 아군이 되어 주겠네, 강 서방."

이현은 인영이 말하는 '아군이 되어 준다'는 말이 어떤 의미인지 정확히 알지 못했다. 그렇기에 인영이 그를 이끌고 기세 좋게 유채의 방문을 열고 들어갔을 때, 난처해할 수밖에 없었다.

"장모님, 유채 씨가 없을 때 방에 들어가면 화낼 텐데요."

"에이, 방에 좀 들어가면 어떤가. 한 이불 덮고 한 베개 베고 자는 사이에."

인영은 알 것 다 안다는 표정으로 이현을 보면서 한쪽 눈을 은밀하게 찡긋거렸다.

"여기서 조금만 기다리게. 유채한테는 바로 퇴근하라고 전화할 테니까. 그동안 한숨 자고 있어도 되고. 어차피 내일 아침에 갈 거 아닌가?"

"아니요, 그랬다가는 제가 또 대차게 얻어맞을 것 같은데요. 장모님, 장모님?"

그러나 인영은 전화를 건다면서 부리나케 나가버린 후였다. 혼자 남겨진 이현은 닫힌 문을 보면서 한숨을 폭 내쉬었다.

'그래, 어쩌겠어. 누가 봐도 오해할 만한 상황인데. 유채 씨가 설명할 때까지 기다려야지.'

방 안을 두리번거리던 이현의 시선이, 저번에 자고 갔을 때와 거의 달라진 게 없는 유채의 침대에 가서 닿았다. 머릿속에 그날 밤 정경이 손에 닿을 듯 생생하게 재생되었다. 악몽에 시달리면서 가지 말라고, 자신의 옆에 있으라고 간청하던 그녀. 그녀를 끌어안았을 때 맞닿은 가슴으로 전해져 오던 부드러운 체온과 완벽한 일체감.

'그때하고 지금이 뭐가 달라진 걸까? 유채 씨는 왜 그러는 걸까?'

침대 머리맡에 살짝 걸터앉은 이현은 베갯잇 옆에 쌓여 있는 책 더미를 물끄러미 바라보았다. 그중에는 방금 읽다가 나간 것처럼 펼쳐진 채 엎어져 있는 책도 한 권 있었다.

'요즘 읽고 있는 책을 보면, 유채 씨가 무슨 생각을 하는지 알 수 있으려나?'

이현은 소설책이나 시집 같은 게 아닐까 추측하면서 가만히 책장을 들추었다.

'다운증후군 아동의 치료와 교육'

표지에 적힌 제목을 읽는 이현의 얼굴에 당혹감과 혼란스러움이 뒤섞여 스쳐 갔다.

"왜 이런 책을……."

이현은 속눈썹을 파르르 떨면서 빠르게 책장을 넘기다가, 페이지 사이에서 예전에 본 적 있는 연두색 산모수첩을 발견했다. 수첩을 열어본 이현은 일주일 전 날짜에 휘갈긴 글씨체로 적힌 검진 결과를 확인했다.

― 1차 기형아 검사: 다운증후군 고위험군 판정

이현은 목구멍에서 거칠어지는 숨결을 간신히 억눌러 삼켰다. 놀이공원에 갔을 때, 아무것도 모르고 즐거워하는 자신의 옆에서 억지로 웃어주어야 했을 유채를 떠올리자, 뭐라 말할 수 없이 복잡한 심경이었다.

"바보같이, 나한테 말도 안 하고……. 혼자 얼마나 마음을 졸였으면…….."

이현은 밤새 뒤척거린 흔적이 남은 베개를 어루만지면서 혼잣말했다. 미련하게 구는 유채에게 화가 나는 한편, 자신에게 폐를 끼치지 않으려고 했던 그 마음이 너무도 잘 들여다보여서 마음이 아팠다.

'왜 나한테 의지해주지 않는 거예요, 왜…….'

19. 아이돌은 이판사판

"그러면 이로써 증거조사를 마치고, 양 측의 최후변론을 듣도록 하겠습니다. 원고 측 변호인, 진술하시죠."

오늘은 아린이 시청을 상대로 제기한 행정소송의 마지막 기일이었다. 원고 측 변호인인 유채는 법정 출입구가 있는 방향을 한 번 쳐다본 후, 판사가 앉아 있는 법대로 다가가 조심스럽게 말했다.

"죄송합니다, 판사님. 아직 정리해야 할 부분이 남아서요. 피고 측 변호인이 동의해 준다면 저희가 마지막에 변론해도 될까요?"

판사가 의사를 묻는 것처럼 피고 측 변호인을 쳐다보자, 그는 어깨를 으쓱하면서 대답했다.

"뭐, 저희는 상관없습니다. 그렇다고 결과가 달라질 것도 아니고."

피고 측 변호인은 이 재판을 두 손 놓고 가만히 있어도 이길 수 있는 것으로 여겼고, 실제로 지금까지 유채가 주장했던 논리들은 전부 다 법률 규정 앞에서 무력하게 깨지고 말았다.

214

"우리나라의 행정기관은 특정한 문제에 대해서 독자적인 판단을 할 수 있는 재량권을 가지고 있습니다. 시청에서 운영하는 오케스트라의 단원을 선발하는 것 또한 마찬가지로……."

유채는 지극히 교과서적으로 흘러가는 피고 측 변론을 듣는 대신, 원고석에 앉아 있는 아린을 향해 살짝 몸을 기울여 눈높이를 맞추었다.

"아린아, 사람들이 많아도 괜찮겠니? 할 수 있겠니?"

아린은 소리 내어 대답하진 않았지만, 힘주어 고개를 끄덕여 보였다. 머리카락을 쫑쫑 땋아서 나비 모양 리본을 달고, 다홍색 원피스를 입은 채 숙녀처럼 앉아 있는 그녀의 맑은 눈은 강한 의지를 담고 있었다.

"피고 측에게는 주니어 오케스트라의 원활한 운영을 위해 입단을 거절할 정당한 권리가 있습니다. 그러므로 원고의 청구는 기각되어야 마땅합니다."

상대방 변호인의 변론이 끝나고, 이제 유채가 변론해야 할 차례였다.

"재량권의 행사라고 해도, 타당성을 현저하게 잃었다면 남용이 됩니다. 장애 있는 몸으로 사회의 편견과 싸워오던 열두 살 소녀가, 어른들의 이기심 때문에 하나뿐인 꿈을 빼앗겼습니다……."

유채가 5분 분량의 짤막한 변론을 끝내갈 때쯤, 출입구 쪽에서 소란이 일어났다.

"우린 재판을 방청하러 온 사람들입니다. 비켜주세요!"

서른 명 가량의 사람들이 안으로 들어오려고 법정 경위와 실랑이하고 있었다. 경위가 맨 앞에 있는 사람의 팔을 붙잡자, 이를 지켜보던 유채가 또렷한 목소리로 외쳤다.

"들어오게 해 주세요! 누구나 공개된 재판을 방청할 수 있는 권리가 있잖아요!"

난데없이 일어난 소동에 불쾌해진 판사가 눈썹을 찌푸리며 유채에게 물었다.

"변호인, 아는 사람들입니까? 저 사람들은 다 뭡니까?"

"판사님, 저분들은 장애인 인권을 위해 싸우는 파워 블로거들입니다. 이 사건에 관심이 많다고 해서 제가 기일을 알려드렸습니다."

실은 유채의 비서 하경이 그들을 찾아내 법원에 와달라고 일일이 연락한 것이었지만, 판사가 그것까지 알 필요는 없었다.

"재판에는 절대 방해되지 않도록 하겠습니다, 사진 촬영도 안 할 거고요. 일반 방청객처럼 가만히 앉아서 재판을 지켜보기만 할 겁니다. 걱정하실 것 없습니다."

그러자 여태껏 태평하던 피고 측 변호인이 자리에서 벌떡 일어나 격앙된 어조로 항의했다.

"이봐, 서 변호사! 이게 무슨 허튼 수작이야! 저 사람들이 실시간으로 블로그에 글을 쓰면, 그게 기사가 되고 여론이 될 거 아닌가!"

"피고 측 변호인, 법정에서는 언행을 조심하세요!"

도끼눈을 뜨면서 언성을 높이던 피고 측 변호인은 판사의 따끔한 경고에 놀라 꼬리를 내렸다. 판사는 이 상황을 어떻게 정리해야 좋을지 한동안 고심하는 듯 보였다.

"어차피 재판은 다 끝난 거나 다름없으니 퇴정 명령은 하지 않겠습니다. 원고 측 변호인, 빨리 마무리하세요."

"네, 감사합니다. 판사님. 그러면 이제 마지막으로 한 가지만."

유채가 원고석을 향해 눈으로 신호를 보내자, 자리에서 일어난 아린이 다람쥐 같은 발걸음으로 법정 한복판까지 걸어 나왔다. 아이의 손에 바이올린이 쥐어진 것을 본 피고 측 변호인이 또다시 이의를 제기했다.

"이건 또 뭡니까? 재판을 쇼로 만들려는 겁니까? 판사님, 당장 중단시켜 주십시오!"

"최후변론을 하면서 영상이나 사진을 활용하기도 하잖아요. 바이올린 연주도 다를 게 없죠. 안 된다고 금지하는 법령이 있으면 어디한 번 가져와 보세요. 그러면 중단할 테니까."

"……."

똑 부러지는 지적으로 상대방을 입 다물게 한 유채는, 갑작스레 벌어진 법정 공방에 놀란 아린을 향해 괜찮다는 듯 고개를 끄덕여 보였다. 유채의 따뜻한 시선에 용기를 얻은 아린은 바이올린을 턱바로 아래까지 들어 올렸다.

'저 사람들한테 보여 줘, 아린아. 네가 무엇을 할 수 있는지.'

활을 잡은 아이의 오른손이 현을 내리긋기 시작했다. 고상한 클래식이 아닌, '나비야', '산토끼' 같은 소박한 동요들이었다. 연습용으로 쓰는 싸구려 바이올린에, 객관적으로 볼 때는 서투른 솜씨였지만, 아린은 이마에 땀방울이 맺힐 정도로 열심히 연주했다.

그 고사리 같은 손끝이 빚어내는 청아한 선율에는 분명 심금을 울리는 마력이 있었다. 방청석에 질서 있게 모여 앉은 블로거들뿐만 아니라, 법대에 앉은 판사조차 숙연한 표정이 되었다. 개중에는 감동에 젖은 얼굴로 손수건을 꺼내 눈물을 찍어내는 사람들도 보였다. 아린의 연주가 남긴 여운이 완전히 사라질 때까지 기다린 후, 유채는 나지막하게 말했다.

"이상, 피고 측 변론을 마치겠습니다."

작전은 성공했지만, 그렇다고 해서 재판의 승패가 뒤바뀌는 건 아니었다. 모든 절차가 끝난 후, 유채는 아린 엄마에게 다가가 담담하게 말했다.

"이 재판은 패소로 끝날 거예요. 하지만, 저들은 따끔한 교훈을 깨우치게 될 거예요. 당장 쏟아지는 인터넷 민원이며, 기자들의 전화에 톡톡히 시달려야 할 테니까요. 아, 그리고……."

유채는 조금 전 블로거들의 맨 앞에 서서 들어왔던 중년 남자를 슬쩍 가리키면서 덧붙였다.

"저분은 복지재단 이사장님이세요. 이번에 발달장애 아동과 청소년을 위한 오케스트라를 창설하는데, 아린이를 꼭 데려가고 싶다고 하세요. 이따가 한번 말씀 나눠보세요."

"네? 오케스트라요?"

아린 엄마는 두 손으로 입을 막으면서 놀라움과 기쁨에 어쩔 줄 몰라 했다.

"변호사님, 감사합니다. 이 은혜를 어떻게 갚아야 할지 모르겠어요."

"할 일을 한 것뿐인데요, 뭘."

인사 받는 게 겸연쩍어서 얼른 돌아서려던 유채는, 불쑥 떠오른 생각에 그 자리에 멈춰 섰다.

"아린 어머니, 제가 하나만 여쭤 봐도 될까요?"

"네, 뭐든지 물어보세요."

유채는 아린 엄마에게 상처를 주지는 않을까, 살얼음판을 걷는 기분으로 힘겹게 말을 꺼냈다.

"굉장히 무례한 질문이라는 거 알지만……. 혹시 아린이를 낳은 거, 후회한 적 없으셨어요?"

유채는 아린 엄마가 뭔 그따위 질문을 하느냐고 뺨을 때린다 해도 맞을 각오를 하고 있었다. 그런데 아린 엄마는 쾌활하게 웃으면서 선뜻 이렇게 대답했다.

"있죠, 당연히. 한두 번이 아니죠. 지금도 종종 생각해요. 아, 내가 도대체 얘를 왜 낳았지."

"……."

"엄마라면 누구나 마찬가지인걸요. 울고 떼쓰고 말썽 피울 때마다, 어디론가 멀리멀리 도망가 버리고 싶죠. 하지만 그러다가도 아이가 '엄마' 부르면서 웃어주면 그 짜증이 사르르 녹아버려요. 모든 아이는 기쁨인 동시에 고통이랍니다. 건강한 아이든, 그렇지 않은 아이든."

아린 엄마는 자신의 옷자락을 꼭 붙잡은 딸을 내려다보며 애정 가득한 목소리로 말했다. 그 대답에 유채는 그만 할 말을 잃어버렸다. 건강한 아이는 행복만, 아픈 아이는 불행만 가져온다고 믿었던 자신이 얼마나 어리석었는지.

그때, 엄마의 등 뒤에 숨어 쭈뼛거리던 아린이 다가오더니 두 팔을 해바라기처럼 활짝 벌리며 유채의 허리를 와락 껴안았다.

"변호사님, 고마워요! 변호사님, 예뻐요!"

어눌하지만, 새가 지저귀는 것처럼 낭랑하고 맑은 목소리였다. 허리에 감겨오는 체온과 봄바람 같은 체취가, 먹먹했던 유채의 가슴에 파문을 일으켰다.

툭—.

그녀가 아린의 앞에 쪼그려 앉는 순간, 투명한 눈물 한 방울이 떨어져 무릎 위에 번졌다. 뭣도 모르면서 어깨를 다독여 주는 아린의 손길이 눈물샘을 더 자극했고, 이내 시린 눈물이 쏟아졌다.

"변호사님, 울지 마세요. 아린이도 슬퍼요."

"흑······. 흐윽······."

유채는 어른스럽게 자신을 위로하는 아린의 두 볼을 감싸 쥐고는 어깨를 들먹이며 흐느꼈다.

놀란 사람들의 시선이 뒷덜미에 와서 꽂히는 것도 아랑곳하지 않았다.

"흑······. 흐윽······."

법원 입구를 나서면서도 계속 흐느끼던 유채는, 시야가 흐릿해진 채로 가파른 계단을 내려가다가 그만 발을 헛디뎠다. 몸이 크게 휘청이면서 넘어지기 직전에 간신히 몸을 겨누었지만, 그 때문에 두 다리에서는 힘이 쭉 풀려 버렸다.

"아파······."

비틀린 발목이 시큰거리는 게 왜 그리도 서러운지, 계단 위에 주저앉은 유채는 홧김에 구두를 벗어버리고 말았다. 시멘트 바닥의 냉기가 발을 타고 올라오는데, 춥고 아픈 게 몸인지 아니면 마음인지 몰랐다.

유채는 고개를 무릎 사이에 파묻고서 눈물이 블라우스를 흠뻑 적실 때까지 소리죽여 울었다. 눈치도 없이 화창한 오후 햇살이 그녀의 정수리를 간질이다가, 그 위로 드리워진 긴 그림자에 의해 어스름하게 가려졌다.

"남자를 그렇게 걷어차고 갔으면, 보란 듯이 웃으면서 잘 지내야 하는 거 아니에요?"

기척을 알아차리기 전에 귀에 익은 나지막한 목소리가 먼저 들렸다. 유채는 서서히 고개를 들었고, 눈물범벅이 된 그녀의 두 뺨을 본 이현은 단정한 이마를 찡그렸다.

"안 되겠네, 이 여자."

이현은 유채의 손목을 감싸듯 잡으면서 휙 끌어올렸고, 그녀는 그의 넓은 품 안에 안겨들었다. 유채는 순간적으로 유혹에 빠졌다. 익숙하고 따스한 그 품에서 잠시나마 쉬고 싶은 유혹에.

'기껏 결심해 놓고, 밀어내 놓고서 이러면 안 돼.'

이현의 품 안에서 서둘러 빠져나가려고 하는 유채를, 그가 강철 같은 힘으로 붙잡았다. 그는 그녀의 허리를 감고 있던 팔에 지그시 힘을 주어 둘 사이에 벌어져 있던 간격을 완전히 메워 버렸다.

"진 부원장님한테서 전부 듣고 왔어요, 그러니까 이제 연기는 그만 해요. 그쪽으로는 재능이 없는 것 같으니까."

나지막하지만 힘이 실린 목소리는 유채의 부질없는 저항을 멈추게 했다. 그녀는 인정할 수밖에 없었다. 혼자 견디는 시간에 지쳤다는 것, 짙어지는 어둠 속에서, 그가 주는 위안을 바라고 있었다는 것도.

"미안해요."

이현은 유채를 빈틈없이 안은 채, 그녀의 귓가에 대고 나지막한 목소리로 말했다.

"뭐가 미안한데요?"

"한심하게 입덧이나 하는 마음 약한 남자라서, 유채 씨가 맘 놓고 기대지 못하게 한 거요."

주미로부터 쿠바드 증후군에 대한 설명을 들은 이현은, 그녀가 왜 거리를 두려 했는지 더 잘 이해하게 되었다. 하지만 억울한 부분도 있었다.

"난 유채 씨가 짐이 된다고, 벗어나고 싶다고 생각한 적 한 번도 없어요. 진심이에요. 만약 부담을 느꼈다면, 그건 유채 씨와 아이들에게 최고로 잘해주고 싶어서, 훌륭한 아빠가 되고 싶어서였을 거예요. 그 반대가 아니라요."

"……"

"그래도 미안해요. 내가 좀 더 어른스러웠다면, 용감했다면, 유채 씨를 불안하게 만들지 않았을 텐데."

유채는 자책감이 짙게 어린 이현의 준수한 얼굴을 물끄러미 바라보았다. 비스듬히 내리쬐는 햇볕이 짙은 속눈썹, 진갈색 눈동자, 곧은 콧날 위를 가로지르며 엷어지다가 투명해졌다.

"이현 씨는 충분히 잘해줬어요."

사실은 훨씬 더 많은 말을 하고 싶었다. 걱정되고, 보고 싶었다고. 내가 약해질 때마다 든든한 버팀목이 되어 주던 너의 존재가 그리웠다고.

"나도 미안해요. 자기밖에 모르는 이기적인 여자라서, 사실은 이현 씨가 떠나지 않기를 바랐던 거."

한 번도 자기 속내를 드러낸 적 없었던 유채의 용감한 고백에, 이현의 눈동자가 커졌다.

"방금 그 말, 진심이에요?"

유채는 대답 대신 차분하게 고개를 끄덕이면서, 품고 있는 쌍둥이를 보호하려는 것처럼 배를 손으로 감쌌다.

"나는 이 아이들을 포기하지 않겠다고 결심했어요. 어떤 모습을 하고 있든지, 멀고 힘든 길을 거쳐 와 준 선물이라는 건 변하지 않으니까요. 그러니까 이현 씨도, 이현 씨도…….”

용감하게 시작한 말이었지만, 끝마치기는 쉽지 않았다. 한 남자의 창창한 앞날을 가로막게 될지도 모른다는 두려움과 죄책감 때문이었다. 유채가 왜 망설이고 있는지 알아차린 이현이 그녀를 대신해서 말을 맺었다.

“나도 끝까지 함께 할게요. 가족이잖아요, 우리 넷은.”

이현의 눈에 번지는 초승달 같은 미소가, 보는 사람에게 신뢰감을 주는 그 미소가 스산했던 유채의 마음을 등불처럼 밝혀 주었다.

“대신 한 가지 조건이 있어요.”

“조건이라고요?”

이현의 말에 유채는 멈칫했다. 변호사인 그녀는 ‘조건’이라고 하면 으레 경제적인 요구, 아니면 법적인 요구들이 떠올랐다. 하지만 이현이 그녀에게 원하는 건 그런 게 아니었다.

“앞으로 슬프거나 속상한 일, 힘든 일이 있을 때는 나에게 가장 먼저 말해줄 것. 내가 다른 사람에게서 유채 씨의 이야기를 듣는 일이 없도록.”

“그게 조건이에요?”

“네, 그게 나의 유일한 조건이에요.”

“…….”

유채는 가슴이 뭉클해지는 것을 느끼면서 천천히 고개를 끄덕였고, 이현은 그 몸짓을 보면서 흐뭇하게 미소지었다.

“약속하는 거죠?”

“약속할게요.”

"좋아요, 그럼 도장."

이현은 장난기 어린 투로 그렇게 말하더니, 유채가 전혀 예상하지 못했던 행동을 했다. 유채의 어깨를 자기 쪽으로 바짝 끌어당기면서, 그녀의 이마에 살며시 입을 맞춘 것이다. 하얗고 부드러운 뺨이 유채의 속눈썹을 살짝 쓸어 올리면서 지나가는가 싶더니, 얇은 입술의 서늘한 감촉이 이마를 누른 채 한동안 그 자리에 머물렀다.

유채는 놀랐지만, 몸을 빼거나 피하지는 않았다. 그 대신 눈꺼풀이 사르르 내려앉았다. 포근하고 나른한 그의 체취가 부드러운 촉감과 함께 감긴 눈꺼풀 사이로 스며들었다. 입술과 이마를 겹치고 마주 선 두 사람의 어깨 위로 하얗게 흐드러진 빗물 같은 꽃잎들이 휘날리면서 흩어졌다. 싱그럽게 물오른, 완연한 봄이었다. 유채의 마음에도 봄이 찾아왔다.

며칠 후, 2차 기형아 검사 결과를 들으러 갈 때도 그녀와 이현은 변함없이 함께였다.

"다시 한번 말하지만, 2차 기형아 검사도 백 퍼센트 확실한 건 절대 아니야."

주미는 진료실 책상 건너편에 침착한 표정으로 앉아 있는 이현을 주시하면서 말했다.

"네, 알고 있어요."

"이번에도 결과가 고위험군으로 나오면, 그땐 양수검사나 융모막 검사를 해보자."

그러자 이현의 곁에 앉아 있던 유채는 단호하게 고개를 저으면서 말했다.

"아니, 그럴 필요 없어. 그런 검사들은 극소수긴 하지만 유산을 일으키기도 한다면서. 기형아든 아니든 둘 다 낳아. 그러니까 검사도 이게 마지막이야. 어떻게 나오든 이판사판이라고."

"유채야……."

주미는 뭐라 말하려다 한숨을 쉬면서 입을 닫고는, 앞장서서 진료실 안으로 들어갔다. 유채는 강한 척했지만, 여전히 떨리는 가슴을 안고 진료의자에 앉았고, 이현은 당연하다는 듯 그녀의 곁을 지키고 서면서 나지막이 속삭였다.

"겁먹을 거 없어요, 어차피 이판사판이니까."

마법의 주문을 들은 것처럼, 그 한 마디에 유채의 마음이 거짓말처럼 편안해졌다. 주미는 초음파 기계를 유채의 배 위로 가져가면서 자기도 긴장됐는지 마른 침을 꿀꺽 삼켰다.

"왼쪽에 있는 아기는 1.0mm, 저번이랑 비슷한 수치야. 오른쪽에 있는 아기는……."

마우스가 아기의 목 뒤쪽을 향해 느릿하게 움직이는 순간, 유채는 숨이 멎을 것만 같았다. 피고인이 되어 판결 선고를 기다리는 기분이었다. 허공에서 떨고 있는 그녀의 손 위에 이현의 손이 포개졌고, 유채는 그 온기에 힘을 얻었다.

'그래, 어떤 결과가 나오든 상관없어. 우리는 괜찮을 거야.'

마침내 검은 초음파 화면에 하얀 숫자가 새겨지는 순간, 유채는 자신의 눈을 의심했다.

"2.9mm? 1mm 이상 줄어들었잖아?"

놀란 것은 주미도 마찬가지였다. 그녀는 혹시 친구에게 희망 고문을 하게 될까 봐 몇 번이고 둘레를 다시 재 보았지만, 수치는 변하지 않았다.

"음, 아주 드문 경우인데. 김 간호사, 여기 이 산모 피검사 결과 좀 가져다줄래요?"

"네."

주미의 지시를 받은 간호사가 검사실로 달려갔다가 금방 돌아왔다. 유채는 결과지를 신중히 읽는 주미의 얼굴을 조심스레 살피면서, 역시 실수였다는 말이 나오지 않기를 간절하게 빌었다.

"쿼드 검사 수치는 275야."

"그게 무슨 뜻인데요? 4.2도 높아서 안 좋은 거라면서요. 275는 더 안 좋은 거예요?"

이현이 애써 유지해오던 침착함을 잃어버리면서 안달복달하자, 그제야 주미는 굳어졌던 얼굴을 풀고 웃음기를 드러내면서 설명했다.

"쿼드 검사 수치는 다운증후군에 걸릴 확률이 몇 분의 일인지를 나타나는 거예요. 수치가 높을수록 바람직한 거죠. 정상치는 270 안팎이니까, 이 경우에는 오히려 정상치보다 좋네요."

"그러면 저번에는 어떻게 된 거예요?"

"일시적으로 투명대가 부었던 게 아닌가 싶어요. 물이 찼다가 빠진 것 같은데. 투명대가 두꺼워졌다가 얇아지는 일이 전혀 없지는 않아요."

이현은 방금 귀로 듣고도 믿을 수 없다는 듯 입을 다물지 못했고, 유채도 마찬가지였다.

"그러면 우리 아기들은 둘 다 건강한 거야?"

"응, 아주 건강해. 전체적인 크기도 저번보다 커졌고. 무럭무럭 잘 자라고 있어."

유채는 안도감에 왈칵 눈물이 솟으려고 했다. 주미와 이현이 함게 있지 않았다면 또 고장 난 수도꼭지처럼 눈물을 쏟았을지도 몰랐다.

"검사결과가 잘 나온 기념으로, 미래의 아빠 엄마에게 선물을 하나 주도록 할까?"

주미가 환하게 웃으면서 초음파 기계에 달린 버튼을 누르자, 흑백의 화면이 옅은 세피아 톤을 띤 컬러 화면으로 전환되었다.

"기대하시라, 개봉 박두. 지금부터 입체 초음파로 쌍둥이의 얼굴을 공개합니다."

자궁 안에서 누에고치처럼 웅크리고 있는 쌍둥이의 모습이 차례차례 화면에 잡혔다. 둘은 미리 약속이나 한 듯 평범하지 않은 포즈를 취하고 있었다. 한 명은 뭔가를 곰곰이 생각하는 것처럼 손바닥으로 턱을 받치고 있었고, 다른 한 명은 발바닥으로 얼굴을 반쯤 가렸다.

"아이고, 이 녀석들이 신비주의 전략을 쓰나? 얼굴을 잘 안 보여주려고 하네."

주미는 초음파 기계로 배 여기저기를 끈기 있게 문질렀다. 그러자 마치 바깥에서 하는 말을 듣기라도 한 것처럼, 쌍둥이의 얼굴을 가리고 있던 손바닥과 발바닥이 살짝 옆으로 움직였다.

"아, 이제 보인다. 얼굴. 유채야, 알겠어? 여기가 눈, 여기가 코, 여기가 입."

"응, 잘 보여. 저렇게 작고 오밀조밀한데 이목구비가 다 있다니. 신기해."

유채는 두 손을 입가로 가져가면서 감격에 겨운 탄성을 내질렀다.

"왼쪽에 있는 애는 얼굴형이 갸름한 게 너를 닮은 것 같은데?"

"그래? 콧날이 높은 건 이현 씨랑 비슷해. 눈의 생김새도 보고 싶은데, 그것까지는 무리겠지?"

한껏 신이 난 두 여자가 말을 수다를 떠는 동안, 이현은 아무 말도 하지 않은 채 쌍둥이의 얼굴만 주시하고 있었다. 유채는 목석처럼 굳어져 있는 이현을 불렀다.

"이현 씨, 왜 그래요?"

"슈, 슈렉⋯⋯."

이현은 한국말을 제대로 하지 못하는 사람처럼 더듬거렸다.

"뭐라고요?"

"아기들이⋯⋯. 아기들이 둘 다 슈렉을 닮았어요!"

"무슨 그런 망언을⋯⋯."

유채는 두 눈을 부릅뜨고 찬찬히 초음파 화면을 살펴보았다. 가분수에 가까울 정도로 커다랗고 넓적한 얼굴, 움푹 들어간 눈, 뭉툭한 코, 쪼글쪼글한 피부. 그랬다. 슈렉이었다. 일단 한 번 비교하기 시작하니 도저히 부정할 수 없는 슈렉이어서 확 기분이 상했다. 그 사실을 굳이 일깨워주어 이 신성한 순간을 망쳐버린 이현이 얼마나 얄미운지 몰랐다.

'자기는 뭐 자궁 안에 있을 때부터 근사하게 각 잡은 미남이기라도 했나 보지?'

유채가 이현에게 면박을 주려고 하는데, 주미의 폭소가 터진 것이 더 빨랐다.

"으하하하하! 듣고 보니 확실히 닮기는 했네. 맞네, 맞아!"

"야, 진주미!"

"강이현 씨, 원래 초음파 화면이 다 저래요. 더구나 양수 속에 잠겨서 퉁퉁 불어 있는 상태니까, 아무리 잘생기고 예쁜 아기들이라고 해도 초음파로 보면 이상해 보일 수밖에 없어요."

"아무리 그래도 그렇지 자기 자식들한테 슈렉이라니!"

"왜? 나도 맨날 닌자 거북이 같이 생긴 애들 보면서 어머나 미스코리아 감이네요, 아이돌 감이네요 해주는 거 솔직히 질린다고. 슈렉이라니, 얼마나 신선해? 올해의 아빠상 감이다, 야."

"몰라, 쟤한테는 초음파 사진 주지 마. 나만 뽑아서 가져갈 거야."

뾰로통해진 유채가 '이현 씨' 호칭도 갖다 버리고 샐쭉해지자, 이현은 재빨리 항의했다.

"그런 게 어디 있어요!"

"꼬마 슈렉 사진은 가져가서 뭐하게요? 보기 흉하게. 강이현 씨는 조명판 쫙 깔고 포토샵 미친 듯이 해서 때깔 나게 만들어 놓은 자기 사진이나 실컷 들여다봐요."

이현과 유채가 유치하게 티격태격하는 사이, 주미는 초음파 사진 두 장을 출력해서 산모수첩에 끼워 넣었다. 그리고 아직도 표지의 이름 칸이 비어 있는 수첩을 유채에게 돌려주면서 물었다.

"그런데 태명은 아직도 없는 거야? 이제 얼굴도 봤고, 건강한 것도 확인했는데."

그 말에 이현과 유채는 옥신각신하던 것을 멈추더니, 언제 다퉜냐는 듯 즐거운 눈길을 주고받았다. 유채는 생긋 웃으면서 대답했다.

"이미 지었어, 태명."

"뭔데? 설마 진짜 참치 마요, 명란 마요로 지은 건 아니지? 그거 아동학대다."

오늘 대기실에 들어오기 전, 이현과 유채는 그동안 책을 보면서 이리저리 고민했던 게 무색할 만큼 빠르고 쉽게 태명을 지었다. 이 세상에 하나뿐인 독특한 사연을 가진 이 쌍둥이에게는, 태명도 독특한 게 어울렸다. 유채와 이현은 합창하듯 입을 모아서 태명을 발표했다.

"이판이, 사판이, 이판사판 쌍둥이!"

20. 아이돌의 출국길

"Now you see us! 안녕하세요! 일루전입니다!"

별생각 없이 밴의 뒷좌석 문을 열었던 유채는 우렁차게 터져 나오는 인사에 깜짝 놀랐다. 일루전 멤버들이 뒷좌석에 앉아 그녀를 향해 반갑게 손을 흔들고 있었다.

'그래도 다행이네. 출국하기 직전에 얼굴 볼 수 있어서.'

유채는 남몰래 한쪽 눈을 찡긋해 보이는 이현을 보며 생각했다. 일루전은 4박 5일 일정으로 홍콩과 싱가포르 공연을 가는 길이었다. 조수석에 앉은 매니저 종필이 유채를 향해 꾸벅 인사하더니 두툼한 서류철을 건네주었다.

"바쁘실 텐데 죄송합니다. 오늘 아침에 홍콩 에이전시에서 갑자기 계약서를 수정해 달라고 해서요. 비행기 타기 전에 변호사님께서 꼭 읽어 보셔야 할 것 같습니다."

"당연히 제가 해야 할 일인걸요."

유채가 계약서를 살펴보는 동안, 일루전 멤버들은 간밤에 찍은 연습 영상을 모니터링했다.

'마지막까지 철저하게 준비하고 노력하는구나. 프로페셔널해서 보기 좋네.'

나이도 어린데 대견하다고 유채가 생각하는데, 뒤에서 투덜거리는 소리가 들렸다.

"왜 여기서 혁이 형이 앞으로 치고 나와? 파트도 없으면서."

"그러게, 꼭 센터¹¹⁾같네. 진짜 센터인 이현이 형은 뒤에 처박혀 있는데?"

노아와 래원이 영상의 한 장면을 정지시켜 놓고 수군대자, 혁이 거만하게 받아쳤다.

"원래 제일 잘생긴 사람이 자동으로 센터 하는 거야. 너희들은 그런 당연한 것도 몰랐냐? 이제 강이현의 시대는 갔어. 디 엔드."

"윽, 난 싫어. 주꾸미 센터 싫어."

노아의 말을 들은 유채는 혁이 앉아 있는 쪽을 무심코 흘끔거렸다가 풋 웃음을 터뜨렸다. 이미지 변신을 위해 반삭한 혁의 뒤통수는 반들반들한 게 아닌 게 아니라 주꾸미를 빼닮았다.

"그러면 주꾸미 랩에 맞춰서 춤추는 놈들은 뭔데? 이 멍게 해삼 말미잘 개복치들아!"

"반사."

"무지개 반사!"

"쌍무지개 반사, 무한 반사, 자동 반사, 우주 반사."

---

11) 아이돌 그룹이 노래를 부를 때 정중앙에서 단독 샷을 받는 멤버를 말한다. 센터가 고정된 그룹도 있고, 곡이나 파트마다 바뀌는 그룹도 있다.

불의의 4연타 공격을 받은 혁은 말문이 막혀 버렸다.

"야, 누가 미국에서 온 애한테 저런 치사한 스킬을 가르쳐줬어? 우주 반사는 젠장, 이길 수가 없잖아! 대체 어떤 자식이야? 홍래원 너지?"

"우와, 주꾸미가 말을 하네?"

래원이 씩 웃으면서 이죽거리자, 혁은 킹콩 울부짖는 소리를 내면서 달려들었다. 형들이 서로 헤드록을 걸고, 팔을 꼬집고 깨물면서 유치하게 싸우는 동안, 노아가 '이기는 편 우리 편'을 연호하는 모습은 '프로페셔널'과는 거리가 멀어도 너무 멀었다.

"아이고, 시끄럽다, 이 녀석들아. 제발 공항 도착할 때까지라도 평화롭게 가자."

종필이 손가락으로 귀를 막으면서 하소연했지만, 동물원이나 다름없는 난장판 속에서 그 목소리는 제대로 전달되지도 않았다.

"이현아, 저것들 좀 어떻게 해 봐. 기사님이 정신 사나워서 운전을 못 하시겠다."

"네."

이현은 간단하게 대답하더니, 메고 있던 크로스백 속에서 과자 봉지를 하나 꺼냈다.

"얘들아, 여기 먹을 거 있다! 먹을 거!"

"응? 먹을 거?"

비행기 시각에 맞춰서 나오느라 공복 상태였던 그들은 먹이를 발견한 맹수처럼 과자 봉지에 달려들었다. 싸움에 대해서는 까맣게 잊어버린 듯 잠잠해진 차 안에는, 한동안 맹렬하게 과자 먹는 소리만 울려 퍼졌다.

'이렇게 원시적인 방법으로 컨트롤 되는 거야? 정말? 월드 클래스의 아이돌 그룹이?'

이현은 어안이 벙벙한 얼굴이 된 유채를 향해 싱긋 웃어 보이더니, 래원이 팽개친 태블릿을 가져다가 혼자 모니터링을 계속했다. 유채는 계약서를 넘기는 척하면서 그의 옆얼굴을 살며시 훔쳐봤다. 팔랑거리며 넘어가는 페이지 사이로 옅은 색깔의 눈동자, 손을 대면 베일 것 같은 코, 그리고 마지막으로 선이 얇고 또렷한 입술이 보였다.

꽃비가 쏟아져 내리는 법원 계단 위에서 그가 그녀의 이마 위에 입을 맞췄던 일이 떠올랐다. 불과 일주일 전 일어난 그 일이, 실제로 일어난 일이 맞는지 꿈결처럼 아득하게만 느껴졌다.

'왜 그랬을까? 그냥 아빠로 인정받은 게 기뻐서 그런 걸까? 아니면 날 여자로 보는 걸까?'

유채가 고민하는 동안, 밴은 해안도로를 지나 공항 진입로로 들어섰다. 멀리까지 시원하게 뻗은 활주로와 그 위를 낮게 날아오르고 있는 비행기가 시야에 들어왔다. 때마침 과자 봉지를 깨끗하게 털어먹은 멤버들은 다시 와자지껄해지기 시작했다.

"얘들아! 이것 봐! 나 이 남방 걸치고 나갈 거야, 이번 공항패션 1등은 내가 먹는다."

"형, 패션의 완성은 얼굴이래. 뭘 입어봤자 형은 영원히 미완성이야. 포기하고 랩이나 해."

서로 옷이 이렇다 저렇다 하면서 소란이 벌어진 틈을 타, 이현이 유채가 있는 쪽으로 슬며시 몸을 기울이더니 재빨리 귓속말했다.

"공항 안까지 같이 들어가요. 주고 싶은 게 있어요."

유채는 놀라서 그쪽으로 고개를 돌렸지만, 순식간에 몸을 뗀 이현은 시치미를 뚝 떼고 있었다. 이미 검토가 다 끝난 계약서를 내려다보면서 잠시 고민하던 유채는 종필에게 말했다.

"매니저님, 수정 사항 중 마지막 부분이 조금 마음에 걸리는데요. 출국심사 전까지 천천히 살펴봐도 될까요?"

"그러면 출국장까지 같이 가시죠."

종필이 흔쾌히 대답하자, 괜히 창밖을 보며 딴청을 피우던 이현의 입매가 보일 듯 말 듯 한 각도로 올라갔다.

"그나저나 기다리고 있는 사람들이 정말 많네요. 기획사에서 일정을 미리 알려준 건가요?"

유채는 공항 진입로에 진 치고 있는 백여 명의 팬들을 창문 너머로 보면서 감탄했다.

"아뇨, 일정은 극비에 부칩니다. 심지어 이번에는 날짜가 다른 티켓을 여러 장 예매해서 막판에 하나만 남겨놓고 취소했어요. 그래도 알아낼 애들은 어떻게든 다 알아내서 몰려옵니다."

종필은, 밴을 발견하자마자 화염으로 뛰어드는 불나방처럼 일제히 모여드는 팬들을 보고도 이 정도는 일상이라는 듯 태연하기만 했다.

"저번에는 공항 문이 부서진 적도 있어요. 그래서 일루전의 출입국은 공항 측에서도 데프콘에 버금가는 비상사태로 보죠. 발권은 1등석 라운지에서, 출국심사는 패스트트랙을 이용합니다."

밴이 공항 입구 바로 앞에 멈춰 서자, 종필은 래원, 노아, 이혁, 순으로 일렬로 세워놓았다.

"자, 한 명씩 경호원하고 같이 가는 거야. 무슨 일이 있어도 멈춰

서지 말고, 돌아보지 말고, 팬들 묻는 말에 일일이 대답해주지 말고, 알지? 출발!"

"동지들이여, 우리 모두 살아서 만납시다."

첫 번째 타자인 래원이 손가락으로 V자를 그려 보이더니, 용감하게 문을 열고 사람들의 물결 속으로 뛰어들었다. 밴 앞에서 대기하고 있던 경호원이 그의 등을 감싸면서 공항 안으로 데리고 들어갔다. 뒤이어 노아와 혁이 차례대로 이동했고, 이현의 차례가 되었다. 종필이 이현의 크로스백을 고쳐 매주는 사이, 그는 유채를 향해 소리 없이 입을 뻥긋거렸다.

'이따가 봐요.'

이현이 문밖으로 훌쩍 뛰어내리는 것과 동시에 비명과 환성이 빗발치기 시작했다.

"이현 오빠다! 여기 한 번만 봐 주세요! 오빠!"

"강이현, 잘 생겼다! 나랑 결혼해!"

이현의 움직임을 따라 팬들이 우르르 움직이면서 게이트 앞은 그야말로 헬 게이트, 지옥도의 아수라장이 따로 없었다.

"밀지 마세요! 밀지 마시라고요!"

그때, 소녀 팬 하나가 다른 사람의 다리에 발이 걸렸는지 나동그라지고 말았다. 두 손으로 바닥을 짚고 일어나려던 그녀는 몰려가는 사람들에게 치여 다시 넘어지기를 반복하다가, 급기야 누군가에게 등을 짓밟히고 말았다.

"악!"

외마디 비명을 포착한 이현의 시선이 반사적으로 그쪽을 향했다. 아직도 일어나지 못하고 있는 소녀를 발견한 그는 곧바로 어떻게 된 상황인지 알아차리고, 가던 방향을 틀어 거침없이 그녀를 향해 뛰어갔다.

"강이현! 너 어디 가!"

엉뚱한 쪽으로 달려가는 이현을 보고 당황한 종필이 고함쳤지만, 이현은 아랑곳하지 않았다. 다행히 팬들은 이현을 다치게 하고 싶진 않았는지 그가 나아갈 때마다 모세의 홍해처럼 갈라지면서 길을 내주었다. 소녀의 앞에 다다른 이현은 그녀와 인파 사이를 몸으로 막아서면서 손을 내밀었다.

"괜찮아요? 다치지 않았어요?"

자신을 구해 준 사람이 누군지 보려고 고개를 들었던 소녀는, 꿈에 그리던 우상과 눈이 마주치자 화석처럼 굳어져 버렸다.

"이현 오빠? 진짜 오빠 맞아요? 저 지금 꿈꾸는 거 아니죠?"

이현은 빙긋 웃더니, 금방이라도 기절할 것 같은 소녀의 손을 잡아 일으키면서 자상하게 물었다,

"이름이 뭐예요?"

"윤지, 강윤지요. 오빠하고 성이 같아요."

윤지는 이현이 자신의 이름을 기억해 주길 바라면서 한 음절 한 음절 힘주어 발음했다. 이현은 윤지의 교복 치마에 묻은 먼지를 털어주면서 상냥하게 타이르듯 말했다.

"윤지 양. 앞으로는 이렇게 사람 많은 데서 혼자 기다리지 말아요. 그러다가 다치기라도 하면 부모님도 속상하시고, 나도 속상하니까. 알았죠?"

두 눈이 하트 모양으로 변해버린 윤지는 영혼이라도 팔 기세로 열렬히 고개를 끄덕였다.

"네, 오빠!"

그렇게 성공한 덕후가 탄생하는 것을, 유채는 문이 열린 밴 안에서 지켜보고 있었다. 옆에서 종필이 혀를 쯧쯧 차면서 한탄하는 게 들렸다.

"에휴, 또 시작이네. 저 팬 바보. 하여간 팬들은 끔찍하게 챙겨요. 저러다 다치면 어쩌려고."

유채는 꺼림칙한 표정을 지으면서 종필에게 넌지시 물어보았다.

"이현 씨는 항상 팬들한테 저렇게 잘해요? 꼭 좋아하는 여자한테 하는 것처럼?"

아이돌 산업이라는 게 결국 환상을 팔아먹는 일이고, 팬들에게 마치 진짜 사랑에 빠진 것 같은 기분을 선사하는 게 아이돌의 의무라는 걸 유채도 머리로는 이해했다. 하지만 막상 이현이 눈앞에서 다른 여자에게 살갑게 구는 걸 보자 속이 거북해졌다.

"이현이 팬 사랑이야 뭐 데뷔 때부터 유명하죠. 저게 영업이 아니고 진짜 좋아하는 마음에서 우러나오는 거라 더 그래요. 탈덕할 문이 없다는 얘기가 왜 나오겠어요. 천성이 아이돌이지."

이현이 인기를 얻기 위해 어린 여자애들의 감정을 이용하지 않는다는 건 다행이었지만, 유채는 그의 삶에서 팬들이 차지하는 비중이 그렇게 크다는 게 달갑지만은 않았다.

"매니저님, 일루전 팬클럽 수가 20만 명 맞나요?"

"그건 갑자기 왜 물어보세요?

유채의 뜬금없는 질문에, 종필은 고개를 갸웃하면서도 성실하게 대답해주었다.

"공식 팬카페인 '일루셔니스트' 회원 수가 20만 명이죠. 유료 공식 팬클럽은 15만 명, 해외 일루셔니스트까지 포함하면 추산 불가능이고요. 공식 SNS 팔로워가 2천만 명이에요."

2천만 명. 유채는 밴에서 내려 종필의 뒤를 따라가면서 착잡한 심정으로 생각했다.

'강이현과 사귄다면, 아마 나는 전 세계에서 연적을 가장 많이 거느린 여자가 될 거야.'

복잡한 생각 속에 잠겨 있다 보니 주변이 점점 한산해지는 것도 눈치채지 못했다. 경호원들이 철통 같이 경비를 서고 있는 라운지 앞은 개미 한 마리 함부로 얼씬거리지 못할 분위기였다. 데스크 직원에게 미리 발급받은 패스를 내보인 종필의 뒤를 따라 라운지 안으로 들어가자, 혁과 래원, 노아가 간식거리를 잔뜩 쌓아놓은 테이블에 앉아 종필과 유채를 향해 손을 흔들었다.

"종필이 형! 변호사 누나! 여기예요!"

"이현 씨는 아직 안 왔어요?"

"형은 저기서 한숨 잔대요. 출국장 갈 때까지 깨우지 말랬어요."

유채의 질문을 받은 노아가 라운지 구석에 설치된 파티션을 턱짓으로 가리켜 보였다. 이현의 모습은 칸막이에 가려져 있었고, 아래로 비죽 삐져나온 긴 다리만 보였다.

"그럼 저도 저기서 계약서 보고 있을게요."

유채는 서류철을 핑계 삼아 이현이 있는 파티션 안쪽으로 들어갔다. 사각 소파에 등을 깊게 파묻은 채 눈을 감고 있던 그는, 그녀가 옆자리를 차지하고 앉자마자 슬며시 눈을 뜨며 서글서글하게 웃었다.

"드디어 둘만 있게 됐네요."

"이현 씨, 왜 날 여기까지 오게 한 거예요?"

"말했잖아요, 줄 게 있다고."

이현은 주머니 속에서 작은 민트색 상자를 꺼내 유채의 손바닥 위에 올려놓았다. 아이보리 빛깔의 리본이 그녀가 풀어주기만을 기다리는 듯 사랑스럽게 나풀거리고 있었다.

"열어 봐요."

유채가 머뭇거리면서 상자를 열자, 고급스러운 벨벳 안감 위에 놓인 목걸이가 영롱한 자태를 드러냈다. 백금으로 된 가는 체인에, 회전목마 모양의 자그마한 펜던트가 달린 게 사랑스러웠다.

"열심히 고른 건데, 마음에 들어요?"

이현은 유채의 얼굴에 미소가 떠오르기를 기다렸지만, 그녀는 기쁘기에 앞서 혼란스러웠다. 손을 잡거나 어깨를 안는 스킨십, 스스럼없이 호감을 표시하는 말들, 액세서리 선물까지. 고백만 안 했을 뿐이지, 이건 누가 봐도 연인이나 여자 친구에게 하는 행동이었다.

"이현 씨, 나한테 왜 이런 선물을 주는 거예요?"

"그냥 주고 싶었어요. 유채 씨한테 잘 어울릴 것 같아서요."

이현은 지난 주말 내내 얼굴을 꽁꽁 싸매고 백화점을 돌아다니면서 심혈을 기울여 목걸이를 골랐던 걸 떠올렸다. 무단 외출한 게 매니저 형에게 들켜 혼쭐이 나긴 했지만, 섬세하게 세공된 작은 회전목마가 그녀의 맑은 피부 위에서 은은하게 빛날 것을 생각하니 마냥 흐뭇했다. 그러나 그 과정을 알 리 없는 유채는 답답할 뿐이었다.

"아니, 지금 그런 걸 묻는 게 아니에요. 나에 대한 이현 씨의 감정이 뭔지 묻고 있는 거예요."

"유채 씨에 대한 내 감정이요?"

평소에는 무척 어른스러운 이현이지만, 이럴 때는 확실히 연하다운 구석이 있었다. 이건 연애 경험 많은 남자라면 굳이 설명해줄 필요 없는, 그런 암묵적인 규칙의 문제였다. 유채는 숨을 한 번 길게 들이마신 뒤 그에게 물었다.

"날 좋아해요?"

"당연히 좋아하죠."

이현은 단 한 치의 망설임도 없이 대답했다.

"그게 어떤 의미인데요? 쌍둥이 엄마라서, 함께 아이들을 키워야 할 사람이니까, 당연히 그래야 하니까 좋아하는 건가요? 팬들에게 하듯이?"

"……."

"그렇다면 이 목걸이는 받을 수 없어요. 우린 앞으로 오래 봐야 할 사이니까, 괜히 어설프게 가까워졌다간 서로 혼란스러워져요. 앞으로는 선을 지켜줬으면 좋겠어요."

유채는 단호하게 못을 박으면서도, 속으로는 이현이 목걸이를 받아달라고 해주길 바랐다. 그러나 좋아한다, 아니다 하는 그 문제는 이현에게 절대 단순한 게 아니었다. 그는 자기 마음조차 온전히 제 것이 아닌, 한 여자를 좋아하는 게 어마어마한 민폐가 되어 버릴 수도 있는 그런 삶을 살고 있기 때문이었다.

이현이 고민하는 모습을 유채는 거절의 의미로 받아들였다.

"그래요, 아닐 거라고 생각했어요. 이건 돌려줄게요."

강이현처럼 완벽한 남자가 자기보다 여섯 살이나 많고, 아무것도 특별한 게 없고, 감옥에 있는 아버지를 둔 여자를 좋아하다니, 역시 그럴 리 없었다. 유채는 자신의 목소리에서 묻어나는 쓸쓸함을, 손끝의 미세한 떨림을, 가슴 한구석에서 느껴지는 통증을 이현이 눈치채지 못하길 바라면서 목걸이 상자를 그의 손바닥 위에 올려놓았다.

"유채 씨, 난⋯⋯."

이현은 이런 중요한 순간에 비겁해질 수밖에 없는 자기 자신이 싫었다. 어떤 말을 하더라도 다 변명처럼 들릴 것 같았다. 목걸이 상자를 도로 집어넣지도, 그렇다고 유채에게 주지도 못한 채 머뭇거리고 있는데, 파티션 뒤쪽에서 똑똑 노크 소리가 났다.

"변호사님, 우리 이현이 아직 자나요? 이제 슬슬 출국장으로 가야하는데."

"형, 저 일어났어요!"

깜짝 놀란 이현은 소파에서 벌떡 일어나며 목걸이 상자를 가방에 넣었고, 유채도 서류철을 챙겼다. 그때부터 출국장에 도착할 때까지 이현과 유채가 단둘이 대화할 기회는 없었다.

"변호사님, 오늘 고생하셨어요. 조심해서 들어가세요."

"다녀오겠습니다, 변호사 누님!"

종팔과 다른 멤버들이 유채에게 인사하는 동안에도 이현은 말이 없었다. 그는 일행의 맨 마지막에 서 있다가, 다른 사람들이 출국장 안으로 들어가자마자 유채를 향해 몸을 돌렸다. 그리고 전화하는 시늉을 해 보이면서 소리 없이 입을 벙긋거렸다.

'전화할게요.'

유채가 뭐라고 대답하기도 전에, 출국장 안에서 종필이 이현을 불렀다.

"이현아, 얼른 안 오고 뭐 해!"

"네, 가요!"

불투명한 유리막 너머로 사라지는 그의 뒷모습을 보는 유채의 마음은 착잡했다. 선을 지키라고 잘라내듯 선언해 놓고서도, 겨우 그 한 마디에 왜 또 흔들리는지 모를 일이었다.

"내가 기다리기라도 할 줄 알고? 천만에! 전화하든 말든 아무 관심도 없어!"

전화하겠다는 말만 남기고 떠난 이현으로부터 연락이 끊어진 지 사흘이 지나자, 유채는 아무렇지 않은 척하는 것으로 구겨진 자존심을 회복하려 했다. 그러나 그것도 잠시뿐, 의식하지 못하는 사이에 전화기를 멍하니 쳐다보거나, 전화벨이 울리기만 하면 만사 제치고 달려가 받는 자신을 발견하고는 했다.

이현이 싱가포르에 체류하는 마지막 날 밤에는, 심지어 샤워하러 들어가면서 세면대 위에 휴대폰을 올려놓기까지 했다. 샤워하는 사이 벨이 울리는 걸 듣지 못할까 봐 걱정스러웠던 것이다.

"꼭 강이현 때문에 그러는 건 아니야, 변호사는 언제 어디서든 고객의 부름에 답할 준비가 되어 있어야 하는 거라고!"

그러나 막상 샤워하고 나올 때까지 휴대폰이 잠잠하자 유채는 입이 삐죽 튀어나왔다.

"얼마나 대단한 공연을 한다고 전화 한 통을 못 해? 자기가 뭐 마이클 잭슨이야?"

유채는 목욕가운을 걸치고 머리에 수건을 감은 채 소파에 앉았다. 그때, 그토록 고대하던 전화벨이 울렸다.

"이현 씨? 싱가포르 공연이 벌써 끝났나?"

유채는 화면에 뜨는 낯선 번호를 보면서 이현이 호텔에서 국제전화를 걸었다고 생각했다. 솟구쳐오르는 반가운 마음에 얼른 통화

버튼을 누르고 그의 이름을 불렀다.

"이현 씨?"

— 유채냐?

폐병 환자처럼 혼탁하게 갈라진 음성이 순식간에 거실 안의 공기를 냉각시켰다. 낯설지만, 알고 있는 목소리, 10년의 세월을 거슬러 온, 꿈에도 잊지 못할 아빠의 음성이었다. 유채의 목구멍에서 헉, 하고 가쁜 숨이 새어 나왔다.

— 유채야.

아빠가 거듭 부르자, 하얗게 탈색된 유채의 얼굴을 타고 흘러내린 수건이 바닥에 떨어졌다. 곧이어 손에서 미끄러진 휴대폰이 바닥에 세게 부딪히면서 둔탁한 파열음을 냈다.

'왜……. 지금에 와서?'

유채는 죽은 사람을 쳐다보는 것 같은 눈길로 휴대폰을 응시했다.

21. 열아홉, 하지 말았어야 하는 말

'이번 모의고사에서는 어떻게든 성적을 올려야 할 텐데.'

유채는 지난 학기 성적표를 내려다보면서 푹푹 한숨을 내쉬었다. 고3 수험생이 된 후 처음으로 한 진학상담을 마치고 돌아가는 길이었다.

'이대로는 죽도 밥도 안 될 거야. 내가 얼마나 버틸 수 있을지 나도 모르겠어.'

유채의 아빠는 술로 허송세월하는 것도 부족해서, 동네 술친구의 꼬드김에 넘어가 경마에 손을 대면서 몇 푼 되지 않는 실업급여마저 탕진하기 시작했다. 그래도 술은 마셔야 했고, 인근 슈퍼를 돌아다니며 외상해 놓은 술값을 갚아야 하는 사람은 결국 유채였다.

"김 변호사님한테 말씀드려서 아르바이트 시간을 줄여볼까? 이제 돈도 꽤 많이 모았고……"

유채는 통장에 찍혀 있는 숫자를 생각하면서 고민했다. 그녀는 인영의 모교인, 국내에서 알아주는 명문 대학을 목표로 공부하고 있었다. 그 대학에는 전액 장학금 제도가 있어서, 그 혜택을 받을 수 있다면 입학금과 등록금 걱정을 할 필요가 없었다. 통장에 모아둔 돈은 기숙사 비용으로 쓰고, 아르바이트로 생활비를 마련할 계획이었다.

"그래, 당장 전화 드리자. 대학에 떨어지거나 장학금을 못 받게 되면 그동안의 노력이 다 수포가 되는 거니까."

유채는 혼잣말하면서 불이 꺼져 있는 음울한 집 안에 발을 들였다. 다행히 거실에서는 아무런 인기척이 나지 않았다. 아빠가 집에 있었다면 거실 바닥이나 식탁에서 술판을 벌여놓았을 것이다.

'술 사러 나갔겠지. 아니면 경마장에 갔거나.'

아빠의 부재에 내심 안도하면서 책가방을 내려놓은 유채는 거실 벽에 부착된 무선 전화기를 들고 다이얼을 눌렀다. 또래 친구들처럼 휴대폰을 들고 다니는 것은 그녀의 형편에는 꿈도 꿀 수 없는 사치였다.

"김 변호사님? 저 유채인데요."

― 응, 오늘 진학상담은 잘 받고 왔어?

"그것 때문에 드릴 말씀이 있는데요……."

그녀는 귀와 어깨 사이에 수화기를 끼우고, 교복을 갈아입기 위해 작은 방의 문을 열었다. 옷장 맨 마지막 서랍이 열려 있었고, 외출한 줄 알았던 아빠가 그 앞에 등을 보인 채로 앉아 있었다.

유채는 그의 두 손에 들려 있는 통장과 인감도장을 알아보았다. 유채가 그동안 모은 전 재산이 들어 있는, 그래서 아빠가 절대 보지 못하도록 옷장 깊숙이 숨겨놓은 통장이었다.

"아빠, 그건…….."

바짝 얼어버린 그녀의 어깨에서 무선 전화기가 툭 떨어졌다. 아빠는 벌게진 눈으로 유채를 곁눈질하면서 물었다.

"돈을 이렇게 많이 모아서 뭐에 쓰려고? 가출이라도 하려고? 아니, 그건 둘째 치고 이 돈이 다 어디서 났어? 너 남자 생겼냐? 그 새끼가 이 돈 주면서 같이 살자고 하던?"

친딸을 향한 것이라고는 믿을 수 없을 만큼 저급한 말에 유채의 가슴이 싸늘하게 식어 내렸다.

"그런 거 아니야. 아르바이트해서 번거야."

"미성년자가 무슨 아르바이트? 너, 혹시 어디 술집 같은 데라도 나가는 거냐? 더럽게 노는 거야? 아빠가 안 보는 사이에?"

유채의 두 뺨이 빨갛게 달아올랐다. 그런 말에 변명해야 한다는 사실마저 수치스러웠다.

"그런 거 아니라니까! 정말 떳떳하게 번 돈이야!"

"안 되겠다. 이 통장은 아빠가 가지고 있어야겠다. 그래야 네가 딴 짓 안 하지."

"아빠, 제발. 그거 나 대학 가려고 모은 돈이란 말이야."

"그래? 그러면 아빠가 가지고 있으면서 두 배, 세 배로 불려줄게. 요즘 점찍어놓은 말이 있거든. 그 녀석이라면 틀림없어."

아빠는 보란 듯이 통장을 흔들어 보이면서 한쪽 입꼬리를 올리고 뻔뻔하게 웃었다. 통장을 주머니에 쑤셔 넣고 방을 나가버리는 아빠의 뒤를, 유채는 부리나케 쫓아갔다.

"안 돼! 못 가!"

"뭐?"

아빠의 옷깃을 잡으면서 필사적으로 매달린 유채는, 평소 같으면 입에 담을 엄두도 내지 못했을 말들을 쏟아냈다.

"지긋지긋한 이 집구석에서 벗어나 보겠다고, 끔찍한 아빠 얼굴 안 보고 살아 보겠다고 내가 수학여행까지 포기하면서 죽어라 모은 돈이란 말이야! 그런데 아빠가 무슨 권리로 그 돈에 손을 대? 해 준 게 뭐가 있다고!"

지난 4년간 유채의 뼛속 깊숙이 응축되어 있던 원망이 폭발했다. 그녀의 날 세운 목소리가 고막을 흔들어 놓자, 아빠의 주름진 목덜미가 시뻘겋게 달아올랐다. 시도 때도 없이 발작처럼 들이닥치는 분노의 징조였다. 그는 핏줄이 팽팽하게 불거지도록 주먹을 불끈 쥐면서 그녀를 향해 돌아섰다.

"이 시건방진 년이! 내가 너한테 해 준 게 없어? 네 엄마가 널 짐짝처럼 남겨놓고 뒈지지만 않았어도 내가 이 꼴로 살지는 않았어. 근데 뭐가 어쩌고 어째?"

"엄마가 나를 낳다가 죽은 게 내 잘못은 아니잖아!"

"그럼 그게 누구 잘못이냐? 어? 너 아니면 누구 잘못이냐고!"

아빠가 유채의 어깨를 내팽개치듯이 밀쳐내는 바람에, 유채는 균형을 잃고 비틀거리다가 뒤에 있던 식탁 의자에 부딪혔다. 의자와 한데 뒤엉켜 넘어져 바닥을 구르는 유채의 등을 향해 사정없는 발길질이 퍼부어졌다.

"집구석이 지긋지긋해? 아빠 얼굴이 끔찍해? 빌어먹을, 난 뭐 좋아서 이러고 사는 줄 아나."

유채는 그 충격을 고스란히 받아내는 것밖에는 아무것도 할 수 없었다. 돌덩이가 배를 가격하는 것 같은 고통에 고개가 푹 꺾이고, 입술 사이에서는 질식하는 것처럼 툭툭 끊어지는 숨소리가 새어 나왔다.

"대학? 누가 보내주기나 한대? 너처럼 은혜도 모르는 년은 대학도 갈 필요 없어!"

미친 사람처럼 악다구니 치던 아빠는 가쁜 숨을 몰아쉴 정도가 되어서야 폭행을 멈추었다. 그때쯤 유채의 의식은 흐릿하게 풀어지고 있었다. 더는 현실에 저항하지 않고 체념하듯 눈을 감으려는 순간, 멀리서 친숙한 음성이 들려왔다.

"유채야! 무슨 일이야! 대답 좀 해 봐!"

바닥에 떨어진 수화기 속에서 희미하게 웅웅거리는 인영의 그 목소리가 유채를 깨웠다. 유채는 마지막 힘을 짜내어 바닥에서 일어섰다.

"아빠……. 제발……. 그 돈은……."

아빠를 향해 휘청거리면서 걸어가던 유채는, 돌연 무릎 언저리에 힘이 쭉 풀리면서 쓰러졌다. 그녀의 앞에는 아까 넘어진 의자, 네 개의 다리가 천장을 향해 벌린 채 거꾸로 서 있었다. 아래로 곤두박질치던 정수리가 의자 모서리를 스치면서 종잇장처럼 찢어졌다. 머리 위가 송두리째 불붙는 것 같은 통증이 밀려왔다.

"유채야!"

신발을 신던 아빠는 딸의 이마를 타고 뚝뚝 떨어지는 붉은 선혈을 보고서야 비로소 동작을 멈췄다. 그는 신발을 벗지도 않은 채 허둥지둥 거실로 걸어 들어왔다. 유채의 머리맡에 웅덩이처럼 고인 핏물을 본 그의 안색이 창백해졌다.

"유채야, 괜찮아? 정신 차려 봐!"

내지르는 소리가 유채의 고막을 거세게 때렸지만, 이미 의식을 잃은 그녀는 대답하지 못했다.

얼마나 시간이 흘렀을까. 그녀가 다시 눈을 떴을 때는 알싸한 소독약 냄새가 후각을 자극하고 있었다. 새하얀 천장, 새하얀 형광등, 새하얀 벽, 모든 게 하얗기만 했다.

'여기가 어디지?'

몽롱한 의식 속에서 생각하다가, 왼팔에 꽂힌 링겔을 보고 병원이라는 사실을 깨달았다.

"변호사님."

그녀의 머리맡에 앉은 인영이 고개를 숙이고 흐느끼고 있었다. 유채는 그녀가 우는 모습을 처음 보았다. 차라리 저렇게 시원하게 울 수 있으면 좋을 텐데, 눈물을 참는 게 습관이 되어 이제는 눈물샘도 말라 버렸다.

"유채야! 정신이 들어? 내가 보여?"

유채의 목소리가 들리자, 인영은 마치 죽었다 살아온 딸을 만난 것처럼 반가워했다. 인영이 유채의 팔을 쓰다듬으면서 얼굴을 가져다 대는데, 그 어깨너머로 낯선 남자가 보였다.

"피해자가 깨어났나요?"

나이는 20대 중반쯤 되었을까, 패기 있으면서도 어른스러운 인상의 남자였다. 칠흑 같은 머리를 짧게 잘랐고, 짙고 단정한 눈썹과 총기 어린 검은 눈은 당당했지만 거만해 보이지는 않았다. 세련되고 고급스러운 회색 슈트가 훤칠한 체구를 보기 좋게 휘감고 있었다.

"누구세요?"

유채의 질문에, 남자는 한 발짝 앞으로 나서면서 목에 걸고 있던 명찰을 내보였다.

"난 한선우라고 해. 서울중앙지방검찰청에서 검사직무대리로 일하고 있어. 검사직무대리가 뭐냐면…….”

“사법연수원 2년 차가 검찰청에서 두 달간 시보 생활을 하면서 검사의 권한을 갖고 일하는 거죠. 저도 법대 지망이라서 대강은 알아요.”

머리에 붕대를 칭칭 감은 채 또박또박 말하는 유채를 보고, 선우는 한 방 맞은 것 같은 얼굴이 되었다. 하지만 곧 시원스럽게 웃으면서 정중한 사과의 말을 건넸다.

“김 변호사님 말씀이 아주 영민한 학생이라고 하던데, 정말 그러네. 혹시 무시한 것처럼 느껴졌다면 미안하다. 그럴 의도는 아니었어.”

“아니에요, 사과하실 필요는 없어요.”

“유채 학생이 말한 것처럼 내가 이번 사건에서 검사의 권한을 갖고 수사를 담당하게 됐어. 그래서 말인데, 어떻게 된 일인지 진술해 줄 수 있을까?”

“…….”

유채는 목소리를 잃어버린 사람처럼 입술만 달싹거릴 뿐 아무 말도 하지 못했다.

“김 변호사님께 듣기로는 가정폭력을 당하고 있었다던데……. 아버지인 서은식 씨가…….”

“기억이 안 나요.”

아빠의 이름이 나오자마자, 유채는 뭔가에 쫓기는 사람처럼 다급하게 잘라 말했다.

“학생.”

“정말이에요, 기억이 안 나요. 그러니까 진술할 것도 없어요. 돌아가 주세요.”

“혹시 겁나서 그러는 거라면 걱정할 것 없어. 법원에서 접근금지 결정도 받아줄 거고, 경찰관들이 신변 보호도 해 줄 거야. 그러니까 우리를 믿고 솔직히 말해줄 수 없을까?"

선우의 간곡한 요청에도 유채는 흔들리지 않았다. 물론 아빠에 대한 두려움도 있었지만, 그게 전부는 아니었다. 아빠가 지금처럼 변하기 전 부녀가 나누었던 단란하고 행복한 기억, 그때로 다시 돌아갈 수 있을지도 모른다는 막연한 희망이 아빠로부터 완전히 등을 돌리지 못하게 만들었다. 인영이 혀를 끌끌 차면서 두 사람의 대화에 끼어들었다.

"유채야, 너 아직도 아빠에 대한 미련을 못 버린 거면……."

"괜찮냐고, 물어봤어요."

"응?"

유채의 고개가 살짝 수그러들면서, 끝이 갈라진 목소리가 들렸다가 사라졌다.

"내가 기절하기 전에, 걱정스러운 목소리로 괜찮냐고……. 그건 예전의 아빠 목소리였어요."

마른 바람처럼 힘없는 중얼거림을 듣고, 인영은 할 말을 잃어버렸다. '괜찮냐'는 짧은 말에서 가냘픈 희망을 찾고 싶어 하는 유채의 절절한 마음이 느껴졌다. 반면, 이십 대의 혈기왕성한 예비 검사인 선우는 분노한 기색을 감추지 못했다.

"유채 학생, 이 병원에 어떻게 왔는지 알아? 김 변호사님이 경찰에 신고해서, 112 신고 받고 출동한 경찰관이 학생을 발견한 거야. 서은식 씨는 구급차가 오기 전에 도망간 상태였고."

"……."

유채는 슬그머니 시선을 돌려 고통스러운 현실을 외면하려 했다.

그러나 선우는 앞으로 나서더니, 두 손으로 그녀의 어깨를 붙잡아 자기 쪽을 보게 했다.

"학생은 과다출혈로 죽을 수도 있었어. 서은식 씨한테는, 학생이 죽는 것보다 자기가 벌 받는 게 더 무서웠던 거야. 무슨 말인지 알겠어? 그런 인간을 아버지라고 감싸줄 필요 없어."

잔인하리만큼 정확하게 정곡을 찌르는 말이, 유채가 간직했던 한 가닥 희망마저 끊어내면서 가슴 한복판에 내리꽂혔다. 그녀는 거대한 바위처럼 자신을 짓누르는 배신감에 핏물이 배어 나오도록 입술을 깨물었다. 선우와 인영이 옳았다. 그동안 아빠를 보호하겠다는 이유로 정작 자기 자신은 보호하지 못하고 있었다.

"진술할게요. 어디서부터 얘기하면 되죠?"

그렇게 유채는 법정에 처음 서게 되었다. 변호사로서가 아니라, 증인으로서.

"너무 긴장하지 않아도 돼. 내가 계속 옆에 있을 거니까. 힘들면 언제든 도움을 청해."

미성년자 증인인 유채는 증인 보호 목적으로 법정 뒤쪽에 마련된 대기실에 앉아 있었고, 검사 시보인 선우가 그녀의 곁을 지키면서 용기를 북돋워 주고 있었다. 사실 증인을 데려오고 보살피는 일은 법원 직원이 알아서 할 일이지 검찰 시보의 역할은 아니었지만, 선우는 뭐가 그리도 맘에 걸리는지 유채를 혼자 내버려 두지 못했다.

"시보님, 여쭤보고 싶은 게 있는데요."

"그래, 뭐든지 물어봐."

"제가 오늘 증언을 무사히 마치고 나면, 우리 아빠는 어떻게 되나요? 그러니까, 형량 같은 거요. 김 변호사님 말씀으로는 실형을 살더라도 4개월에서 6개월 사이일 거라는데 맞나요?"

유채는 피해자 국선변호인으로 선임된 인영으로부터 사건 돌아가는 걸 대강 듣고 있었다. 아빠가 그녀를 밀치고 발로 걷어차긴 했지만 직접 다치게 한 건 아니라서, 단순 폭행죄가 적용되어 원래는 벌금형만 받고 끝날 사안이라고 했다.

그나마 다행인 건 지난 5년간 아빠가 술집이나 길거리에서 다른 사람에게 시비를 걸고, 물건을 부수고, 신고 받고 출동한 경찰관에게 난동을 부린 적도 많아 형이 무거워질 거였다. 선우는 유채가 그걸 물어보는 이유를 이미 다 알고 있는 듯했다.

"너무 짧다고 생각하겠지. 아빠가 출소 이후에 다시 폭력을 행사하거나 보복하지 않을까 두렵다는 것도 알아. 걱정하지 마, 내가 어떻게 해서든 반드시 지켜줄게."

"어떻게 지켜줄 건데요? 접근금지명령? 그건 그냥 무시하면 되는 거 아니에요? 아니면 경찰이 순찰하는 거요? 고작 하루에 한 번?"

유채는 그동안 느낀 답답함을 한꺼번에 풀어내기라도 하려는 것처럼 말을 쏟아냈다.

"문 앞에서 발소리가 들릴 때마다 맘 졸여야 하는 것도 나고, 혹시 맞다가 죽을지도 모른다는 생각에 부엌에 있는 날카로운 물건들을 전부 치워야 하는 것도 나예요. 그때마다 시보님이 내 옆에 있어주진 않을 거잖아요."

유채 아빠의 친권을 박탈해달라는 요구를, 가정법원은 다른 가족이나 친지가 없다는 이유로 받아들이지 않았다. 유채의 후견인이 되겠다는 인영의 요청도 마찬가지였다. 인영은 뒤늦게 유채가 지낼 수 있는 시설을 알아보았지만, 머지않아 성년이 될 고등학생은 우

선순위에서 한참 밀려났다. 결국, 유채가 갈 곳은 없었다. 몇 달 후면 아빠가 돌아오게 될 낡은 집 밖에는

"어떻게 해서든 지켜준다니, 그렇게 무책임한 말이 어디 있어요?"

유채의 책망에 선우가 아무 대답도 하지 못하는데, 밖에서 판사가 부르는 소리가 들려왔다.

"증인은 들어오세요."

법정으로 들어가면서, 한 손을 들고 선서를 하면서도, 유채는 이 모든 것이 무슨 의미가 있는지 그것만을 생각했다. 아빠에게서 벗어날 수 없다면, 지금 증언하는 게 오히려 그의 화를 부추기는 결과만을 낳지 않을까 염려스러웠다. 검사석에는 선우와 공판검사가 나란히 앉아 있었고, 방청석 맨 앞줄에는 인영이, 그리고 아빠가 있어야 할 피고인석은 텅 비어 있었다. 미리 선우로부터 설명을 들은 유채는 법정과 연결된 작은 방에서 아빠가 이어폰으로 법정 안의 소리를 듣고 있다는 걸 알았다. 선우는 점잖고 위엄 있는 태도로 증인신문을 시작했다.

"그날 증인을 폭행한 사람이 아버지인 피고인이 맞습니까?"

"네, 맞아요."

"폭행한 이유가 무엇이었습니까?"

"제 통장과 인감도장을 가지고 경마장에 가려는 것을 말린다고 화를 냈어요. 제가 대학에 진학하기 위해 1년간 아르바이트를 하며 모은 돈이었어요."

"평소 피고인으로부터 자주 폭행을 당했습니까?"

"5년 전부터 아빠가 술을 마실 때마다, 때로는 술을 마시지 않았을 때도 맞았어요. 혁대로 맞다가 고막이 터지기도 했고, 가슴을 구

뒷발로 밟혀서 늑골이 부러진 적도 있어요.”

과장하지 않고 객관적인 사실만 침착하게 말하는 유채의 증언은 무척 신빙성이 있었다. 증인신문은 그대로 순조롭게 진행될 것처럼 보였다. 굳게 닫힌 피고인 대기실 문이, 안쪽에서 누가 두들기는 것처럼 쾅쾅 흔들리기 전까지는.

“거짓말이야! 저 배은망덕한 년이 거짓말을 하는 거야! 키워준 은혜도 모르고!”

알코올 금단 현상을 겪고 있어서인지 못 알아들을 정도로 쉬어 터진 목소리였다.

“망할 년, 제 아비를 감방에 처넣으려고 해? 그러고도 무사할 수 있을 것 같아? 두고 보자. 내가 이 시궁창에서 나가기만 하면, 그 변호사란 년하고 너하고 둘 다 죽여 버릴 테니까!”

그 말을 들은 유채가 뜨거운 기름을 맞은 사람처럼 소스라치게 놀라면서 움찔거리자, 선우는 재빨리 검사석을 박차고 일어나면서 외쳤다.

“판사님, 피고인을 대기실 아닌 다른 장소에 격리해 주십시오. 증인이 불안해하고 있습니다!”

판사가 고개를 끄덕이며 눈짓을 보내자, 두 명의 교도관이 허둥지둥 대기실로 향했다. 문이 열렸다가 닫히는 그 짧은 순간, 대기실이 있는 방향과 사선으로 앉아 있던 유채의 시야에 그 안의 광경이 들어왔다. 차가운 증오를 담은 채 자신을 노려보고 있는 아빠의 형형한 눈동자. 악마를 본 것처럼 온몸에 날카로운 소름이 돋은 유채를 향해 판사가 물었다.

“증인, 증언을 계속할 수 있겠습니까?”

"네, 계속할게요."

유채는 호흡을 가다듬으면서, 곧바로 무너지는 모습을 보이면 안 된다고 자신을 채찍질했다.

"피고인이 어떤 방식으로 증인을 폭행했습니까?"

"어깨를 밀어서 바닥에 넘어뜨리고, 등과 배를 발로 수도 없이 걸어찼어요. 거의 정신을 잃을 때까지요. 그리고……."

머리에서 피를 철철 흘리는 자신을 내버려 두고 떠났던 아빠. 도저히 핏줄을 바라보는 것이라고는 믿을 수 없는 살기 어린 눈으로 자신을 노려보던 아빠. 그 순간 유채는 판사도, 선우도, 인영도, 그 누구도 아빠로부터 그녀를 지켜주지 못한다는 걸 깨달았다. 살기 위해서는 스스로 방법을 찾아야만 했다. 유채는 아랫입술을 지그시 깨물고는 처음으로 법정에서 거짓말을 했다.

"그 다음에는 의자를 집어 들어 제 머리를 내리쳤습니다."

유채가 돌발적으로 던진 한마디에 판사와 선우, 인영 모두의 표정이 완전히 뒤바뀌었다. 그중에서도 사전에 문답 내용을 미리 알고 있던 선우의 당혹감이 가장 컸다.

"검찰 진술에서는 폭행이 끝난 후, 증인이 피고인을 쫓아가다가 넘어지면서 의자에 부딪힌 것이라고 하지 않았나요?"

"죄송해요. 그때는 거짓말을 했어요. 그래도 아빠니까 너무 무겁게 벌 받지 않았으면 하는 마음이 있어서요. 하지만 오늘은 위증 선서를 했으니 사실대로 말해야 할 것 같아서요."

유채는 당혹감을 감추지 못하는 선우의 눈을 똑바로 마주 보았다. 열아홉의 유채는 영리했고, 당돌했고, 이 지옥을 탈출하기 위해서라면 뭐든지 할 수 있었다. 그래서 유채는 선우를, 그녀에게 보여주었던 그의 호의를 이용하기로 했다. 확신에 찬 유채의 눈빛을 본 선우는 알겠다는 듯이 고개를 끄덕거렸다.

"좋습니다. 그러면 증인, 의자로 맞을 때의 상황을 자세히 진술할 수 있겠습니까?"

"저는 가슴을 걷어차이고 나서 바닥에 쓰러져 있었어요. 아빠는 그래도 분이 안 풀렸는지 계속 욕하고 화를 내다가, 옆에 있던 식탁 의자를 집어 들었어요."

거짓말을 꾸며내는 게 어렵지는 않았다. 언젠가 이렇게 되지 않을까 공포에 떨면서 셀 수 없이 그려 보았던 장면이었으니까.

"아빠는 저한테 태어나서는 안 되는 아이였다고, 자기 인생을 망쳤다고 소리를 지르면서 의자로 정수리 부분을 내리쳤어요. 그 후로는 기절해서 기억나지 않아요."

"증인은 그때 병원으로 호송되어 어떤 진단을 받았죠?"

"뇌출혈과 두개골 골절이었습니다. 지금도 치료받고 있어요."

유채의 증언이 끝남과 동시에 태산처럼 무거운 정적이 법정 안을 가득 메웠다. 원래대로라면 여기서 증인신문이 끝나고 유채는 증인 석에서 내려와야 했다. 그런데 선우는 옆에 앉은 공판검사와 낮은 목소리로 뭔가를 상의하더니, 법대에 앉은 판사를 향해 엄숙한 목소리로 말했다.

"판사님, 방금 있었던 증인의 증언을 바탕으로 공소장 변경을 요청하겠습니다. 피고인의 죄명은 폭행이 아닌 살인미수입니다."

그렇게 유채는 말 한마디로 아빠를 감옥에 보낸 딸이 되었다.

22. 스물넷, 했어야 하는 말

"아악!"

유채는 허공에서 추락한 사람처럼 외마디 비명을 지르며 눈을 떴다. 전화를 받은 후 소파에 멍하니 앉아 두려움에 떨다가 선잠이 들었는지 악몽을 꾼 것이다. 언제 잠들었는지, 시간이 얼마나 흘렀는지 전혀 감이 오지 않았다.

'정신 차리자, 아까 그 전화는 잘못 들은 걸 거야. 세상에는 목소리가 비슷한 사람도 많잖아.'

그렇게 자기암시를 걸면서 천천히 소파에서 일어나는데 뭔가 이상했다. 임신 초기에 자주 그랬던 것처럼 허리가 묵직하더니, 돌연 격심한 통증이 골반부터 아랫배까지를 관통하듯 찔렀다. 엉덩이에서 느껴지는 축축한 감촉에 아래를 내려다본 유채는 그만 아찔해졌다. 목욕가운 밑단에 물감을 뿌린 것 같은 선홍색 얼룩이 번져가고 있었다.

'하혈인가 봐! 어떻게 하지?'

유채는 걷잡을 수 없이 떨리는 손으로 주위를 더듬으면서 휴대폰을 찾았다. 아까 휴대폰을 바닥에 떨어뜨렸다는 것도 기억하지 못해 몇 번이나 거실을 오가다가 그만 울음을 터뜨릴 뻔했다.

혼자 사는 게, 소리쳐 불러도 와줄 수 있는 사람이 없다는 게 이렇게 외롭고 무서운 것인 줄 그녀는 처음 알았다. 소파 밑으로 굴러들어간 휴대폰을 가까스로 발견하고, 우선 119를 눌렀다.

"19주 접어드는 임산부인데요, 갑자기 하혈을 하고 통증이 있어요. 집에는 도와줄 사람이 없고요. 여기 주소는요……."

119에 주소를 알려주고 전화를 끊은 유채는, 하마터면 곧바로 이현에게 전화할 뻔했다. 그러나 그가 싱가포르에 가 있고, 아마 지금은 멤버들, 스태프들과 함께 콘서트 뒤풀이 중일 거라는 데 생각이 미쳤다. 유채는 그에 대한 서운함이 왈칵 밀려오는 걸 꾹 눌러 참으면서 인영의 번호를 눌렀다.

"유채니? 무슨 일이야? 이 밤중에?"

인영은 잠결에 전화 받은 듯 목소리가 가라앉아 있었지만, 귀찮아하지 않고 걱정 먼저 했다. 유채의 혼란스러운 의식 속에, 방금 전 꿈속에서 본 10년 전 인영의 모습 위로 그 목소리가 덧씌워졌다.

"변호사님. 아니, 엄마……."

순간적인 착각에, 인영을 예전에 부르던 호칭으로 불렀던 유채는 자신의 실수를 깨닫고 얼른 다시 고쳐 불렀다. 심상치 않은 분위기를 알아차린 인영의 말투가 심각해졌다.

"응, 그래. 엄마야. 무슨 일이야? 어디 아파?"

"나……. 지금 우리 집에 와 줄 수 있어?"

간신히 그 한마디를 하는데, 허공으로 발이 쑥 미끄러지면서 아득한 낭떠러지로 추락하는 것 같은 느낌이 들었다. 유채는 세상이 핑그르르 도는 것 같은 착각 속에서도 휴대폰을 꽉 움켜쥐고 악착같이 버텼다. 기절하면 안 된다는, 이대로 쌍둥이를 잃어선 안 된다는 생각이 그녀를 지탱해주고 있었다.

같은 시각, 싱가포르 콘서트를 성황리에 마친 일루전 멤버들은 호텔 방에 모여앉아 있었다.

"아, 진짜. 미자 한 명 있는 것 때문에 이게 뭐야. 술집도 못 가고, 클럽도 못 가고, 카지노도 못 가고! 래원이는 똑땅해!"

성대한 뒤풀이 같은 것은 없었다. 콘서트가 끝나고 나자 도심 레스토랑은 전부 영업을 종료한 후였고, 미성년자인 노아 때문에 그 흔한 펍에도 들어가보지 못했다.

"그냥 여기서 우리들끼리 카드 쳐도 되잖아. 와인 있고, 음악 있고, 사진 찍힐 걱정도 없고."

이현은 편의점에서 사 온 플라스틱 잔에 보급형 와인을 따라 주면서 래원을 달랬다. 그러나 블루투스 스피커에서 흘러나오는 음악도, 커다란 창문을 통해 보이는 싱가포르 도심의 별천지 같은 야경도, 밤거리 유흥을 기대했던 래원에게는 충분하지 않았다.

"섹시한 원피스를 입은 쭉빵 몸매의 언니들이 없잖아. 으으, 맨날 보는 이 식상한 얼굴들. 시로, 시로! 래원이 똑땅해!"

세상에서 제일 참아줄 수 없는 게 남자의 애교라는 혁이 도끼눈을 뜨고 래원을 윽박질렀다.

"너, 혀 짧은 소리 한 번만 더 하면 창문 열고 던져버린다."

이현이 두 사람을 바라보며 웃고 있을 때였다.

"휴대폰 울리는 거 아니야? 이현이 네 거 같은데."

"웅?"

별 생각 없이 휴대폰을 들여다본 이현은 액정에 뜬 '장모님'이라는 글자를 보자마자 제자리에서 용수철처럼 튀어 올랐다.

"나 전화 좀 받고 올게!"

"뭔데? 무슨 전환데 우리 몰래 받아? 여자야?"

이현은 혁의 질문을 무시하고 호텔 방 밖으로 뛰쳐나가면서 통화 버튼을 눌렀다.

"장모님?"

— 강 서방, 지금 어딘가?

안부를 묻는 것도 생략하고 대뜸 위치부터 묻는 인영의 목소리에 긴장감이 묻어 있었다.

"장모님, 저 지금 싱가포르에 있는 호텔입니다. 내일 저녁 비행기로 갑니다."

— 유채가 자네에게는 알리지 말라고 했는데, 아무래도 알려야 할 것 같아서.

"네? 무슨 일 있나요?"

이현은 손에 쥐고 있던 휴대폰을 얼굴 가까이 끌어당기면서 물었다.

— 유채가 지금 구급차를 타고 병원에 왔거든. 의사 말로는 일단 검사해 봐야 안다고는 하는데……. 강 서방? 듣고 있지?

호텔 복도에 우뚝 멈춰 선 이현의 안색은 납빛으로 변해 있었다. 그는 수화기 속에서 애타게 자신을 부르는 인영의 음성을 들으며 깊이 숨을 들이마셨다.

"제가 지금 가겠습니다. 어느 병원이죠?"

인영이 알려준 곳은 유채의 집 근처에 있는 대학병원으로, 다행히 이현도 아는 곳이었다. 이현은 전화를 끊자마자 멤버들이 있는 방으로 돌아가는 대신 매니저 종필이 자고 있을 옆 방 문을 두드렸다. 종필은 곯아 떨어졌는지 반응이 없었고, 조바심이 난 이현은 주먹을 쥐고 문이 부서져라 쾅쾅 세게 두들겨댔다.

"무슨 일이야! 뭐야! 뭐야!"

천둥 치는 것 같은 소리에 무슨 일이라도 터진 줄 알고 기겁한 종필이 허둥지둥 뛰쳐나왔다.

"형! 저 지금 한국으로 갈 거예요!"

종필은 잠이 덜 깬 두 눈을 끔벅이면서, 이게 무슨 자다가 봉창 두드리는 소리인가 하는 얼굴로 문간에 선 이현을 쳐다보았다.

"한국? 한국 식당?"

"아니요, 진짜 한국에 간다고요. 급한 일이 생겨서 하루만 먼저 갈게요. 표는 알아서 끊을 테니 형이 제 짐만 내일 가지고 와주세요. 죄송해요!"

"야, 이현아! 이현아!"

그제야 이게 진담이라는 걸 깨달은 종필이 허둥지둥 부르는데도, 이현은 신경 쓰지 않고 달려 나가 버렸다. 가진 것이라고는 지갑과 휴대폰뿐. 엘리베이터를 기다릴 인내심이 없어 계단을 뛰어 내려가 단숨에 호텔 입구까지 다다랐다.

"택시! 택시!"

이현은 영업이 끝났다고 그냥 가버리려는 택시기사를 붙잡고 더블, 트리플을 외친 끝에 무려 15분 만에 공항에 도착했지만, 서둘러

달려간 보람이 없었다.

"비행기 좌석이 없다고요? 아니, 저렇게 비행기가 많이 뜨는데 왜 좌석이 없어요?"

한국 항공사의 데스크로 쳐들어간 이현은 자기도 모르게 그만 승무원에게 언성을 높였다. 항공 스케줄로 빽빽이 채워진 전광판이 그를 약 올리듯 깜박이고 있었다.

"손님, 8시간 후에 뜨는 한국행 비행기가 있는데 그거라도 끊어드릴까요?"

"8시간 후요? 그렇게 오래 걸려요?"

이현이 데스크를 두 손으로 짚으면서 낙담한 표정을 짓자, 승무원도 안쓰러운 모양이었다.

"그럼 일단 저기 대기하고 계시겠어요? 중간에 취소표가 나오면 알려드릴게요."

"네! 꼼짝 안하고 앉아 있을게요! 꼭 좀 부탁드려요!"

이현은 신신당부를 하고 데스크가 정면으로 보이는 대합실 의자에 가서 앉았다. 그러나 속이 바싹 타들어가서 가만히 앉아 있을 수가 없었다. 정신 나간 사람처럼 통로를 서성이다가, 전광판과 원수라도 진 사람처럼 노려보다가, 데스크로 쪼르르 달려가기를 반복했다. 공항이 그를 어디에도 가지 못하게 가둬두는 감옥이 된 것 같은 기분이었다.

'유채 씨가 잘못되면 어떡하지? 이판사판이는?'

이현은 어느새 자기 마음속에서 쌍둥이보다 유채가 우선순위에 있게 되었음을 깨달았다. 지난 며칠 간 그녀에게 전화를 걸지 못했던 이유는, 스스로도 감정이 명확하게 정리되지 않았기 때문이었다.

— 날 좋아해요?

처음 만났을 때 그녀는 그의 구세주였고, 한없이 고마워서 무조건 잘해주고 싶은 그런 사람이었다. 그런데 그녀와 함께 있는 시간이 점차 즐거워졌고, 하는 말, 행동 하나하나가 새록새록 예뻐 보였다. 단단해 보이는 겉보다 내면이 여린 여자라는 걸 알게 되자 지켜주고 싶어졌고, 이제는 없으면 안 될 것 같은 존재가 되었다.

— 당연히 그래야 하니까 좋아하는 건가요? 팬들에게 하듯이?

자신의 감정에 이름을 붙여야 한다고 생각해 본 적은 없었다. 어쩌면 그 결정을 회피하고 싶었는지도 몰랐다.

— 그래요, 아닐 거라고 생각했어요.

하지만 목걸이를 돌려주던 유채의 입가에 머물던 쓰라린 미소가 그의 기억에 계속 잔상처럼 남아서 아프게 했다. 그녀를 잃게 될 지도 모른다는 위기감에 사로잡힌 지금에야 모든 게 명확해졌다.

그에게 그녀는, 여자라는 것을. 안고 싶고 만지고 싶고 키스하고 싶은, 평생 함께 하고 싶은 그런 사랑스러운 여자라는 것을.

'왜 그때 바로 말해주지 못했을까, 바보같이. 하고 싶은 말, 해야 하는 말을 못 하고 미루다간 어떻게 되는지 이미 알고 있으면서.'

이현은 텅 빈 집안에서 혼자 두려움에 떨었을 유채를 생각하다가, 땀이 흥건히 고인 손바닥을 펼쳐 그 위에 얼굴을 파묻었다.

'제발, 너무 늦지 말아야 할 텐데.'

자꾸만 아득해지려는 정신을 간신히 붙잡느라, 승무원이 자기 이름을 불렀을 때 하마터면 못 들을 뻔했다. 이현은 항공권에 적힌 탑승시각도 확인하지 않은 채 허겁지겁 탑승구로 달려갔고, 비행기에 올랐다.

싱가포르 공항에서 네 시간, 비행기 안에서 일곱 시간, 인천공항에서 택시를 타고 오는 데 또 한 시간이 걸려서, 대학병원 응급실에 도착했을 때는 이미 정오에 가까운 시각이었다. 공항 대합실에서부터 줄기차게 인영과 유채에게 번갈아 전화했지만 받지 않았고, 이제는 아예 휴대폰이 꺼져 있는 상태였다.

'상태가 괜찮다면 괜찮다고 연락해주셨을 텐데. 혹시 무슨 심각한 문제가 생겼나.'

다행인지 불행인지, 응급실은 점심시간 무렵에도 바쁘게 오더를 내리며 지나가는 의사들과 종종걸음으로 환자들 사이를 오가는 간호사들로 붐볐다. 그래서 공항 기념품점에서나 팔 법한 'I Love Singapore' 모자를 쓴 남자가 느닷없이 들이닥쳐 어떤 환자를 찾아대도 아무도 신경 쓰지 않았다.

"서유채 환자 어디 있는지 아세요?"

이현은 다급한 마음에 응급 카트를 밀면서 지나가는 간호사를 붙잡고 추궁하듯 물었다. 자꾸만 찾아드는 불길한 예감에 이현의 마음은 조급해졌고, 간호사의 유니폼 소매를 잡은 손에 힘이 꽉 들어갔다.

"네? 누구요?"

나이가 어린 수습 간호사는 36시간 교대 근무를 마치고 이제 막 눈을 붙이러 가는 참이었다. 비몽사몽 중에 있던 그녀는 이글거리는 눈으로 자신을 보는 이현의 기세에 주춤했다.

"오늘 새벽에 실려 온 임산부요! 서른 살이고, 머리가 길고, 예쁘게 생긴……."

설명을 들은 간호사는 한참 동안이나 기억을 더듬더니, 문득 생각난 듯 손짓을 했다.

"아, 그분. 저기 왼쪽 끝에서 두 번째 침대에 누워 계세요. 지금 보호자 분이 입원 수속 밟으러 가셨어요."

이현은 간호사에게 꾸벅 고개를 숙이고선 그녀가 가리킨 쪽으로 달음박질쳤다. 간호사는 좀비처럼 비척비척 걸음을 옮기다가, 별안간 제자리에 멈춰 섰다. 그리고 두세 개로 겹쳐 보이는 차트를 내려다보면서 흐리멍덩한 혼잣말을 했다.

"어? 잠깐. 저 환자가……. 그 환자가 맞나?"

그런 사정을 알지 못하는 이현은 왼쪽 끝에서 두 번째 침대가 있는 칸막이를 찾아냈다. 마침 칸막이 안에서는 흰 가운을 입은 여자 의사가 나오고 있었다.

"선생님! 이 환자 상태가 어떤가요? 출혈은 멎었나요?"

"환자와 어떤 관계이시죠?"

의사는 난데없이 들이닥친 이현을 보고 콧잔등에 걸쳐진 안경을 올려 쓰면서 물었다.

"남편입니다!"

"……."

망설임 없이 씩씩하게 튀어나온 대답에, 의사는 양 미간을 확 찌푸리면서 모자 쓴 이현을 의심스럽다는 듯 훑어보다가 다시 입을 열었다.

"뭐, 그래요. 남편 분. 그렇다 칩시다. 이 환자는 출혈이 문제가 아니에요. 얼굴 상태가 문제지. 여기 들어가기 전에 마음 단단히 먹으세요. 충격 받으실 수도 있어요."

"아니, 얼굴이 왜요? 원래 얼굴에 문제가 생길 수 있는 건가요?

그런 얘기는 한 번도 들어본 적이 없는데요."

이현이 의아한 표정을 짓자, 의사는 펜으로 차트 위를 톡톡 두들기면서 그를 한심하다는 듯한 눈길로 보았다.

"당연히 높은 확률로 얼굴에 문제가 생길 수 있죠. 남자분이라 아무것도 모르시네, 정말."

"아, 네. 사실 제가 아는 게 없긴 해요."

이현은 무안해하면서 어깨를 움츠렸다. 그러고 보니 자신이 임신 과정에 대해서 아는 게 뭐가 있나 싶었다. 유채가 가르쳐 주기 전까지는 초음파 사진도 볼 줄 몰랐고, 남자가 입덧을 할 수 있다는 것도 몰랐으며, 기형아 검사 수치 해석하는 법도 모르지 않았는가.

"남자들이 다 그렇다니까요. 그러니까 환자분 스스로 조심하셨어야죠. 얼마나 위험한 건데."

혀를 차며 고개를 설레설레 젓는 의사의 제스처를 보고 이현의 가슴이 덜컥 내려앉았다. 임신은 정말로 위험의 연속이라는 생각이 들었다.

"이번에 퇴원해도 앞으로는 5개월 정도는 조심하게 하셔야 하는 거 알죠?"

"네, 5개월. 꼭 조심하게 할게요. 저, 선생님. 그러면 아이들은 괜찮은 거죠?"

"아이들이요?"

의사가 고개를 갸웃하는 찰나, 그녀가 허리에 차고 있던 호출기가 요란하게 울렸다.

"앗, 코드블루!"

호출기 화면을 확인한 의사는 이현을 칸막이 앞에 내버려 두고 황급히 달려 나가버렸다. 결국 쌍둥이의 안부를 확인하지 못한 이현은 유채를 직접 보기 위해 조심스럽게 칸막이 커튼을 걷고 들어갔다.

"유채 씨, 나 왔어요."

모자를 벗으면서 침대가 있는 쪽을 보았던 이현은 그만 충격을 받아 비틀거렸다. 침대 위에는 얼굴 전체를 붕대로 칭칭 감은 사람이 목까지 담요를 끌어 올린 채 누워 있었다.

"세상에, 이렇게 상태가 안 좋은 거였어요?"

담요 위에는 펼쳐진 채 덮여 있는 유채의 가디건을 본 순간 이현의 가슴 속에서 뭔가 뜨거운 것이 울컥 치밀어 올랐다.

"미안해요. 내가 너무 늦게 왔죠? 이런 줄도 모르고 난 놀기나 하고. 전화하겠다고 해놓고 전화도 안하고……. 할 말을 정리하느라 그랬어요."

미동도 하지 않는 사람을 향해 서서히 다가가는 이현의 음성이 걷잡을 수 없이 떨려 나왔다.

"사실 난 유명해진 다음부터 사람을 쉽게 믿지 못하게 됐어요. 나한테 접근하는 사람들은 그저 날 어떻게 이용해 먹을까 그것만 생각하는 것 같았거든요. 유채 씨처럼 스물 네 살의 평범한 강이현이 뭘 원하는지, 뭘 좋아하는지 물어봐 준 사람은 없었어요."

이현은 인터넷에서 팬들이 농담 삼아 자기들을 ATM이라고 부르는 것을 본 적이 있었다. 그러나 사실은 아이돌 가수들이야말로 진짜 돈을 뱉어내는 ATM 취급을 받았다.

"인기가 많아진 건 좋지만, 그만큼 기대치도 올라가요. 난 하루에 두 시간씩 자면서 연습하고, 곡 쓰고, 노래하고 춤추지만, 그 기대치에 맞추지 못할까봐 무서워요. 그리고 힘들고 지쳐요."

과묵하고 인내심 강한 성격, 항상 남을 먼저 배려하는 습관. 그것은 어느 부분 이현이 타고난 것이기도 했지만, 한편으로는 정글과도 같은 연예계에서 살아남기 위한 생존기술이었다.

"유채 씨는 그런 점이 달랐어요, 나한테 아무것도 바라지 않는 것. 그냥 내가 나인 그대로 충분한 거. 아니, 오히려 이런 나라도 완벽하다고 말해줄 정도로. 함께 있을 때면 자연스럽게 우리의 미래가 그려졌어요. 어느 날 아이돌이 아니게 되더라도 행복하게 살 수 있는 미래가."

이현의 잔잔한 파도처럼 맑고 부드러운 음성이, 진술한 고백이 칸막이 안을 가득 채웠다.

"그래서 당신을 좋아해요. 내 모든 마음을 다해서."

이현이 그 말을 마치기 무섭게, 침대 옆을 가리고 있던 커튼이 휙 소리를 내며 젖혀졌다. 화들짝 놀라 시선을 돌린 이현은 옆 칸막이 침대에 앉아 있는 유채와 눈이 마주쳤다.

"유채 씨? 왜, 왜 여기에 있어요?"

심지어 유채는 누워 있지도 않았고, 멀쩡해 보이는 모습으로 침대에 반듯이 앉아 있었다. 그녀는 무릎 위에 수첩과 펜을 올려놓은 채 그걸 질문이라고 하냐는 듯 이현에게 되물었다.

"글쎄요, 아프니까 여기에 있겠죠? 심심해서 응급실 오는 사람도 있나요?"

"괜찮아요? 어디가 아픈 거예요?"

이 황당무계한 상황은 제쳐 놓고서라도, 일단은 그녀의 안부를 묻는 게 우선이었다.

"그냥 일시적인 피고임이래요. 수액을 맞으면서 쉬다가, 검사 결과가 나올 때까지만 여기서 기다리라고 해서 기다리는 중이예요."

이현은 세수까지 깔끔하게 마친 유채의 얼굴과 침대에 누워 있는 미라의 얼굴을 번갈아 바라보면서 얼빠진 투로 중얼거렸다.

"그러면 저 사람은……."

"그분은 오덕순 할머님이세요. 올해 여든 다섯 살 되신. 저래 보여도 위중한 상태는 아니세요. 야매 보톡스를 맞고 얼굴에 부작용이 생기셨대요. 시술해준 미용실 여자를 고소하신다고 해서 나랑 한참 얘기하다가 방금 전에 잠드셨어요."

"하지만 저기에 분명 유채 씨 옷이……."

"저 가디건이요? 할머님께서 담요가 얇아서 춥다고 하셔서 제가 빌려 드렸어요."

그제야 얼마나 바보 같은 짓을 했는지 깨달은 이현은 침대 옆 의자에 털썩 주저앉았다. 그는 손바닥으로 얼굴을 가리고 엉뚱한 사람 앞에서 멜로드라마 한편을 찍은 수치스러움에 몸부림치다가, 돌연 생각난 듯 번쩍 고개를 쳐들면서 유채에게 물었다.

"혹시 내가 방금 한 말을 다 들었다거나……?"

"아, 오덕순 할머님을 향한 강이현 씨의 열렬한 고백이요. 네, 다 들었어요."

며칠 동안 전화도 하지 않고 애를 태운 대가를 좀 치러 보라고, 유채는 일부러 장난쳤다.

"연상은 싫어하는 줄 알았는데, 이제 보니까 내가 충분히 연상이 아니었던 게 문제였나 봐요. 아니면 못 보던 사이에 여자 취향이 파격적으로 바뀌었거나……."

이현은 유채의 말이 귀에 들어오지도 않는 듯, 이마에 흘러내린 앞머리를 쓸어 올리면서 낮게 한숨을 쉬었다. 그리고 유채가 말을 끝내기도 전에 자리에서 일어나 성큼성큼 다가왔다.

"이현 씨?"

이현의 손이 침대와 침대 사이를 가르는 커튼을 쳐서 사방을 가리는가 싶더니, 아무 예고도 없이 유채의 허리를 힘 있게 감아서 잡아당겼다. 따뜻한 숨결이 그녀의 볼에 훅 끼칠 만큼 그의 얼굴이 가깝게 다가왔다.

"이게, 내가 당신에게 말한 '좋아한다'의 의미에요."

이현의 하얗고 가는 손가락이 유채의 턱을 들어 올리는 순간, 그녀의 눈동자가 벌어졌다. 그와 동시에 그의 서늘한 입술이 그녀의 입술을 덮쳤다. 이현은 유채의 입술 표면을 스치듯이 가볍게 누르다가, 자신의 윗입술과 아랫입술 사이에 그녀의 아랫입술을 넣고 간질이면서 애타게 만들었다.

그리고 그녀의 입술이 살며시 벌어졌을 때, 촉촉한 혀가 매끄럽게 그 사이로 파고들었다.

'뭐야, 왜 이렇게 능숙해? 연하 맞아?'

유채는 열정적으로 입속을 애무하는 이현의 움직임을 느끼면서 속으로만 소리쳤다.

그러나 그가 각도를 바꿔 더 깊이 들어오면서 혀를 얽어오기 시작하자 더 이상 아무 생각도 할 수 없게 되었다. 자기도 모르게 그의 옷깃을 잡은 그녀의 손에 바짝 힘이 들어갔다. 그들을 둘러싸고 있는 배경과 소음이 지운 듯 흐려졌고, 맥박 뛰는 소리가 둘만으로 가득한 공간을 채웠다.

이현의 입맞춤은 머리를 혼미하게 하는 열기를 띠면서 길게 이어졌다. 도중에 숨이 부족해진 유채가 그의 옷깃을 당기면서 봐 달라고 신호를 보내야 할 정도였다. 서로를 음미하던 두 사람의 입술이 잠시 떨어져 나갔을 대, 이현은 살짝 쉰 것처럼 나지막한 목소리로 속삭였다.

"좋아해요. 이판사판이 엄마가 아니라, 당신이라는 여자가 좋다고, 나는."

더 이상 모호하게 해석될 여지가 없는 단호한 고백은, 고막을 타고 흘러들어와 유채의 심장을 움켜쥐었다. 진지하면서도 강렬하게 빛나는 이현의 연갈색 눈동자를 들여다보고 있으면 깊은 곳으로 빨려 들어갈 것만 같았다.

"이제 목걸이 걸어줘도 돼요?"

이현은 비행기를 타고 오는 내내 손에 쥐고 있던 목걸이를 품속에서 꺼냈다. 유채는 보일 듯 말 듯 미소를 머금고 고개를 끄덕였다. 그는 그녀의 목에 드리워진 머리카락을 걷어내고, 은은한 빛을 띠며 반짝이는 체인을 그 위에 늘어뜨렸다.

달칵ㅡ. 연결고리가 채워졌을 때 이번에는 그의 입술이 목덜미 위에 지그시 겹쳐졌다. 수정처럼 하얗던 목덜미가 발갛게 달아올랐다.

"저기, 여기서 이러면……."

"괜찮아요, 아무도 안 와요."

이현은 입술을 떼면서 자신 있게 말했고, 그 입술은 당연한 순서인 것처럼 다시 유채의 정면을 향해 움직였다. 열망으로 가득 찬 그의 눈동자가 확대되어 시야에 들어오자 그녀는 눈을 감을 수밖에 없었다. 고분고분하게 눈을 감는 그녀를 보고, 그는 소리 없이 싱긋 웃었다. 그리고 커다란 손으로 그녀의 뺨을 감싸 쥐고 그대로 얼굴을 끌어당기려고 했다.

"어머, 미안!"

주섬주섬 커튼을 열고 들어오던 인영이 혼비백산하면서 소리를 질렀다. 휴대폰 배터리를 충전하러 다녀왔는지 손에는 휴대폰과 충전기가 들려 있었다. 입술이 맞닿기 일보 직전이었던 이현과 유채는 빛의 속도로 후다닥 서로에게서 떨어져 나갔다.

"내가 눈치가 없었네. 나는 나가서 음, 아무데서나, 음, 아무거나, 하고 올 테니 자네는 하던 거 마저 하게, 강 서방."

딸과 예비 사위의 애정행각을 처음으로 목격한 인영은 횡설수설하면서 도로 나가려 했다. 침대에서 벌떡 일어난 유채가 두 손을 내저으면서 완강하게 부정했다.

"하긴 뭘 해! 우리 아무것도 안하고 있었어! 정말이야!"

"그래, 참도 그렇겠다, 이 녀석아. 차라리 하늘이 빨간색이고 우체통이 파란색이고 빈 라덴은 성인군자라고 하지 그러니."

"……."

홍시처럼 달아오르는 유채의 두 뺨을 보면서 인영은 퍽 흐뭇해했다.

"괜찮아, 좋아하는 사람들끼리인데 어때. 같이 쌍둥이도 낳을 건데. 안 그런가, 강 서방?"

"네, 그렇습니다. 장모님."

이현은 생글생글 웃으면서 넙죽 말을 받자, 유채는 그를 향해 샐쭉하게 눈을 흘겼다.

"아니, 거기다 대고 또 그렇게 대답하면 어떡해요. 강 서방? 장모님? 언제부터 둘이 그렇게 친해졌어?"

"그야 내가 저번에 강 서방 머리채를 잡았을 때부터⋯⋯."

"어, 저기, 여긴 응급실이니까 우리 모두 조용히 하는 편이 좋을 것 같아요. 전 잠시만 회사에 전화 좀 걸고 오겠습니다."

스스럼없이 대답하려는 인영을 이현은 서둘러 가로막았다. 유채는 이현이 집에 찾아와 인영을 만난 것은 알았지만, 그 자세한 과정, 즉 월담과 주거침입에 대해서는 알지 못했다. 이현은 날벼락이 치기 전에 얼른 도망가야겠다고 생각하면서 슬금슬금 커튼 사이를 빠져 나왔다.

23. 아이돌의 가출 선언

"형! 형! 형! 우리 칠리 크램 다섯 마리나 먹었어! 머라이어 상에서 물 뿜는 사진도 찍었어!"

"크램이 아니라 크랩. 머라이어가 아니고 멀라이언. 어떻게 열 번을 얘기해줘도 모르지? 형 혹시 아메바야?"

"이현아! 우리 배고파! 밥 줘! 바아아아압!"

다음 날 오후, 한꺼번에 들이닥친 일루전 멤버들로 인해 숙소는 왁자지껄해졌다. 하루 동안의 싱가포르 관광으로 들뜬 그들을 맞이한 것은, 옷장에서 꺼낸 옷들을 여행 가방에 차곡차곡 넣고 있는 이현이었다.

"뭐지? 아빠가 출장 간 사이에 이혼을 결심한 엄마가 가출하는 것 같은 이 시추에이션은?"

목석처럼 굳어진 멤버들 중 가장 먼저 입을 연 사람은 역시 래원이었고, 그 다음은 노아였다.

"형, 숙소에서 나가?"

이현은 묵묵히 고개를 끄덕이더니, 손을 멈추지 않고 세면도구와 작곡 노트, 태블릿 같은 잡동사니들을 챙겨 넣었다. 심심할 때마다 연주하는 클래식 기타도 케이스에 넣고, 팬들이 준 선물들 중에서 특별히 아끼는 몇 가지도 같이 챙겼다. 그 모습을 지켜보던 래원은 큰 아들 역할에 빙의되어 혁에게 소리쳤다.

"망할, 그러게 내가 밥 타령 좀 그만하고 술 좀 작작 퍼마시랬잖아! 얼른 엄마 잡아! 난 결손가정에서 살기 싫어."

"그러니까 내가 지금 아빠 역할인 거야? 왜 하필 나야? 난 키 180 넘는 태평양 어깨의 와이프랑 살기 싫어!"

"괜찮아, 참고 살아 봐! 얼굴은 3달, 인성은 3년, 요리 솜씨는 평생 간다고 했어!"

"뭐지? 너 다른 건 맨날 틀리게 말하면서 방금 그건 왜 똑바로 말해? 정체가 뭐야?"

혁과 래원이 두서없는 말싸움을 하고 있을 때, 짐을 다 챙긴 이현이 멤버들을 불러 모았다.

"얘들아, 이리 와서 앉아 봐."

그는 어젯밤 내내 고민한 끝에, 유채를 더 이상 혼자 살도록 내버려 두어서는 안 되겠다는 결론을 내렸다. 다행히 이번에는 별 일 아닌 것으로 넘어갔지만, 언제 어떤 비상사태가 일어날지 몰랐다. 예비 장모 인영이 유채를 돌봐줄 수 있다면 좋겠지만, 그녀도 자기 일이 있고 때때로 집에 보호해야 할 여자들을 데리고 오기도 한다고 했다. 그래서 이현은 결심했다. 직접 유채의 집으로 이사를 가기로.

"너희들도 알다시피 우리 일루젼이 이제 3집 활동을 마무리했다.

지금 이 시점에서, 나는 우리 그룹이 나아가야 할 음악적 정체성과 목표에 대해서 진지한 성찰이 필요하다고 본다."

"……."

느닷없이 무게를 잡으며 진중하게 말하는 이현의 모습에 멤버들은 긴장했다.

"4집 앨범은 자작곡을 타이틀 곡으로 내자고 이미 얘기가 된 상태니까, 나도 당분간은 조용히 쉬면서 작사 작곡에 매진하고 싶어. 그래서 말인데, 이 집은 좀 시끄럽다."

마지막 말을 듣고도 세 사람은 반성의 기색 없이 서로를 쿡쿡 찌르면서 '너 말이야, 너.' 하고 지목을 해대느라 바빴다. 이현은 꼭 철모르는 자식들만 집에 남겨두고 일하러 가는 엄마가 된 기분이었다.

"너희들한테는 얘기한 적이 없지만, 나한테는 서울에 사시는 먼 친척분이 계셔. 혼자 사시는데 일하느라 집을 비우시는 일이 많아서 항상 조용하대. 그래서 당분간 거기서 지내려고 해."

"설마 아주 가는 건 아니지? 다시 들어올 거지?"

"몇 밤 자면 와? 열 밤 자면 올 거야? 스무 밤? 서른 밤?"

노아와 래원은 비 맞은 강아지처럼 불쌍한 눈을 하면서 이현의 대답을 독촉했다.

"4집 활동이 시작되면 그때는 다시 숙소로 돌아올 거야. 약속할게."

이현은 차분하게 대답하면서 동생들을 달래려고 했다. 그런데 그때까지 입을 다문 채 뭔가를 곰곰이 생각하고 있던 혁이 의문을 제기하고 나섰다. 그는 강이현에 대해서라면 모르는 게 없다고 나름 자부하는 입장이었다.

"아무래도 이상한데……. 너한테 서울 사는 친척이 있다고? 내가 모르는?"

"있어, 큰아버지의 사돈의 사촌의 사위의 이모부의 할아버지의 조카 정도 되는 이모님이셔. 자, 여기 전화번호도 있으니까 못 믿겠으면 전화 걸어 봐."

이현은 휴대폰에 저장해놓은 인영의 전화번호를 보여주었다. 혹시 멤버들이나 매니저가 전화를 걸어오면 친척인 척 해주기로 그녀와 얘기를 끝낸 후였다.

"아니, 못 믿겠다는 게 아니라……. 나는 실질적인 리더이자 이 팀의 정신적인 지주로서……."

"아닌데?"

"누구 맘대로?"

리더를 자처하는 말에 발끈한 래원과 노아가 일제히 끼어들면서 혁의 말을 끊었다.

"시끄러워, 어디까지 말했는지 까먹었잖아. 음, 어쨌든 음악에 열중하는 시간을 갖고 싶다는 너의 결정은 존중한다. 그런데 말이야……. 우리들 밥은?"

아무래도 이 숙소에는 전생에 밥을 못 먹어서 죽은 귀신들이 들러붙은 모양이었다. 이현은 그럴 줄 알았다는 듯 냉장고를 가리키면서 대꾸했다.

"내가 사흘에 한 번씩 들려서 밥이랑 반찬 해놓고 갈게. 그리고 갈비찜 해서 냉장고에 넣어놨으니까 오늘 저녁에 데워 먹어."

"오케이! 뭐 하냐, 안 가고?"

밥 문제가 해결되는 동시에 이현의 분가 문제도 명쾌하게 해결되었다. 사실 이곳에서 이현은 양질의 집밥을 제공하는 유용한 존재인 한편, 멤버들의 생활 습관과 청소 상태를 가지고 끊임없이 잔소리를 하는 귀찮은 존재이기도 했다. 그가 양 손 가득 짐을 들고 현관문을 나서자, 혁과 래원은 심각했던 표정을 얼굴에서 싹 지우고는 유쾌 발랄하게 깨 방정을 떨기 시작했다.

"깔끔쟁이가 사라졌다! 깔끔쟁이가 사라졌어!"

"오예! 오늘 밤은 팬티만 입고 치킨 파티다! 그리고 뒷정리도 안 하고 드러누워서 자는 거야!"

형들이 사전적인 의미 그대로 지저분하고 방탕한 파티 계획을 세우고 있을 때, 노아는 산더미처럼 쌓여 있는 짐 더미 속에서 큼지막한 쇼핑백 하나를 챙겨 이현을 쫓아나갔다.

"형! 이거 가지고 가!"

아파트 복도에서 노아에게 붙잡힌 이현은 얼떨결에 쇼핑백을 받아들었다. 안을 들여다보자, 먹음직스러운 쿠키 그림이 그려진 분홍색과 하늘색 무늬의 틴 케이스가 한 개도 아닌 세 개씩이나 들어 있었다.

"우리 엄마가 그랬어. 한국에서는 남의 집에 갈 때 빈손으로 가는 거 아니라고. 이모님 가져다 드려."

"……"

이현은 순간적으로 말문이 막혔다. 그렇지 않아도 멤버들에게 거짓말을 하는 게 죄책감이 들었는데, 선물까지 들려서 보내주는 막내를 보자 미안함이 더 커졌다. 노아는 속눈썹이 긴 눈을 깜박이면서 차분하게 말을 이었다.

"아무리 친척이라도 남은 남이잖아. 그 집이 아주 편하지는 않을 거야. 그럴 때는 언제든지 숙소로 돌아와. 자고 가도 되고, 아니면 아주 와도 되고."

"고맙다, 우리 막내."

"저 침팬지들은 폭주하지 않도록 내가 잘 돌볼 테니까 걱정하지 말고, 형은 작곡에 전념해. 나, 형이 쓰는 노래 정말 좋아해. 알지?"

노아의 목소리에서는 이현에 대한 정이 뚝뚝 묻어났다. 이현이 곡 작업에 열중하고 싶다는 이유를 대지 않았다면, 노아는 아마 어떻게 해서든 숙소를 나가지 못하게 붙잡았을 것이다.

"그래, 알아. 나도 내가 쓴 노래, 너랑 같이 부르는 거 정말 좋아해."

이현은 쑥스러워하는 노아의 머리를 자상하게 쓰다듬었다. 그리고 언젠가 이 착하고 배려심이 깊은 막내 삼촌을 이판사판이에게 소개해 줄 수 있다면 좋겠다고 생각했다. 물에 빠져도 입은 동동 떠다닐 둘째 삼촌과, 덩치만 컸지 속은 어린애 같은 큰 삼촌도 함께.

그에게 있어서는 그들도 유채와 마찬가지로 무엇과도 바꿀 수 없는 소중한 가족이었다. 어느 쪽도 잃고 싶지 않았기에, 이현은 지금의 자리에서 할 수 있는 최선을 다하려고 했다.

24. 식객이 되다

그 첫 시작은, 예비 장모님과 함께 하는 저녁식사 준비였다.

"장모님, 조림을 하실 때는요, 그릇 가장자리에서부터 물을 부으시는 게 좋아요. 그래야 간이 잘 맞거든요."

"아, 그렇구나. 어쩌면 우리 영앤리치앤톨앤핸섬한 사위는 모르는 게 없을까? 단점이라는 게 있긴 있어? 요즘 젊은 애들은 입덕이라는 걸 잘한다던데 나도 우리 사위한테 입덕 해볼까 봐."

오랜만에 정시 퇴근하고 집에 돌아온 유채는, 현관에서부터 도란 도란 흘러나오는 남녀의 말소리에 구두를 벗다 말고 멈칫했다.

'뭐지, 이 손발 오그라드는 가족적인 대화는?'

유채가 집안으로 들어섰을 때, 인영과 이현은 주방에 서서 모자 지간처럼 어깨를 맞대고 사이좋게 요리를 하고 있었다. 그녀를 발견한 이현이 반갑게 손을 흔들며 인사했다.

"유채 씨 왔어요? 얼른 옷 갈아입고 와서 다 같이 밥 먹어요."

유채는 얕은 한숨을 쉬면서 자신의 방을 향해 발걸음을 옮겼다. 이현이 도둑으로 몰려 흠씬 얻어맞은 사연은 재미있게 들었지만, 그가 인영과 같이 있는 장면에는 아직도 적응이 되지 않았다.

"아, 깜짝이야!"

방문을 열던 유채는 문짝에 붙어 있는 총천연색의 강이현 포스터와 정면으로 맞닥뜨리고는 소스라치게 놀랐다.

'여기……내 방 맞아?'

유채는 벽 곳곳을 도배한 이현의 사진과 슬로건을 보면서 벌어진 입을 다물지 못했다. 고상한 취향과 지성이 묻어나던 자기 방이, 회사에 다녀온 사이에 아이돌 덕질하는 여고생의 방으로 변해버린 것 같았다. 침대 위에는 해괴망측한 물건이 굴러다니고 있었는데, 바로 일루전 멤버들이 3D 캐릭터로 그려진 사람만한 사이즈의 초대형 쿠션이었다.

'저런 물건을 돈 주고 사는 사람이 있다니……. 아니, 애초에 돈 받고 만드는 사람이 있다니!'

그녀는 믿을 수 없다는 표정을 지으며 부엌으로 달려갔다.

"이현 씨, 저 짐이랑 사진들은 다 뭐예요?"

"미안해요, 유채 씨. 짐은 허락받고 풀려고 했는데……."

사위 사랑은 장모라더니, 이번에도 인영이 이현의 역성을 들고 나섰다.

"짐은 내가 풀어놓으라고 했어. 사진은 내가 붙였고. 원래 임신했을 때는 예쁘고 잘생긴 얼굴을 보면서 태교하는 거야. 봐! 얼마나 잘생겼니? 요즘 이런 걸 '존잘'이라고 한다더라."

인영은 멋쩍은 표정으로 서 있는 이현의 얼굴을 손가락으로 가리키며 말했지만, 유채는 존잘이니 뭐니에 관심이 없었다.

"여긴 나 혼자 사는 집이야, 엄마. 인테리어는 내 맘대로 한다고."

"이젠 아니다. 강 서방이 오늘부터 이 집에서 살 거야. 임산부 혼자 지내는 거, 위험하고 정서적으로도 안 좋아."

그제야 집 안 여기저기 놓인 물건들의 의미를 깨달은 유채가 화들짝 놀라서 소리쳤다.

"엄마! 이현 씨가 뭐하는 사람인 줄 알면서도 그래? 파파라치라도 붙으면 큰일 난단 말이야!"

국자로 갈치조림을 떠서 간을 보고 있던 이현이 천연덕스럽게 모녀의 실랑이에 끼어들었다.

"괜찮아요. 어제부터 일루젼은 휴식기에 들어갔거든요. 가끔 광고촬영이나 팬사인회 하는 거 빼면 외부 일정 잡힐 일 없을 거예요. 누구한테도 안 들키게 집에 얌전히 숨어 있을게요."

"그것 보렴, 얌전히 숨어 있겠다잖아. 어쩜, 우리 강 서방은 말도 참 예쁘게 한다. 그치?"

"감사합니다, 장모님. 앞으로도 많이 예뻐해 주세요."

자기들만의 평화로운 세상에서 북 치고 장구 치고 꽹과리도 치는 장모 사위 커플을 보고 어안이 벙벙해진 유채는, 두 손을 휘휘 저으면서 여기 보라고 신호를 했다.

"저기요? 여보세요? 집 주인인 내 의사는 아무도 신경 안 쓰는 거야? 이현 씨, 지금 이게 뭔가 이상하다는 생각은 안 해요?"

그러자 이현은 짧게 한숨을 쉬더니, 앞치마를 벗어서 식탁 의자에 걸쳐 놓았다.

"유채 씨 의사가 어떤지 물어봐 줄까요?"

"네, 물어봐요, 당장."

뚜벅뚜벅 걸어온 이현은 대뜸 유채의 앞을 가로막더니, 긴 팔을 뻗어 그녀의 등 뒤에 있는 벽을 짚었다. 그 기세에 놀란 그녀는 자연스럽게 뒤로 밀려났고, 결국 벽에 등을 붙인 채 그를 올려다보는 자세가 되었다. 이현은 유채가 처음 보는 완강한 눈빛을 하고 있었다.

"난 이 집에서 쫓겨나면 문 앞에 텐트치고 노숙할 거예요. 언제라도 당신이 아프면 5초 안에 달려갈 수 있어야 하니까. 혹시 녹즙 기억나요? 내가 얼마나 집요해질 수 있는지 알죠? 자, 어떻게 할래요?"

"……."

"그냥 해 보는 소리라고 생각한다면 오산이에요. 미친놈처럼 응급실로 달려가는 거, 가능하면 내 인생에서 다신 안 하고 싶으니까 유채 씨가 선택해요. 나갈까요, 말까요?"

유채는 순식간에 달라져버린 이현의 분위기에 당황했다. 두 팔 사이에 유채를 가둔 채 위압적으로 내려다보는 이현은 여섯 살 연하가 아니라 연상처럼 느껴졌다. 그들의 뒤에서는 인영이 사랑에 빠진 소녀팬의 눈빛으로 이현의 등을 바라보고 있었다.

"어머, 우리 강 서방은 필요할 때는 터프해지기도 하는구나. 존잘에다가 상남자야."

유채는 상담센터에 오는 학생들이 인영에게 이상한 유행어를 가르쳐주지 못하게 하겠노라고 다짐했다. 그리고 한숨을 내쉬면서 이현의 고집에 항복하고 말았다.

"알았어요, 알았다고요!"

"진짜요? 허락하는 거죠?"

"네, 대신 휴식기가 끝나고 컴백하게 되면 꼭 숙소로 돌아가는 거예요?"

"네! 물론이죠!"

이현은 서릿발 같았던 표정을 풀면서 언제 그랬냐는 듯 금세 다시 싱글벙글했다.

다 같이 식탁에 앉아 맛있는 저녁식사를 하는 동안, 외국에 가서도 변함없이 좌충우돌한 일루전의 여행담을 들으며 웃던 인영이, 문득 생각났는지 불쑥 질문을 던졌다.

"그러고 보니까 전부터 궁금했는데, 두 사람은 어떻게 만난 거야? 우리 유채는 연예인에 관심 없는 애였는데."

언제, 어디서, 어떻게 만났는가. 커플이라면 으레 받게 되는 아주 평범한 질문이었다. 하지만 이현과 유채는 젓가락을 든 채로 동시에 굳어졌고, 그 장면을 본 인영은 정색했다.

"혹시 강 서방 자네, 형사 사건에 휘말렸던 적이 있나? 요즘 연예인들 보니까 걸핏하면 사고를 치던데. 폭행? 음주운전? 설마 마약이나 성추문은 아니겠지?"

살벌해진 인영의 표정을 볼 때, 여기서 제대로 대답 못하면 곧바로 사윗감 자격 박탈이었다. 동공지진을 일으키는 이현을 본 유채가 황급히 끼어들었다.

"거래하다가 만났어. 아주 우연히."

"거래?"

"이현 씨가 팔겠다고 내놓은 물건을 내가 샀거든. 그런데 이현 씨가 자기 물건을 누가 샀는지 궁금해 해서 찾아보다가, 나를 만나게 된 거야."

유채는 실제 있었던 일을 교묘하게 돌려 말하느라 애를 먹었지만, 다행히 인영은 의심하기보다는 신기해하는 기색이었다.

"요즘 애들은 참 희한하게 만나는구나. 중고나라 뭐 그런 거니?"

"응, 대충 그런 거라고 생각하면 돼."

"중고나라에서 사기당하는 사람은 많이 봤어도 연애하는 사람은 또 처음 보네. 천생연분이구나. 그런데 강 서방은 뭘 팔았나? 우리 유채가 인터넷으로 물건 잘 안 사는데."

"그게, 구체적으로 말씀드리긴 좀 그런데, 아주 소중한 겁니다. 저한테."

갈수록 구체적으로 변해가는 인영의 질문에 이현은 식은땀을 흘리면서 얼버무렸다.

"오, 그래? 뭔지 나도 궁금해지네. 언제 한 번 보여줄 수 있니, 유채야?"

"엄마, 그게 사실 물건이라고 하긴 좀 그런데……. 어쨌든 나중에 꼭 보여줄게."

'앞으로 다섯 달 후에 응애응애 울면서 태어날 테니까 그때 직접 봐.'

유채는 목구멍까지 올라온 말을 삼켰고, 다행히 그 후에는 '스타의 애장품'과 관련된 질문이 나오지 않았다. 무사히 저녁식사를 마치고 나서, 유채는 집으로 돌아가는 인영을 배웅하러 나왔다. 차를 세워놓은 곳까지 걸어가는 길, 노란 가로등 아래 모녀의 그림자가 나란히 드리워졌다. 인영은 따뜻하게 불이 밝혀진 딸의 집을 바라보면서 흐뭇하게 말했다.

"우리끼리 얘기지만, 나는 저 이현이라는 애가 참 마음에 들어."

"우리끼리 얘기는 무슨, 엄마 엄청 티내고 있거든?"

"솔직히 내가 보기에는 선우보다 훨씬 나아. 나이가 어리고 연예인이라는 게 마음에 걸리긴 하지만, 나이야 먹을 테고 평생 아이돌로 살지는 않을 거잖니. 잘 골랐다, 잘 골랐어."

"엄마는 그때도 선배를 마음에 안 들어 했잖아. 내가 훨씬 아깝다고."

유채는 5년 전 선우를 인영의 집에 데려갔을 때, 미적지근했던 그녀의 표정을 떠올렸다. 엘리트 검사 사위라고, 당연히 기뻐하리라고 생각했던 유채로서는 뜻밖이었다. 인생 경험이 많은 인영은 그때 이미 선우와 유채가 잘될 수 없다는 걸 직감했는지도 몰랐다.

"원래 세상 엄마들은 다 그런 거야. 현빈처럼 생긴 재벌 2세가 나타나도 내 딸이 더 아깝지."

"그것도 다 서른 전까지 얘기지. 그 후에는 어떻게든 치우지들 못해서 안달이더라고."

도란도란 얘기하면서 걷다 보니 어느새 인영이 차를 세워놓은 곳에 다다랐다. 한때 고등학생인 유채를 실어 나르던 낡아빠진 차를 바라보면서, 유채의 의식은 자연스럽게 며칠 전 받았던 전화로 되돌아갔다.

"엄마, 사실 나 쓰러졌던 날 밤에 이상한 전화를 받았어."

"이상한 전화? 보이스피싱?"

"아니, 그런 게 아니고……. 그 사람 목소리였어."

까슬해진 유채의 음성이 공기를 무겁게 가라앉혔다.

"확실하니? 십 년이나 지나서 그 사람 목소리도 변했을 거야."

직접적으로 거론하지 않았지만, 유채가 '그 사람'이라고 부를 만한 사람은 단 한 명뿐이라는 걸 인영도 잘 알고 있었다.

"아무 말도 안 하고 끊어서 확실하진 않은데, 맞는 것 같았어."

"마지막으로 전화 온 게 언제였지?"

"내가 엄마 집에 들어가기 직전까지는 계속 왔었어. 항소심에 나와서 증언 번복해 달라고."

유채의 아빠는 1심 재판에서 징역 6년의 실형을 선고받았다. 그는 딸을 의자로 때리지 않았다고 주장하며 항소했지만, 이미 법정에서 난동을 부린 후라 설득력이 없었다. 딸을 죽이려고 한 아빠가 친권자로 있는 건 말도 안 되는 일이었기에, 친권은 박탈되고 인영이 유채의 후견인이 되었다.

유채는 인영의 집으로 들어가면서 아빠와는 완전히 연락을 끊었고, 그는 수감된 첫 해에 패싸움에 휘말려 추가로 형을 선고받기까지 했다. 햇수로 10년째가 되는데도 아직도 감옥에 갇혀 있는 것은 그런 이유에서였다.

"그 사람일 수도 있고 아닐 수도 있겠지만……. 너무 겁먹지 마, 딸. 이제 늙고 무력한 수감자일 뿐이야."

유채도 머리로는 알고 있었지만 마음이 따라주지 않았다. 그녀는 대학생이 된 후에도 트라우마에 시달려서, 장난으로 주먹을 치켜드는 남학생만 봐도 다리에 힘이 풀려 주저앉을 정도였다. 형사 변호사가 되면 그걸 극복하는 데 도움이 될 거라고 생각했지만, 아직도 주기적으로 덮쳐드는 악몽에서 완전히 벗어나진 못했다.

"그리고 너도 혼자가 아니잖아. 나도 있고, 쌍둥이도 있고, 자상하고 멋진 애인도 있고."

"난 그게 제일 무서워, 엄마. 이현 씨가 너무 착하고 좋은 사람이라서."

내심 애타게 기다렸던 고백을 이현으로부터 받았지만, 유채는 행복해할 수가 없었다. 그의 마음이 깊어가는 게 눈에 보일수록 그녀의 죄책감도 짙어져갔다. 유채의 위증에 대해 알고 있는 건 이 세상에 단 세 사람, 유채와 아빠, 인영뿐이었다. 10년 전 인영이 앞으로 엄마가 되어 주겠다면서 자신의 집으로 들어오라고 했을 때, 유채는 내쳐질지도 모른다는 두려움에 떨면서 털어놓았다.

— 저는 아빠와 똑같은 범죄자예요. 변호사님처럼 좋은 분의 딸이 될 자격이 없어요.

그 고백을 들은 인영은 잠시 놀라는 듯하다가, 무릎을 꿇고 있는 유채에게 다가와 포근하게 안아주었다.

— 법정에서 거짓말한 건 네 잘못이 아니야. 네가 그렇게 할 수밖에 없도록 몰고 간 이 사회의 잘못이지. 사람을 칼로 찔러야만 살인이 되는 게 아니란다. 몇 년에 걸쳐 폭행하고 학대하면서, 아빠는 널 서서히 죽이고 있었던 거나 다름없어. 넌 진실을 말한 거야.

인영은 폭력에 시달리는 여자들을 오랫동안 보아왔기에 유채를 이해하고 포용해줄 수 있었다. 하지만 이현은 어떨까.

'날 경멸하고 혐오하지는 않을까? 아이 엄마가 될 자격이 없는 여자라고 비난하지는 않을까?'

늘 다정하게 웃어주던 그에게서 얼음장처럼 싸늘한 시선을 받는 상상만 해도, 유채는 가슴이 불에 덴 것처럼 아팠다.

인영은 불안과 죄책감, 슬픔, 분노에 복잡하게 얽힌 유채의 얼굴을 물끄러미 바라보다가, 두 손을 뻗어 그녀의 손을 잡아주었다.

"아니, 이현이는 괜찮을 거야. 한 번 믿어 봐. 이제 너도 누구를 믿어볼 때가 됐잖아."

인영은 유난히 선명하고 맑은 눈동자를 가지고 있던 이현을 떠올리면서, 자신도 어루만져 줄 수 없었던 딸의 상처에 그 남자가 가서 닿을 수 있기를 진심으로 바랐다.

25. 아이돌의 동거 스캔들

"무슨 휴가가 이래. 재미없어. 웹툰만 보다가 눈알 빠지게 생겼네."

이현이 숙소를 나간 지 일주일째, 일루전 숙소에서는 멤버들의 원성이 높아지고 있었다.

3집 활동이 끝나고 모처럼 휴가를 받았지만, 얼굴이 팔릴까 봐 밖에 나갈 수도 없고, 은둔형 외톨이처럼 집에서 노는 것도 하루 이틀 지나자 지겨워졌다.

"그래도 형들은 집에 며칠 있다 왔잖아. 나도 뉴욕 다녀오고 싶었는데."

가족도 친척도 모두 미국에 있는 노아가 혁과 래원을 보며 부러운 듯 말했다.

"집에 가면 뭐하냐? 우리 부모님 알지? 연말 대상 받은 것도 모르고 계시더라. 동생 고3 됐다고 TV 내다 버리셨대. 빌보드 올라갔다고 하니까 그건 뭐냐고, 새로 나온 스케이트보드냐고."

"그래도 형 부모님은 집에 있기라도 하시지. 우리 엄마 아빠는 크루즈 여행 갔어. 덕분에 사흘 내내 할아버지랑 붙어 있으면서 장가는 언제 갈 거냐는 소리만 잔뜩 듣다 왔다고."

혁과 래원은 질세라 불평하다가, 마치 약속이나 한 것처럼 동시에 말했다.

"이현이 형……."

"우리 이현이 있는 데나 한 번 가볼까?"

두 눈을 반짝반짝 빛내고 있는 형들 사이에 노아가 조심스럽게 끼어들었다.

"거기 이모님 집이라고 하지 않았어? 갑자기 찾아가면 실례일 것 같은데."

"이모님 집에 거의 안 계시다고 했잖아. 선물이랑 음식 들고 가서 깜짝 집들이해 주자."

"그래, 이현이가 다른 사람 밥 먹는 건 엄청 신경 써주면서 정작 자기 혼자 있을 때는 대충 때우고 그런단 말이지. 지금도 아마 쫄쫄 굶으면서 작업하고 있을걸."

내심 이현을 걱정하는 듯한 혁의 말에 노아의 마음도 흔들렸다.

"그런데 이현이 형이 어디 사는지를 알아야 찾아가든 말든 하지."

"걱정하지 마, 나한테 다 방법이 있으니까!"

씩 웃으면서 휴대폰을 꺼내든 래원은 '*23#'을 눌러 발신자 번호를 숨기고서는 이현의 휴대폰 번호를 눌렀다. 잠시 후, 이현이 미심쩍어하는 투로 전화를 받았다.

— 여보세요?

그러자 래원은 목소리를 완전히 다른 사람처럼 바꿔서 떠들어대기 시작했다.

"안녕하세요 행복을 전하는 쿠팡맨입니다. 초대박 엔터테인먼트에서 고객님 앞으로 디지털 피아노를 주문하셨는데요. 주소지가 잘못되었는지 반송됐네요. 어디로 배송해 드리면 될까요?"

— 디지털 피아노요? 회사에서요? 우와! 정말요? 제가 지금 주소 찾아서 불러드릴게요.

덫에 걸린 것도 모르고, 피아노가 온다는 말에 손뼉을 치면서 마냥 기뻐하는 이현은, 과자로 만든 집에 현혹되어 홀라당 속아 넘어가는 헨젤 같았다. 흥미진진하게 그 장면을 구경하던 혁은 안됐다는 듯 혀를 찼다.

"저렇게 순진해 빠져서야, 원……. 계좌번호도 부르라고 하면 신나서 불러주겠다, 야."

래원은 이현이 종달새 지저귀듯 술술 불러주는 주소를 메모지에 받아 적은 후 전화를 끊었다. 그리고 그 메모를 자랑스레 흔들어 보이면서 말했다.

"자, 그럼 이현이 형을 깜짝 놀라게 해주러 가볼까?"

한편, 숙소에서 어떤 모의가 이루어지는지 꿈에도 알지 못한 채, 이현은 유채의 집에서 단란한 시간을 보내고 있었다.

"유채 씨, 마사지 해줄까요?"

윤이 나도록 깨끗하게 청소해놓은 거실에 앉아 한가하게 법률 저널을 읽던 유채의 앞에, 이현이 느닷없이 책을 들이밀면서 물었다.

"마사지요?"

유채는 흠칫하면서 뒤로 물러섰다.

사귀는 사이가 됐고, 같이 살기도 하지만, 그래도 제 몸을 마음대로 주무르라고 내맡기기에는 아직 일렀다.

"이 책에 하는 방법이 다 나와 있어요. 이대로 하면 붓기가 쫙 빠진대요."

이현이 소파 옆 테이블에 책을 펼쳐두는 모습을 보고, 유채는 귀가 솔깃해졌다.

요즘 부쩍 엉덩이와 허벅지에 살이 붙고 가슴이 나오면서, 오래 앉아 있으면 허리가 아프고, 손목과 발목이 띵띵 부어오르는 게 느껴지는 참이었다. 이현의 커다랗고 단단한 손으로 마사지를 받으면 정말로 시원하고 개운할 것 같긴 했다.

"그럼 조금만⋯⋯."

유채는 못 이긴 척 소파에 드러누웠고, 이현은 그 앞에 한쪽 무릎을 꿇고 앉아 그녀의 가느다란 발목을 두 손으로 잡았다.

"그럼 시작할게요. 혹시 아프면 얘기해요."

유채는 눈을 반쯤 감은 채 아무 말 없이 고개를 끄덕였다. 이현의 손가락이 그녀의 발목뼈를 감아쥐고 부드럽게 원을 그리며 움직이는 순간, 뭉쳤던 근육이 한 번에 풀리면서 한결 가벼워진 느낌이 들었다.

"시원해요? 계속할까요? 어디가 제일 불편해요?"

"허리요. 꼭 허리에다가 쇠뭉치를 달아놓은 것 같아요."

유채는 아직 이르니 뭐니 생각하던 것을 저 멀리 안드로메다로 던져버린 채 넙죽 대답했다. 그러자 이현은 무릎을 펴고 자리에서 일어나더니, 유채가 누워 있는 소파 위로 올라왔다.

"유채 씨, 잠깐 실례할게요."

3인용 소파는 둘이 있기엔 좁아서, 이현은 길고 탄탄한 다리를 벌려 그녀의 유채의 허리 아래에 걸터앉았다. 그리고 자신의 무게가 그녀를 짓누르지 않도록 허벅지를 세워 자세를 잡았다.

'잠깐, 이거 좀 위험한 것 같은데. 그만하라고 해야 하나?'

유채는 순간적으로 당황했다. 말이 동거지, 두 사람은 엄연히 침대를 따로 쓰는, 이를테면 룸메이트였다.

물론 이현은 유채의 방에 푼 짐을 그대로 두고 싶어 했지만, 유채는 '서로 단순히 좋아하는 관계가 아니라, 진심으로 사랑하는 관계가 되기 전에는 안 된다'며 엄격한 태도를 취했다. 이현이 소중한만큼, 감정이나 충동에 휩싸여 관계를 급진전시키다가 망쳐버리는 일이 없도록 하려는 그녀의 결단이었다.

그러나 피 끓는 청춘남녀다 보니, 한 지붕 아래 마주칠 때마다 묘한 긴장이 생겨나는 건 어쩔 수 없었다. 이번에도 그랬다. 열심히 손바닥을 비벼 따뜻하게 만들고 있는 이현을 보자, 유채는 차마 밀쳐낼 수가 없었다. 그녀가 망설이는 사이, 마디가 굵은 손이 그녀의 등 뒤로 들어와 허리를 감싸 안았다.

"너무 센 거 같으면 참지 말고 꼭 얘기해요."

척추를 지그시 누르면서 주무르는 이현의 손길은 도저히 뿌리칠 수 없을 정도로 편안했다.

"하아……."

유채의 입술 사이로 짧은 숨결이 새어 나오면서, 허리가 튕겨 오르듯이 높게 휘어졌다. 자기 반응에 제가 놀란 유채는 얼른 두 손으로 입을 막았다. 민망해서 죽을 것 같았다.

"유채 씨, 왜 그래요?"

이현은 어리둥절한 표정을 지으면서, 유채의 허리를 부드럽게 어루만지던 손을 멈췄다. 별다른 의도 없이 마사지하던 이현이었지만, 자신의 가슴 아래 깔려 두 볼을 붉히는 유채를 보자, 지금 이 상황이 상당히 야릇하다는 것을 인식하지 않을 수 없었다.

"아, 미안해요……. 나는 그러려고 한 게 아니라……."

이현의 심장이 급격히 펌프질하는 소리가 유채의 귀에까지 생생히 들렸다. 난처한 듯 속눈썹을 내리까는 그의 진갈색 눈동자, 아직도 그녀의 허리에 얹혀 있는 그의 손가락에 그녀의 가슴도 함께 뛰었다. 최면에 걸린 듯 서로를 들여다보는 두 사람의 시선이 끈끈하게 엉켜 들었다.

그런데 그 순간, 이현이 환기를 시킨다고 살짝 열어두었던 현관문이 힘차게 젖혀지면서, 래원의 우렁찬 음성이 온 집안에 울려 퍼졌다.

"사랑하는 고객님! 행복을 전하는 쿠팡맨입니다!"

곧이어 이현과 유채가 막을 틈도 없이, 일루전 멤버들이 와르르 거실로 들이닥쳤다. 그 뒤에는 집들이 선물로 산 디지털 피아노를 어깨에 멘 매니저 종필까지 있었다.

"서프라이즈!"

제과점에서 산 고깔모자를 쓰고 합창하던 그들의 시야에, 거실 소파 위에 얽혀 있는 남녀의 모습이 포착되었다. 오해하기 딱 좋은 자세와 각도, 마주 본 채 상기된 얼굴, 유채의 허리를 감싼 이현의 손까지. 혁은 들고 있던 생크림 케이크를 떨어뜨렸고, 노아는 얼굴이 새빨개지면서 두 손으로 눈을 덮었다. 폭죽을 터뜨리려고 줄을 잡아당기던 래원은 멈출 타이밍을 놓쳐 버렸다.

팡―! 팡―!

눈치도 없이 터진 폭죽이 그들의 망연자실한 얼굴 위에서 오색빛

깔로 흩어졌다.

"이, 이현아? 서 변호사님? 이게 도대체……."

"변호사 누나? 왜 여기 있으세요?"

"누나도 이현이 형 보러 온 거예요? 둘이 친해요?"

종필에 이어 노아와 래원이 충격을 감추지 못하는 표정으로 횡설수설 질문을 던졌다. 아무 말도 없는 건, 바닥에 뭉개진 하얀 생크림을 운동화 끝으로 꾹꾹 밟고 있는 혁뿐이었다.

이현은 소파에서 일어나면서 체념 어린 한숨을 내쉬었다. 구차하게 변명한다고 해서 다들 믿어줄 것 같지 않았고, 그렇게 하고 싶지도 않았다. 이현은 가족처럼 여기는 멤버들과 매니저를 똑바로 바라보면서, 더는 숨길 수 없게 된 진실을 털어놓았다.

"왜긴, 여기가 유채 씨 집이니까 있지. 나 여기서 살아. 내가 좋아하는 여자랑 같이."

건국 이래 최고의 아이돌 그룹이라는 일루전이 데뷔한 지 600일 되는 날, 그들의 리더가 역대급 핵폭탄을 터뜨렸다.

사상 초유의 서프라이즈가 되어버린 서프라이즈 파티 다음 날, 초대박 엔터테인먼트 사무실에서는 긴급회의가 열렸다. 이현이 회의실 문을 열고 들어섰을 때, 책상에는 마여정 대표를 비롯한 회사 임직원들과 일루전 담당 스태프들, 그리고 멤버들이 빙 둘러앉아 있었다.

"이현아, 여기 내 옆에 앉아."

경직된 분위기 속에서 매니저 종필이 간신히 말을 꺼내면서 이현을 향해 손짓했다. 그러나 날이 선 목소리가 이현의 발걸음을 제지

했다.

"아니, 넌 나랑 얘기를 먼저 끝내고 앉든지 말든지 해."

그 목소리가 누구 것인지 아는 이현은 테이블 상석에 앉아 있는 마 대표를 향해 돌아섰다. 그녀는 오만하게 턱을 치켜들면서 빳빳한 은색 머리카락을 목 뒤로 쓸어 넘겼다.

"정리해라."

쓰레기 버리듯 가볍게 내던진 한마디에, 이현의 진갈색 눈동자에 파문이 일었다.

"두말 할 것도 없어. 뒤탈 안 나게 깨끗하게 끝내. 입막음 잘하고."

"그렇게는 못 합니다."

언제나 말을 잘 듣던 이현이 단호하게 거절하고 나오자, 마 대표는 매섭게 눈을 치켜떴다.

"왜 못 해? 그 여자 변호사잖아. 알아듣게 잘 얘기해."

"제가 명확하게 말씀을 안 드렸네요, 대표님. 그렇게 못하는 게 아니라, 그렇게 안 합니다."

이현의 공손한 태도와 말투 이면에는 바윗돌 같은 완강함이 숨겨져 있었다. 무조건 죄송하다고 빌 줄 알았던 마 대표는, 의구심 어린 표정으로 콧잔등을 문질렀다.

"이현이 너, 혹시 그 여자한테 뭐 약점 잡힌 거 있니? 동영상 찍혔어?"

유채와의 관계가 곧바로 그렇게 추잡하게 규정되어버리는 것이 기가 막혀서, 이현은 순간적으로 할 말을 잃었다. 그러나 마 대표는 이현의 침묵을 무언의 인정으로 해석해 버렸다.

"정말 그런가 보네. 그렇게 닳은 여자로는 안 봤는데, 수법이 아주 너저분하구나. 어떤 동영상인데? 호텔에서 찍은 거야? 아니면 모텔? 얼굴이 정면으로 찍혔니?"

"그만 하세요, 대표님. 욕할 게 있으면 그 분이 아니라 저한테 하시라고요. 저 약점 같은 거 잡히지 않았습니다."

유채를 꽃뱀으로 단정하고 깎아내리는 말에 이현도 그만 인내심을 잃었다. 그가 입술을 지그시 깨물고 있다는 것도 모른 채, 마 대표의 모독은 계속되었다.

"그렇다면 다행이고. 정 여자를 만나고 싶으면 나한테 얘기를 해. 이 회사에는 배우 지망생 애들도 있고, 걸그룹 연습생 애들도 있어."

"아니요, 저는 다른 여자는 만나고 싶지 않아요. 그분 만나겠습니다. 밖으로 말 새어나가는 일 절대 없을 겁니다."

"너 지금 그 말, 책임질 수 있니?"

"네, 책임지겠습니다."

이현의 짤막한 말에 담긴 굳은 결의를, 마 대표는 코웃음을 치면서 무시해 버렸다.

"아니, 너는 책임 못 져. 절대로. 이 스캔들이 터졌을 때 너 하나 골로 가고 끝날 거라면 그럴 수도 있겠지. 광고 하나 취소될 때마다 위약금이 수억 원이야. 일루전 브랜드를 팔아먹고 사는 셀 수 없이 많은 사람들이 다 같이 시궁창에 처박힐 텐데, 그걸 네가 무슨 수로 책임져?"

그 말에 이현이 어깨를 움찔하자, 마 대표는 그 틈을 놓치지 않고 사납게 몰아붙였다.

"이제 알겠니? 네가 얼마나 무모하고 멍청한 짓을 저질렀는지? 당장 그 집에서 짐 싸서 나와. 휴대폰은 회사에 반납하고. 한 서너 달 안 보고 살다 보면 금방 잊어버리게 될 거다."

마 대표는 이미 모든 것을 결정한 것처럼 얘기했지만, 이현은 그에 따를 마음이 없었다.

"싫습니다."

"이현이 너, 정말……."

"대표님이 강요할 권리는 없으십니다. 매니지먼트를 하시는 거지 노예를 부리시는 게 아니잖아요. 아이돌도 사람이에요. 물건 취급하지 마세요. 제 인생, 대표님한테 송두리째 판 적 없습니다. 저희 멤버들도 마찬가지고요."

조목조목 반박하던 이현의 시야에 문득 회의실 안의 정경이 들어왔다. 대리석을 사용한 고급스러운 인테리어와 유럽에서 직수입한 고가의 사무용 가구, 최첨단 화상회의 시스템, 우리나라에서 제일 이름 있다는 화가의 그림까지.

"회사가 이렇게 성장한 거, 저희 네 명이 피땀 흘려서 노력한 결과죠. 대표님이 저희를 스카우트할 당시에 노예계약서를 쓰게 했고, 정산도 잘 안 되고 있다는 거 다 알고 있습니다. 그래도 문제 삼지 않았습니다. 어쨌든 저희가 이 자리에 올라올 수 있게 이끌어 주셨으니까."

이현이 계약과 정산 문제에 대해서 지적하자, 마 대표의 기세가 돌연 확 수그러들었다

"정산은 안 하는 게 아니라 조금 늦어지는 건데……."

"그걸로 회사와 트러블 일으킬 생각은 없습니다. 저희한테 물밑으로 접촉해 오는 기획사가 수십 군데도 넘지만, 치사하게 뒤통수 치고 나가는 일도 없을 거고요. 지금까지 그래왔던 것처럼 몸이 부서져라 열심히 할 테니까, 대신 사생활만은 제가 관리하도록 내버려두세요."

"……."

이현은 꿀 먹은 벙어리가 되어버린 마 대표를 지나쳐 회의실 중앙으로 나아갔다. 그리고 테이블을 빙 둘러앉아 있는 사람들을 향해 깍듯하게 허리를 숙였다.

"저 때문에 위험을 무릅써야 할 종필이 형, 리강이 누나, 회사 직원 분들, 그리고 멤버들에게는 진심으로 죄송하고 미안합니다. 제가 여러분께 끼친 폐는 평생을 두고 갚을게요."

간곡한 사죄 인사였지만 사람들의 반응은 미적지근했다. 직원들 사이에 섞여 있던 리강이 섭섭함이 묻어나는 말투로 입을 열었다.

"이현아, 난 이해할 수가 없어. 연애 하나 포기하는 게 그렇게 어렵니? 어차피 스쳐가는 인연이야. 난 너희들 스타일링을 해주려고 억대 연봉도 포기하고 왔어. 종필 오빠는 너희들을 챙기느라 자식들 얼굴도 잘 못보고 살고. 그런 우리의 희생이 너한테는 가볍고 하찮은 거야?"

이현은 상처받고 실망한 기색이 역력한 리강을 보면서 고민했다. 원래 쌍둥이에 대해서는 말하지 않고 넘어갈 작정이었다. 그러나 만약 이 사실을 숨겼다가 나중에 밝혀진다면, 모두를 두 번 속이는 결과가 되어 정말 돌이킬 수 없는 상처를 주게 될 것 같았다.

"누나하고 형, 그리고 다른 분들과의 인연을 가볍고 하찮게 여기는 거 아니에요. 하지만……."

재킷 품속에서 지갑을 꺼낸 이현은 쌍둥이의 초음파 사진을 가만히 테이블 위에 올려놓았다. 재빨리 손을 뻗어 사진을 집어갔던 리강은 그게 뭔지 확인하고 안색이 새파랗게 질렸다.

"이제 제게는 소중한 가족이 생겼어요. 어차피 스쳐갈 인연이 아니라, 스치는 매 순간이 아까운 사람들이에요. 그 세 사람을 위해서 저는 천하의 나쁜 놈이 될게요."

이현은 한 마디 한 마디에 진심을 담아 말한 후, 다시 한번 고개를 깊숙이 숙이며 용서를 빌었다.

"죄송합니다. 여러분보다, 여러분의 가족들보다 제 가족을 더 소중하게 여길 수밖에 없어서. 거기까지가 제 한계라서 죄송해요."

충격에 휩싸여 있던 회의실 안의 분위기가 숙연해졌다. 아무도 성급하게 입을 떼지 못했고, 너무나 고요해서 숨소리조차 들리지 않았다. 그들 앞에 던져진 그 얇은 사진 한 장의 무게가, 아버지라는 이름의 무게가, 어린 두 생명의 무게가 그렇게나 무거웠다.

회의가 흐지부지 끝나 버린 후, 이현은 일루젼 멤버들과 함께 회의실 앞 복도로 나왔다.

"옥상으로 따라와라."

혁은 90년대 일진 느낌의 대사를 뱉더니, 주머니에 손을 꽂은 채 앞장서서 비상구로 향했다. 그렇지 않아도 어제 종필이 '나중에 천천히 얘기하자'면서 멤버들을 끌고 나가버리는 바람에 제대로 얘기하지 못한 게 맘에 걸리던 이현이었다.

'욕하면 욕먹고, 때리면 맞고 깨끗하게 끝내자. 욱하는 성질은 있어도 뒤끝은 없는 놈이니까.'

이현은 비상구 문을 열고 계단으로 올라갔고, 래원과 노아도 슬금슬금 그 뒤를 따랐다. 혁은 옥상 난간에 한쪽 발을 올리고 걸터앉아 있었다.

"야, 강이현. 너 저기가 어딘지 알지?"

혁은 회색 건물들이 토끼장처럼 빽빽하게 들어찬 도심의 전경 어딘가를 손가락으로 가리켰다. 이현의 시선이 혁이 손가락으로 가리키는 방향을 따라갔다.

그 끝에는 금방이라도 무너져 내릴 것 같이 남루한 복층 상가 건물, 초대박 엔터테인먼트의 구 사옥이 있었다. 이현은 혁이 무슨 말을 하려는 것인지 갈피를 잡을 수 없었지만, 일단 고개를 끄덕였다.

"장마철만 되면 저 후진 건물 천장에 비가 새서 온종일 대야로 흙탕물만 퍼내던 거 기억나지? 데뷔 쇼 케이스 전날 밤에도 비가 와서 결국 사무실이 물바다가 됐었는데."

"응, 준비해둔 의상이 다 젖는 바람에 드라이기로 2시간 동안 말리다가 무대에 올라갔었지."

이현은 빗물이 뚝뚝 떨어져 엉망진창이었던 일루전의 첫 무대를 떠올렸다. 멤버들은 너나 할 것 없이 몇 번이나 미끄러졌고, 서로 받쳐 주거나 잡아주면서 가까스로 무대를 마쳤다.

"그럼 그것도 기억해? 처음으로 음악방송 촬영하러 가서 인사 돌다가, 우리보다 5살이나 어린놈들한테 90도로 허리 안 숙인다고 조인트 까였던 거."

"응, 그래서 래원이가 인터넷으로 부두 인형 사서 걔네 이름 써놓고 이쑤시개로 찍었잖아."

부두 인형의 저주는 놀라운 효과를 가져왔고, 문제의 그룹은 정확히 일주일 후에 떠들썩한 표절 논란을 일으키면서 불꽃같은 해체 길을 걸었다.

"음원 차트에서 처음으로 1위 했을 때, 사내새끼 넷이서 밤새 질질 짜면서 태블릿 화면만 들여다보고 있었던 것도 기억 나냐?"

"응, 그때 태블릿에 소금물 들어갔다고 AS기사한테 욕 바가지로 먹고 간신히 수리 받았지. 왜 자꾸 물어봐? 어떻게 잊겠어, 내가."

사실 그때 이현에게는 더 좋은 기종의 새 태블릿을 살 만한 금전적인 여유가 있었다. 그런데도 구식 태블릿을 수리해서 쓰겠다고 고집을 부렸던 건, 그게 멤버들로부터 처음으로 받은 생일선물이었기 때문이다.

차갑게 살얼음 낀 혁의 목소리가 이현의 애틋한 회상 속으로 파고들었다.

"그걸 다 기억하는 놈이 어떻게 우리한테 이런 짓을 해?"

이현과 혁의 관계는, 동생들과의 관계와는 본질적으로 다른 부분이 있었다. 서로를 무엇과도 바꿀 수 없는 동료이자, 친구이자, 형제라고 믿는 둘이었기에, 속았다고 생각했을 때 그만큼 배신감도 컸다.

"그 쌍둥이가 뭐, 하늘에서 뚝 떨어지거나 나무에서 주렁주렁 열리진 않았겠지. 네가 뭔 짓이든 했으니까 생겼을 거 아냐. 그 순간에는 우리 생각을 조금도 안 했어?"

"내가 그 순간에 너희들 생각을 하면 그거야말로 문제 있는 거 아닌가."

"닥쳐, 무슨 의미인지 다 알면서 괜히 말 돌리지 마."

옆으로 비켜난 동생들은 조마조마하게 마음을 졸이면서 형들의 말다툼을 지켜보았다.

"리더씩이나 되는 놈이, 겨우 그 잠깐의 충동을 참지 못해서 우리가 그동안 쌓아온 것들을 위태롭게 만들어? 그렇게 제멋대로 할 거면 우리는 왜 있냐? 우리가 네 들러리야?"

"……"

충동적으로 관계를 가져서 생긴 애가 아니라고, 이현은 혁에게 말해줄 수가 없었다. 그 비밀은 유채의 것이기도 했기 때문에 무슨 일이 있어도 끝까지 지켜주어야만 했다.

"됐다. 너처럼 이기적인 놈한테는 욕하기도 아깝다. 회사와 어떻게 하든 그건 별개로, 이제 우리와의 관계는 끊어."

"뭐?"

혁의 매몰찬 말에 이현은 번쩍 고개를 쳐들었다. 다혈질인 혁이 심하게 화낼 거란 건 알았지만 설마 절교를 선언할 줄은 몰랐다.

"어쨌든 같이 활동해야 할 테니까, 앞으로는 그냥 비즈니스적인 관계를 유지하자. 이 바닥에서 그렇게 지내는 애들이 한둘도 아니고. 우리도 하려면 못 할 거 없지."

혁이 이렇게 나올 때는 아무리 설득해도 소용이 없다는 것을, 이현은 누구보다 잘 알았다. 이현은 부부싸움 한가운데에 낀 어린애들 같은 형색을 하고 있는 래원과 노아를 향해 물었다.

"너희들도 같은 생각이야? 홍래원?"

"……"

사실 래원은 상황이 왜 이렇게까지 심각해져야 하는지 이해하지 못했다. 그는 데뷔 직전까지도 수많은 여자친구들을 거느리고 다녔고, 지금도 이상형의 여자가 눈앞에 나타난다면 스릴 넘치는 비밀연애를 할 의사가 있었다.

'아니, 아이돌은 뭐 연애하면 죽는 병에 걸렸나? 머리 깎고 도 닦는 스님들이야? 남자는 능력만 되면 전장에서도 간호장교와 연애를 한다는데, 다들 이현이 형한테 너무 가혹한 거 아냐?'

그러나 그 속내를 말하기에는 현재의 분위기가 너무도 살벌해서 입을 닫을 수밖에 없었다.

"노아는?"

"……."

누군가 혁보다 더 큰 배신감을 느끼는 사람이 있다면 그게 바로 노아였다. 이현이 애초에 여자관계를 갖지 말았어야 한다는 혁의 말에는 노아도 적극 동감했다. 유채가 일루젼 멤버들의 앞에 나타날 때, 이현이 태연하게 남처럼 대하던 걸 떠올리면 그 두 사람으로부터 농락당한 것 같은 기분마저 들었다.

'최소한 나에게는 말해줄 수 있었잖아. 나는 형한테 뭐든지 얘기하는데.'

그러나 한편으로는, 24살의 나이에 자유를 포기하면서 가정을 꾸리기로 한 결정이 대단해 보였다. 그건 그가 아는 강이현다운 결정이었고, 그로 인해 뭇매를 맞아야 할 걸 생각하면 안쓰럽기도 했다. 얄밉고, 불쌍하고, 도저히 미워할 수 없지만 쉽게 용서할 수도 없었다. 갈팡질팡하는 노아의 속내를 표정에서 읽은 이현은, 괜히 동생을 못살게 굴었다는 생각에 미안해졌다.

"그래, 알겠어. 그럼 앞으로 스케줄 할 때는 너희들로부터 최대한 떨어져 있을게. 혁아, 그러면 되겠냐?"

"숙소에도 오지 마. 억지로 얼굴 봐야 하는 건 공식 일정 있을 때로 충분해."

가시 돋친 말에도 이현은 묵묵히 고개만 끄덕였다. 혁을 원망할 마음은 들지 않았다. 자신을 밀어내는 그의 일그러진 눈빛이, 밀려나는 자신의 무력한 눈빛보다 오히려 더 괴로워 보였으니까.

26. 왕따 당하는 아이돌

"어머, 변호사님! 배 나오신 거예요? 모델처럼 날씬하시더니 역시 세월 앞에 장사 없네요. 관리 좀 하시지 그랬어요, 요가도 딱 한 번 가시고 마셨잖아요."

오전 재판을 마치고 사무실로 막 돌아온 유채를 향해 하경이 말을 걸었다. A라인 스커트 위로 완만한 곡선을 그리는 유채의 아랫배를 무례할 정도로 뚫어져라 보는 하경은 은근히 고소하고 즐거워하는 것 같았다. 유채는 속으로는 뜨끔하면서도 가볍게 넘기려고 했다.

"요새 간식을 많이 먹어서 그런가 봐요. 티 많이 나요?"

"옷으로 교묘하게 가리긴 하셨네요. 그래도 방심하지 마세요. 그 나이대가 되면 접근하는 남자들의 질과 양이 확 떨어진단 말이에요. 40대 배불뚝이 아저씨와 함께 살고 싶진 않으시죠?"

유채는 비어져 나오는 웃음을 참으면서, 24살의 꽃미남이 정성스럽게 만들어준 도시락이 기다리고 있는 사무실 안으로 들어왔다.

이현이 기획사로 불려간 직후부터 계속 걱정했는데, 돌아온 그의 표정은 의외로 밝았다. 예상보다 훨씬 원만하게 일이 풀렸고, 대표님과 멤버들도 전부 상황을 이해해줬다고 했다.

'잘 해결된 거 맞겠지? 좀 의외이긴 한데.'

유채가 책상에 앉아 도시락을 꺼내려는 순간, 휴대폰이 진동하면서 메시지 수신 알림이 떴다.

— 서유채 님 계좌로 200,000,000원이 입금되었습니다.

"이게 뭐지? 누가 장난치나?"

문자 내용을 확인한 유채가 어리둥절해하는데, 전화기가 자동으로 켜지면서 하경의 목소리가 들려왔다.

"변호사님, 초대박 엔터테인먼트의 마여정 대표님 전화가 와 있습니다."

"연결해 줘요."

유채가 긴장하면서 의자를 당겨 앉자마자, 전화기의 붉은 램프가 깜박거리더니 칼날처럼 예리한 목소리가 튀어나왔다.

"서 변호사. 보기보다 능력이 좋더라고요. 대단해요. 다시 봤어요."

"마 대표님."

"입금된 건 확인했죠? 그거 우리 애 몸값이에요. 그 돈으로 쌍둥이 잘 키우시고, 대신 이현이 놔주라고요."

막장 드라마에서나 나올 법한 식상한 전개에, 유채는 어이가 없어서 실소가 다 나왔다.

"혹시나 했는데 역시나 그랬군요. 보통 이런 돈은 현금으로 봉투에 넣어서 주지 않나요? 물이나 오렌지 주스 같은 거 확 끼얹으면서요. 모바일뱅킹이라니 참신하네요."

"어머, 뭣 하러 그래. 어차피 서 변호사는 우리 회사하고 고용관계니까 거래내역 좀 남아 있어도 상관없어요. 수완 없는 대표들이나 세금 걱정해서 현금 들고 다니는 거예요. 나는 국세청에 아는 사람이 있어서 억 정도는 해 먹어도 괜찮아."

탈세가 대단한 자랑이라도 되는 양 자랑하는 마 대표를, 유채가 또렷하고 야무진 음성으로 가로막았다.

"그런데 대표님, 금액이 좀 안 맞네요."

"뭐라고?"

유채는 쌍둥이를 처음 가졌을 무렵 재정 관리 계획을 세우기 위해 조사했던 내용을 보지도 않고 기억해서 읊어댔다.

"2017년 기준 대한민국에서 자녀 한 명당 드는 평균 육아비용은 한 달에 107만원이에요. 우리 애들은 쌍둥이니까, 25살까지 양육한다고 가정해 보면 6억 4천 2백만 원이 되네요."

"서 변호사……."

"교육비도 빼놓을 수 없죠. 요즘 중고등학생 평균 사교육비가 월 86만 원이라고 하더라고요. 거기에 4년제 대학교 평균 등록금인 650만 원까지 합치면 딱 8억 1천 2백만 원이 되네요. 아, 물론 이건 외국 유학이나 어학연수, 큰 병치레가 모두 없다는 전제하에서."

유채는 악마처럼 사악한 미소를 지으며 마 대표가 그토록 좋아하는 숫자의 성을 쌓아나갔다.

"2억이요? 장난하세요? 그깟 푼돈으로 이 지독하고 척박한 헬 조선에서 애를 둘씩이나 키울 수 있다고 착각하다니, 어디 총이라도 맞으셨어요?"

수화기를 양 손으로 쥔 채 입을 떡 벌리고 굳어져 있는 마 대표의 얼굴이 눈에 선했다.

"그 얘기는, 8억을 줘야 이현이를 놔준다는 건가요?"

"아니요, 거기서 끝이 아니죠. 이판사판이가 아빠 없이 자람으로 써 겪어야 하는 정신적 손해에 대한 위자료도 주셔야죠. 10억? 50 억? 대표님도 아버님이 있으시죠? 얼마를 받으면 아버님을 파실 수 있겠어요?"

"……."

마 대표는 그제야 유채의 진짜 의도를 알아차린 듯 입을 다물었다.

"이현 씨, 아니 우리 애들 아빠는 사고파는 물건이 아니에요. 그러니 무대 밖, 카메라 밖에서는 자기 인생을 자유롭게 살 수 있도록 내버려 두세요. 2억 원은 돌려드리겠습니다."

클라이언트에 대한 최소한의 정중함은 유지하면서, 유채는 말에 힘을 주어 쐐기를 박았다.

"혹시 또 저희를 들볶고 싶은 마음이 드시거든, 아까 탈세에 대해 자백하셨다는 걸 기억하시는 게 좋을 거예요. 중앙지검 특수부에 있는 친구에게 녹음파일을 보내주면 좋아할 것 같거든요. 작년에 SW엔터테인먼트 대표가 조세법위반으로 구속된 거 기억하시죠?"

유채는 마지막 일격을 날리고 나서 전화를 끊으려고 했지만, 한 번의 반격도 해 보지 못하고 순순히 물러날 마 대표는 아니었다.

"서유채 씨, 당신 이러는 게 정말 이현이를 위한 거라고 생각해?"

"아니요. 전 이현 씨를 위한 게 뭔지는 이현 씨가 스스로 판단할 수 있다고 생각해요."

"이현이가 지금 어떤 처지인지 알면 그렇게 말 못 할 텐데. 회사에선 직원들 눈치 보느라 죽어나고, 멤버들에게는 왕따 당하는 것 같던데. 개처럼 정에 약한 애가 그걸 버텨낼 수 있을까?"

유채는 더 듣지 않고 전화를 끊어버렸지만, 마 대표가 의도했던 충격은 이미 가해진 후였다.

'왕따라고? 이현 씨가?'

바로 어젯밤, 그녀는 이현이 밤늦게까지 곡 작업에 심혈을 기울이던 것을 떠올렸다. 그는 노래 한 소절을 구상할 때마다 멤버들의 음색을 떠올리면서 영감을 얻는다고 했다.

— 혁이는 굉장히 파워풀한 래핑을 해요. 그래서 도입부에서 주의를 확 끌어당길 수 있죠. 래원이는 발음이나 가사 전달력이 무척 뛰어나고요. 노아는 무척 담백하고 청아한 미성을 갖고 있어요. 각자 매력과 개성이 전부 다른데도 잘 어울려요. 신기하죠?

그토록 애지중지 아끼는 사람들로부터 외면당했을 때 그의 심정이 어땠을지 생각하자, 유채는 가슴 한 구석이 아렸다. 당장이라도 달려가고 싶은 마음을 꾹 누르고 일단 해야 할 일을 마친 후, 택시를 타고 나는 듯이 집으로 달려갔다.

"이현 씨? 집에 없어요? 장 보러 갔나?"

퇴근하고 돌아온 유채는 신발장 앞에서 고개를 갸웃거리다가 거실로 들어섰다. 책상 위에 흐트러진 작곡 노트와 메모지들이 이현의 하루가 어땠는지 고스란히 보여주었다.

"얼마나 열심히 일했나 한 번 볼까?"

작곡 노트를 슬쩍 들춰본 유채는, '이판 교향곡', '사판 행진곡', '이판사판을 위하여', '쌍둥이 왈츠', '자장가도 이판사판' 같은 제목이 적혀 있는 걸 보고 풋 웃음을 터뜨리고 말았다.

"나중에는 뭐가 나오려나? 기저귀 환상곡? 조리원 소나타? 아니면 수유 광시곡?"

혼자서 이런저런 상상을 해보다가 마지막 장에 이르렀다. 음표 하나 그려져 있지 않은 텅 빈 종이에는, 옆으로 비스듬히 눕혀 쓴 글씨가 적혀 있었다.

— 미안해. 미안해. 미안해.

아마도 유채에게 걱정을 끼치지 않으려고 억지로 쾌활한 척을 하고 있는 이현이 속으로만 수없이 되뇌었을 그 문장을, 유채는 손끝으로 가만히 따라 그었다.

그때, 욕실 쪽에서 문 열리는 소리가 나더니 이현의 음성이 들렸다.

"유채 씨, 왔어요?"

얼른 노트를 덮고 시치미 떼려던 유채는, 눈앞에 펼쳐진 광경에 화들짝 놀라서 두 손으로 얼굴을 가리는 시늉을 했다. 거실로 성큼 성큼 걸어 나온 이현은 상체에 아무것도 걸치지 않은 짧은 반바지 차림이었다.

"강이현 씨! 왜 그러고 다니는 거예요!"

"아, 미안해요. 숙소에서 하던 게 습관이 되어서. 지금 옷 입고 나올게요."

이현은 욕실 옆에 있는 자기 방으로 발길을 돌리려고 몸을 틀었을 때, 그의 맨 어깨와 등허리가 유채의 시야에 들어왔다. 반듯하게 각이 잡힌 어깨는 넓고 우람했고, 곧게 펴진 등과 척추에는 근육과 힘줄이 보기 좋은 역삼각형을 그리고 있는, 군살이라고는 하나도 없게 잘 단련된 성인 남자의 몸이었다.

'춤추는 사람이어서 그런가? 몸이 꼭 조각처럼 아름다워.'

어느새 눈을 가린 손바닥을 내린 채 이현의 뒷모습을 보는 유채의 시선을, 그도 알아차렸다. 그는 슬쩍 고개를 돌리면서 잘생긴 입꼬리에 짓궂은 미소를 머금었다.

"유채 씨, 그런데 왜 얼굴 빨개졌어요?"

이현은 능청스럽게 다가오더니 단풍잎처럼 붉게 물든 유채의 얼굴을 가까이서 들여다보았다. 채 마르지 않은 물방울이 그의 정수리에서부터 이마를 타고 턱까지 또르르 흘러내렸다.

"머리 풀었네요? 예쁘다."

"예쁘긴, 요즘은 물만 마셔도 붓기만 해서 못생겨졌을 텐데."

이현이 자신을 빤히 쳐다보는 게 민망해서 고개를 내렸던 유채는, 이번에는 그의 상체와 정면으로 맞닥뜨렸다. 버드나무처럼 넓고 견고한 가슴과 양감 있는 허리, 여섯 개의 네모꼴로 선명하게 갈라진 복근이 그의 세밀한 움직임에 따라 유려한 곡선을 그려내는 게 보였다.

"당신은 못생겼을 때도 예뻐요."

유혹하는 것처럼 달콤한 말, 반달 모양으로 접히도록 웃는 눈, 귓가에서 살랑거리는 숨결. 그 모든 것에 홀리고 취해서 잠시 멍해졌던 유채는, 머리카락을 타고 슬그머니 어깨로 내려가는 손길을 알아차리고는 번쩍 정신을 차렸다.

"어어, 수작부리는 말 하면서 은근슬쩍 다가오지 말아요. 저리 가라고요!"

"왜요? 나를 사랑하게 될까봐 겁나요?"

위험했다. 그가 하는 말은 장난스러웠지만 하는 행동은 더 이상 장난이 아니었다. 해변의 미풍처럼 감미롭고 나른한 목소리가 귓가를 간질이며 속삭여왔다.

"못생겼을 때도 예쁜 아가씨, 저번에 응급실에서 하다 만 거, 마저 할래요?"

유채는 그 말을 듣자마자 몸을 돌려서 빠져나가려고 했지만, 이현은 민첩한 동작으로 그녀와의 간격을 좁히면서 그럴 틈을 주지 않았다.

이현이 유채의 허리에 손을 얹어 자기 쪽으로 확 잡아당기는 순간, 그녀는 두 발이 바닥에 고정된 것처럼 꼼짝도 할 수가 없었다. 그의 이마와 목덜미에서 미끄러져 내린 물방울들이 절묘하게도 그녀의 입술 위로 떨어져 스며들었다.

쿵―.

그때였다. 이현의 손바닥 아래서 한 번도 느껴본 적 없는 생소한 진동이 느껴졌다. 이현은 '이게 뭐지' 하는 듯한 표정을 지었다가, 다음 순간, 두 눈이 휘둥그레졌다.

"이, 이거……. 그, 그거 맞아요? 우리 이판사판이 방금 발차기한 거죠?"

유채는 자기도 모르게 벌어진 입에 두 손을 갖다 대면서 스르르 고개를 끄덕였다. 그녀의 동작이 끝나기 무섭게, 자기가 안에 있다고 알리기라도 하듯 배의 표면이 다시 한번 세차게 진동했다.

"우왓! 한 번 더 찼어요! 이건 이판일까요, 사판일까요?"

"직접 물어봐요. 버릇없게 엄마를 발로 뻥뻥 차는 녀석이 둘 중에 누구인지."

"그래야겠어요. 이판사판, 아빠 목소리가 들리면 응답하라, 오버!"

이현은 유채의 앞에 무릎을 꿇고 앉아 부푼 배 위에 살며시 귀를 가져다댔다. 얇은 옷깃 위로 묵직한 머리의 무게가 느껴지고, 물기에 젖은 싱그러운 머리카락이 촉촉했다. 유채는 태동이 들리기만을 기다리면서 가만히 앉아 있는 그를 내려다보며 나지막이 말했다.

"이현 씨, 나 마여정 대표하고 통화했어요. 회사에서 있었던 일, 멤버들이랑 사이가 틀어진 것도 전부 들었어요. 달리 얘기할 사람도 없었을 텐데, 왜 나한테는 말하지 않았어요?"

"……."

"우리 약속 기억하죠? 슬픈 일, 속상한 일, 힘든 일이 있을 때마다 말하고 의논한다. 그건 이현 씨한테도 똑같이 적용되는 거예요. 나는 당신 얘기를 다른 사람에게서 듣고 싶지 않아요."

상처로 얼룩진 과거 때문에 남자를 믿지 못하던 유채에게, 기댈 수 있는 휴식처가 되어준 사람, 강이현. 그는 그녀의 은인이었기에, 똑같이 힘이 되어주고 싶었다.

"그러니까 숨기지 말아요. 괜찮은 척도 하지 말아요. 내가 당신을 위로할 수 있게 해줘요. 그러지 않으면 우리가 함께 사는 의미가 없어요."

"……."

이현은 유채의 배 위에 얼굴을 묻은 채 한동안 아무 말도 하지 못했다. 그는 여태껏 누군가에게 마음 편히 어리광을 부리거나, 힘들다고 투정해 본 기억이 없었다. 그렇지만 사실은 그에게도 가슴 속에 있는 말을 털어놓을 수 있는 누군가가 간절히 필요했다.

"회사 사람들한테 욕먹은 건 아무렇지 않았어요. 처음부터 각오했던 일이니까. 하지만 멤버들한테서 절교를 당한 건 충격이었어요. 그런 일이 있을 수 있다고 상상해본 적도 없어서."

그는 목에 가시라도 걸린 사람처럼 힘들게 말을 이어갔다.

"비즈니스적인 관계가 되자니, 어떻게 그런 말을 할 수가 있을까 싶었어요. 하지만 먼저 잘못한 건 나니까, 내가 배신한 거니까, 누구도 원망할 수 없어서 그게 답답해요."

말하는 도중에 이현은 자기도 모르게 울컥했다.

"나흘밖에 안 됐는데 멤버들이 너무 보고 싶어서 힘들어요. 자라고 해도 안 자고 칠면조처럼 쿵쿵 뛰어다니던 것도, 일주일 넘게 청소를 안 해서 방을 개판 쳐 놓던 것도, 그래놓고서 밥 달라고 꽥꽥거릴 때마다 죽여 버리고 싶었던 것까지 전부 다 그리워요. 보러 가고 싶어요."

결국은 절대 인정하고 싶지 않았던 것까지 인정해 버렸다. 이현은 가슴 한 구석이 무너져 내리는 것 같은 아픔에 잠시 눈을 감았고, 유채는 그런 그의 머리 위에 부드럽게 손을 올렸다.

"동생들도 이현 씨 마음 다 알고 있을 거예요."

"그럴까요?"

"그럼요. 지금은 단지 생각할 시간이 필요한 것뿐이에요. 그러니까 시간을 주고 기다려요. 반드시 돌아올 거예요. 제일 좋아하는 맏형에게."

이현은 자신의 머리를 위로하듯 상냥하게 쓰다듬는 유채의 허리를 부둥켜안았다. 두 사람, 아니 네 사람은 그 자세 그대로 밀착되었고, 그들을 둘러싼 공기마저 맑고 따뜻했다.

27. 미스 or 미스터?

　─ 유채 씨, 병원 가 있는 거 맞죠? 지금 진료실에 들어갔어요? 궁금해서 죽을 것 같아요!

　─ 미스터 이판, 미스 사판? 반대? 아님 둘 다 미스나 미스터?

　유채의 손 안에서 휴대폰이 진동했다. 한 시간 동안 벌써 열두 번째 메시지였다. 오늘은 유채가 난임 클리닉을 졸업하고 주미가 소개한 일반 산부인과로 옮기는 첫날이었다. 주미 말로는 지금쯤이면 초음파를 통해서 쌍둥이의 성별을 알아볼 수 있을 거라고 해서, 이현은 정신없이 들떠 있는 것이다.

　그는 당연히 함께 오고 싶어 했지만, 오늘 2천 명과 일렬로 서서 하이파이브를 하는 해괴한 이벤트를 하러 가야 한다고 했다.

　'인류학자들은 꼭 대한민국의 아이돌 문화를 연구해 봐야 해. 침 뱉으면서 인사하는 마사이족이나, 장례식에서 박수 치는 아르헨티나인들보다 훨씬 흥미로운 연구 대상이라고.'

유채는 속으로 중얼거리면서 '쑥쑥 산부인과' 간판이 붙어 있는 건물 안으로 들어갔다.

"처음 왔는데요."

데스크에 가서 그렇게 말하자, 하늘색 유니폼을 입은 여자가 문진표를 꺼내 내밀었다.

"이거 작성해서 주시고 잠시만 기다려주세요."

유채는 문진표를 받아들고 임산부 인적사항과 병력을 꼼꼼히 적어나가기 시작했다. 남편의 인적사항을 적는 칸에 이르러서는 잠시 망설였지만, 이내 비워놓기로 마음을 정하고 나머지만 다 채워서 간호사에게 돌려주었다.

"산모님, 여기에는 아무것도 안 적으셨네요. 적어서 주시겠어요?"

차트를 도로 내미는 간호사를 향해 유채는 간결하게 말했다.

"적을 게 없는데요."

"아기 아빠가 없어요?"

"없는 건 아니지만 적고 싶지 않은데요. 결혼한 사이가 아니라서요."

간호사는 결혼반지가 끼워져 있지 않은 유채의 왼손을 힐끗 쳐다보고 불편한 기색을 드러냈다.

"그래도 적으셔야 해요. 비상사태가 생겼을 때 저희가 연락 드려야 하니까요."

"저희 엄마 연락처를 대신 적어놓을게요. 아기 아빠는 안 돼요."

간호사와 유채가 실랑이를 벌이고 있을 때, 복도 안쪽에 있는 진료실 문이 열렸다.

"박 간호사? 무슨 일이에요?"

"원장님, 이 산모님께서 아기 아빠 인적사항을 안 적겠다고 고집을 부리셔서요."

"그래요? 그럼 그냥 적지 마시라고 해요. 이쪽으로 들어오세요, 서유채 씨."

수더분한 인상의 나이 든 여의사는 흔쾌히 말하더니 유채를 진료실로 안내했다.

"죄송합니다. 박 간호사한테 프라이버시 개념에 대해 교육했어야 했는데. 아이 아빠가 외계인이든, 도깨비든, 대통령이든, 연예인이든 간섭할 바가 아닌데 말이에요, 그렇죠?"

"아니에요. 괜찮아요."

마지막에 튀어나온 단어에 놀라긴 했지만, 유채는 이 의사에게 첫눈에 호감이 갔다. 삼신 클리닉에서 받아온 진료 기록을 하나하나 꼼꼼히 읽어보는 것도, 초음파 화면에 적힌 수치를 평균치와 비교해가며 자세히 설명해주는 것도 마음에 들었다.

"임신 32주 이전에 산모님께 태아의 성별을 알려드리는 건 의료법 위반입니다. 그래도 알고 싶다고 하시면 눈 가리고 아웅 식으로 알려드릴 수는 있죠. 하늘색 옷을 사야 할지, 분홍색 옷을 사야 할지, 박보검을 닮았는지, 박보영을 닮았는지. 어떠신가요? 스포일러를 원하세요?"

"알고 싶지 않다고 하는 산모들도 있나요?"

"그럼요. 깜짝 선물로 남기고 싶어 하는 분들이 있죠. 미리 알면 아무래도 재미가 덜하잖아요. 또 성별에 구애받지 않겠다면서 확인 안 하시는 분들도 있어요. 똑같이 사랑할 거라고."

유채는 한때나마 임신중절을 고려한 적 있었다는 게 쌍둥이에게 늘 미안했고, 그래서 '똑같이 사랑한다'는 얘기에 귀가 솔깃했다.

"그럼 저도 알고 싶지 않아요. 혹시 생각이 바뀌면 그때 여쭤볼게요."

유채는 이현도 자신의 결정에 당연히 동의해줄 거라고 생각했지만, 그건 섣부른 판단이었다.

"성별을 안 듣고 왔다고요? 아니, 왜요! 무슨 일 있었어요?"

그날 저녁, 이현은 도마 위에서 야채를 썰던 손을 우뚝 멈추고서 망연자실하게 소리쳤다.

"무슨 일이 있었던 건 아니에요. 그냥 갑자기 그런 생각이 들었어요. 우리는 아들이든 딸이든 너희들을 무조건 사랑할 거야, 그런 메시지를 아이들에게 전해주고 싶다는……."

"성별을 알고 나서 무조건 사랑해도 되는 거잖아요!"

이현이 항의하자, 유채는 식탁 위에 세워둔 태블릿을 턱 끝으로 획 가리켰다.

— 아빠 미소 작렬하는 일루전의 강이현! 벌써 딸바보 예약?

태블릿 화면에 뜬 뉴스 기사 아래서, 일루전의 하이터치회에 온 어린 여자 쌍둥이 팬이 춤추며 'Fantasy'를 부르는 영상이 무한 반복 재생되고 있었다. 유채는 집에 돌아온 직후부터 이현에게서 그 아이들이 얼마나 귀여웠는지, 딸이 있으면 얼마나 좋을지 귀가 마르고 닳도록 들어버린 후였다.

"글쎄요, 지금 이현 씨를 봐요. 딸만 둘 갖고 싶다는 티를 팍팍 내고 있잖아요. 만일 둘 다 아들이거나, 둘 중 하나가 아들이라고 하면, 조금이라도 실망하지 않을 자신이 있어요? 정말?"

"……."

"자신 없는 거죠? 그러니까 안 돼요."

유채의 단호한 말에, 이현의 두 볼은 사탕을 문 것처럼 불룩하게 튀어나왔다.

"이건 너무하잖아요. 부모도 인간인데 좀 실망하고 그럴 수도 있는 거지. 진짜 궁금하단 말이에요! 나 왕따 당하는데 불쌍하지도 않아요?"

"아니, 여기서 왕따 얘기가 왜 나와요? 아무리 졸라도 안 되는 건 안 되는 거예요. 이제 그만하고 저녁이나 먹어요. 준비하는 거 도와줄게요."

그러나 유채가 식탁에서 일하는 것과 동시에 이현은 앞치마를 확 벗어던졌다.

"저녁 안 해요! 오늘부터 파업할 거예요!"

"뭘 한다고요?"

"파업이요! 이판사판 성별을 알게 될 때까지, 나 강이현은 집안일에서 손 뗍니다!"

이현으로서는 그게 나름대로 초강수를 둔 것이었다. 숙소에서 밥 안 준다는 한 마디면 망나니 같은 멤버들을 온순한 양으로 만들 수 있었다. 그러나 유채는 이현의 얕은수가 먹힐 만한 상대가 아니었다.

"아, 그래요? 잘됐네요. 그렇지 않아도 매일 비슷한 메뉴가 조금 물리던 참이었는데. 이탈리안 파스타나 배달시켜 먹어야겠어요. 이현 씨도 같이 먹을래요?"

"안 먹어요!"

이현은 뾰로통한 얼굴로 두 주먹을 불끈 쥐고 외치더니 자기 방으로 들어가 버렸다. 쾅 소리 나게 닫히는 문을 보면서도, 유채는 놀라기는커녕 낮은 소리로 웃을 뿐이었다.

"저럴 때 보면 아직 어리긴 하다니까."

함께 살게 되면서 그들의 관계에도 작은 변화가 생겼다. 이현은 때로는 성숙한 남자로 다가와 그녀를 설레게 하고, 때로는 자상하고 섬세한 친구처럼 돌봐주고, 가끔은 이렇게 다 내려놓고 누나에게 투정을 부리는 동생처럼 굴기도 했다. 그녀는 이현의 나이다운 꾸밈없고 순수한 어리광이 좋았다. 그가 다른 사람에게는 보여주지 않는 면을 자신에게만 보여주는 게 좋았다.

"강이현 씨, 삐졌어요?"

그녀는 이현의 방 앞으로 슬그머니 다가가, 굳게 닫혀 있는 문을 노크하면서 물었다,

"성별을 미리 확인하지 않으면 좋은 점도 있어요. 아이들이 태어났을 때의 기쁨과 놀라움이 두 배가 되잖아요. 우리의 경우에는 네배가 될 거고. 그날이 더 기대되지 않아요?"

"……."

안에서 아무런 대답이 들려오지 않는 걸 보니 아주 단단히 삐진 모양이었다. 어린애든 남자든, 투정 부릴 때 받아주면 버릇이 나빠진다는 걸 아는 유채는 더 달래지 않고 내버려 두었다.

그들이 다시 마주친 것은 다음 날 이른 아침이었다.

"아, 체조하라고 잔소리하는 사람 없어서 좋네."

모처럼 평화로운 분위기에서 눈을 뜬 유채는 개운하게 기지개를 켜면서 거실로 나왔다. 이현이 아직 자는 것 같아, 찬장에 있는 시리얼을 꺼내 아침 식사를 하려고 했다.

그때, 손님방의 문이 열리더니, 자기 캐릭터가 그려진 쿠션을 가슴에 끌어안은 이현이 잠이 덜 깬 상태로 비틀비틀 걸어 나왔다.

그는 시리얼 그릇에 우유를 부으려고 하는 유채를 보더니, 말없이 다가와 제지했다. 그리고 예전에 만들어서 냉장고에 넣어 두었던 죽과 반찬을 전자레인지에 데우기 시작했다.

"파업한다더니? 벌써 포기하는 거예요?"

　거의 습관에 가까운 동작으로 움직이던 이현에게 유채가 묻자, 그는 전자레인지에 손을 얹은 채 그대로 굳어졌다. 그걸 본 유채는, 그가 잠에 취한 나머지 간밤의 파업 선언에 대해서 깜박 잊어버렸다는 사실을 눈치 챘다.

"……."

　어떻게 하면 최대한 자존심이 덜 상하게 이 상황을 무마할 수 있을지 고민하는 이현을 위해, 유채는 자신이 직접 전자레인지를 돌리는 것으로 그 고민을 해결해 주었다. 심지어 힘내라는 듯이, 그의 어깨를 토닥토닥 두들겨 주기까지 했다.

"아이돌 노조 대표 강이현 씨. 파업 열심히 해 봐요, 근로자가 자신의 권리를 주장하는 건 언제나 바람직한 일이에요."

　아무리 주장해 봤자 뭐하겠는가, 고용주는 어디 한 번 재롱을 떨어보라는 듯이 웃고 있는데. 이현은 고개를 푹 숙이고 식탁에 앉아 우유도 붓지 않은 시리얼을 푹푹 퍼먹기 시작했다. 부루퉁한 표정과 삐죽삐죽 뻗친 옆머리가 덩치 큰 스머프처럼 귀여워서, 유채는 자기도 모르게 다가가 머리를 쓰다듬을 뻔했다.

"이제 몇 달만 더 기다리면 되는데, 이현 씨는 왜 아이들 성별에 대해서 무심해지질 못해요?"

"어떻게 무심해져요? 우리 아이들에 관한 일인데. 하루라도 빨리 얼굴 보고 싶고, 손잡고 싶고, 볼을 만져보고 싶지만, 아직 뱃속에서 더 자라야 하니까 간신히 참고 있는 거잖아요."

이현은 간절한 눈빛으로 유채를 쳐다보면서 호소하듯 말했다.

"아이들에 대해서라면 한 가지라도 더 알고 듣고 싶어요. 초음파에 보일 듯 말 듯 잡히는 손가락만 봐도, 콧구멍만 봐도 신기한데, 남자인지 여자인지 미리 알 수 있다니 얼마나 경이로운 일이에요."

"……."

"남자 쌍둥이라서 실망하는 것도 괜찮아요. 아니, 실망하고 싶어요. 원래 누군가에 대해 안다는 건 기쁨과 실망을 동반하는 거잖아요."

유채는 이현이 쌍둥이 여자아이들의 귀여운 외모에 혹해서 파업이니 어쩌니 고집을 부린다고 생각했을 뿐, 이렇게 깊이 생각하고 있을 줄은 몰랐다.

"앞으로 꼼짝없이 인간 말이 되어서 등에 애들을 태우고 다녀야겠구나, 불평하면서도 그래도 남자 셋이서 농구도 하고 목욕탕노 가고 캠핑도 하고, 언젠가는 소주도 한잔해야지 생각하면서 흐뭇해하고 싶다고요."

그제야 유채는 이현의 진심을 이해했다. 아빠인 그에게도 아이들에 대해 알 권리가 있는데, 그걸 알아주지 않고 일방적으로 자신의 결정만 강요한 것이 미안해졌다.

"좋아요, 이렇게 해요. 이현 씨도 만족하고 나도 만족할 방법이 있어요."

"그게 뭔데요?"

"산부인과 원장님한테 부탁해서 성별을 적은 종이쪽지를 받아올게요. 이현 씨든 우리 엄마든 누구든, 그걸 알고 싶은 사람만 열어보는 거예요. 그러면 공평하겠죠?"

"아, 그런 방법이 있네요! 무슨 비밀 작전 같아서 재미있을 것 같기도 하고."

유채의 기발한 아이디어를 들은 이현의 낯빛이 대번에 환하게 밝아졌다.

"하지만 난 알고 싶지 않으니까, 절대로 성별에 대해서는 나한테 티를 내면 안 돼요. 알겠죠?"

"네, 절대로 말하지 않을게요. 고마워요!"

두 손을 맞잡고 기뻐서 어쩔 줄 모르는 이현의 모습에, 유채까지 덩달아 기분이 좋아졌다.

"맨입으로만 고맙다고 할 거예요?"

그토록 소원하던 대로 성별을 알 수 있게 되었으니, 그놈의 파업인지 뭔지를 접으라는 의미에서 한 말이었다. 그러나 이현은 그녀의 말을 자기 좋을 대로 해석해 버렸다.

"고마워, 자기야!"

그는 생기 넘치는 목소리로 말하면서, 몸을 살짝 기울여 유채의 얼굴을 두 손으로 감쌌다. 그리고는 그녀의 볼에 쪽 소리가 나도록 입을 맞추었다. 짜릿하게 말초 신경을 자극하는 프렌치 키스는 아니었지만, 이제 막 살림을 차린 신혼부부처럼 산뜻한 버드 키스였다.

'저 닭살스러운 호칭에 너무 익숙해져 버리면 안 되는데.'

유채는 번번이 그의 앞에서는 마음이 약해지고, 못 이긴 척 져주게 되어버린 자기 자신을 발견했지만, 그래도 기분이 나쁘지 않았다. 그녀는 이현에게 잡힌 손을 그대로 내버려 두고, 살며시 떠오르는 미소를 감추려고 괜히 엄격한 척했다. 누가 뭐래도 그들은 환상의 호흡을 자랑하는 천생연분 커플이었다.

28. 일루젼 탄생 비화 그 첫 번째,
혁과 이현의 만남

"여기가 맞나? 아무도 안 계세요?"

이현은 귀신이 나올 것처럼 음침한 상가 안으로 들어서면서 주위를 두리번거렸다. 반영구 눈썹 문신 시술소와 태국 마사지 업소가 있는 으슥한 상가 안에 연예인 기획사가 있을 것 같지는 않아서, 잘못 찾아온 것 같다고 생각하면서 돌아 나가려던 참이었다.

"오, 이현이 왔구나. 여기야."

끄트머리에 붙은 사무실에서 가무잡잡한 손이 튀어나오더니 이현을 향해 반갑게 손짓했다. 이현은 떨떠름한 낯빛으로 그 손을 향해 걸어갔다.

연예기획사 '초대박 엔터테인먼트'의 매니저 종필은 이 후덥지근한 날씨에 에이컨도 없는 사무실에서 창문과 문을 모두 열어둔 채 바닥에 신문지를 깔고 앉아 있었다.

"아, 미안. 지금 일하는 중이거든. 오늘까지 납품이라서. 조금만 기다리면 대표님 오실 거야."

종필은 셔츠 소매를 팔꿈치까지 걷어붙인 채 땀을 뻘뻘 흘리면서 곰돌이 인형에 플라스틱 눈을 붙이고 있었다.

그 모습을 본 이현은 어떻게 반응해야 할지 몰랐다. 뒤통수를 세게 얻어맞은 기분이었다.

'어쩐지, 일이 너무 쉽게 풀린다 했지…….'

가수지망생 카페에서 '초대박 엔터테인먼트 글로벌 오디션' 공고를 보고, 자신이 기타 치며 노래하는 영상을 보낸 게 한 달 전이었다. 되면 좋고 안 되면 말자는 심정으로 보낸 거였는데, 2차 오디션도 없이 덜컥 합격 통지 메일이 와서 기절할 듯이 놀랐다.

계약금은 따로 줄 수 없지만 데뷔할 때까지 책임지고 트레이닝 시켜줄 것이고, 연습생 기간 동안 숙박과 생활비를 모두 지원해준다는 말에 넘어가 덜컥 계약 해버리고만 이현이었다.

그동안 모은 용돈을 털어 아는 사람 한 명 없는 서울로 올라온 후, 생각보다 비싼 물가에 쪼들리며 언제 돈이 다 떨어질지 몰라 조마조마한 신세였으니 사실 선택의 여지가 없긴 했다. 그래도 계약서를 쓸 때는 크고 고급스러운 대형 프랜차이즈 카페에서 깔끔하게 정장을 차려 입은 종필과 마주 앉아 서명하고 지장을 찍었는데, 설마 사옥이 이렇게 생겼을 줄은 몰랐다.

'쟤도 나처럼 오디션 보고 들어온 건가?'

종필의 맞은편에는 이현 또래의 덩치 좋은 청년 하나가 앉아서 같은 작업을 하고 있었다. 검은색 민소매 티 밖으로 드러난 건장한 어깨, 솥뚜껑같이 생긴 손, 윗부분만 남기고 옆 부분을 싹 밀어버린 머리 스타일, 숯 칠한 것처럼 짙고 부리부리한 눈이 남자다운 미남

형이었다. 종필은 이현과 혁의 어깨에 나란히 손을 얹으면서 두 사람을 서로에게 소개해주었다.

"아, 소개해줄게. 이쪽도 연습생이야. 인천에서 이름 날리던 비보이 출신인데, 이름은 권혁. 혁아, 이쪽은 새로 온 연습생 강이현이라고 해. 너희 둘은 동갑이니까 친하게 지내봐."

혁은 손아귀에 곰돌이 인형 머리를 움켜쥔 채, 이현에게 툭 던지듯 질문했다.

"너, 게임 하냐?"

"아니."

서울에서는 게임 안 하는 남자가 어떤 취급을 받는지 까맣게 모르는 이현이 순진하게 대답하자, 혁은 눈썹을 홱 추켜올렸다.

"플스도 못 해? 당구는 치냐? 술은 좀 마셔?"

"아니. 술은 배워보고 싶긴 한데……."

"으휴, 할 줄 아는 게 뭐냐."

혁은 대놓고 면박을 주더니, 이현에 대한 흥미를 잃어버린 듯 인형 눈알 붙이기에 열중했다. 무안해진 이현이 이거라도 도와야 하나 싶어 신문지 위에 자리를 잡으려는데, 열려 있는 문으로 후다닥 들어오는 사람이 있었다. 금장 로고가 박힌 짝퉁 명품 정장을 몸에 휘감은 장년의 여자는 인사도 없이 종필을 향해 냅다 소리부터 질렀다.

"지금 한도 초과한 카드가 어디 거더라? 삼성이랑 신한이었나?"

"삼성이랑 신한이랑 롯데요."

"그럼 우리카드로 돌려막으면 되겠네."

여자가 잘 열리지도 않는 중고 책상의 서랍을 억지로 열어 그 안에서 노란색 고무줄로 묶어놓은 수십 장의 카드 뭉치를 꺼내는데,

종필이 조심스럽게 말을 붙였다.

"마 대표님! 이 아이가 이현입니다. 제가 말씀드렸죠?"

종필이 바닥에 앉아 있던 이현의 등을 쿡 찌르자, 그는 허둥지둥 일어나 인사를 했다.

"안녕하세요. 강이현입니다."

"아, 이번에 들어온 연습생이 너구나. 멀끔하게 잘 생겼네. 열심히 해 봐."

마 대표는 이현을 한 번 힐끗 쳐다보면서 대충 말한 후 곧장 밖으로 뛰쳐나갔다. 노래라도 불러야 하는 줄 알고 긴장했던 이현은 안도하면서도 맥이 빠졌다. 인물만 되면 꾀꼬리 노랫소리를 내든 두꺼비 울음소리를 내든 상관없는 건가 싶었다.

이현이 실망하는 기색을 알아차린 종필은 곰 인형 더미를 한쪽으로 치우면서 혁을 불렀다.

"혁아, 이현이 숙소로 데리고 가서 쉬게 해 줘."

"숙소요? 제 방이요? 왜요?"

"왜라니, 너희는 이제부터 같은 데뷔 조야. 보컬 강이현, 래퍼 권혁. 그러니까 당연히 숙소도 같이 써야지."

말이 떨어지기 무섭게 이현과 혁이 동시에 거세게 반발하고 나섰다.

"잠깐만요, 저는 싱어송라이터로 솔로 데뷔하려고 이 회사에 온 건데요? 그룹 데뷔는 생각해 본 적도 없어요."

"형, 나한테는 간지와 스웩이 넘치는 힙합 그룹을 만들어 준다고 했잖아요! 쟤랑 나랑 어떻게 같은 팀을 해요? 딱 봐도 그림체가 다른데."

그러나 종필은 혁이 눈알을 세 개 붙여놓은 곰돌이를 허공에 들어 올려 흔들어 보이면서, 어쩔 수 없다는 어조로 대꾸했다.

"싫어도 어쩔 수 없어. 이 회사에는 연습생이 너희 둘뿐이고, 따로 데뷔시킬 여력은 없으니까. 데뷔하고 싶으면 둘이 잘 뭉쳐봐. 그게 너희가 살길이야."

이현은 여태껏 자신의 발을 둥둥 떠받들어 주고 있던 오색구름이 푹 꺼져버린 기분이었다. 혁이 사는 고시원으로 향하는 내내, 두 사람은 서로를 지그시 노려보며 똑같은 생각을 했다.

'너만 없으면!!'

두 남자가 고시원 입구를 통과해 들어가는데, 카운터 창문이 스르륵 열리면서 고시원 주인이 고개를 내밀었다.

"빡빡머리 학생! 월세! 이번 달 월세 안 들어왔어!"

"월세를 왜 저한테 얘기하세요? 회사에 얘기하셔야죠. 정 안 되면 그냥 보증금에서 까세요."

혁은 월세 문제로 바가지를 긁히는 데 이골이 난 듯 천연덕스럽게 받아쳤다.

"깔 보증금이 있어야 까든지 말든지 하지!"

"아니면 그냥 제 신장이라도 떼어서 갖다 파세요. 드릴 수 있는 게 그거밖에 없으니까."

혁은 배짱 좋게 옆구리를 툭툭 쳐 보이고는, 그대로 카운터를 지나쳐 복도로 들어섰다. 어두컴컴한 엘리베이터를 타고 4층까지 올라간 후, 햇볕이 전혀 안 들 것 같은 북쪽 끄트머리 방의 문을 열면서 혁은 웃음기 없는 무뚝뚝한 표정으로 말했다.

"초대박 엔터테인먼트 아이돌 데뷔 조의 숙소에 온 것을 환영한다."

문을 열자마자 훅 끼쳐오는 땀 냄새, 곰팡이 냄새, 음식 쓰레기 냄새에 이현은 인상을 썼다. 사방에 쓰레기가 널려 있는 방은 돼지우리라고 부르기가 돼지에게 미안할 만큼 난장판이었다. 이현은 짧은 시간 동안 천당과 지옥을 오가게 된 자신의 처지가 기가 막혔다.

"짐은 저 방에 풀어. 싫음 말고."

혁은 턱짓으로 작은 방이 있는 방향을 무성의하게 가리키면서 말했다. 망연자실한 낯빛으로 작은 방의 문을 열었던 이현은, 엄지만한 굵기의 바퀴벌레가 바닥을 횡단하는 것을 보고 잽싸게 다시 문을 닫았다.

"내 짐은 그냥 거실에 둘게."

호텔처럼 호화로운 숙소, 카리스마 넘치는 대표님, 실력 있는 트레이너, 의욕 넘치는 연습생 동료에 대한 꿈은 물거품처럼 사라졌다. 이현은 훌러덩 윗옷을 벗어 던지며 걸어가는 혁의 등에 대고 혼잣말처럼 중얼거렸다.

"어차피 여기 오래 있지 않을 것 같으니까."

첫 단추를 잘못 끼웠는데 그 다음이 순탄할 리 없었다. 이현이 연습생이 된 지 석 달이 되도록, 계약 당시 약속받았던 '체계적인 트레이닝'은 시작될 기미도 보이지 않았다.

"이럴 줄 알았으면 다른 소속사에 가서 오디션이라도 볼 걸 그랬어!"

냄새 나는 사무실에 퍼질러 앉아 일개미처럼 일하던 이현은 드디어 불만을 터뜨렸다. 그의 손에는 흙냄새 나는 생도라지와 작은 과도가 쥐여 있었다. 도라지 껍질 벗기는 아르바이트를 하면서 먹어치우는 게 더 많은 혁이 입을 오물거리면서 비아냥거렸다.

"몰랐냐? 원래 소속사라는 게 원양어선이랑 똑같은 거야. 도장 찍고 배 타기 전까지는 온갖 듣기 좋은 말로 구슬리지. 배 타면 그때부터 얄짤없어. 배가 침몰하면 다 같이 죽는 거야."

"그러는 넌, 뭐 알아보고서 계약했어?"

"......."

혁은 대답 대신 슬그머니 도라지 한 뿌리를 더 가져갔다.

"그만 좀 집어먹어! 일도 못 하고 손에 잡히는 물건은 다 부수기만 하는 게!"

이현은 혁을 흘겨보면서 핀잔을 주었다. 청소하기 싫어하고 게으르고 둔한 저 곰 같은 놈과 함께 살아야 하는 것도 너무 힘들었다.

— 똑같은 양말을 일주일 내내 신는 이유가 뭐야? 혹시 양말이 발바닥에 붙었어?

— 화장실에 들어가면 문 좀 닫아! 너 볼 일 보는 중이라고 전 세계에 중계라도 해줄까?

— 냉장고에서 버섯이 자라고 있는 거 알고 있었어? 저거, 양식하는 건 아니지?

이현의 끝도 없는 잔소리에 혁도 견디기 힘들었고, 결국은 버럭 고함치면서 역정을 냈다.

— 아, 진짜, 쫑알쫑알 도저히 못 들어주겠네! 너한테 치울 권리가 있는 것처럼 나한테는 어지럽힐 권리가 있는 거야! 억울하면 치우지 마! 네놈의 생활방식을 나한테 강요하지 말라고!

일주일 전에는, 빨랫줄에 널어놓았던 팬티를 두고 대판 싸우기까지 했다.

— 권혁, 너 또 내 팬티 가져갔지! 왜 자꾸 남의 팬티를 입어! 불결하게!

— 에이, 같은 남자끼리 어때, 유난 떨기는. 그런데 이거 순면이

냐? 촉감이 좋아. 통풍도 잘 되고 쭉쭉 늘어나고 착 달라붙더라. 한 장 더 없냐?

동네 백수처럼 만화책을 낀 채 뒹굴거리며 무심히 대꾸하는 혁을 보고, 이현은 마침내 신경발작을 일으키고 말았다. 풀지 않고 놓아 둔 옷 가방을 가지고 와서, 그 안에 든 속옷들을 혁의 머리 위에 와르르 쏟아부으며 소리친 것이다.

— 이거 몽땅 입어! 네가 다 입고! 난 이 개미지옥에서 나갈 거야!

— 윽! 이게 무슨 짓이야, 이 미친놈아! 꺼질 거면 곱게 꺼지든가!

난데없는 팬티 세례를 맞고 윽하는 혁을 내버려 두고 이현은 숙소를 뛰쳐나왔다.

짐은 연습실에 가져다 두고, 동네 찜질방에서 밥값을 반 토막 내가며 눈치 잠을 잤다.

그날도 연습이 끝난 후 찜질방에나 가려고 발걸음을 옮길 때였다. 갑자기 험악한 인상의 중년 남자 세 명이 느닷없이 나타나 그를 포위하듯이 에워쌌다.

"네가 강이현이냐?"

팔뚝에 뱀 문신을 한 남자가 짝다리를 짚은 채 서서 이현에게 물었다.

"네, 그런데요. 누구세요?"

"잡아."

남자가 나머지 둘에게 눈짓하자, 그들은 일제히 달려들어 이현의 팔을 한쪽씩 잡았다.

"왜 이러시는 거예요? 누구세요?"

남자는 질문에 대답하는 대신 난데없이 발길질을 날렸다. 징 박힌 구둣발이 복부를 파고들자 이현은 윽 소리를 내면서 몸을 꺾었다.

"왜 이러냐고? 진짜 몰라서 물어? 야, 네가 박 사장 노동청에 찔렀다면서. 우리가 박 사장 친형제 같은 사람들이야."

"박 사장이요?"

당황해서 다급히 기억을 더듬던 이현에게, 얼마 전 아르바이트를 했던 인근 편의점 점주의 성이 박 씨였다는 사실이 불현듯 떠올랐다. 꼬박 석 달을 일했는데도 주휴수당은 물론이고 월급까지 주지 않아서, 결국 그만두고 나와 노동청에 진정서를 접수했던 것이다.

"봐, 네 놈 자식 때문에 무슨 소환장까지 받았다잖아. 박 사장이 얼마나 곤란해하고 있는 줄 알기나 해?"

남자는 이현의 앞머리를 손으로 우악스럽게 틀어잡아 억지로 위를 보게 하더니, 바지 뒷주머니에 꽂아두었던 서류를 그의 눈앞에 들이밀었다. 흐릿해진 이현의 눈에 '출석요구서'라는 제목이 붙은, 노동청 인장이 찍힌 꾸깃꾸깃한 서류가 보였다.

"월급 주시면 되잖아요. 주휴수당까진 바라지도 않을 테니까, 최저임금만이라도 챙겨주시면 당장 진정 취하할 거예요. 사장님한테도 그렇게 말씀드렸고요."

"당장 줄 형편이 안 된다잖아. 새파랗게 어린놈이라 잘 모르나 본데, 요새 자영업자들이 얼마나 힘든데 말이야. 인정머리 없이 고소질이야, 고소질이."

"그렇게 힘들면 처음부터 사람을 쓰지 마셨어야죠. 쓰셨으면 대가를 지불하셔야 하고요."

남자에게 잡혀 있는 머리카락이 아팠지만, 이현은 겁먹은 티를 내지 않으려 애쓰면서 또박또박 말했다. 그 돈은 이현에게도 중요했다. 종필이 주는 쥐꼬리만한 용돈에만 의지하고 있다가는 굶어 죽기 딱 좋고, 앞으로 한동안 그럴 것 같았다. 아이돌로 데뷔한다 하더라도 손익 분기점을 넘을 때까지는 정산을 받을 수도 없는 상황이었다.

"이거 말로 해선 안 되겠네. 야, 정신 좀 번쩍 들게 해 줘라."

남자는 이현의 머리카락을 놓는 것과 동시에, 양쪽에서 이현의 팔을 잡고 있던 남자들에게 눈으로 신호를 보냈다.

이미 덤벼들 태세를 갖추고 있던 그들은 득달같이 달려들어 이현을 때리기 시작했다. 단단한 주먹이 이현의 얼굴을 정면으로 가격했고, 그 충격에 뒤로 밀려난 이현이 담벼락에 부딪히며 쓰러지자 그 위로 무차별적인 발길질이 날아들었다.

퍽—! 퍽—!

그 순간, 골목 담장 건너편에서 돼지 멱따는 소리가 희미한 메아리처럼 들려왔다.

"어우디에 있나요오—, 줴 얘기 졍말 들리시나요우워어—."

연습이 끝나면 으레 그렇듯, 혁이 PC방을 가기 위해 골목 어귀를 돌고 있었다. 노래를 흥얼거리며 걷던 혁은 인상 더러운 남자 무리에게 두들겨 맞고 있는 이현을 발견하고는 제자리에 우뚝 멈춰 섰다. 그의 눈이 휘둥그레지고, 상황에 안 맞는 질문이 흘러나왔다.

"모지리? 여기서 뭐 하냐?"

"남의 일에 참견 말고 그냥 지나가라, 맞고 싶지 않으면."

이현 대신 그의 멱살을 우악스럽게 틀어쥐고 있던 남자가 혁을 향해 험악하게 으름장을 놓았다. 이현은 바닥에 반쯤 엎어진 채, 통통 부어올라 시야가 가물거리는 눈으로 혁을 올려다보았다.

"에이 씨, 진짜 사람 귀찮게 하네."

혁은 투덜거리면서도 망설임 없이 패거리를 향해 돌진했다. 이현의 멱살을 잡은 남자의 등짝을 이마로 무자비하게 들이받자, 남자는 억 소리를 내면서 이현을 놓고 앞으로 고꾸라졌다. 혁은 그 기회를 놓치지 않고 넘어진 남자를 깔고 앉아 들입다 팔을 비틀어버렸다.

"으악! 이 새끼는 또 뭐야!"

"지나가던 동네 백수 새끼다, 어쩔래!"

혁은 우격다짐으로 주먹을 휘둘러댔고, 그중 몇 대가 운 좋게 사채업자들의 팔이나 어깨에 맞기도 했다. 그러나 행운은 거기까지, 남자 셋이 우르르 달려들어 혁을 바닥에 엎어뜨리자마자 전세는 곧바로 뒤집혔다.

돌덩이 같은 팔꿈치가 뒤통수를 내리찍자, 혁은 쇠뭉치에 얻어맞은 것처럼 의식이 아득해졌다. 정신이 들었을 때는 이현과 나란히 남자들의 발밑에 깔려서 먼지 나게 두들겨 맞고 있었다.

"그러게 남의 일에 왜 끼어들어, 등신 같은 새끼가."

입술이 터져 피가 흐르는 혁의 얼굴을 남자가 걷어차려는데, 이현이 그의 발목을 붙잡으면서 애원했다.

"제 친구예요, 때리지 마세요! 월급은 포기할게요! 진정도 취소할 테니까 이제 그만하세요!"

듣고 싶었던 한 마디를 얻어낸 남자는 야비하게 웃으면서 날아가려던 발을 멈췄다.

"네 입으로 분명히 말했다? 포기한다고."

"그렇다니까요!"

"오늘 당장 노동청에 전화부터 걸어. 한 번만 더 월급 달라고 진상 부리면 너도 네 친구도 개박살 날 줄 알아."

남자는 이현으로부터 몇 번이나 더 다짐받은 후에야 그 자리를 떠났다. 이현은 바닥에 드러누워 신음하고 있는 혁의 어깨를 붙잡아 일으키면서 말했다.

"이럴 거면 차라리 도와주지를 말든가, 괜히 애꿎은 너까지 얻어맞고, 이게 뭐야."

그러나 혁은 시퍼렇게 멍든 눈을 하고서도 뻔뻔하게 허세를 부렸다.

"야, 내가 컨디션 난조만 아니었어도 저런 놈들 정도는 한 방이면 끝나, 한 방! 쟤네들은 오늘 구사일생한 거야. 아까 보니까 주먹 쓰는 법도 제대로 모르더라고. 아마추어들."

"……."

나불대는 걸 보면 상태가 겉으로 보는 것만큼 심각하지는 않은 것 같았다. 이현은 혁을 부축해서 고시원 방까지 데려갔다. 혁을 침대에 눕혀놓고 나와 현관에서 운동화를 신는데, 방 안에서 무뚝뚝한 목소리가 그를 불러 세웠다.

"야, 어디 가냐?"

"찜질방 가려고. 왜? 어디 불편해?"

이현은 신으려던 운동화를 내려놓고 얼른 방 안으로 들어갔다.

혁은 침대에 벌렁 드러누운 상태에서 이현의 통통 부은 얼굴을 올려다보며 웅얼거렸다.

"지가 더 아픈 주제에 오지랖은. 됐고, 이제 찜질방 가지 마. 연습실에 있는 짐도 가져오고."

"어?"

"여기서 살라고. 네 빤스 안 입고, 양말도 닷새에 한 번은 갈아 신도록 해 볼게. 그럼 됐지?"

"……."

"뭐야, 그걸로 부족해? 그러면 사흘? 아, 진짜 그 이상은 바라지마라. 인간적으로."

이현은 그 순간부터 혁이 좋아졌다. 거칠고 투박하지만, 알고 보면 그 누구보다 다정하고 의리 있는 녀석이었다.

"알았어, 여기서 살게. 그 대신……."

"대신?"

이현은 입술의 양쪽 끝을 끌어올리면서 싱긋 웃었다.

"나한테 술 마시는 법 좀 가르쳐 주라."

그날 밤, 혁과 이현은 고시원 방 안에서 소주 파티를 벌였다.

악덕 점주에게 당한 사정을 설명하던 이현은, 거기서 멈추지 않고 자신의 가정 사정까지 술술 고백하고 말았다.

오로지 꿈을 이루기 위해 아버지, 어머니를 내팽개치다시피 몰래 가출했다는 것. 그래서 자신은 반드시 성공해야 하는데, 고작 편의점 아르바이트나 하면서 시간을 보내고 있는 게 죽도록 속이 탄다는 것. 그 와중에 월급까지 떼어먹혔으니 죽고 싶다는 것까지.

혁은 싫증내는 기색 없이 끝까지 얘기를 들어주면서 거듭 술잔을 채워주었다.

"됐어, 그까짓 게 뭐 대단한 일이라고 죽고 싶대. 알바하다 보면 월급 안 주는 새끼들 수두룩해. 그런 악질들은 노동청에 아무리 찔러도 돈 안 뱉어내. 차라리 벌금 내고 말겠다고 할 걸. 그놈한테는 내가 복수해줄 테니까 헛고생 하지 마. 새벽에 몰래 찾아가서 편의

점 문에 오줌이나 한바탕 싸줘야지."

"하지만 돈이 필요하단 말이야. 계속 이런 식으로 살기는 싫어."

"그러면 더 치열하게 연습해서 얼른 데뷔할 생각을 해. 아이돌이 CF 한 편 찍는 데 얼마 받는 줄 알아? 신인은 2억에서 시작하고, 잘 나가면 10억 넘게 받아. 편의점 월급? 웃기지 말라 그래. 그깟 푼돈이 뭐라고 지들이 사람을 때리고 짓밟아?"

"아이돌?"

기나긴 얘기를 하는 동안 술이 몇 잔씩 들어가 취기가 오른 이현이, 반쯤 풀린 눈으로 혁의 말을 되받았다.

"그래, 아이돌! 너랑 나랑 같이 데뷔할 거잖아! 우리는 꼭 성공해서, 우리 사진이랑 광고가 걸린 버스가 돌아다니는 걸 보게 될 거야!"

"사진은 됐으니까 버스에서 우리 노래가 나오는 거라도 한 번만 들었으면 소원이 없겠다."

이현은 두 개, 세 개로 겹쳐 보이는 초록색 소주병을 보면서 몽롱하게 중얼거렸다. 그로부터 약 2년 뒤에 자신들의 데뷔 500일을 축하하는 광고를 대문짝만하게 내건 50대의 버스가 서울 시내를 돌아다니게 될 것이라고는, 그때는 감히 상상조차 하지 못했다.

29. 일루젼 탄생 비화 그 두 번째,
래원과의 전쟁

그로부터 1년 후, 혁과 이현은 여전히 고시원에 살고 있었고, 데뷔는 기약이 없었다. 이현은 커버곡과 자작곡 영상을 부지런히 유튜브에 올리면서 연습에 매진했고, 혁은 고시원 위층에 새로 이사 온 아리따운 나레이터 모델과의 연애를 꿈꾸고 있었다.

"이 넓은 대한민국에서, 서울에서, 같은 고시원에 살다니, 이건 하늘이 정해준 운명이야!"

"하늘이 아니라 그냥 부동산이 정해준 우연 아닐까."

혁은 자신의 환상에 찬물을 끼얹는 이현을 밉지 않게 노려보면서 말했다.

"낭만 없는 놈, 너도 나중에 하늘이 점지해준 인연에 한 번 코를 꿰어보면 알게 될 거다."

그녀와 혁은 생활 패턴이 비슷한지 매일 아침저녁으로 고시원 엘리베이터에서 마주쳤다.

"어머, 안녕하세요."

오늘도 어김없이 엘리베이터에서 만난 여자는 꽃처럼 화사한 미소를 지으며 혁을 반겨주었다. 그런데 그녀의 곁에 처음 보는 남자가 서 있었다. 혁보다 키가 작고 호리호리했지만, 비율이 워낙 좋아서 실제보다 훨씬 훤칠해 보였다. 조화로운 이목구비와 깨끗한 피부, 살짝 드러나는 하얗고 고른 치열과 깔끔하고 세련된 옷차림까지. 한 마디로 요즘 여자들이 좋아할 만한 스타일이었다.

"어제 509호로 이사 오신 배우 지망생이시래요. 제가 오늘 동네 구경시켜드리기로 했어요."

여자는 수줍음에 얼굴을 붉히며 그놈의 팔짱을 살그머니 끼더니, 혁을 향해 비닐봉지를 내밀었다.

"아, 1층에서 내리실 거면 이것 좀 버려 주실래요?"

혁은 무참히 짓밟힌 가슴을 떠안고 묵묵히 봉지를 받아들었다. 그리고 사랑하는 그녀와 사이좋게 엘리베이터에서 걸어 나가는 그 족제비 같은 놈의 뒤통수를, 구멍 날 정도로 강렬하게 노려보았다.

"그 얄미운 놈이 나의 그녀를 가로채 갔다니까! 사귀기 일보 직전이었는데! 너도 한 번 봤어야 해. 뺀질뺀질하게 생겨서 하는 짓은 또 얼마나 재수가 없는데!"

혁은 이현을 만나자마자 침을 튀겨 가면서 509호를 성토했지만, 돌아오는 건 시큰둥한 반응뿐이었다. 애초에 이현은 '사귀기 직전'이라는 혁의 말을 믿지 않았을뿐더러, 개인적 경험에 비추어 보았을 때 혁의 첫인상이 그리 좋은 편이 아니란 걸 알았기 때문이다. 첫 만남부터 트러블이 생겼다면 그건 높은 확률로 혁의 잘못일 거라고, 이현은 내심 그렇게 생각했다.

며칠 후, 지하 1층에서 올라온 엘리베이터 안에는 509호가 거울에 얼굴을 비춰보면서 앞머리를 매만지고 있었다. 혁은 피할 이유가 없다는 듯 인상을 팍 쓰면서 엘리베이터에 올라탔고, 이현도 어쩔 수 없이 그 뒤를 따랐다.

"그만 좀 쩌려보시죠? 저한테 무슨 원한이라도 있으세요?"

엘리베이터가 움직이기 시작했을 때, 거울에서 시선을 뗀 509호가 혁을 돌아보았다. 두 주먹을 불끈 쥐고 509호의 옆얼굴을 노려보던 혁의 눈빛이 어찌나 이글거리는지 자연발화라도 일으킬 분위기였다.

"아니, 그냥 그쪽 생긴 게 마음에 안 들어서요."

"아, 그러세요? 열등감이 폭발하셨나 봐요. 뭐, 그럴 수도 있죠. 이해합니다."

509호는 혁의 후줄근한 민소매 티와 고무줄 바지, 시대의 흐름에 역행하는 듯한 이목구비 진한 얼굴을 훑어보면서 산뜻한 비웃음을 날렸다. 혁의 이마에서 핏줄이 툭 불거져 나오면서 전투태세가 발동되었다.

"너, 인혜 씨랑 무슨 사이냐?"

인혜는 나레이터 모델의 이름이었다. 509호는 이마 위로 흘러내린 머리카락을 영화배우 같은 몸짓으로 쓸어 올리면서 능청스럽게 대답했다.

"무슨 사이긴요, 보면 모르세요? 그쪽에서 일방적으로 좋다고 쫓아다니는 사이잖아요. 잘생긴 게 죄도 아닌데 저도 피곤하다고요. 그거 때문에 시비 거시는 거예요, 지금?"

"그것뿐이면 말도 안 하지. 밤마다 요상한 곡소리를 내면서 혼자

귀곡 산장을 찍는 이유는 대체 뭐냐? 정신분열증이야?"

"대사 연습하는 건데요. 저는 송중기나 김수현처럼 한류 스타가 되는 게 꿈이거든요."

"한류 좋아하시네. 네놈이 한강에서 유혈사태를 내고 싶지 않으면 그 빌어먹을 놈의 연습은 대낮에 사람들 깨어 있을 때 하는 게 좋을 거다."

"연습이라는 건 일과시간 끝나고 하는 거니까 연습이죠. 일과시간에 하면 그게 연습이겠어요? 안 그래요?"

"……."

얼핏 듣기엔 궤변이 아닌 것처럼 들리는 궤변에 혁은 순간적으로 말문이 막혔다. 옆에서 지켜보던 이현은 4층에 도착하는 즉시 혁의 목덜미를 잡고 내려야겠다고 마음먹었다. 계속 말다툼을 해봤자 이쪽만 손해를 볼 것 같아서였다.

그런데 엘리베이터 전광판 숫자가 3에서 4로 바뀌기 직전, 덜컹 소리와 함께 지진이 난 것처럼 바닥이 위아래로 흔들렸다.

"뭐, 뭐야? 왜 이래!"

엘리베이터가 3층과 4층 사이에 우뚝 멈춰 서면서 별안간 사방이 컴컴해졌다.

"고장 났나? 이현아, 거기 비상벨 있는지 봐."

암흑 속에서 혁의 목소리를 들은 이현이 벽을 더듬어 비상벨을 찾아 눌렀지만 아무런 변화도 없었다.

"비상벨도 고장인가 본데."

"에이씨, 어쩌냐. 휴대폰도 안 터지는데. 기다리고 있으면 누가 와서 열어주려나."

혁은 먹통이 된 휴대폰을 몇 번 껐다 켜 보다가, 이내 주먹으로 엘리베이터 문을 쾅쾅 두들기며 고함을 지르기 시작했다.

"이보세요! 여기 사람이 갇혔어요!"

비상벨을 덧없이 눌러대던 이현도 거기에 합류해 엘리베이터 문을 두드리며 소리쳤다.

"살려주세요!"

"야, 살려달라는 말은 하지 마! 쓸데없이 불길하잖아."

손등이 아프도록 문을 두들기던 혁은 엘리베이터 안에 함께 있는 509호에 생각이 미쳤다.

"이봐, 509호! 너도 가만히 있지 말고…… . 뭐야, 너 왜 그래?"

뒤를 돌아본 혁은 엘리베이터 벽에 등을 기댄 채 주저앉아 있는 509호를 보고 흠칫 놀랐다. 509호는 떨리는 손으로 셔츠 앞섶을 부여잡으면서 가쁜 숨을 뱉었다.

"전 폐소공포증이 있어서…… . 갇혔다고 생각하니까, 후, 숨쉬기가 어려워서…… ."

"얼씨구, 가지가지 한다. 너 그거 진짜 있는 병명이야? 지어낸 거 같은데."

혁이 코웃음을 치면서 녀석을 억지로 잡아 일으키려고 하는데, 이현이 그를 제지했다.

"혁아, 저 사람 거짓말하는 게 아니라 진짜 숨 못 쉬는 것 같은데. 얼굴이 새파래졌어."

이현의 말대로 509호의 안색은 섬뜩한 연보라색으로 변해가고 있었다. 509호가 그토록 나불나불 잘 떠들어대던 입도 놀리지 못하고 딸꾹질하는 것 같은 소리만 내자, 혁도 덜컥 겁이 났다.

"저러다가 설마 죽는 건 아니겠지? 어떻게 하지? 야, 강이현! 말 좀 해 봐!"

"생각나는 방법이 딱 한 가지 있긴 한데⋯⋯."

이현이 혁의 어깨를 끌어당겨 조심스럽게 귓속말을 하자, 혁의 이마에 내 천(川)자가 그려졌다.

"너 혹시 데뷔 못 한 게 한이 돼서 정신이 나갔냐? 그냥 여기서 셋이 죽자. 깨끗이."

"다른 방법이 있어? 우리가 여기 갇힌 건 아무도 모르고, 119에 전화도 못 하는데? 내가 전에 TV에서 봤는데, 산소 공급에 문제가 생기면 몇 분 만에 사람이 죽을 수도 있다고 했어."

이현이 겁먹은 투로 소곤거리자, 혁의 이마에도 축축한 식은땀이 배어나기 시작했다.

"아무리 그래도 그렇지. 어떻게 그런⋯⋯. 우리 둘 중에 누가 할 건데? 난 몇십억을 준대도 싫어! 너도 마찬가지일 거 아니야?"

"그러면 공정하게 가위바위보로 결정하자. 일단 사람은 살리고 봐야 할 거 아냐."

혁과 이현은 함께 살면서 뭔가를 결정하기 위해 가위바위보를 하는 일이 많았다. 그런데 혁은 자각하지 못하고 있을 뿐, 가위나 보에 비해 바위를 내는 확률이 무척 높았다. 가위는 '얍삽하고 치사한 이미지'이고, 보는 '나약하고 패기 없는 이미지'라는 말도 안 되는 편견 때문이었다. 그리고 그 사실을 이현은 알고 있었다.

"가위, 바위, 보!"

아니나 다를까. 혁은 어김없이 바위를 냈고, 이현은 우연을 가장해서 보를 냈다. 혁은 졌다는 사실을 인식하자마자 양팔로 머리를 감싸 쥐면서 무너져 내렸다. 그러나 권혁은 한 번 한 약속은 무슨 일이 있어도 끝까지 지키는 상남자였다.

"이봐, 509호."

구겨지듯 앉아 있는 509호를 부르며 다가가는 혁의 얼굴에는 번민이 가득했다.

"오해하지 마라, 이건 숭고하고 거룩한 인류애에서 나오는 행동이다."

마디가 크고 굵은 혁의 손이 509호의 셔츠 목덜미를 덥석 붙잡았다. 무슨 사태가 벌어지는지 전혀 파악 못 하는 509호의 두 눈이 휘둥그레지는 순간, 끈적이는 땀 냄새가 훅 끼치면서 혁의 부리부리한 얼굴이 확 가까이 다가왔다.

그 광경을 차마 정면으로 볼 수 없었던 이현은 재빨리 고개를 돌려 외면해 버렸다. 그 아슬아슬한 순간, 굳게 닫힌 엘리베이터 문 너머에서 카랑카랑한 여자 목소리가 울려 퍼졌다.

"아저씨, 빨리요! 안에서 소리가 들리다가 갑자기 조용해졌어요. 기절했는지도 모른다고요!"

그녀의 말대로 바깥에 있는 누군가가 무척 빠르게 움직였는지, 물도 새지 않을 것 같은 문틈으로 쇠 지레가 불쑥 들어와 사이를 벌리면서 문을 열었다. 문을 연 사람은 고시원 주인이었고, 그 뒤에 서 있는 사람은 혁이 오매불망 그리는 그녀, 인혜였다.

"거기 다들 괜찮아요?"

"어머! 래원 씨도 갇혀 있었던 거예요?"

걱정스럽게 외쳤던 그들은, 엘리베이터 문이 열리자마자 약속이라도 한 듯 입을 다물었다. 인혜는 엘리베이터 안에서 펼쳐지고 있는 로맨스 영화의 엔딩 장면을 멍하니 바라보고 있다가, 뭐에 홀린 사람처럼 휴대폰을 꺼내 촬영 버튼을 눌렀다. 발랄한 촬영음이 적막을 가르면서 선명하게 울려 퍼졌다.

"스마―일!"

그제야 뒤늦게 정신을 차린 혁은 여태껏 움켜쥐고 있던 509호, 홍래원의 목덜미를 홱 뿌리치면서 저만치 밀어냈다.

"아니, 이거는 그러니까……. 인공호흡 해 주려고……."

"그런 자세로요?"

인혜는 산불이라도 난 것처럼 벌겋게 달아오른 혁의 목덜미를 보면서 반문했다. 애초에 인공호흡이라는 걸 어떻게 해야 하는지 잘 모르는 혁은 말문이 막혀 버렸다.

"괜찮아요. 세상에 백 명의 사람이 있으면 백 가지 사랑이 있는 거라고 하더라고요. 저는 다 이해해요. 물론 래원 씨가 그런 취향인 줄은 몰랐지만……."

인혜는 이제야 살았다는 듯 바닥에 널브러져 가쁜 숨을 몰아쉬고 있는 래원을 곁눈질했다. 문이 열리는 것과 동시에 그의 발작도 끝났는지, 지칠 줄 모르고 떠들어대는 그의 입담도 슬슬 돌아왔다.

"잠깐만, 난 왜 갑자기 머리채를 잡히는 거지? 난 그냥 가만히 있다가 당한 피해자인데."

"당하다니? 너 어휘 선택이 좀 그렇다? 나는 뭐 하고 싶어서 한 줄 알아?"

"두 분의 앞날이 쉽지 않을 텐데, 응원할게요. 파이팅!"

"아니, 응원하지 마! 빌어먹을, 응원하지 말라고!"

고시원 안에서 피어난 금단의 사랑에 감동한 인혜는 응원의 말을 남기고 떠나갔다. 하이힐 굽을 또각거리면서 무정하게 사라지는 인혜의 눈부신 뒤태를, 혁은 나라 잃은 표정으로 바라보고 있었다. 그러다 문득 생각난 듯 이현과 래원에게 시선을 돌리면서 위협적으로 말했다.

"너희 둘, 오늘 있었던 일은 무덤까지 가지고 가는 거다."

"저는 죽으면 화장해달라고 할 건데요."

래원은 눈치 없이 종알거렸고, 혁은 저 입을 영원히 다물게 해주리라 생각하면서 주먹을 움켜쥐었다. 한바탕 난투극이 벌어질 뻔한 것을 막은 것은 이현의 한 마디였다.

"근데 아까 찍힌 사진, 지워달라고 해야 하지 않아?"

"아, 맞다! 인혜 씨!"

혁은 꽁무니에 불이 붙은 사람처럼 부리나케 뛰어갔다. 이현은 자기도 모르게 풋 하고 웃음을 터뜨렸다가, 래원의 존재를 의식하고는 입가의 장난기를 지웠다.

"아, 죄송합니다. 홍래원 씨라고 하셨나요? 불쾌하실 수도 있었을 텐데."

"뭐 어때요. 닿지도 않았는데 유난 떨 거 있나요. 사실 폐소공포증에 인공호흡은 필요 없지만, 그래도 구해주려고 하신 건 고맙습니다. 앞으로는 잘 지내봐요, 우리."

벽을 짚고 일어난 래원은 유쾌한 미소를 지으면서 이현을 향해 손을 내밀었다.

〈2권에서 계속〉